N&K

Titel der Originalausgabe: *Totalskada*

1. Auflage 2020

Satz: JournalMedia GmbH, Susanne Tauber
gesetzt aus der Garamond Pro 11 pt
Herstellung: JournalMedia GmbH, München
Druck und Bindung: CPI Books GmbH

ISBN 978-3-312-01163-6
Printed in Germany

MIX
Papier aus verantwortungsvollen Quellen
FSC® C083411
FSC
www.fsc.org

HELENA VON ZWEIGBERGK

TOTAL SCHADEN

ROMAN

Aus dem Schwedischen
von Hedwig M. Binder

NAGEL & KIMCHE

Teil 1

* * *

Ich sehe fünf tote Hasen, und ich versuche zu lächeln.

»Nicht schlecht! So viele.«

Doch Xavier ist weder stolz noch glücklich, obwohl er sie selbst geschossen hat. Im Gegenteil, sein schönes Lächeln wirkt etwas verrutscht. Er hat noch nie zuvor Tiere getötet, und ich vermute, ihm ist nicht wohl dabei. Sein lächelnder Mund hängt schief wie der Flügel eines angeschossenen Vogels.

»Ja, schon.« Sein Blick gleitet an mir vorbei. »Aber jetzt brauche ich ein heißes Bad. Ich habe noch nie so gefroren.«

Der Wald bedeutet Xavier alles. Dreißig Jahre lang, seit er aus Argentinien nach Schweden gekommen ist, hat er im Rahmen seiner Arbeit an der Schwedischen Universität für Agrarwissenschaften den Zustand des Waldes und seinen Wandel dokumentiert. Jeden Sommer reist er von Schonen nach Lappland und sucht nach Veränderungen, schaut, wie es den Bäumen geht, studiert Laub, Rinde und Jahresringe. Nimmt Proben und schickt sie zur Analyse ein. Ich begleite ihn nie auf diesen Reisen, doch ich weiß, dass er mit Zelt und Gaskocher weit wandert, und ich sehe ihn vor mir: leise vor sich hin sprechend, ungeschützt offen und hellwach wie sonst selten. Als würde er sich selbst liebevoll den Arm um die Schulter legen und sich an einen geschützten Ort bringen. Dort draußen unter Fichtenzweigen und Kieferkronen, sagt er sich immer wieder, sei er sicher.

Xavier trägt eine lebenslange Trauer in sich, lässt sie aber meist ruhen. Der Wald hat Verständnis, hat er einmal gesagt. Der Wald hat Verständnis für Trauer, für Liebe. Der Wald hat Mut, der Wald weiß zu trösten. Die Stille des Waldes spricht ihn mehr an, als ein Mensch es vermag. Am Anfang unserer langen Ehe war ich deshalb eifersüchtig, fühlte mich unzulänglich. Heute denke ich: Es gibt den Wald, und es gibt mich. Wir halten Xavier gemeinsam, halten ihn aufrecht. Hielte der Wald ihn nicht, ich allein hätte es nicht geschafft.

Dass Xaviers Kollegen an der Universität für Agrarwissenschaften ihm zu seiner Pensionierung eine Jägerprüfung geschenkt haben, zeigt nur, dass sie ihn nicht wirklich gut gekannt haben können. Sie haben es bestimmt nicht böse gemeint. Sie mögen Xavier und seine schweigsame, etwas trockene Art.

»Du kannst doch jetzt nicht einfach nur als Waldschrat herumlatschen«, haben sie gesagt. »Du musst den Wald erobern. Bedien dich an dem, was er bietet.«

Von seiner Verabschiedung kam Xavier mit einem bezahlten Kurs, hohen grünen Stiefeln, einem Klapphocker und einem Fernglas nach Hause. Er sollte nun losziehen und schießen.

Als ich vorsichtig fragte, ob er das wirklich wolle, wurde er wütend.

Es sei nett von ihnen. Sie meinten es gut. Sie wollten ihn weiter dabeihaben. Müsse ich das infrage stellen und verderben? Sie hätten recht. Er sollte den Wald jetzt mal auf andere Weise kennenlernen.

Ich glaube, die Kollegen wollten Xaviers Sanftmut herausfordern. Ihn eine brutalere Seite an den Tag legen sehen. Für seinen jüngeren Kollegen Johan, der ihm anbot, mit ihm Hasen zu jagen, war der Anblick Xaviers mit einem Gewehr in der Hand sicherlich nicht frei von Komik. Professor Kalkül haben sie ihn immer genannt. Professor Kalkül auf der Jagd – geht in Deckung!

Während Xavier im Bad ist, um sich zu waschen und zu wärmen, stehen unsere zweijährige Border-Terrier-Hündin Molly und ich allein in der Garage und begutachten die Hasen. Die länglichen Leiber der Tiere liegen ausgestreckt da. Ihr Fell ist etwas zerzaust, als wüssten die Haare nicht wohin, nachdem unter der Haut kein Leben mehr ist. Mollys Nase bebt, und vor Aufregung zittert die Hündin am ganzen Leib, was sie noch mehr zum Tier macht, als sie es ohnehin schon ist. Sie schnuppert und leckt sich die Schnauze. Ich bewege mich möglichst vorsichtig, als könnten die Hasen jeden Moment wieder lebendig werden. Sich losreißen und mit den kräftigen Hinterbeinen zutreten. Aber sie liegen reglos und stumm auf der Werkbank. Dicht beisammen, als versuchten sie, einander zu wärmen. Es riecht streng.

Ihr armen kleinen Dinger! Habt ihr die Löffel gespitzt und auf Johan und Xavier gelauscht? Hastig den Kopf gedreht, um zu lokalisieren, woher das Geräusch kam? Habt ihr das Unheil gewittert?

Vorsichtig streiche ich mit zwei Fingern über das Fell: Es ist weich. Die Krallen sind lang und scharf. Als mein Blick auf ein stummes Hasenauge fällt, wende ich mich ab.

Ich gehe und zerre Molly mit. Sie sträubt sich erst, gibt dann aber nach.

»Die dürfen jetzt erst mal dort liegen, Molly. Wir lassen sie in Ruhe.«

Es ist so kalt, dass mir in der halben Minute, die ich brauche, um von der Garage zum Haus zu gehen, bereits die Finger schmerzen und die Wangen brennen. Die Tür ist zugefallen, und ich stehe da in meiner Strickjacke und fluche laut, weil sich mit klammen Händen der Schlüssel so schwer ins Schloss stecken lässt.

Als Xavier aus dem Badezimmer kommt, rubbelt er sich mit einer Heftigkeit die Haare trocken, als wollte er sich von einer festgeklebten Mütze befreien.

»Eigentlich sollte man sie gleich jetzt ausweiden«, sagt er. »Aber wir sind heute Morgen schon um sechs losgezogen, und ich schaffe es einfach nicht mehr. Das macht doch wohl nichts, oder?«

Ich kenne mich da überhaupt nicht aus. Das sage ich auch, füge aber in tröstendem Ton hinzu, dass es bestimmt nichts macht.

»Bist du denn jetzt ein richtiger Jäger?«

»Wie? Nein, natürlich nicht.«

»Klingt so.«

»Ach so. Es hörte sich eher wie eine Frage an. Gut, dann bin ich jetzt wohl besser still.«

Xavier ist in letzter Zeit schnell gereizt. Mir ist klar, dass das mit seiner Pensionierung zu tun hat. Eine Lebenskrise, die offenbar mit jedem Tag, den er allein daheim durchs Haus tigert, größer wird. Nicht eingebunden zu sein, bekommt ihm schlecht. Seit Neuestem läuft er mit ausgestreckten Händen umher, so als wollten sie jeden Moment zupacken. Oder einfach nur etwas anpacken. Mit meiner strengsten inneren Stimme ermahne ich mich, geduldig zu sein. Da zu sein.

Aber ein Tag, ein Abend, eine Nacht – es gibt so viele Momente rund um die Uhr. Moment, Moment, Moment. Alle unter Kontrolle zu haben, ist unmöglich.

Ich sage nichts und gehe in die Küche, fühle mich verletzt. Xavier folgt mir und öffnet den Kühlschrank.

»Man muss sie aufschneiden, die Eingeweide herausnehmen und stattdessen Fichtenreiser hineinlegen. Dann müssen sie ein paar Tage abhängen.«

»Wie reizend«, sage ich mit spöttischem Unterton.

Xavier schmiert sich ein Brot. Mit ordentlich viel Butter und zwei Scheiben Wurst. Er setzt sich mir gegenüber an den Tisch, isst und schaut auf den Raureif draußen, der sich gegen den langsam blau werdenden Winterhimmel abzeichnet. Fährt sich mit der Hand durchs Haar. Es ist an den Schläfen mittlerweile etwas schütter, sonst aber immer noch voll, und im Nacken lockt es sich. Bis heute staune ich, wie schön er ist. Die stattliche Nase, gebogen wie der Schnabel eines großen, arrogant aufgeblasenen Aras, die breiten Knöchel und die sensiblen langen Finger, der forschende Blick seiner grünen Augen, seine kräftigen, gesunden elfenbeinfarbenen Zähne. Er ist so hervorstechend gut aussehend, dass es schon peinlich ist, fast banal. Wie oft habe ich mich in unseren vielen gemeinsamen Jahren zurückhalten müssen, um nicht allzu zufrieden zu erscheinen. Ich gebe mich immer möglichst unbeteiligt, während ich insgeheim mit meiner augenfälligen Trophäe triumphiere. Schließlich bin ich auch nicht mehr das, was ich einmal war. Uns trennen vierzehn Jahre.

Trotzdem.

Ich strecke die Hand aus.

»Hast du schon mal Hasen gegessen?«, frage ich.

»Nein, nur Kaninchen. Als Kind habe ich sie gestreichelt

und ihnen Blätter zu fressen gegeben, bevor sie sonntags im Kochtopf landeten. Sie haben mir immer leidgetan, weil ihre Hinterbeine zusammengebunden waren. Carmen, die bei uns kochte, lachte mich aus, wenn ich die Tiere streichelte und tröstete und fütterte. Wenn ich Carmen bat, die Schnur um die Beine zu entfernen, sagte sie, dann würden sie mir beim Essen Löcher in den Bauch kratzen … Was für dummes Zeug man Kindern nicht alles erzählt! Na ja. Aber diese Karnickel waren gemästet und zart. Die mageren armen Dinger draußen in unserer Garage sind dagegen sicher immer nur herumgerannt und hatten Angst und Hunger.«

»Ich habe auch noch nie Hasenfleisch gegessen.«

»Vielleicht schmeckt es ja gar nicht. Dann habe ich sie umsonst geschossen.«

»Natürlich schmeckt es. Gilt es nicht sogar als Delikatesse?«

»Ja. Wie Surströmming.«

»Ach, komm. Es ist doch einfach nur Fleisch. Wenn du die Tiere in normale, handhabbare Stücke zerteilst, verspreche ich, sie zuzubereiten. Hauptsache, ich muss sie nicht abbalgen und zerlegen.«

»Ja, das überlässt du dem Henker!«

»Mensch, Xavier. Okay. Ich helfe dir. Ist zwar gruselig, aber was soll's. Fleisch zu essen, ohne zu fragen, wo es herkommt, ist bequem.«

Vage lächelnd schluckt Xavier den letzten Bissen seines Butterbrots: »So ist es.«

»Wir werden ein Wildessen veranstalten«, sage ich, auf einmal übermütig. »Wir bereiten ein Hasengericht zu und laden unsere Freunde ein.«

Ich gehe die Idee sofort an: Kommt zu uns, an einem Samstag mitten im eiskalten Februar. Zu Wild, Rotwein und

Ofenkartoffeln. Einfach so. Weil wir euch bei uns haben wollen. Xaviers neues Leben in Freiheit feiern. Feiern, dass bald Frühling ist, auch wenn man es noch nicht merkt. Habt ihr schon mal Hasen gegessen? Ja? Na dann. Wenn nicht, bekommt ihr jetzt dazu Gelegenheit. Sie haben in unserer Garage abgehangen, Xavier hat sie geschossen, und wir haben sie höchstselbst abgebalgt und zerlegt.

Eigentlich wird das niemand von mir erwarten, auch von Xavier nicht. So etwas: In unserem Alter noch das Weltbild der Freunde durcheinanderbringen zu können – allein das wird den Abend besonders feierlich machen. Die leichte Schräglage scheinbar unverrückbarer Gegebenheiten.

Wir beschließen, ein paar unserer Freunde anzurufen. Xavier willigt ein und sagt, das werde sicher gut. Doch sein vages Lächeln ist verschwunden.

Uns fehlt etwas. Das denke ich, als ich draußen auf der Treppe meine Abendzigarette rauche. Die einzige, die ich mir am Tag gönne, die mir aber lebensnotwendig erscheint. Xavier hasst es, wenn ich rauche, und ich liebe es. Weil ich aber am liebsten nicht zu früh sterben möchte und auch keinen Mann will, der sich von mir abwendet, bleibt es bei dieser einen Zigarette. Rauchen schärft mein Denken. Der Moment mit der Zigarette auf der Treppe, den Blick zu den Baumwipfeln und zum Himmel, dieser Moment gehört nur mir. Das halte ich schon so, seit die Kinder klein waren. Sobald sie eingeschlafen waren, bin ich nach draußen gegangen und habe mir eine Zigarette angezündet, und mit jedem Zug schienen Verantwortung und Elternrolle an Gewicht zu verlieren. Nicht dass ich unter der Rolle als Mutter gelitten hätte, wirklich nicht. Eher im Gegenteil. Aber ich musste meinem ursprünglicheren Ich einfach mal Hallo sagen.

Doch jetzt fehlt uns etwas, Xavier und mir. Zwischen uns herrscht eine Leere, über die wir nicht sprechen. Eine Leere, die ich mit launigen Ideen übertöne, auf die Xavier sich wohl nur deshalb einlässt, weil er nicht weiß, was er sonst tun soll.

Also gibt er nach, zieht aber eigentlich nicht mit.

Diese Leere war nicht immer da; sie ist erst mit dem Auszug der Kinder entstanden und nach und nach gewachsen. Nicht nur die Stille, die sie hinterlassen haben, hat sich bei uns eingeschlichen. Auch zwischen uns ist etwas passiert. Wir haben – oder soll ich sagen: hatten – beide ein hitziges Temperament. Ich weiß nicht mehr, wie oft ich tränenüberströmt dastand und schrie, dies sei das letzte Mal, und sollte es sich wirklich so verhalten, dann könne er sich zum Teufel scheren. Und ich weiß nicht mehr, wie oft Xavier vor Wut über die schwedischen Wörter stolperte, die er eigentlich perfekt beherrscht, und stattdessen Kaskaden Funken sprühenden Spanischs auf mich niedergehen ließ. Allerdings konnten wir uns im selben Moment auch wieder versöhnen. Nicht weil wir mit dem Streiten irgendetwas erreicht hatten, sondern weil wir des Streitens müde wurden und begannen, uns nach einander zu sehnen. Eine Hand, ein Lächeln, eine Umarmung. Wir waren jedes Mal so froh, einander wiederzuhaben, dass wir über den Auslöser unseres Streits nur noch lachten.

Bis zum nächsten Mal. Bis wieder die Fetzen flogen.

Heute verstehe ich nicht mehr so recht, worüber ich mich eigentlich so entsetzlich aufregen konnte. Vermutlich hatte ich vor allem Angst. Und den Eindruck, dass ich die Kontrolle verloren hatte, dass Xavier mir auswich. Ich glaube, er trug mit seiner Lebenstragödie im Hintergrund an einer

Schuld und fühlte sich deshalb schnell provoziert, wenn ich Forderungen an ihn stellte.

Mit den Jahren hat unsere Streitlust nachgelassen, und seit die Kinder aus dem Haus sind, brausen wir allenfalls mal kurz auf. Der Gedanke, uns richtig zu streiten, ist schon fast absurd. Wir leben mit der unausgesprochenen Übereinkunft, dass die Zeit unserer Kämpfe vorüber ist. Wir lassen die Dinge kommen und gehen. Es ist ein ruhiger, angenehmer Frieden und eigentlich nichts, was wir infrage stellen wollen. Ich jedenfalls nicht. Gleichzeitig weiß ich, dass dieser Frieden seinen Preis hat. Unser Bau hat in gut zwanzig gemeinsamen Jahren durch Gewohnheiten, Vertrautheit und gewachsene Toleranz eine gewisse Stabilität erlangt. Wir können auf dem Sofa sitzen, jeder mit seinem Laptop auf dem Schoß und Kopfhörern, ohne nervös zu werden, weil wir uns fragen, wo wir bloß gelandet sind. Wir müssen nicht mehr wie früher hinterfragen, wohin wir uns bewegen, denn jetzt sitzen wir ja hier. Und im Grunde genommen haben wir nichts zu klagen.

Dennoch gibt es Momente, in denen ich in dieser Stabilität etwas Fragiles erahne. Als könnte ein Riss entstehen und tiefer gehen als früher. Ein dröhnendes Knacken, etwas Irreparables. Oder Trockenrisse, die sich ausbreiten, während wir machtlos zusehen. Uns wird niemand zu Hilfe eilen. Da sind nur wir und die Stille.

Manchmal frage ich mich, ob ich mich vor Xaviers Altern fürchte. Vierzehn Jahre sind immerhin vierzehn Jahre. Einerseits bin ich mir mit jedem Jahr, das vergeht, gewisser, ihn behalten zu dürfen. Er ist jetzt mehr mein denn je. Andererseits habe ich zunehmend das Bedürfnis, hervorzukehren, dass wir weiß Gott nicht gleichaltrig sind.

Ich sehe in ihm den alten Mann Gestalt annehmen, und ich denke: Ich nicht auch noch.

Ich zünde mir an der ersten Zigarette gleich noch eine an. Xavier wird es nicht merken, und ich muss noch ein bisschen nachdenken. Diese Treppe, sie wurde zu meiner Treppe in der Welt. Die Treppe zu unserem Haus auf Lidingö mit seinem Putz in der Farbe gebrannten Zuckers, mit Xavier, unseren Zwillingen Hanna und Astrid und Xaviers acht Jahre älterer Tochter Maria. Hier stehe ich immer, hinter mir das Haus, in dem es oft von verschiedenen Wünschen brodelte, und vor mir mein Himmel und meine Kiefernwipfel. Den Rauch der Zigarette blase ich wie abgeworfenen Ballast ins All. Ich lehne mich an die Haustür und halte den Augenblick fest, bevor ich tief Luft hole und wieder hineingehe. Wenn früher eines der Kinder während meines Rituals wach wurde und aufstand, stimmte es in Xaviers lautstarke Abscheu gegen den Rauchgeruch ein. Als sie klein waren, liefen sie davon, wedelten mit den Händen vor der Nase und schrien, ich würde ekelhaft nach Rauch riechen. Und ich weiß noch, dass ich lächelte und mir mit all meinen abgefeuerten Gedanken, den Resten abgeschossener Raketen, wie ein stinkender Drache vorkam. Aber um befreit wieder hineingehen zu können, musste ich das in Kauf nehmen.

Wir sind dabei, etwas zu verlieren, Xavier und ich. Aber was?

Auch die zweite Zigarette ist fast aufgeraucht. Ich drücke sie in der Dose hinter dem großen Blumentopf aus, in dem ich im Frühling immer Kresse und Tagetes ziehe. Hat das Hier und Heute aus Wehmut über all die vergangenen Jahre Trauerränder und schwarze Rahmen bekommen?

Verdammte Hasen. Es soll ein unbeschwertes Fest werden!

Ich putze mir gründlich die Zähne und wasche mir Gesicht und Hände mit einer nach Jasmin duftenden Seife. Schleiche ins Schlafzimmer und krieche zu Xavier ins Bett. Er hat sich abgewandt. Ich nähere mich mit dem Mund seinem Ohr, doch Xavier stöhnt und schüttelt sich. Warum kann er nie mit diesen lächerlichen Protesten aufhören?

Ich drehe mich auf den Rücken und starre ins Dunkel.

»Warum können wir die Sache mit den elenden Hasen nicht ein bisschen entspannter angehen?«

»Wie meinst du das?«, murmelt Xavier aus der Tiefe seines Kissens.

»Warum lassen wir uns von diesen Hasen derart verunsichern? Können wir das Ganze nicht einfach spannend und cool finden?«

»Aber *du* bist doch diejenige, die sie kaum ansehen will. Du wolltest dich sogar davor drücken, sie zu verarbeiten.«

»Ja, ich weiß. Tut mir leid. Aber ich fand es einfach nur so … mühsam.«

»Also bist doch du es, die hier ein wenig entspannter werden müsste.«

Xavier klingt eingeschnappt. Er hat einen Hang zur Schwermut. Manchmal habe ich das Gefühl, er hält die Zwillinge und mich für gedankenlos. Wir sind für ihn das Danach.

Xavier kam mit der dreijährigen Maria nach Schweden, nachdem seine Frau Ana in Argentinien von der Polizei ermordet worden war. Sowohl er als auch Ana waren in der Widerstandsbewegung gegen die Militärjunta aktiv gewesen. Alte Feindschaften blieben bestehen und schwelten noch Jahre später weiter – Ana wurde von einem Polizisten ermordet, der behauptete, sie habe sich bedrohlich verhalten. Der Mord wurde nie aufgeklärt, doch Xavier sagte, er wisse, dass es ein Racheakt war. Ana war eine bekannte Journalistin gewesen und hatte unbeirrt weiterrecherchiert, was mit einigen verschwundenen Studenten passiert war. Die Wunden, die die Ereignisse geschlagen hatten, und soziale Unruhen führten zu einer gereizten und leicht entflammbaren Stimmung in der Gesellschaft. Nach Anas Tod hatte Xavier ein paar Sachen zusammengepackt und beschlossen, nie wieder einen Fuß in sein Heimatland zu setzen.

Man hat ihn und seine Tochter ihres Familienlebens und Xavier seiner geliebten Frau beraubt und ihn dazu verdammt, fortan mit bleierner Schwere durchs Leben zu gehen. Auf der anderen Seite besitzt Xavier aufgrund dieser Erfahrung ein geschärftes Bewusstsein und eine Hochachtung für das Gute. Einen wachen Sinn für die Vergänglichkeit des Lebens und das Wissen, dass einem alles genommen werden kann. Wie oft hat er uns nicht im Lauf der Jahre ermahnt, den Augenblick zu achten.

Bei Tisch zum Beispiel: Wir sitzen jetzt hier. Ich liebe euch. Wir lieben einander. Ein Hoch auf das Leben, auf die Liebe. Darauf, dass wir füreinander da sind. Auf den Frieden, auf die Fürsorglichkeit, auf die Solidarität.

Als die Zwillinge in die Pubertät kamen und Maria ausgezogen war, verdrehten sie schon mal die Augen oder zeigten Anzeichen von Langeweile oder Ironie, wenn sie wiederholten: ein Hoch auf das Leben und die Liebe.

Weniges brachte Xaviers Augen dazu, derart vor Zorn zu funkeln.

Und ein Hoch auf eure unschuldige Dummheit, sagte er einmal. Ein Hoch auf eure Verzogenheit und Ignoranz.

»Wir werden einen richtig schönen Hasenschmaus halten«, verkünde ich, drücke mich näher an ihn und lasse gleichzeitig meine Hand über die Haare auf seinem Bauch abwärts gleiten. »Das wird richtig toll, wir laden ein paar unserer besten Freunde ein, und alle können sich betrinken, und ich werde den Tisch richtig schön decken, und wir werden versuchen, einfach … du weißt schon … zu albern und zu blödeln wie früher und …«

Warum spreche ich mit dieser kindlichen Stimme? Ich hasse es, so zu klingen.

Xavier macht eine leichte Bewegung, sodass ich ihn nicht mehr streicheln kann.

»Ja«, gibt er zurück. »Ich habe nie etwas anderes gesagt.«

»Du wirst der Held des Abends sein. Ein richtiger Held. Der Latinomacho aus dem schwedischen Urwald, oder was?«

»Hör bitte mit diesen Kindereien auf!«

Ich bin still und weiß nicht, warum. Wende mich ab, drehe mich aber wieder zu ihm um und lege ihm die Hand auf den Rücken.

»Gute Nacht.«

»Gute Nacht.«

»Xavier?«

»Mmh.«

»Ich liebe dich.«

Er murmelt etwas Bestätigendes.

»Ich meine es tatsächlich so, Xavier. Ich liebe dich wirklich.«

Ich sage es geradeheraus. Schließlich dreht er sich um und gibt mir einen Kuss. Der landet auf meiner Stirn.

Ich hole tief Luft, sehe zur Decke. Höre selbst, dass es wie ein erschrockenes Seufzen klingt, und werde kribbelig vor

Nervosität, denn ich bin es gewohnt, Xavier alles zu erzählen. Aber diese Sache kann er nicht erfahren. Nicht, was ich für Hasse empfinde.

* * *

Als ich die Hasen das nächste Mal sehe, hängen sie von der Decke. Sie baumeln an Schlingen, und aus ihrem Bauch ragen Nadelzweige. Xavier hat die Eingeweide ausgenommen und den Hohlraum mit Wald gefüllt. Heute ist Samstag, sie werden jetzt also eine Woche abhängen, zum Kochtopf verdammt. Sie müssen mürbe werden.

Abhängen und mürbe werden.

Ich tippe einen der Hasen an, und er schwingt sachte hin und her. Irgendwie ist ihr Tod jetzt endgültiger. Das Leben scheint nun ganz aus ihnen gewichen zu sein, und es ist befreiend, das zu sehen.

Xavier ist mit Molly zum Wertstoffhof gefahren. Ich weiß, dass er das gern macht; es gefällt ihm, Kartons zusammenzupressen, auch mal darauf herumzutrampeln, und alte Zeitungen mit allen Unglücken und Gewalttaten der Welt wegzuwerfen. Wenn er zurückkommt, ist er immer erleichtert und aufgeräumt.

Ich starre die Hasen eine Weile an und gehe dann schnell zurück ins Haus. Seit Xaviers Pensionierung ist die Zeit, die ich dort für mich allein habe, knapp bemessen. Ich liebe mein Zuhause. Und am intensivsten ist diese Liebe, wenn ich für mich bin. Wenn niemandes Blick sich vor meinen schiebt, gilt meine ganze Aufmerksamkeit meinem Heim. Dann erlebe ich es am intensivsten.

Ich liebe diesen Ort so, wie er sich entwickelt hat. Er erzählt unsere Geschichte. Der große Küchentisch mit seiner robusten Holzplatte. Ich streiche mit der Hand darüber, lasse die Finger über eine Stuhllehne gleiten. Was wurde nicht alles davon abgewischt, wie viele klebrige Hände hinterließen nicht ihre Abdrücke, wie viele kleine und größere Ellbogen stützten sich nicht auf die Tischplatte und wurden wieder heruntergeschubst. Meistens von Xavier, der aus einer streng bürgerlichen Familie stammt und strikt auf Tischsitten achtet.

Hanna und Astrid zankten sich oft, als sie klein waren, konnten aber genauso gut unvermittelt losprusten, sodass ihnen die Milch oder das Essen zwischen den lückenhaften Milchzähnen herausspritzte. Und dann Maria mit dem glänzenden, vollen Haar, den dunklen, perfekt geformten Augenbrauen, mit Xaviers schönen Augen und der deutlich sichtbaren Gestalt einer Fremden. Der ihrer Mutter, der man so brutal das Recht genommen hat, dabei zu sein, und die in ihrer Abwesenheit besonders viel Raum einnimmt. Maria trägt jene Frau, der ich nie begegnet bin, deren Wesen aber stets präsent ist, ganz und gar in sich. Und ich weiß, dass Ana sich wie ein schmerzender Splitter in Xaviers Blick schiebt, wenn er seine Tochter betrachtet.

Ein schmerzender Splitter aus Liebe und Vermissen.

Hanna und Astrid bewunderten ihre große Schwester, sie wuchsen mit Achtung vor ihrem Schicksal auf. Als wäre Maria veredelt, einem anderen, mystisch aufgeladenen Reich entsprungen. Wenn Maria lachte, lachten auch sie, nur lauter. Und wenn Maria manchmal das Gequengel und Gekicher ihrer kleinen Schwestern leid war, schlug sie mit der flachen Hand auf den Tisch und schrie, sie sollten die Klappe halten.

»Ich halte euch nicht aus«, kreischte sie, »ich halte dieses Haus nicht aus.«

Und dann warf sie mit Schwung ihr langes, glattes Haar zurück und schlug mit einem Knall die Küchentür hinter sich zu. Die Zwillinge verstummten auf der Stelle und schielten unter ihrem Pony hervor ihren Vater an. Sie wussten, dass er unbeherrscht reagieren, nur schwer mit der Situation umgehen konnte, wenn Maria uns einfach verließ. Dann brüllte er schon mal: »Geht, und bittet eure große Schwester um Entschuldigung! Holt sie zurück!« In solchen Momenten rutschten Hanna und Astrid von ihren Stühlen, waren auf und davon und blieben weg. Sie kamen nur selten zurück, um aufzuessen.

Dann saßen Xavier und ich für den Rest der Mahlzeit allein da. Ich kaute wutentbrannt weiter und schluckte die Frage hinunter, ob ein solcher Ausbruch wirklich nötig gewesen war. Hoffte, er würde meine Frage dennoch spüren, wenn ich ihm hin und wieder einen grimmigen Blick zuwarf. Etwas zu sagen, war nicht möglich. Xavier explodierte in solchen Situationen meistens.

Er aß stets zu Ende, die Kiefer verspannt, die Nasenflügel gebläht, den Blick starr auf den Teller gerichtet. Erst, wenn er an der Spülmaschine stand und die Teller einräumte, brummte er, die Kinder müssten es schließlich irgendwann lernen.

Könnte man doch nur ein einziges Mal in Ruhe zu Abend essen! Jünger zu sein heiße noch lange nicht, sich nach Belieben aufführen zu können.

Ich reagierte normalerweise nicht darauf, sondern ließ ihn stehen und verließ mit hartem Schritt den Raum. Das war meine Taktik. Ohne mich als Gegenpart war er gezwungen, sich seine Fragen selbst zu beantworten. Er blieb mit seinem empfindlichen Gewissen allein, aber ich wusste, dass er schon bald seine drei Töchter aufsuchen und jeder einen Kuss auf den Scheitel drücken würde.

Einer von uns beiden fand die drei Mädchen für gewöhnlich zusammen auf dem Sofa vor dem Fernseher. Rechts und links von ihrer großen Schwester sitzend, versuchten die Zwillinge, ihren Teil von Maria abzubekommen. Auf der einen Seite pusselte Astrid an deren Haaren und flocht ihr Zöpfe, während sich Hanna auf der anderen Seite in Marias Arm schmiegte und zu Astrid, die bei ihrem Gepussel und Geflechte gern vor sich hin plapperte, sagte, sie solle still sein.

Als die Mädchen aus dem Haus waren, haben wir das Sofa gegen ein teures Stück mit einem sogenannten Diwan-Teil ausgetauscht, groß genug, um beim Fernsehen nebeneinanderliegen zu können. Es ist von kühl unwettergrauer Farbe und recht straff gepolstert. Das Sofa ist eine Manifestation unserer Freiheit, jedenfalls sehe ich das so. Xavier mag diese Art zu reden nicht. Er runzelt dann die Augenbrauen und fragt: »Freiheit von unseren Kindern? Wie kannst du nur so denken?«

Aber ich finde, ich darf so denken. Ich darf mir Freiheit denken, eigene Zeit und keine falsch herum auf dem Sofa gelandeten Kaviarcremebrote mehr. Ich liebe die Zeichen vergangenen Lebens, und ich liebe die Zeichen dafür, dass es nicht mehr so ist.

»Warum kannst du nicht verstehen, was ich meine?« Ich antworte Xavier mit einer Gegenfrage.

Erwachsene Kinder dauernd im Haus zu haben, wäre unbekömmlich. Man kann seine Kinder doch einfach lieben, wie sie sind, in der ihnen eigenen, natürlichen Bewegung.

Darauf geht Xavier nicht ein, und ich lasse ihn in Ruhe. Mir ist klar, es gehört letztlich zu seinem plötzlichen Gefühl der Leere, dass alles Schlag auf Schlag gegangen ist. Seine Kinder, seine Arbeit, seine Bedeutung – dahin. Und mit seiner Frau auf einem gewittergrauen Diwan-Teil zu liegen und sich im Fernsehen Talkshows oder Serien anzuschauen, war nie sein Ziel.

Ich liebe mein Heim, liebe, wie es sich entwickelt hat und die verstrichene Zeit widerspiegelt. Die Dinge, die Ideen, die lang durchdachten Entscheidungen. Die Farben und Formen. Von meinem älteren, verfeinerten Ich ausgewähltes Neues. Und aus dem Elternhaus Geerbtes, um das ich mit meinen beiden älteren Brüdern einst harte Kämpfe ausgefochten habe. Wie um den Kronleuchter, der so groß ist, dass es schon etwas Ironisches an sich hat, wie er da standesgemäß prächtig über dem Couchtisch hängt.

Mein bescheidenes Selbstbild hat damals bei dem Streit um den Kronleuchter einen Knacks bekommen. Ich habe den Sieg davongetragen, doch er forderte Opfer in Form anderer Erbstücke. Ich betrachte den Leuchter, bewege den Kopf hin und her, um das Licht der Wintersonne einzufangen, das sich in den Prismen bricht. Auch Xavier hat eine Schwäche für unser Prachtstück. Es erinnert ihn an sein Elternhaus. Aufgewachsen in überladener Großbürgerlichkeit, haben wir uns für unser eigenes Heim auf einen schlichten, skandinavischen Stil geeinigt, und deshalb fällt der Kronleuchter auf. Irgendwie protzig und vorlaut bildet er einen Kontrast zu unserer ansonsten modernen, lässigen Einrichtung. Zu besonderen Festen zünden wir immer alle zehn Kerzen an. Wenn jemand Geburtstag hat, zu Weihnachten und zu Ostern. Auf diese Weise hat er für alle in der Familie Bedeutung erlangt.

Xavier ist immer noch unterwegs, und ich hole die Erinnerung an Hasse und an die Gefühle hervor, die seine Berührung in mir hervorgerufen hat. Mein Gehirn ist wie infiziert, meine Fingerspitzen sind in Gift getaucht, meine Handflächen wollen das quälende Verlangen nach seinem Körper abstreifen. Ich will ihn berühren, weiß aber eigentlich nicht, warum. Einfach nur, weil ich das Gefühl habe, dass er mich will? Bin ich so ausgehungert nach Avancen, dass ein Mann, egal welcher, mir nur sein Begehren zu zeigen braucht, damit ich mich Hals über Kopf ergebe und mein Herz tickt: Ich will, will, will?

Angefangen hat alles vor ein paar Tagen. Das Lehrerzimmer war verwaist, es roch nach Orangenschalen und Kaffee. Ich wühlte in meiner Tasche nach dem Schrankschlüssel, fand ihn aber nicht. Vielleicht war ich auch schlichtweg so müde, dass ich herumkramte, ohne zu wissen, wonach ich eigentlich suchte.

Da kam Hasse herein. Er unterrichtet Mathematik, ist zehn Jahre jünger als ich, und ich habe ihn schon immer gemocht. Ein bisschen rätselhaft, unkonventionell und stets freundlich. Er liebt Zahlen, nähert sich ihnen mit einer Neugier, als könnten sie ihm geheime Zusammenhänge erschließen. Sein Enthusiasmus steckt die Schülerinnen und Schüler an. Die blonden Haare hat er im Nacken zum Pferdeschwanz gebunden, und er trägt in aller Regel einen eng anliegenden Collegesweater. Er ist etwas übergewichtig und hat weiche, runde Konturen. Riecht immer gut nach Rasierwasser und Seife.

»Ach, wie blöd. Ist der Kaffee alle?«

Hasse stöhnte laut und erzählte, dass er noch eine ganze Weile Klassenarbeiten korrigieren müsse und etwas »zum

Durchhalten« brauche. Im selben Moment fand ich in meiner Tasche nicht nur meine Schlüssel, sondern auch einen ungeöffneten Schokoriegel.

»Hier bitte, nimm.«

Selig lächelnd nahm er den Riegel entgegen. Er freute sich so sehr, dass es mir fast peinlich war, doch sein Lächeln machte ihn für einen Moment schön.

Ich beugte mich vor und ließ mich von ihm zum Dank umarmen. Mit einem Mal war er nur noch Körper, und seine Hand auf meiner Schulter erschien mir wie eine Aufforderung. Ich war überhaupt nicht gefasst auf das, was geschah. Aber in mir loderte ein so heftiges Begehren auf, dass ich nach Luft rang. Verwirrt sah ich in Hasses breites, lächelndes Gesicht. Als er meinem verstörten Blick begegnete, änderte sich auch sein Gesichtsausdruck. Er drückte mich an sich, und meiner gewöhnlichen Gestalt entstieg ein mir unbekanntes Wesen, das begierig und vorwitzig schnuppern, anfassen, spüren wollte. Doch das, was ich leichter als mein Ich wiedererkenne, riss sich los und sagte, es müsse jetzt schleunigst gehen.

Ich wartete auf die U-Bahn, ließ sie vorbeifahren und steckte mir eine Zigarette an, was ich dort sonst nie tue.

So etwas sollte ich eigentlich hinter mir gelassen haben. Schließlich bin ich sechsundfünfzig Jahre alt. Ich zog an meiner Zigarette, sah auf die Gleise und Schneewälle und erkannte, dass ich im Grunde sauer war auf Xavier und mich. Dass wir mit der Lust nachlässig umgegangen sind. Dass wir unsere Körper dem Jetzt verschließen. Faul und lethargisch sind wir geworden, Leute, die sich hinlegen und vom Alter überrollen lassen.

Wann immer ich in den letzten Tagen nach Hause komme, tigere ich in Erinnerung an den Vorfall im Lehrerzimmer ruhelos durchs Haus, als könnte mich die Peinlichkeit nicht einholen, solange ich nicht stehen bleibe. Im Lehrerzimmer bewege ich mich seither linkisch und nervös, und es fällt mir schwer, mich auf die Gespräche im Kollegium zu konzentrieren. Ich bin zerstreut, und mein Blick schweift auf der Suche nach Hasse durch den Raum. Gestern Nachmittag erst kam er plötzlich hereingeschossen, und mir verschlug es vollkommen die Sprache. Er schien mich zunächst nicht zu bemerken, sondern blätterte in einer Zeitung, die auf der Spüle unserer Teeküche lag.

»Na, alles gut gegangen?«, brachte ich schließlich heraus, als ich mich gewollt nonchalant auf die Kaffeekanne zubewegte.

Er sah von der Zeitung auf und begegnete meinem Blick mit einem amüsierten Lächeln.

»Die Retterin in der Not! Ja, dank deiner Hilfe ging es ganz hervorragend.«

»Zwar kein Sugardaddy, aber vielleicht was anderes.«

Was redete ich da? Es klang so dumm, dass ich einen ganz trockenen Mund bekam.

»Dann eben Sugarlady«, erwiderte Hasse. »Sister Morphine.«

»Stets zu Diensten.«

»Wow, das lässt sich hören!«

In diesem Augenblick passierte es. Beim bloßen Gedanken daran wird mir ganz schlecht vor Peinlichkeit. Während unseres Geplänkels hatte ich mir eine Tasse Kaffee eingeschenkt. Und als Hasse nach seinem »Wow, das lässt sich hören!« lächelte, goss ich den Kaffee aus, als handelte es sich um ein paar letzte Tropfen, bevor ich die Tasse in die Spülmaschine stellen würde.

»Was mache ich denn da!«

Ich versuchte meine Verwirrung wegzulachen, schüttelte den Kopf und spürte, wie ich über und über rot wurde.

»Zu viel Zucker vielleicht?«

Sollte das ein Trost sein? Ich wusste nicht, was ich murmelte, wusste nicht, wohin mit meinen Händen, wollte lächeln, bleckte aber nur unterwürfig wie ein Hund die Zähne; die Situation war höchst peinlich und haute mich um. Ich hätte mich am liebsten auf den Rücken geworfen, die Kehle dargeboten, Idiotie und Unterlegenheit eingestanden und um Gnade und Nachsicht gebettelt.

Als Hasse an mir vorbeiging, lächelte er immer noch und tätschelte mir den Arm – drückte er dabei nicht ganz leicht meinen Oberarm? Ich bin mir nicht sicher.

An diesem Tag sah ich ihn nicht mehr.

Wenn ich nun Hasses Interesse an mir überinterpretiert habe? Diese Geschichte hat so viel Peinliches an sich. Ist es nur Überdruss, der mich antreibt? Romantischer Überdruss am eigenen Leben? Ein letzter aufflammender Lebensfunke eines Zustands, der mir unerbittlich entgleitet?

Freunde von mir halten einen Flirt im Job für etwas Erfrischendes. Nichts, was stören würde, nichts, was mehr bedeutete, als ein alltägliches Pfeifen oder Vor-sich-hin-Summen. Ich hatte noch nie einen Flirt am Arbeitsplatz, bin nie jemandem zum Flirten begegnet, habe nicht mal daran gedacht. Und jetzt überfällt mich das Ganze hinterrücks mit einer derartigen Wucht, dass mir die Knie weich werden. Ich bin mir nicht mal sicher, dass es mich froh macht. Es beunruhigt mich vor allem, und wenn ich durchs Haus streife und

Xaviers Strickjacke auf einem Stuhl liegen sehe, greife ich danach und drücke sie in einem Anfall von Schuld und Wehmut an mich.

Ich liebe dich, denke ich, und habe Tränen in den Augen. Ich liebe dich, halt mich fest, bitte!

Die Haustür geht auf, und ich höre Xavier schnaufen und ächzen, als er sich bückt, um Molly von der Leine zu lassen und seine Schuhe aufzuschnüren. Voll Zärtlichkeit und vielleicht auch Sentimentalität gehe ich ihm entgegen. Seine Wangen sind gerötet, die Brillengläser beschlagen.

»Hallo, mein Schatz.«

Xavier erwidert meine Umarmung, schaut aber etwas verdutzt drein.

»Ist was passiert?«

»Wie? Nein, ich musste nur eben daran denken, wie sehr ich dich liebe. Wie dankbar ich bin, gerade dir begegnet zu sein und dass wir zusammen diese Familie haben. Es hat mich einfach so überkommen.«

»Hast du mit meinem Arzt gesprochen? Bin ich todkrank?«

»Haha. Ich meine es ernst.«

Xavier umarmt mich flüchtig, er hat die Kälte von draußen mit hereingebracht. Mich fröstelt in meinem dünnen Pulli. Er stampft den Schnee von den Füßen, zieht ein Taschentuch aus der Hosentasche und putzt sich die Brille.

»Ich habe auf der Rückfahrt mit Maria gesprochen«, sagt Xavier. »Sie kommt nächste Woche nach Stockholm, da habe ich sie gleich auch zu unserem Hasenessen eingeladen.«

»Ach ja?«

Ich will das nicht. Wie ein schwarzer Pfeil schießt es mir durch den Sinn: Das ist *mein* Fest, *unser* Essen.

»Bleibt sie nicht länger? Wir können sie doch auch am nächsten Abend einladen?«

»Ich weiß nicht. Es ist doch in Ordnung, dass sie kommt, oder? Sie bringt Eddy mit.«

»Sollen wir auch Hanna und Astrid einladen?«

»Nein, müssen wir das? Maria ist so selten hier, und es macht ihr vielleicht Spaß, unsere Freunde zu treffen. Frederik zum Beispiel. Sie hat ihn bestimmt seit zehn Jahren nicht mehr gesehen.«

»Okay. Ich dachte nur, das sei eine Erwachsenenveranstaltung.«

»Maria ist erwachsen.«

»Ich meine nur, dass es nicht selbstverständlich ist, seine Kinder mit einzuladen, wenn gleichaltrige Freunde zum Essen kommen. Das machen sie doch auch nicht, die Kinder, wenn sie …«

»Ja, ist ja gut, ich habe sie jedenfalls eingeladen.«

Schon ist Xavier gereizt und zwinkert heftig mit den Augen, die wie mit wütender Hand betätigte Scheren auf- und zuklappen. Ich verstehe es ja. Bin ich doch nicht mal mit mir selbst im Reinen. Meine Reaktion entspringt den dunkleren Winkeln meiner Seele. Da schafft sich etwas Raum, was stärker ist, als ich mir eigentlich eingestehen will. Nur ist es leider so, dass Maria immer ganz selbstverständlich im Mittelpunkt stehen soll, wenn sie bei uns ist. Meine Laune verfinstert sich, denn ich sehe den Abend schon vor mir: Xavier, der nur Augen für seine geliebte Erstgeborene hat. Sein Schuldgefühl, weil er sie in ein Land, weit weg vom Grab ihrer Mutter, mitgenommen hat. Dass *er* überlebt hat und nicht Ana. Dieses Gefühl ist fest und tief in ihm verankert. Er sieht nicht, dass die Jahre vergehen, dass Maria aus eigenem Antrieb weitergeht, sich immer mehr von seinem schweren, mit Trauer und Schuld beladenen Weg entfernt.

Ich verstehe es. Ich liebe Xavier in jedem Lebensalter, ich habe ihn gewählt, ob das nun vernünftig oder unvernünftig ist.

Ich sehe es schon vor mir, wie Marias fünfjähriger Sohn Eddy das Tischtuch bekleckern wird, noch bevor die Gäste überhaupt eintreffen. Ich will nicht die Frau sein, die Abdrücke von Kinderfingern hasst. Aber ich werde diese Frau nicht verbergen können. Auch nicht mit noch so guter Miene und der Behauptung, das mache alles nichts.

Xavier und Maria werden sich erheiterte Blicke zuwerfen, wenn ich eine hässliche Schüssel wegstelle, die sie hervorgeholt haben, und amüsiert Zeugen meines Kampfes sein, alles schön und durchdacht zu gestalten. Ich möchte schwören, dass sie genau wissen – zumindest Maria weiß es –, wie kribbelig es mich macht, wenn eine hässliche Verpackung benutzt wird, und wie sehr ich mich gleichzeitig dafür schäme, dass ich der Ästhetik derart verfallen bin.

Maria weiß, wie hin- und hergerissen ich bin zwischen dem Wunsch, als eine zu gelten, der das Geschmackvolle leicht von der Hand geht, als eine, der es zufällig gelungen ist, es hübsch aussehen zu lassen, und der harten Arbeit, die es mich kostet, es tatsächlich so hinzubekommen. Maria hat ihre halbe Kindheit mit mir verbracht und den Kampf und das Theater aus nächster Nähe miterlebt.

Außerdem, und das zuzugeben ist noch schwerer, werde ich auf das Interesse der Gäste an Maria und Eddy eifersüchtig sein. Hallo, Maria, wie schön, dich zu sehen! Wo wohnst du denn jetzt, was machst du, was für einen süßen Sohn du hast, was bist du tüchtig, dass du es auf die Journalistenschule geschafft hast, einfach so umzusatteln, dir ist immer alles leichtgefallen, versteh mich nicht falsch, du hast auch kämpfen müssen. Und dann alleinerziehende Mutter von Eddy. Du arbeitest wirklich hart.

Maria wird strahlen und die Haare fliegen lassen. Eddy wird über sie hinwegklettern und Aufmerksamkeit beanspruchen, und mein Lächeln wird immer verkrampfter werden, das weiß ich jetzt schon. Xavier wird Maria mit unverstelltem Stolz betrachten, sein Herz schwillt und schlägt für Maria, die immer nur einzustreichen braucht.

Und dann, wenn sie das Haus verlässt, wird das strahlende Leuchten in Xaviers Augen erlöschen und sich in seine Stimme wieder diese Kraftlosigkeit einschleichen. Zwischen Xavier und Maria gibt es etwas, was nie nachlässt. Hanna und Astrid gegenüber empfinde ich sowohl sein als auch mein Verhältnis entspannter. Wir können uns über ihre Fehler und Makel unterhalten, ohne dass es jemals heikel wird. Schließlich wissen wir, dass wir sie auf jeden Fall lieben.

Doch wenn es um Maria geht, ist alles ungleich komplizierter. In Xaviers Augen hat sie nicht den geringsten Makel, er verteidigt sie leidenschaftlich und energisch, selbst wenn sie offenkundig mit irgendetwas schludert oder sich einfach dumm benommen hat.

Soll ich Hanna und Astrid bitten, ebenfalls zu kommen?

Als ob die das wollten!

Nein. Ich weiß, ich würde nur in der Mutterrolle landen, während ich doch eigentlich ohne den gestrengen Blick von Töchtern ein Glas über den Durst trinken und laut lachen will.

Aus Wut über Xaviers Alleingang verheddern sich meine Gedanken wie in schwarzen Schlingen. Ich finde nicht mehr heraus, bin völlig darin verfangen, und mich beherrscht nur noch der eine Gedanke: Ich will, dass nur wir und unsere Freunde zusammensitzen. Wir würden eine ungezwungenere Art des Umgangs finden, jetzt, wo wir die Freiheit haben, nur wir selbst zu sein. Ich beobachte Xavier, der mit dem Smartphone in der Hand und der Lesebrille auf der Nasenspitze krampfhaft versucht, unberührt dreinzuschauen. Ab und zu erwidert er trotzig meinen Blick.

»Hanna und Astrid bitte ich nicht dazu«, sage ich. »Es ist ein Essen für uns und unsere Freunde. Eigentlich. Jetzt wird es eben anders.«

Mit einer heftigen Bewegung nimmt Xavier die Brille ab und sieht mich streng an.

»Unsere Kinder sind doch wohl wichtiger als unsere Freunde. Habe ich die Wahl zwischen Maria und deiner Freundin Sara samt diesem unausstehlichen Menschen, mit dem sie verheiratet ist, dann geht mir allemal ...«

»... Maria vor. Ich weiß. Maria geht für dich immer vor, daran besteht kein Zweifel und hat nie einer bestanden.«

»Ach Gott, sind wir jetzt wieder da angelangt.«

»Sei doch nicht albern, Xavier, und gib dir ein bisschen Mühe, zu begreifen, was ich meine. Es sollte ein Fest für uns und unsere erwachsenen Freunde sein. Aber Maria darf auf alle Fälle auch kommen, und damit ist es gut.«

»*Darf* kommen? Soll ich dafür dankbar sein, dass meine eigene Tochter hierherkommen darf und Hasen essen, die ich höchstpersönlich geschossen habe? Haben wir etwa beschlossen, diejenigen nicht einladen zu dürfen, die man am liebsten treffen will?«

»Exakt so würde ich das formulieren: Niemand darf diejenigen einladen, die man am liebsten treffen will«, wiederhole ich sarkastisch. »Warum hörst du denn nicht auf? Du weißt genau, was ich meine. Ich weiß, dass du das weißt!«

»Und ich weiß, dass unsere Freunde sie gerne sehen und sich nicht an solchen Konventionalitäten und Lächerlichkeiten stören wie unterschiedlichem Alter …«

»Darum geht es doch gar nicht!«

»Worum geht es dann!«

Wir stehen einander gegenüber und schreien uns an. Das ist seit Jahren nicht mehr vorgekommen. Ich schreie, weil ich eigentlich ein schlechtes Gewissen habe: Ich fühle mich zu einem anderen Mann hingezogen, und ich möchte Maria ausschließen, aus Gründen, die ich kaum vorbringen kann. Xavier war immer schon ein Pulverfass, wenn ich seiner ältesten Tochter gegenüber Ansätze von Eifersucht gezeigt habe. Er weiß, dass er ein überspanntes Verhältnis zu ihr hat, mit dem er nur schwer umgehen kann, und im Grunde schämt er sich dafür.

»Es geht bloß darum, dass ich mir einen Abend nur für dich und mich und unsere Freunde vorgestellt habe. Wir sollten mal feiern, dass sich unser Leben geändert hat und wir jetzt etwas Neues aufbauen.«

»Und an diesem Neuen dürfen unsere Kinder nicht teilhaben. Ist es das, was du sagen willst? Weißt du was? Dann ohne mich!«

Ich hole tief Luft und merke, dass ich bei jedem Atemzug zittere.

»Okay. Dann vielleicht auch ohne mich!«

Ich gehe in den Flur, um in meine Winterschuhe zu steigen. Nachdem ich den ersten Fuß hineingequetscht habe, setze ich mich auf die Garderobenbank, und schon schwindet die Lust, in die Kälte hinauszugehen. Es ist lächerlich, mit Getöse vor die Tür zu treten, wenn es dermaßen kalt ist draußen. Und mir extra einen Pullover, Schal, Handschuhe und eine Mütze zu suchen, wäre einfach zu albern.

»Maria ist willkommen«, sage ich gedämpft.

»Ergebensten Dank, meine Gnädigste«, entgegnet Xavier spitz. »Zu gütig!«

Ich antworte nicht, sehe ihn nur düster an. Molly kommt und legt sich vor meine Füße. Das macht sie immer, wenn sie ahnt, dass etwas nicht stimmt. Ich weiß nicht, ob sie es tut, um mich vor Xavier zu schützen oder um umgekehrt auf mich aufzupassen, damit ich nicht auf ihn losgehe. Jetzt liegt sie jedenfalls da und hält den Blick nervös auf ihn gerichtet.

Xavier lässt die Schultern sinken und holt mit der Hand aus, als wollte er eine Rede halten.

»Mensch. Ich möchte nur, dass Maria sich willkommen fühlt …«

»Aber sie *ist* doch willkommen! Jederzeit! Es war nur eben …«

»Ja. Nun kommt sie, und so ist das jetzt.«

»Ja, und weiter gibt es dazu nichts mehr zu sagen, oder?«

Ich streife mir den Schuh vom Fuß und gehe nach oben in unser Schlafzimmer. Falle der Länge nach aufs gemachte Bett und horche auf Xaviers Schritte, aber sie kommen nicht. Rufe dann mit so leiser Stimme nach Molly, dass nur sie es hört, aber auch sie kommt nicht.

* * *

Was ich alles geschultert habe. Versucht habe. Und wie schnell es doch geht, uns auf Dinge zu verweisen, mit denen wir uns früher herumgeschlagen haben und von denen wir dachten, wir hätten sie fortgeräumt wie ausgemusterte Sachen, die auf dem Dachboden gelandet sind. Maria war sechs Jahre alt, als ich Xavier kennenlernte. Langes, braunschwarzes Haar mit geradem Pony, Xaviers breite Zähne, ein ernster Mund, der oft rot und geschwollen wirkte, als würde sie sich oft auf die Lippen beißen. Und dann dieser durchdringende Blick, der nicht von Xavier war, sondern von Ana sein musste.

Anfangs machte sie mich unsicher, ja sogar ängstlich. Ihr prüfendes Kindergesicht fällte ein Urteil über mich und besiegelte mein Schicksal. Sie hatte alle Macht über den Mann, in den ich so verzweifelt verliebt war und ohne den ich nicht würde leben können, zu dessen Herzen ich ohne ihre Zustimmung aber nicht vorgelassen würde.

Xavier hütete die Erinnerung an Ana, indem er mir klarmachte, dass Maria eine Mutter hatte, die niemals zu ersetzen sei. Das band mir die Hände. Wann immer sich Maria zu mir setzte, ihren Kopf an meine Schulter lehnte und sich von mir vorlesen lies, ahnte ich, wie es Xavier warm und leicht ums Herz wurde, aber dennoch – und ich glaube wirklich nicht, dass er das zeigen wollte – war er in wachsamer Bereitschaft.

Bilde dir ja nicht ein, ihre Mutter werden zu können.

Wie oft haben wir darüber gestritten. Immer wieder im Lauf der Jahre war ich der Meinung, dass er mich ausschließt und mir dabei im Weg steht, mich zu der Mutter zu entwickeln, die ich für Maria sein sollte. Ich glaube, Xavier war nie so böse auf mich wie damals, als ich geplatzt bin und geschrien habe, warum er nicht einsehen könne, dass sie keine Mutter mehr hat.

Xavier baute sich vor mir auf und schrie mir ins Gesicht, sie habe sehr wohl eine Mutter. Sie heiße Ana und sei ermordet worden, weil sie zu gut war für diese Welt.

Ich ging in unser Badezimmer und übergab mich vor Empörung. Das habe ich weder früher noch später jemals getan. Anschließend fuhr ich zu meiner Freundin Susanne und wohnte einige Tage bei ihr. Damals gab es die Zwillinge noch nicht.

Es dauerte fünf Tage. Dann wartete Xavier vor meiner Arbeitsstelle auf mich, bat um Entschuldigung und sagte, ich sei für ihn und Maria der wichtigste Mensch auf der Welt.

Bald darauf waren die Zwillinge unterwegs.

Doch Xavier konnte jahrein, jahraus immer wieder davon anfangen, dass ich im Grunde auf Maria eifersüchtig sei – was fraglos stimmte – und dass es mies sei, einem mutterlosen Mädchen die Liebe des Vaters zu missgönnen.

Und so fühlte ich mich mies. Am miesesten von allen. Und genauso mies fühle ich mich auch jetzt. Ich stehe auf und suche Xavier. Finde ihn in seinem Arbeitszimmer. Die Tür ist angelehnt, und ich klopfe am Türrahmen. Xavier sieht von seinem Computer hoch.

»Verzeih«, sage ich. »Es ist gut, wenn Maria kommt.«

»Ich weiß.«

»Es ist nur so, dass …«

»Lass gut sein jetzt.«

»Ich weiß nicht, was in mich gefahren ist.«

»Ich habe auch angeboten, dass wir am Freitagabend auf Eddy aufpassen. Maria will ein paar Freundinnen treffen.«

»Am Abend vor dem Fest, wenn wir den Tisch decken und die Hasen zubereiten müssen?«

»Ich kümmere mich um ihn.«

»Das tue ich doch immer.«

»Ich mache das, habe ich gesagt.«

»Das hätten wir vielleicht auch zusammen entscheiden können. An dem Abend ist ziemlich viel zu tun. Auch noch für Eddy Zeit zu haben, wird schwierig.«

Ich bin den Tränen nahe. Xavier starrt unverwandt auf seinen Computer, weicht meinem Blick aus.

»Jetzt ist es nun mal so«, sagt er nach einer Weile, die Augen weiter auf den Bildschirm gerichtet. »Er ist mein Enkel. Niemand auf der Welt ist mir wichtiger.«

»Ach, sollte das nicht Maria sein?«

Ich kann es nicht lassen. Xavier hebt den Blick und sieht mich finster an. Schwarzes Auge mit scharfer Spitze, die stets zielsicher meine Tränenkanäle punktiert. Damit hatten wir doch aufgehört. Ich mache den Mund auf und zu, schlucke und schlucke, will bitte nicht weinen, das ist doch vorbei, wir sind alt und darüber hinweg. Aber ich bin machtlos und merke, wie mir die Tränen über die Wangen laufen und die Schwärze in Xaviers Augen intensiver wird. Ich weiß, er empfindet Schuld, und er mobilisiert sich. Er glaubt, ich möchte, dass er Schuld empfindet, und vielleicht möchte ich das auch. Seine Augen sind kalte Universen, und in dieser schwarzen Kälte ist weder etwas zu hören noch zu sehen oder zu spüren.

Er macht sich unerreichbar. Was habe ich in all den Jahren nicht draußen gestanden und angeklopft.

Aber jetzt nicht mehr. Nicht noch einmal. Diese Zeiten sind vorbei. Das mache ich nicht mehr mit.

»Im Übrigen kann es für mich so nicht weitergehen. Das ist mir viel zu dumm.«

Sage ich und gehe davon.

Wir belassen es dabei. Das Wochenende und der erste Teil der Woche vergehen im Zeichen beherrschter Freundlichkeit, mit Wein und Fernsehserien. Auf der Arbeit habe ich mich daran gewöhnt, einen Flirt zu haben. Da ich auf Xavier sauer bin, werde ich mutiger. Überlege, was ich anziehe, föhne die Haare und schminke mich sorgfältig. Ich meine zu ahnen, dass Hasse mein Lächeln und meine Annäherungsversuche erwidert, aber allein der Verdacht des Gegenteils ist mir so unerträglich unangenehm, dass ich schon beim leisesten Gedanken daran Bauchschmerzen bekomme.

Merkt man es, wenn man sich lächerlich macht? All diese launigen und hoffnungslosen Versuche älterer Leute, mit Jüngeren zu flirten. Muss ich jetzt das Gefühl haben, so jemand zu sein? Hasse ist zwar nur zehn Jahre jünger, aber trotzdem.

Habe ich nicht begriffen, dass ich auf dem Markt der Liebe zur ausgelachten Kaste gehöre? Dabei bin ich nicht mal verliebt. Ich will nur, dass Hasse und ich einander berühren.

Es ist Donnerstag, und die aufgehängten Hasen müssen abgebalgt werden. Ich habe auf der Arbeit früh Schluss gemacht und bin schon gegen zwei Uhr zu Hause. Um die gefrorene Stimmung zwischen Xavier und mir aufzutauen, habe ich zwei Fastensemmeln mitgebracht. Ich bereue, versprochen zu haben, dass ich mich am Zerlegen der Tiere beteiligen werde. Wünschte, ich hätte irgendein vermeintliches Frauenprivileg vorgeschoben – erledige du deinen Teil, und ich ziehe mir in der Zwischenzeit schon mal die Schürze an. Dann könnte ich auf der Treppe heimlich rauchen und überlegen, wie ich meine Anerkennung zum Ausdruck bringe, wenn er fertig ist.

Wir essen das Gebäck und sind verbissen bereit. Das kann doch wohl nicht sehr viel schwieriger sein, als ein Huhn zu zerlegen, denke ich.

»Weißt du, wie es geht?«

Xavier zuckt die Achseln.

»Na ja. Ich habe es mir heute Vormittag auf YouTube angesehen.«

»YouTube? Habt ihr so was nicht im Kurs gelernt?«

»Jein. Nicht direkt. Es wird wohl kein Zuckerschlecken werden.«

»Kann man die Dinger nicht einfach irgendwo hinbringen? Gibt es denn dafür keine Spezialisten? Sodass man die Teile vakuumverpackt und mit Aufklebern versehen zurückbekommt?«

Ich versuche zu lachen, vergebens hoffnungsvoll. Xavier springt nicht darauf an, und ich hole tief Luft.

Wir müssen da jetzt durch.

»Äh, na gut, wir machen das einfach. Das bringt Erfahrung. Wenn es zum Krieg kommt, können wir immerhin einen Hasen zerlegen.«

Xavier nickt gedankenversunken.

»Mmh. Ich habe das nötige Werkzeug besorgt.«

Er holt eine Tüte und reiht vor uns auf dem Tisch fünf verschiedene Gerätschaften auf. Sie sehen aus, als gehörten sie einem Mörder, der seine Opfer zerstückelt, oder einem Folterer. Er nimmt eine Art Gartenschere in die Hand und zwackt damit ein bisschen in der Luft herum. Ich zucke unwillkürlich zurück, und da zwackt er noch mehr in meine Richtung. Dann lacht er, und das macht mich richtig glücklich. Wir sind wie zwei alte Walkie-Talkies, die plötzlich zu knistern anfangen und Verbindung aufnehmen. Es knistert, wir kichern, und als wir uns beruhigen, sind wir entwaffnet, alle beide. Im Takt, eins.

Xavier gibt mir das große Gerät, aber ich traue mich kaum, es zu nehmen. Ich schiele zu Molly, die auf dem Fußboden liegt und gelangweilt wirkt. Schnipp, wie leicht oder schwer ist das? Ein Hundehals? Ein Rosenzweig? Wie wird es bei den Hasen gehen? Wird die ganze Garage voller Blut sein?

»Wollen wir dann mal?«, sage ich und stehe resolut auf. Wir ziehen uns etwas Wärmeres an und gehen in die Garage, Molly schwanzwedelnd hinterdrein.

Ich bleibe in dem strengen Geruch stehen. Xavier hat die Hasen vorher schon auf der Werkbank aufgereiht. Sie sehen zerzauster aus als vor ein paar Tagen. Ihr Fell hat seine organische Funktion verloren, ist nur noch ein Gewirr von Haaren auf bald getrockneter Haut.

In der Garage liegt ein Hauch von Verwesung in der Luft.

»Warum müssen sie so lange hängen? Soll Fleisch nicht so frisch wie möglich sein?«

»Fleisch muss mürbe werden«, erklärt Xavier und schiebt einen schräg liegenden Hasen zurecht. »Die Fichtenreiser haben sie im Bauch, damit sie nicht zu verwesen anfangen.«

»Bist du sicher, dass das funktioniert hat? Ich finde, die riechen etwas dubios.«

»Ja. Jetzt mäkel hier nicht rum.«

Wir sehen einander an, jeder auf seiner Seite der Werkbank. Wieder lachen wir, alle beide.

»Wie zum Teufel geht das denn?«

Xavier zuckt die Achseln und kramt seine Gartenhandschuhe hervor. Ich finde auch für mich ein Paar. Entschlossen greift Xavier sich einen der Hasen.

»Pfoten und Kopf müssen ab«, murmelt er wie zu sich selbst, schiebt sich die Brille auf die Stirn und wieder runter, als wüsste er nicht, wie er sich verhalten soll. Auch ich weiß nicht, wie ich mich anstellen soll. Ich reiche ihm eines der Werkzeuge, das wie ein großer Seitenschneider aussieht.

»Kannst du die Pfoten hochhalten, dann zwicke ich sie ab«, sagt Xavier.

»Wäre es nicht einfacher, wenn du …«

»Hilfst du nun oder nicht?«

»Ja, natürlich helfe ich, ich dachte nur, wenn du ihn …«

»Okay, aber dann kannst genauso gut du …«

»Mein Gott, ich halte sie ja schon.«

Als Xavier mit der Zange näher kommt, sehe ich weg und kneife sicherheitshalber auch die Augen zu.

»Halt sie doch ordentlich gerade«, faucht Xavier. »Und höher, ich muss sie oberhalb des Gelenks abzwicken.«

Ich gebe mir Mühe, die Pfote so zu halten, dass Xavier an sie herankommt, kann aber nicht auch noch hinsehen. Panikgefühle rauben mir den Atem. Als ich spüre, wie Xavier an dem Tierkörper zerrt, und ein Zwicken und Knacken höre, lasse ich unwillkürlich los. Der Hase knallt auf den Boden.

»Jetzt reiß dich doch zusammen!«

Xaviers Stimme klingt hart. Ich schaue auf die Werkbank, dort liegt eine einsame Hasenpfote. Xaviers Augenlider zucken, wie ich es von ihm kenne, wenn er gestresst ist.

»Ich finde das ziemlich schwierig«, sage ich mit dünner Stimme.

»Glaubst du denn, ich finde es leicht?«

»Ich dachte, du könntest das mit mir teilen. Dass wir einander helfen.«

»Tue ich doch!«

Wir tauschen giftige Blicke. Dann packe ich den Hasen und strecke Xavier die zweite Pfote hin.

»Zwick schon, los!«

Verbissen nehmen wir uns schließlich der Beine an. Schweigend befreien wir Pfote um Pfote von den Schnüren. Ich versuche, mir den Anblick der Tiere so weit wie möglich zu ersparen, und hefte den Blick stattdessen auf Xavier. Er wirkt konzentriert, und wenn er zuzwickt, bekommt er eine Art Zittern um den Mund. Es scheint leicht zu gehen, wie das Abschneiden eines Astes. Die Hasen bluten nicht, aber es riecht streng nach Eisen. Als wir einen Berg Pfoten vor uns auf dem Tisch liegen haben, wischt sich Xavier die Nase an der Schulter ab und murmelt, dass wir sie auch häuten und die Köpfe abtrennen müssen.

»Aber wir sollten vielleicht zuerst das Zeug hier wegtun.«

Er meint die Pfoten. Ich nickte zur Antwort und gehe in die Küche, um eine Plastiktüte zu holen. Mir klopft heftig das Herz. Obwohl ich es mir ersparen wollte, die Tiere zu sehen, ist mein Blick an einem der Hasen hängengeblieben. Er sah so rettungslos verstümmelt aus. Mein erster Gedanke war gleichermaßen dumm und schmerzlich: Jetzt kann er nicht mehr laufen.

In der Küche weiß ich eine halbe Minute lang nicht mehr, was ich holen wollte. Es ist so still dort. Draußen ist es mittlerweile dunkel. Die Lampe über dem Küchentisch wirft einen warmen Schein auf die grüne Keramikvase mit den herb orangefarbenen Tulpen. Der Kontrast zwischen dem Licht der nackten Leuchtstoffröhre in der Garage mit ihrem beißendem Geruch und der freundlichen Atmosphäre in der Küche ist groß.

Ich hole tief Luft und erinnere mich, dass ich eine Tüte für zwanzig Hasenpfoten holen wollte. Jetzt müssen nur noch die Köpfe und das Fell ab, dann kommen die Tiere in den Topf und werden zu Fleisch und gutem Essen, und das ganze Spektakel ist Gott sei Dank nichts, was unser Ding zu nennen wäre. Aus Xavier wird nie ein Jäger werden, und sofern wir weiterhin Fleisch essen, werden wir von nun an zusammen an einer Fleischtheke auf etwas deuten und einer Chose wie dieser entgehen. Bei diesem Gedanken erscheint gleich alles leichter. Ich mache aus der Begebenheit bereits eine Erfahrung, die ich der langen Liste von Erfahrungen hinzufüge, die mein Leben ausmachen. Die Sache lässt sich in eine Anekdote verwandeln, die ich hin und wieder hervorholen kann, ein Detail, das zeigt, dass ich gelebt und mich etwas getraut habe, aber nichts, was wiederholt werden müsste.

Wieder in der Garage, schüttle ich die Tüte auf und sehe, dass sie von Lidl ist, was ich nun wenig feierlich finde. Ich halte sie für Xavier auf, der die Pfoten hineinkippt. Dabei purzelt eine auf den Boden, und ich brülle Molly an, die sofort interessiert in Richtung des amputierten Körperteils schaut.

»Untersteh dich! Ab!«

Mit beherrschter Stimme erklärt Xavier, er werde jetzt mit dem Messer quer über den Leib des Hasen einen Schnitt machen und ihn dann abbalgen. Der Kopf werde abgetrennt, wenn man das Fell auf der Vorderseite abzieht.

»Soll ich ihn festhalten?«

»Nein, das schaffe ich wohl auch so.«

Ich verkneife mir die Frage, ob es in Ordnung ist, wenn ich gehe. Mir ist klar, welche Bedeutung es hat, dass wir Seite an Seite hier sind.

»Ich habe ein Rezept gefunden, das mir richtig gut zu sein scheint«, sage ich in verbindlichem Ton. Xavier hat dem Hasen das Messer zwischen Leib und Fell gedrückt und schneidet es auseinander. Er murmelt irgendeine Antwort, während der Kadaver mit den ihm verbliebenen Beinstümpfen hin und her schwingt.

»Es ist mit Wacholderbeeren und Crème fraîche. Das Fleisch wird in einem Topf geschmort. Wir haben doch diesen riesigen, du weißt schon, den gusseisernen. Darin müssten die Hasen eigentlich Platz haben, oder? Zuerst werden sie angebraten …«

»Kannst du ein Weilchen mal einfach den Mund halten, ich muss mich hier konzentrieren …«

Xaviers Hals und Wangen sind flammend rot. Er muss ordentlich hinlangen, als er am Fell zieht, und aus dem Hasenleib sickert jetzt etwas Blut auf die Arbeitsplatte. Xavier reißt und zerrt und muss das Messer zu Hilfe nehmen, um den immer weiter entblößten Leib ganz freizulegen. Während er das Fell am unteren Rückenbereich löst, fixiere ich Kopf und Ohren. Durch Xaviers Gezerre kommt Leben in sie.

»Geschafft.«

Am Rücken hat Xavier das Fell nun abgelöst.

»Das war erst mal das. Jetzt ist es nicht mehr so viel.«

Er wirkt auf einmal erleichtert und steckt die Fellfetzen in die Tüte.

Dann greift er wieder zum Messer und schneidet das Fell rund um den Hals auf. Sieht mich an, doch ich verstehe nicht recht, was er will. Aber dann wird mir klar, dass er die Zange haben möchte.

Xavier holt tief Luft und zwickt die Halswirbel ab. Immer wütender zieht und zerrt er an den Hasenteilen. Als schließlich nur noch ein blauroter, kleiner nackter Körper übrig ist, sehen wir einander erleichtert an.

»Bleiben also noch die anderen.«

Xavier betrachtet die übrigen vier Hasen. Ich hole hörbar Luft.

»Oh. Die habe ich gewissermaßen vergessen.«

Wie immer mir das unterlaufen konnte. Aber wir sind nun schon eine geraume Weile in der kühlen Garage. Und mit Abknipsen und Abbalgen zugange.

»Vergessen?«

»Ich weiß nicht … habe wohl verdrängt, dass die auch noch da sind.«

»Kannst du nicht reingehen und ein bisschen Kaffee holen, während ich schon mal mit den anderen anfange?«

Ich bin erleichtert, fast euphorisch. Drücke Xavier einen Kuss auf die Wange und ulke, dass ich liebend gern sein Kaffeehäschen sein will. Die Stimme im Falsett. Mit leichten Schritten eile ich aus der Garage, merke, wie mir das Herz klopft.

Warme Gefühle durchströmen mich, ich denke, ich liebe Xavier, er ist ein guter Mann, er versucht, stark zu sein, hat gleichzeitig aber ganz offensichtlich auch ein warmes Herz für Tiere und alles Lebendige.

Hasse, der, ja, der …

Er ist ein Flirt, mehr nicht. Das hatte Xavier auch schon, da bin ich mir sicher. Ich beschließe, auf der Treppe ein paar Züge zu paffen. In der Garage riecht es so dubios nach den

Hasen, da merkt Xavier bestimmt nicht, dass ich schnell eine rauche, während die Kaffeemaschine läuft.

Ist der Winter jemals so kalt gewesen? Wie verrückt beißt er alles, was ihm unterkommt, greift die geringste Öffnung an.

Während ich mir den Rauch durch die Lungen ziehe, wiederhole ich im Kopf, was in den nächsten Tagen alles ansteht. Heute Abend werden die Hasen in die Marinade gelegt. Morgen muss Xavier schon um zwei Uhr Eddy am Hauptbahnhof abholen, wenn Maria und er mit dem Zug aus Göteborg kommen. Zu Abend essen und dann die Hasen zubereiten, während Xavier und Eddy etwas anderes machen. Sich fernhalten, denn ich muss mich konzentrieren. Am Samstag dann die letzten Einkäufe, aufräumen, Tisch decken. Mich umziehen, schminken und mit einem Begrüßungslächeln im Flur stehen.

Mit einem Mal habe ich das Gefühl, mir geht die Puste aus. All die Dinge, die man ein Leben lang verrichtet. All die Vorbereitungen, Bemühungen, Tätigkeiten. Ich habe derlei so oft getan. Ich habe damit so viel Zeit verbracht, über so viele Begebenheiten verfügt, sie an Land gezogen und ihnen meinen Stempel aufgedrückt. Aus unser aller Leben, der ganzen Familie, ein Paket geschnürt und dafür gesorgt, dass es allen gefiel.

Ist es der bevorstehende Besuch von Maria und Eddy, der mich zu derart vor Selbstmitleid triefenden Gedanken treibt? Dazu, dass ich mein grüblerisches, trauriges Selbstbild hervorholen, der ganzen Welt unter die Nase halten und herausstreichen will, dass meine Anstrengungen so unendlich viel schwerer wogen als das, was sie einbrachten? Es ist lange her, dass ich mich in einer solch bitteren Rückkopplung verfangen habe.

Könnte Hasse diese plötzlich wieder auftauchende Bitterkeit vertreiben?

Ist das seine Funktion in meinem Leben? Ist es das, was die Lust tut? Einen Schössling zu einem anderen Körper, einer neuen Art Erde hin austreiben, sich aus einem eingewurzelten Zusammenhang fortbewegen. Fühlt man sich so festgewachsen, dass einzig diese Art fortzukommen möglich erscheint?

Wer bindet mich in der Februarkälte an die Treppe, wer an diese geizige Zigarettenhaushälterei, an das Gefühl der Scham, weil ich mit dem Blick in verbotenen Gewässern fische?

Woher kommt er so plötzlich, dieser Eindruck, dass alles in meinem Leben zur Fessel geworden ist? Und dass das Verlangen, um nicht zu sagen der Zwang, daran zu zerren, immer stärker wird?

Nach ein paar hastigen Zügen drücke ich die Zigarette so übertrieben energisch am Putz des Hauses aus, dass eine heftig aufflammende Kaskade von Glut auf den kalten weißen Schnee niedergeht, wo sie sogleich erlischt. Ich gehe hinein und mache zwei Tassen Kaffee fertig. Mit dem heißen Getränk, das mir über die Hände schwappt, begebe ich mich in die Kälte von Xaviers Schlachthaus. Dort stelle ich die Becher auf die Werkbank, wo sich inzwischen Berge von Fellfetzen und Köpfen türmen. Drei kopflose, abgebalgte Hasen liegen zum Zerlegen bereit.

»Vielleicht kann ich sie in Stücke hacken«, sage ich zu Xavier. »Das kann ja nicht so schwer sein.«

Er starrt mich an, und eine Sekunde lang denke ich, dass er aussieht, als habe er den Verstand verloren. Als wüsste er nicht, wer ich bin. Vom Kopf abstehende Haare, rot gefleckte

Handschuhe, umherirrender Blick. Schließlich greift er nach den Hasenleibern und klatscht sie in einer Reihe auf den Tisch.

»Wir helfen einander«, sagt er.

Xavier holt ein neu erworbenes kleines Beil hervor. Es hängt noch ein Preisschild daran, was ihm zunächst egal zu sein scheint. Als es ihm aber dann im Weg ist, reißt er es mit einem kräftigen Ruck ab. Wir arbeiten schweigend zusammen, wie ein Chirurg und eine Krankenschwester. Der Hasenrücken, die starken Keulen. Das hellrote Fleisch. Ich nehme eine Keule in die Hand und beuge sie leicht vor und zurück. Das Zusammenspiel der Muskelfasern funktioniert immer noch.

»Hör auf, das ist grotesk!«, sagt Xavier.

»Wie bitte, was meinst du damit?«

»Du spielst mit den Keulen, als ob du ein Kind wärst.«

»Das stimmt doch gar nicht! Warum sagst du so etwas?«

»Es sieht einfach ekelhaft aus. Hör auf damit!«

Ich lege die Hasenkeule zurück, bin tief gekränkt. Als ob ich pervers wäre!

»Ich fand es nur schön, zu sehen, wie das funktioniert, wenn ...«

Xavier hat eine große rostfreie Schüssel geholt, in die er die Fleischstücke legt.

»Du bist respektlos«, sagt er. »Wie ein kleines Kind. Hör auf, mit den armen Hasen herumzuferkeln und geh!«

Ich traue meinen Ohren nicht. Xavier wehrt sich gegen meinen Blick, reibt sich mehrmals die Nase an der Schulter, geht zum Wasserschlauch und spült sich die Hände ab.

Mit langen Schritten gehe ich zur Garagentür und knalle sie mit Wucht hinter mir zu. Als ich in der Küche die Hände unter den Wasserhahn halte, sehe ich, dass sie vibrieren; ich bin dermaßen wütend, dass mir die Hände zittern. Wie immer beim Händewaschen nehme ich den Ehering ab, diesmal aber so heftig, dass er mir auf den Boden fällt. Im ersten Impuls will ich mich bücken und ihn aufheben, doch dann schubse ich ihn mit dem Fuß in Richtung Spüle, wo er liegen kann, als hätte ich ihn nicht gefunden …

Xavier kommt mit der rostfreien Schüssel im Arm herein, öffnet den Kühlschrank, erkennt aber sofort, dass sie nicht hineinpasst. Verstohlen beobachte ich, wie er unbeholfen in den Kühlschrank stiert, als hoffte er, ihn mit seinem bloßen Blick vergrößern zu können.

Insgeheim genieße ich seine Unbeholfenheit, tue aber so, als bemerkte ich seine Lage nicht. Xavier nimmt eine Rolle Gefrierbeutel aus der Schublade, reißt mit harter Hand vier davon ab und pfriemelt in einen nach dem anderen die Hasenteile hinein.

Ich sage nichts von der Marinade, in der sie liegen sollen, sage auch sonst nichts, sondern lasse ihn mit seinen Beuteln stehen. Soll er sich doch wie der Idiot fühlen, der er gerade ist. Als er, ohne mich anzusehen, die Küche verlässt, hebe ich den Ehering auf und lege ihn auf die Fensterbank. Dort kann er eine Weile liegen. Ich habe im Moment keine Lust, ihn zu tragen.

Auf dem iPad scrolle ich nach dem Rezept, das ich gestern ergoogelt habe. Schier berstend vor Sentimentalität über meine selbstaufopfernde Vortrefflichkeit bereite ich die Marinade zu und gäre dabei vor Tüchtigkeit.

Wer ist denn nun das Kind? Und wer der Reife? Wer übernimmt denn die Verantwortung für alles?

Was ist los mit ihm?

Als er mich in der Garage anraunzte, sprach er, wie immer, wenn er sich richtig aufregt, mit starkem Akzent. Nach seiner Pensionierung ist irgendetwas mit ihm passiert. Und das jetzt, das muss etwas mit den Hasen und dem Tod und dem Wald zu tun haben. Es muss etwas zutiefst Schmerzliches in ihm wecken. Sich als betrübt oder bedürftig zu erkennen zu geben, ist ihm immer schon schwergefallen. Stattdessen kommt er mit diesem blitzenden, dunklen Blick, dem harten Akzent und dem Hohn auf meine vermeintliche Naivität oder »typisch schwedische Selbstgefälligkeit«.

Warum ertrage ich das eigentlich immer?

Was Dramatik und Schmerz angeht, kann sich mein Hintergrund nie mit seinem messen. Alles, was früher in meinem Leben war, hat den Wert des Anekdotischen, Leichtgewichtigen. In den zwei Runden der Gesprächstherapie, die ich mitgemacht habe, lautete die wiederkehrende Frage: Ziehe ich Gewinn daraus? Benutze ich Xaviers Schicksal, um mich dahinter zu verstecken? Liegt eine Freiheit darin, neben ihm zu verschwinden? Er steht immer schon für das Schwere, den Ernst. Meine Erfahrungen haben nie gezählt.

Doch in letzter Zeit habe ich auf mein Leben zurückgeblickt, auf die Zeit, bevor ich Xavier traf. Als wollte ich mich aufrichten und meiner Geschichte Geltung verschaffen. Platz in Anspruch nehmen. Mehr werden für Xavier, der mich meist voll Zärtlichkeit ansah, aber auch nachsichtig und sogar ironisch überlegen sein konnte.

Für unsere Töchter ist Xaviers Leben ihr Ursprung, das, was sie am deutlichsten geprägt hat. Es bildet den Rahmen ihrer Identität. Hanna und Astrid sprechen mindestens so gut Spanisch wie Maria, und damit das so blieb, versuchten wir sonntags immer den ganzen Tag Spanisch zu sprechen.

Wenn jemand dabei, zum Ergötzen aller, Fehler machte, war das stets ich.

In der Dunkelheit des Schlafzimmers erkenne ich nur Mollys kleines struppiges Gesicht am Fußende des Bettes. Wie ein Krallenäffchen mit Mandarinbart lugt sie aus den Decken hervor. Xavier liegt von mir abgewandt, und ich kann sehen, dass seine Nachttischschublade halb offen steht. Darin liegen Fotos von Ana aus der kurzen gemeinsamen Zeit. Ich habe sie gesehen. Am Anfang unserer Beziehung hat Xavier sie mir einmal gezeigt, und dann gab es eine Phase, da war ich besessen davon, sie mir heimlich anzuschauen, wenn er nicht zu Hause war. Xavier schien nicht darauf erpicht zu sein, sie mir noch einmal zu zeigen. Als würde ihre Kraft abnehmen, je öfter ich sie sähe.

Warum hat er die Schublade halb offen gelassen? Unbewusst oder weil er zeigen will, dass er sich jetzt, wo es mit mir so blöd und schwierig geworden ist, in eine andere Zeit geflüchtet hat?

Ich gehe zu meiner Seite des Bettes und rolle mich in meiner Decke ein. Erneut steigt mir der Geruch nach Eisen in die Nase. Unser blutiges Handwerk hat seine Spuren hinterlassen. Es kriecht mir in den Körper, und egal wie ich liege, muss ich unbedingt noch mal meine Position verändern. Bei jeder meiner Bewegungen schaukelt das Bett, und das soll es auch. Es soll um mich herum schwanken, er soll begreifen, dass ich davonschaukle und dass es stürmt und kränkt, wenn er seine Vergangenheit umarmt. Xavier seufzt laut und vielsagend, aber das kümmert mich nicht. Im Gegenteil, ich trete gegen das untere Ende der Decke, das sich verdreht hat.

»Was ist los mit dir?«

Ich tue erst so, als hätte ich die Frage nicht gehört. Liege ganz still und lausche auf Xaviers gereizten Atem.

»He? Was ist los mit dir?«, wiederholt er.

»Mit mir? Und was ist mit *dir* los?«

Xavier antwortet nicht, sondern zieht sich die Bettdecke bis weit über die Ohren. Ich setze mich auf und warte. Kein Laut von ihm. Im Dunkeln erahne ich nur, wie seine silbrigen Haare über den Rand der Decke wallen.

»He? Hallo, Xavier? Da helfe ich dir und gebe mich mit den verdammten Hasenkadavern ab, und dann fährst du mich an und nennst mich …«

Ich schaffe es nicht, das Wort »kindisch« auszusprechen, denn dann bekäme der Streit etwas Unwürdiges.

»Könntest du so nett sein, Xavier, und mir erklären, worum es eigentlich geht? Ich erkenne dich nämlich nicht wieder!«

Er sagt immer noch nichts. Als Molly ihr vor Wut zitterndes Frauchen beobachtet, bekommt sie glänzende Augen. Ich ziehe mir Socken an. Bei dem langen Aufenthalt in der Garage habe ich mir kalte Füße geholt.

»Oder soll ich jetzt raten, willst du darauf hinaus?«

»Können wir nicht einfach schlafen? Darüber können wir doch auch morgen reden. Und würdest du bitte aufhören, dich ständig hin und her zu wälzen, sodass man endlich mal schlafen kann?«

»Ich wälze mich nicht hin und her, ich kann mich nur schwer entspannen, weil du dich so ungerecht und dumm verhältst. Also: Was ist los mit dir? Warum antwortest du nicht einfach auf meine Frage?«

»Ich weiß es wirklich nicht.«

Xavier klingt resigniert. Er liegt nach wie vor von mir abgewandt. Klingt kläglich, aber ich kann deswegen nicht zurückrudern.

»Du wirkst in letzter Zeit ständig mürrisch und gereizt. Meckerst in einer Tour auf verdammt ungerechte Art an mir herum.«

»Es muss sich doch nicht ständig alles um dich drehen.«

»Das habe ich auch nicht gesagt. Aber ich bin diejenige, an der du herummeckerst.«

»Ach, du kannst einem ja immer dermaßen leidtun.«

Xavier murmelt ins Kissen, fast wie zu sich selbst. Ich glaube, nicht recht gehört zu haben.

»Was redest du da eigentlich?«

Ich lasse die Rhetorik sausen, und jetzt bin ich es, die kläglich klingt, fast schon flehend. Die Situation hat mit einem Mal etwas Erschreckendes an sich, als läge da ein fremder Mann neben mir.

»Entschuldige, Agneta. Können wir nicht endlich schlafen? Wir können doch auch morgen weiterreden.«

Statt zu antworten, rolle ich mich zusammen. Liege mit offenen Augen da, auf der Hut vor möglicherweise bereits lauernden Dämonen. Denn irgendetwas möchte sich bei uns breitmachen. Es sitzt in den Ecken und knabbert an unserer Behaglichkeit. Saugt die Atmosphäre von Ruhe und Sicherheit ein, die wir im Lauf der Jahre geschaffen haben. Als ich endlich die Augen schließe, sehe ich den stummen Blick der Hasen vor mir und denke, dass es ihre unseligen Seelen sind, die uns nicht zur Ruhe kommen lassen wollen.

* * *

Als ich am nächsten Morgen mit der blauen U-Bahnlinie zur Schule in einen der äußeren Vororte fahre, zu dieser eigentümlichen Mischung aus Trostlosigkeit und Gemeinschaft, aus Resignation und Stärke, ist mein Unbehagen noch nicht verflogen. Beim Umsteigen am U-Bahnhof T-Centralen sehe ich Hasse von hinten, der auf dieselbe Bahn wartet wie ich. Ich erkenne seine widerspenstigen Haare und den engen Mantel um seinen übergewichtigen Leib. Wieder überkommt mich die Lust, ihn anzufassen. Zärtlichkeit und Lust flechten sich ineinander, und mich juckt es in den Fingern, ihm über die Haut zu schrubben. Ein kribbelndes Verlangen, das nur an genau seinem Körper gestillt werden kann. Wie merkwürdig, hinter ihm zu stehen, voller Lust den Kopf an seinen Rücken zu legen, die Hände unter seinen Pullover gleiten zu lassen wie geheimnisvolle Tiere in der Nacht und sich lustvoll und hungrig an ihm gütlich zu tun.

Auf einmal scheint Hasse meinen Blick zu spüren, denn er dreht sich abrupt um.

»Ach, hallo, du auch hier!«

»Ja, ich bin auch hier und stalke dich.«

Und schon werde ich rot, denn ich sage die Wahrheit, obwohl es doch ein Scherz sein sollte.

»Wie schön, dass ausgerechnet du das tust.« Hasse lächelt, und ich merke, dass sein Lächeln einer der Gründe ist, warum er mich so anspricht. Er nimmt mich im selben Moment wahr, in dem er lächelt, denke ich. Und sieht aus, als wolle er eintreten, als würde er eine Öffnung vorschlagen. Einladend die Tür aufhalten.

»Ja …«

Was soll ich sagen? Am liebsten würde ich die Worte wegwischen, so wie man mit dem Arm über ein Spielbrett fegt, weil man die Regeln und die Aufstellung leid ist.

»Endlich Freitag«, sagt Hasse.

»Finde ich auch«, entgegne ich.

»Hast du etwas Besonderes vor am Wochenende?«

Ich erzähle ihm von den Hasen und dem Essen, das wir geben. Von Maria und ihrem Eddy und davon, dass ich ihr Kommen lästig finde. Erwähne sogar, dass Xavier und ich uns gestritten haben.

»Ich weiß ja nicht, aber für mich klingt das Zerlegen von Hasen wie etwas, das Menschen zusammenbringen könnte«, sagt Hasse. »Messer und Fleischerbeile, ist das nicht ein wenig intim?«

Meint er es ernst, oder macht er Witze? Er schaut äußerst fröhlich drein, fast erwartungsvoll fröhlich, will damit bei mir landen, sodass ich bekräftigend lache oder zumindest lächle. Ich lächle, muss dabei aber verwirrt aussehen, denn er beugt sich zu mir und erklärt: »Mache Witze!«

Ich lache los, aber in meinen Ohren klingt es wie ein Hilferuf. Hasses Miene wird ernster, als er erzählt, dass er praktisch ähnliche Erfahrungen gemacht habe wie ich. Dass seine Ex-Frau und er nie so viel gestritten hätten wie zu der Zeit, als sie zusammen einen Jagdkurs besuchten.

»Ich weiß nicht, was wir erwartet haben. Dass wir es uns im Wald gemütlich machen würden und einen Grund hätten, zu schweigen, und dass das Schweigen zwischen uns nicht so quälend wäre? Ich fühlte mich der Natur überhaupt nicht nahe, wie alle es immer behauptet hatten. Ich kam mir eher wie ein Eindringling vor.«

»Verstehe.«

Schweigen. Und noch mal Schweigen. Blicke, die sich ineinander verhaken, einander suchen.

»Agneta, ich …«

Die Bahn fährt ein und drückt die Luft aus dem Tunnel. Luft, die unsere Haare zum Tanzen bringt.

Plötzlich spüre ich seine Hand in der meinen. Finger, die sich wie Antennen auf mich zubewegen, und meine, die sich ihnen vorsichtig entgegentasten.

Unsere Hände finden zueinander. Sie begegnen sich nur für einen kurzen Augenblick, doch jetzt wissen wir beide, dass etwas im Gange ist. Ein Kollege gesellt sich zu uns, und auf dem Rest der Fahrt reden wir über die Arbeit und unsere Pläne fürs Wochenende.

Als ich spät am Nachmittag nach Hause komme, ist meine Laune sehr viel besser als am Morgen. Ich habe Blumen besorgt, Kerzen und was für das Essen sonst noch gefehlt hat. Weil ich nicht vorhabe, ein Abendessen zu bereiten, wenn ich später noch das Hasengericht auf die Reihe bringen soll, habe ich beschlossen, dass wir für heute Abend Pizza bestellen. Xavier wird bestimmt darauf drängen, selbst etwas zu machen, aber dann werde ich sagen, dass ich auch das nicht will.

Ich will meine Ruhe haben und eine saubere Küche, wenn ich später koche.

Als ich die Haustür öffne, ist es schon halb fünf, und Eddy kommt mir entgegengerannt. Er ist unwiderstehlich mit seinen schwarzen Locken und der Zahnlücke, wo sich bereits neue Schneidezähne ankündigen. Die Pupillen seiner lebhaften Augen sirren wie Insekten gegen eine Glasscheibe, sie offenbaren seinen Eifer, die Welt in sich aufzunehmen, sie sehen und sich in sie hinausbegeben zu wollen.

Er nennt mich Oma Agneta, wie um zu verdeutlichen, dass er eine andere, eine richtige, biologische Großmutter hat, auch wenn diese schon gestorben ist. Maria bezeichnet mich immer als »Oma Agneta«, sie hat ihm beigebracht, mich so zu nennen.

»Oma Agneta, was hast du eingekauft? Können wir später was Süßes essen? Oder Schokobällchen machen? Wollen wir Karten spielen?«

Die Fragen prasseln auf mich ein, Xavier steht müde lächelnd im Hintergrund. Beim Anblick der beiden wird mir ganz warm ums Herz. Hasses suchende Hand in der meinen hat ganz allgemein innige Gefühle in mir freigesetzt, ich fließe schier über vor Liebe, beuge mich zu Eddy hinunter, um ihn zu umarmen, und verstehe nicht mehr, was daran lästig sein soll, diesen wunderbaren kleinen Kerl bei uns zu haben.

Eddy wirft sich auf mich, fasst mich mit einem Ringergriff um den Hals, sodass wir beide fast zu Boden gehen, und Molly bellt. Sie ist bei Eddy immer auf der Hut, geduldig und freundlich, will aber trotzdem deutlich machen, wenn sie meint, dass es gleich aus dem Ruder läuft.

»Eddy, sei vorsichtig mit Oma Agneta«, sagt Xavier. Er fasst ihn behutsam unter den Armen und hebt ihn weg. Ich richte mich auf und gebe Xavier einen Kuss auf den Mund.

Er zeigt sich bereit, an diesem Abend alles zu ertragen.

Ich bringe die Tüten in die Küche, mit Molly, Eddy und Xavier dicht auf den Fersen. Eddy hüpft umher, während Molly und Xavier gemächlicher hinter mir hertrotten. Ich kommentiere alles, was ich auspacke, frage, was sie von diesem oder jenem halten, etwa von der Farbe der Kerzen, sage, die kleinen Speckwürfel kommen nachher in den Topf, glaubt ihr nicht auch, dass das lecker wird, und das hier, Eddy, ist eine Box Dragees für dich, die bekommst du später, und denkt nur, morgen werden wir Hasen essen, wenn das nicht spannend wird …

Schließlich unterbreche ich meinen Wortschwall und sehe sie an, die drei auf mich gerichteten Augenpaare, und muss lachen, bin zugleich aber auch ein wenig müde und verspüre einen hektisch drängenden Impuls, mich zu verdrücken, denn die Zigarette auf der Treppe lockt mehr denn je, während ich hier eine Vorstellung gebe.

»Wo sind die Hasen, ich will die Hasen sehen«, ruft Eddy und hopst herum. Ich bereite ihn darauf vor, dass sie nicht wie gewöhnliche Hasen aussehen, doch er besteht darauf, sie zu sehen. Also zeige ich ihm die Plastikbeutel mit den marinierten Fleischstücken, und er ist tatsächlich sehr enttäuscht.

»Aber die sind ja nur Fleisch.«

Xavier belehrt ihn mit pädagogischem Geschick, dass alles Fleisch ursprünglich ein Tier war, doch Eddy stochert trotzdem missmutig an dem Plastikbeutel herum und verkündet, die hätten ja nichts, er sehe keine Ohren oder Augen oder sonst etwas.

»Na, die sind dann wohl doch nicht so spannend«, sage ich und nehme aus dem Augenwinkel wahr, dass sich Xavier eine Zeitung vom Küchentisch genommen hat. Das kann er vergessen, er wird keine Zeile lesen; heute Abend gehört Eddy ihm.

Als ich erzähle, dass wir Pizza bestellen werden, ist Eddy sofort Feuer und Flamme. Xaviers Vorschlag, zwei zu bestellen und sie durch drei zu teilen, weist er entschieden zurück. Eddy möchte unbedingt eine für sich allein haben.

Xavier geht mit Eddy zum Auto, um die Pizzen zu holen. Als sie die Haustür hinter sich geschlossen haben, höre ich Eddys Stimme durchs Fenster, den ganzen Weg bis zum Auto. Kaum sind sie losgefahren, bin ich mit meiner Zigarettenpackung draußen, was sonst eigentlich nicht meine Art ist, aber heute muss es sein. Ich stehe in der Kälte und betrachte die Hand vor mir, die vor Kälte zittrigen Finger mit der qualmenden Zigarette, jene Finger, die ganz kurz mit denen eines Kollegen ineinandergeflochten waren. Wie ich da so auf der Treppe stehe und gierig an meiner Zigarette ziehe, kann ich beim besten Willen nicht verstehen, was ich da eigentlich treibe.

Xavier – ich sehe ihn vor mir, wie er jetzt in der Pizzeria steht, während Eddys Schnabel keinen Augenblick stillsteht, ein eben erwachtes und suchendes kleines Vorsommergeplapper. Als wir zuletzt dort waren, schenkte ihm der Besitzer der Pizzeria einen Lutscher, vielleicht um einen Moment Ruhe zu haben. Damals war ich mit Eddy da, und ich ließ es zu. Xavier hingegen wird sicherlich halbherzig protestieren und fragen, ob das nicht bis nach dem Essen warten könne.

Aber dann wird er ihn Eddy doch geben, weil er bestimmt denkt, dass es keiner merken wird, wenn er inkonsequent und lax ist, und Eddy wird sich beruhigen, aber – und hier lache ich laut auf – Xavier wird schnell genug mitbekommen, wie Eddy mit dem Lutscher im Mund herumrennt, und sofort wird sich neue Unruhe einstellen, denn ein Junge, der mit einem Lutscher im Mund herumklettert und -springt, stellt eine ganz andere Art von Gefahr dar.

Xavier und Eddy sind mir in diesem Moment so nah, in diesem Moment, in dem ich meine abenteuerlustige Hand betrachte, die Augen schließe und die Begegnung dieser Hand früher am Tag spüre, da sehe ich die beiden in der Pizzeria vor mir, obwohl mein Körper in eine andere Richtung strebt. Einen weiteren gierigen Zug später wird mir ganz schwindlig, und ich taumle in die Wärme des Hauses zurück. Gehe ins Bad und putze mir die Zähne, wasche mir die Hände mit parfümierter Seife und decke vor dem Fernseher für uns auf.

Ich schaffe es auch noch, nach oben zu gehen, mir etwas Bequemeres anzuziehen und etwas Parfum aufzutupfen. Wir haben ein paar Filme, die Eddy immer gerne sieht, wenn er bei uns ist. Xavier und ich können uns auf dem Sofa zurücklehnen, den Film über uns ergehen lassen und uns einigermaßen wohlfühlen. Und dann denke ich an Hasse und dass ich es wirklich tun sollte, ein einziges Mal untreu sein. Ein Geheimnis haben. Und es genießen, dass es banal ist, falsch und lächerlich. Es soll nur mir gehören, denn wenn ich auf mein Leben zurückblicke, dann ist es, als würde genau das fehlen. Etwas, das nur mir gehört.

Als sie mit der Pizza zurückkommen, lassen wir uns alle drei auf dem Sofa nieder. Während Eddy sich *Arielle, die Meerjungfrau* anschaut, steht er ständig auf, wiegt sich hin und her, spricht manchmal mit vollem Mund vor sich hin. Ich sinke neben Xavier zusammen und merke, wie müde ich bin. Dass es ein langer Tag war. Dass wir zu unserer Pizza vielleicht besser kein Glas Wein getrunken hätten, denn ich muss gleich mit dem Kochen anfangen, was sich auf einmal wie ein Berg vor mir auftürmt.

Ich wache davon auf, dass Xavier sagt, nein, den anderen Film könne er morgen früh sehen. Eddy ist damit einverstanden.

»Dann musst du mich nach oben tragen.« Eddy streckt die Arme nach Xavier aus, der ihn heftig stöhnend hochhebt.

»Wie viele Pizzen hast du eigentlich gegessen? Du wiegst mindestens so viel wie ein Flusspferd«, sagt Xavier, und Eddy lacht laut und macht sich extra schwer.

Ich blinzle und nehme mir vor, in der Küche Musik anzumachen, um richtig wach zu werden. Eddy legt Xavier den Kopf auf die Schulter und steckt – wie immer, wenn er müde ist – Zeige- und Mittelfinger in den Mund. Ich stehe auf, gebe beiden einen Kuss und gehe in Richtung Küche. Recke mich und höre Xaviers brummende Stimme und das Knarren der Holztreppe. Den Jungen bringt immer Xavier zu Bett, wohl aus dem unausgesprochenen Grund, dass er der biologische Großvater ist. Er liest ihm dieselben Kinderbücher auf Spanisch vor wie Maria, und Eddy versteht sie.

Ich weiß auch, dass sie jetzt in unserem Bett liegen und Eddy dort schlafen wird. Wir haben es aufgegeben, ihm ein eigenes Bett herzurichten, denn er kommt ja doch nachts immer angeschlichen und schläft dann zwischen uns.

In der Küche nehme ich das Fleisch aus dem Kühlschrank und inspiziere die Beutel, als könnten sie mir eine Antwort geben. In dem einen liegen die Keulen, die Rücken im nächsten und in einem weiteren die Bauchlappen mit den Rippen. Ich nehme alle Teile heraus und reihe sie auf der Kochinsel auf. Wieder beuge ich eine der Keulen vor und zurück, aber das ist jetzt schwierig. In der Kälte des Kühlschranks sind sie noch steifer geworden, katatonisch gerade. Ich spüle meine mit Marinade verschmierten Finger ab und hole unseren großen gusseisernen Topf hervor. Er fasst zehn Liter, und ich bekomme ihn nur mit Müh und Not auf den Herd. Dann stelle ich die Platte an und gebe eine Mischung aus reichlich Butter und Öl in den Topf. Zuerst werde ich die Rippen anbräunen, damit Soße und Brühe Geschmack bekommen. Das habe ich mir angelesen. Ich verfluche mich selbst, dass ich mich für ein so verzwicktes Rezept entschieden habe.

Während ich darauf warte, dass die Butter zu schäumen beginnt und braun wird, stelle ich das Radio an. Wegen gar zu aufgekratzt lachender Stimmen schalte ich es sofort wieder aus. In dem Moment, als es ganz still wird, begegne ich in der schwarzen Fensterscheibe meinem Spiegelbild.

Ich sehe lediglich die Konturen meines Kopfes, sehe meine blonden Haare als eine Art wolligen Heiligenschein. Wer bin ich? Als ich jünger war, konnte ich mir beim Anblick meines Gesichts im Spiegel wieder und wieder diese vergebliche Frage stellen. Wer bin ich, was will ich?

Ich beuge mich vor, und aus dem Dunkel treten Nase und Augen hervor.

Wer bin ich?

Muss man das wissen?

So viele Jahre sind vergangen, seit ich mir diese Frage zuletzt gestellt habe. Xavier und ich haben uns sogar darüber unterhalten, wie unsere Gesellschaft vom andauernden Wiederkäuen der Frage, wer man sei, geprägt wurde. Dass die Vorstellung vom wahren Ich als eine Art allwissendem Guru, den jeder in sich trage und den zu finden man das ganze Leben lang versuchen könne, etwas Verlogenes an sich hat.

Und dass einzig und allein diejenigen daran verdienen, die etwas verkaufen wollen. Kauf dies, kauf jenes, das bist genau du, und es passt zu deiner einzigartigen Persönlichkeit.

Und sobald wir das Wort »einzigartig« ausgesprochen haben, ziehen wir ironisch die Augenbrauen hoch. Alle sollen genau gleich einzigartig aussehen. Woher kommt diese Fixierung darauf, sich immer wieder neu zu erfinden und zu glauben, man sei mit jedem Mal echter und einzigartiger?

Xavier und ich einigen uns immer darauf, dass der Mensch aus verschiedenen Teilen zusammengesetzt ist, die in unterschiedlichen Situationen aktiviert werden, abhängig davon, wem man begegnet oder was man erlebt hat.

Außerdem blödeln wir oft darüber herum, in welchem Maß wir einander lieben. Sind wir uns richtig einig, landen wir bei achtundneunzig Prozent, und das, was noch fehlt, ist »dieses faule Stück, das nie die Spülmaschine ausräumt« oder etwas in der Art.

Wer ich eigentlich bin, habe ich mich seit dem jungen Erwachsenenalter nicht mehr gefragt.

Doch als ich jetzt in den sich widerspiegelnden Glanz meiner Augen starre, kehrt diese alte Frage zurück. Wer wird da in mir hervorgelockt, wenn Hasse die Hand ausstreckt? Ist es ein Teil meiner Persönlichkeit, der sich in dunkleren Winkeln verbirgt und sich nur noch nicht hervorgewagt hat?

Was will dieser Teil von mir?

Und was will Hasse?

Plötzlich merke ich, dass es verbrannt riecht. Schnell ziehe ich den Topf von der Platte und schalte den Herd aus, aber die Butter qualmt in dem heißen Bräter weiter. Ich nehme die größten Teile der Hasen, die Bauchlappen, und gebe sie in der Hoffnung in den Topf, dass sie die heiße Butter-Öl-Mischung herunterkühlen. Warte eine ganze Weile, bis sie mir richtig temperiert zu sein scheint. Sie darf nicht schwarz sein und angebrannt schmecken.

Himmel noch mal, bin ich schon auf dem besten Weg, das Ganze zu verderben?

Schließlich stelle ich den Topf wieder auf die Platte und beuge mich darüber: keine einzige Blase. Ich drehe die Hitze hoch. Unser Herd ist alt und langsam, und es wird eine Weile dauern.

Zwei Züge auf der Treppe. Ich schaue noch mal in den Topf. Zwei Züge schaffe ich.

Ich eile zur Haustür, schlüpfe fix in meine Holzschuhe, ziehe meine Daunenjacke über, stelle mich hinaus und schaffe es ungewöhnlich schnell, mir eine Zigarette anzuzünden. Der Abend ist eisig klar und so frisch und schön nach dem Butterqualm in der Küche.

Xavier wird von dieser Extrazigarette nichts merken. Meine Gedanken brauchen das Nikotin wie verstrubbelte Haare einen Kamm. Der erste tiefe Zug brennt im Hals, und mir ist, als würde ich gleichzeitig eine andere Art Brennen wahrnehmen. Den Schmerz, der mit der Einsicht einhergeht, dass die Zeit nicht unendlich ist. Dass das Dasein eine Reihe von Stolperdrähten auslegt, die sich noch so deutlich abzeichnen können, über die man aber trotzdem zu stolpern droht.

Mein Leben liegt in meinen Händen wie eine bis an den Rand gefüllte Schale, und die auflodernde Trauer gilt dem Umstand, dass ich nie vorankommen kann, ohne unterwegs etwas zu verlieren.

Alles ist Augenblick, Leben ist Bewegung, das Leben muss permanent in Bewegung sein, das ist seine Bedingung, ehe es stehen bleibt, und dann ist nichts mehr übrig.

Von unserer Treppe aus sieht man auf einen Fußballplatz. Im Winter wird er geflutet und zur Schlittschuhbahn. Diese liegt jetzt vor mir, eine glänzend weiße, unberührte Fläche. Plötzlich sehe ich, wie sich ein Tier diagonal darüber hinwegbewegt. Ein Fuchs! Wie schön! Wie ein dunkler Pfeil jagt er geduckt dahin. Mittendrin bleibt er stehen, um Witterung aufzunehmen. Ist es eine Gefahr oder ein Versprechen, das er mit seiner schnüffelnden Nase wahrnimmt? Eine Beute? Ein Artgenosse?

Der Fuchs setzt seinen geduckten, gehetzten Lauf fort. Ich starre ihm nach und denke, dass er wohl von seiner inneren Bestimmung so getrieben wird. Als hätte er einen Kompass und bräuchte nur ein flüchtiges Einfühlen, um zu wissen, wohin die Nadel zeigt.

Mein Blick bleibt an ihm hängen, doch plötzlich höre ich einen lauten, gellenden Ton. Irritiert trete ich rasch die Zigarette aus und öffne die Haustür. Brandgeruch schlägt mir entgegen, und ich höre, dass der Rauchmelder losgegangen ist. Als ich in die Küche renne, sehe ich bereits Flammen aus dem Topf auf dem Herd schlagen. Alles ist voller Qualm, und der Heulton ist ohrenbetäubend.

Ohne nachzudenken, greife ich mit bloßen Händen nach dem Bräter und verbrenne mich. Während ich nach den Topflappen grapsche, erlebe ich eine halbe Sekunde von Unwirklichkeit: Es will mir nicht in den Kopf, was da gerade passiert. Mithilfe der Topflappen und unter Aufbietung all meiner Kräfte gelingt es mir, den gusseisernen Bräter vom Herd zu ziehen, und mit gewaltigem Krach landet er schräg im Spülbecken. Der aufsteigende Rauch ist derart heftig, dass ich husten muss und mir die Augen tränen. Mit zitternden Händen drehe ich den Hahn auf und lasse das Wasser direkt in den Topf laufen. Das Feuer lodert zunächst auf, aber nach und nach verlöschen die Flammen. Zurück bleibt ein widerlicher Geruch, und als ich die auf dem Topfboden klebenden schwarzen Reste sehe, schniefe ich.

Es stinkt wie die Pest.

Zwei Gedanken schießen mir durch den Kopf. Zum einen, dass der Rest des Fleisches ja noch da ist und ich diese Teile hier vor allem angebraten habe, um der Soße Geschmack zu geben. Jetzt müssen es eben Brühwürfel oder dergleichen tun.

Keine Katastrophe.

Zum anderen, dass ich den heulenden Rauchmelder ausschalten muss, damit Eddy nicht aufwacht. Wo befindet sich der denn gleich noch mal?

Kaum, dass ich den Gedanken zu Ende formuliert habe, ist der Rauchmelder auch schon abgestellt, und ich höre Xavier brüllen, was zum Teufel ich da eigentlich mache. Ich sehe ihn durch den Rauch, seine Haare sind zerzaust, und es ist, als hätte ich geträumt. Aber er steht jetzt direkt vor mir und weckt mich mit seinem Geschrei auf.

»Hallo!? Willst du das ganze Haus abbrennen? Was machst du denn?«

Er schreit, und ich mache den Mund auf, bringe aber keinen Ton heraus. Stammle nur, dass es zu brennen angefangen habe, was aber nun wirklich offensichtlich ist.

Xavier reißt das Fenster auf, und mit der frischen Luft kommt wieder Leben in meinen Kopf. Schon bewege ich mich schneller, stelle fest, dass der Bräter keine Gefahr mehr darstellt, wedele den Rauch fort und nehme einen Lappen zur Hand, um das Schwarze auf dem Herd wegzuwischen. Ich möchte schnell, schnell alle Spuren meines idiotischen Verhaltens beseitigen und frage Xavier, ob denn Eddy noch schläft.

»Das wäre ein Wunder, bei diesem Höllenradau«, faucht Xavier, und ich finde, er ist gemein und hart zu mir. Aber natürlich bin ich auch beschämt. Als ich mit dem Lappen über den Herd reibe und den Rauch wegwedele, bemerke ich etwas ganz Schreckliches: In der Dunstabzugshaube glüht es. Sofort schalte ich sie aus, aber sie entwickelt bereits ein flammendes Eigenleben.

»Es brennt!«, schreie ich. »Schnell, schnell, hol den Feuerlöscher, es brennt!«

Xavier versteht zunächst nicht.

»Aber so mach doch, zum Teufel! Es brennt, im Dunstabzug!«

Endlich rennt er zum Hausarbeitsraum hinter der Küche. Dort steht der Feuerlöscher, den wir irgendwann vor langer Zeit angeschafft haben. In seiner methodischen Art nimmt Xavier ihn heraus und hält ihn schräg unter eine Lampe.

»Beeil dich doch!«, schreie ich, denn die Glut in der Abzugshaube flackert und lodert jetzt immer stärker.

»Mensch, ich muss doch erst mal wissen, wie das geht!«

Xavier bringt den Pulverlöscher schließlich in Gang und sprüht direkt in den Dunstabzug. Ich stehe daneben, hyperventiliere. Sehe meine Arme und Hände, alles schwarz und rußig. Versuche Molly zu entdecken, sehe sie aber nirgends.

Xavier hört auf zu sprühen und starrt in den Abzug. Ich starre ebenfalls hinein und greife außerdem nach einem Messer, mit dessen Hilfe es mir gelingt, das Gitter zu lösen. Es fällt auf den Herd, und das geschmolzene Plastik stinkt derart, dass ich unwillkürlich die Nase in die Armbeuge halte.

Xavier sprüht weiter. Der weiße Schaum riecht giftig, nach Chemie, er legt sich auf den Herd und alles ringsum, verbirgt alles, deckt alles zu. Als könnte nichts mehr atmen.

Um sauber zu machen, werde ich eine ganze Weile brauchen. Ich schiele nach der Uhr, es ist schon nach zehn. Schnell überschlage ich: die Küche sauber machen, mindestens eine Stunde; den Topf mit dem Fleisch, das noch da ist, zubereiten, mindestens zwei Stunden. Es wird sehr spät werden, bis ich fertig bin.

Wir betrachten die Verwüstung. Xavier voller Wut, während mir die Tränen über die Wangen laufen. Ich kann sie nicht aufhalten, es werden immer mehr. Das kommt wohl, denke ich, vom beißenden Rauch. Als ich sie mit der Hand abwische, merke ich an Xaviers Blick, dass ich dadurch nur noch schwärzer aussehe.

»Geh und wasch dir das Gesicht«, sagt er. »Du siehst gruselig aus.«

Ich gehe ins Bad und hole vor Schreck tief Luft. Ich habe den Ruß mit den Tränen verrieben, und als ich mir das Gesicht wasche, bildet sich ein Fettfilm, der nicht abgehen will. Als hätte das Unglück mich imprägniert und haftete nun wie eine tragische Maske an mir.

Ich wasche mich so gut ich kann und gehe wieder in die Küche. Xavier steht da und kratzt mit etwas Scharfem im Topf.

»Wie konnte das passieren?«, fragt er wieder, als er mich sieht. »Wo hattest du denn deinen Kopf?«

»Ich wollte nur meine Abendzigarette rauchen«, erkläre ich mit dünner Stimme. Xavier sieht mich mit eisiger Verachtung an. Wie er diese Zigarette hasst und mich dafür hassen kann, weil ich darauf beharre! Die Zigarette war immer ein Moment des Ärgernisses, aber wir reden nicht mehr darüber, diesen Kampf haben wir aufgegeben.

Aber jetzt ist er wieder da zwischen uns.

»Deine gottverdammte Raucherei!«

»Ja, ja. Geh schon nach oben, ich bringe das hier in Ordnung.«

»Deine gottverdammte Raucherei hätte uns beinahe alle das Leben gekostet, vergiss das nicht!«

»Jetzt übertreibst du, es war doch nur …«

Ich sehe die Küche, das schwarze, verkohlte Fleisch im Topf und den weißen Schaum über Dunstabzugshaube und Herd, und mir wird klar, dass der Herd womöglich erst wieder zu benutzen ist, wenn auch die Abzugshaube sauber ist. Mich befällt Hoffnungslosigkeit, und wieder steigen mir Tränen in die Augen. Ich habe solche Angst, dass mir die Knie weich werden.

»Wenn du nichts Tröstlicheres zu sagen hast, kannst du auch einfach gehen!«

Xavier bleibt stehen. Überkommt ihn vielleicht ein Hauch von schlechtem Gewissen? Doch er macht kehrt und stapft wütend die Treppe hinauf.

»Ich muss da oben die Fenster öffnen. Sonst erstickt Eddy noch in diesem Staub.«

Xavier hustet, und ich auch, denn der weiße Pulverstaub legt sich auf die Atemwege und reizt sie.

Trotzdem habe ich den Drang, auf der Treppe draußen noch mal eine Zigarette zu rauchen, einfach um mich zu sammeln. Aber ich schiebe diesen Impuls sofort beiseite. Hier ist schon genug Rauch überall. Er hängt wie Nebel in der Küche. Ich reiße alle Fenster auf. Durchdringende Kälte erfüllt den Raum. Der Geruch nach Winter und verkohltem Hasen ruft ein unheilvolles Gefühl in mir hervor. Ich hole meinen Daunenmantel und setze mich auf einen Küchenstuhl. Die Kälte macht meinen Atem sichtbar. Ich sitze da wie ein besiegter Drache.

Da höre ich von oben Xavier rufen.

»Agneta, komm! Komm schnell!«

Seufzend erhebe ich mich und schließe die Fenster.

»Was ist denn?«, rufe ich über die Schulter. »Warum schreist du so?«

Ich fühle mich von der Art, wie Xavier mich behandelt hat, immer noch verletzt. Er hätte doch begreifen müssen, dass es auch für mich ein schreckliches Erlebnis war.

»Agneta! Den Feuerlöscher!«

Den Feuerlöscher?

Es dauert ein paar Sekunden, bis ich überhaupt begreife, was er meint. Feuerlöscher? In der oberen Etage?

Ich hebe ihn vom Fußboden auf und gehe zur Treppe. Im Garderobenspiegel begegnet mir eine Person, die nicht mehr ich bin. Ich komme aus der Wildnis, von Feuer und Ruß. Meine Beine tragen mich kaum, und mir ist schlecht. Ich ziehe den Daunenmantel aus und hänge ihn im Flur auf.

Xavier poltert die Treppe herunter, sieht hysterisch aus.

»So beeil dich doch!«

Ich komme zu mir und gehe ihm schnell entgegen. Xavier reißt mir den Feuerlöscher aus der Hand und rennt nach oben, ich hinter ihm her. Er geht zu einer Luke in der Holzverkleidung, einem Verschlag, in dem wir eine Menge mit Kram gefüllte Tüten abgestellt haben, »die Abseite«, voller Sägespäne, Isoliermaterial, altem Zeugs. Xavier deutet auf die Luke. Rauch quillt daraus hervor, und ich verstehe beim besten Willen nicht, wie sich das Feuer bis dorthin hat ausbreiten können. Xavier stellt sich mit dem Feuerlöscher bereit, und ich reiße die Luke auf. Wie verrückte, wütende Geister, die alles verschlingen wollen, schlagen Flammen heraus. Glutheißer Atem fährt mir übers Gesicht, und der Geruch nach verbrannten Haaren steigt mir in die Nase. Blitzschnell drückt Xavier die Luke wieder zu. Stemmt fest einen Fuß dagegen.

»Aua, verdammter Mist!«

Rings um die Luke dringt immer mehr Rauch heraus, und erschrocken sehen wir einander an. Als ich höre, dass Xavier die Feuerwehr anruft, renne ich ins Schlafzimmer, wo Eddy weinend im Bett sitzt und sich die Augen reibt.

»Es beißt, Opa! Meine Augen beißen!«

Ich beuge mich vor und hebe ihn hoch. Er sträubt sich, und ich weiß nicht, ob aus Panik oder weil er lieber zu Xavier möchte. Ich presse ihn trotzdem fest an mich und stürze aus dem Schlafzimmer. Vor der Tür ist der Qualm inzwischen so dicht, dass ich kaum noch etwas sehe. Ich merke nur, wie Xavier mir Eddy aus den Armen reißt. Der Junge schreit jetzt laut drauflos. Und Xavier schreit, ich solle rennen, und hustend laufen wir die Treppe hinunter.

»Molly?«

Xavier reagiert nicht darauf, sondern reißt seinen Mantel vom Haken, bleibt einen Augenblick ratlos stehen, ist dann mit ein paar langen Schritten im Wohnzimmer, zerrt die Decke vom Sofa und wickelt Eddy darin ein. Ich halte den Gedanken nicht aus, dass Molly hier verbrennen muss. Als mir Xavier mit der Hand signalisiert, ich solle mit aus dem Haus kommen, schreie auch ich.

»Ohne Molly gehe ich nirgends hin!«

Verzweifelt suche ich im Erdgeschoss und schreie, dass ich heiser werde. Schreie mal drohend, mal bittend. Bitte, Molly, komm! Verdammter Mistköter, komm schon raus, bevor ich dich erschlage! Bitte, komm doch!

Kein Hund. Das sieht ihr so gar nicht ähnlich, nicht auf Draht zu sein, wenn sie merkt, dass wir aus dem Haus gehen.

Ich starre die Treppe hoch, der Rauch ist jetzt äußerst dicht.

Von draußen sind Martinshörner zu hören. Ein Auto bleibt vor unserem Haus stehen. Vor unserem Haus. Martinshörner. Es geht um *unser Haus*. Martinshörner. Als die Haustür aufgerissen wird, werde ich von Blaulicht geblendet, und große dunkle Gestalten trampeln herein.

Mit einem Mal kommt Molly angerast. Wahrscheinlich hat sie sich irgendwo versteckt, als es zu brennen anfing, aber so sonderbare Einbrecher wie Feuerwehrleute will sie nicht hereinlassen. Sie bellt und bellt, und der erste Feuerwehrmann schreit mir ins Ohr, wenn ich irgendetwas in der Nähe noch mitnehmen möchte, solle ich das jetzt tun, ansonsten müsse ich sofort das Haus verlassen.

Ich bekomme Molly zu fassen und klemme sie mir unter den Arm, sie bellt und windet sich. Fotos! Sagen nicht alle, man solle Fotos mitnehmen? Doch der Computer und die Alben sind in der oberen Etage, und ich traue mich nicht mehr hinauf.

Ich renne im Wohnzimmer herum, brülle Molly an, sie solle ruhig sein, durchsuche mit zittrigen Fingern das Bücherregal, bestimmt gibt es hier unten noch irgendein Album, aber ich finde nichts, und es trampeln noch mehr Leute herein, Molly bellt wieder, und plötzlich steht jemand vor mir und behauptet, sie seien von der Brandschadensanierung OKAB oder so und würden versuchen, zu retten, was zu retten ist, und ob es etwas gebe, worum ich besonders besorgt sei.

»Ich weiß nicht. Bilder.«

Mehr bekomme ich nicht heraus. Molly zappelt, aber ich halte sie so fest, dass sie aufwinselt, ein richtig unglückliches

Winseln, das den Schock durchdringt, der mich wie angewurzelt dastehen lässt.

Einer nach dem anderen strömen Feuerwehrleute zur Tür herein.

Jemand schreit, ich müsse jetzt wirklich das Haus verlassen. Noch länger zu bleiben sei gefährlich. Wie kann das gefährlich sein? Jetzt ist doch die Feuerwehr da.

Mit strenger innerer Stimme versuche ich mich zu Ruhe und Besonnenheit zu ermahnen. Die Feuerwehr wird einfach ein bisschen Wasser auf das Feuer verteilen, jetzt wird alles gut, bald ist der Brand gelöscht, sie haben ihre Schläuche hereingezogen, sind so tüchtig und konzentriert, und was für ein Glück, dass Xavier so schnell angerufen hat.

Spreche ich laut mit mir? Schaut nicht einer der dunkel gekleideten Männer merkwürdig drein, als er ganz ruhig vor mir steht und ich ihn schreien höre, ich müsse jetzt wirklich das Haus verlassen. Verstehe ich, was er sagt?

Das Haus?

Mein Heim?

Ich gehe schnurstracks hinaus. Sobald wir draußen sind, lasse ich Molly los, sie läuft davon, weg von mir, stürmt wie ein dunkler Schatten über den Schnee, und die Kälte ist so grimmig, dass sie mich in die nassen Wangen beißt. Ich habe nur einen dünnen Pulli an und eine verschmierte Schürze, und ich drehe den Kopf in alle Richtungen. Zähle sieben Feuerwehrautos, alle mit Blaulicht. Jemand schreit etwas, gestikuliert und zeigt irgendwohin, und ich schaue hinüber zu dem Haus auf der anderen Straßenseite. Ist das Xavier, der dort steht und winkt?

Ganz durcheinander bewege ich mich in diese Richtung, und als ich durch die Tür trete, steht dort Xavier mit Bosse und Lilian, unseren netten pensionierten Nachbarn. Alle drängen sich im Flur, starren mich an, und ich klappre so heftig mit den Zähnen, dass ich kein einziges Wort herausbringe. Ich kann einfach nicht aufhören. Immer wieder versuche ich, etwas zu formulieren, aber meine Lippen können keinen Laut formen, weil mir immerzu die Zähne und Kiefer klappern und aufeinanderschlagen.

Ich höre Bosse zu Lilian sagen, dass ich unter Schock stehe und sie würden mir Tee machen, und ich spüre, wie Xavier den Arm um mich legt, und ich will erklären, dass ich keineswegs unter Schock stehe, dass es nur so verdammt kalt ist, ich nur ein Weilchen hier warten werde, bis sie da drüben mit dem Rauch fertiggeworden sind, dann werde ich zurückgehen, Tee sei wirklich nicht nötig, aber klar, vielleicht wäre es gar nicht schlecht.

Xavier bringt mich in ihr Wohnzimmer und sagt, ich solle mich setzen. Ich tue es höchst unwillig, habe das Gefühl, mich bereithalten zu müssen, und das gelingt mir besser im Stehen. Als Xavier mich in einen Sessel drückt, werde ich wütend und schüttle seine Hand ab, bemerke aber Bosses besorgten Blick und sinke in etwas Geblümtes und viel zu Weiches. Dann sehe ich Eddy auf dem Sofa daneben, er ist in unsere Decke gewickelt und hat glänzende, verschreckte Augen.

Als sich unsere Blicke treffen, verzieht er das Gesicht und weint. Auch mein Husten klingt wie ein Weinen, woraufhin Eddy sich abwendet und Xavier sich zu ihm setzt und ihn auf den Schoß nimmt. Lilian kommt mit einer Tasse dampfendem Tee, und was sie dann macht, verstehe ich einfach nicht, denn wie kann sie etwas so Dummes machen: Feuer im Kamin.

Damit es uns bei ihnen ein bisschen warm werde, sagt sie, und als ich den Rauch rieche, packt mich ein solcher Ekel, dass ich wieder schluchze. Lilian legt mir eine Wolldecke um die Schultern, und ich bringe es nicht fertig, ihr zu erklären, dass das Knistern im Kamin nicht im Geringsten beruhigend ist und das Feuer mich nur nervös macht. Ich strecke mich nach der Tasse, aber mit meinen zitternden rußigen Fingern kann ich nicht richtig zugreifen, und alles schwappt über. Lilian sagt, das mache nichts, sie werde es aufwischen. Ich kann keine Tasse halten, so ist das nun mal. Irgendwann stehe ich auf und stelle mich ans Fenster, um nach unserem Haus zu sehen. Ich will, dass sie bald fertig sind, will wieder nach Hause.

Es klopft an der Tür, und ich höre, dass Maria gekommen ist. Sie stürmt ins Wohnzimmer und stürzt zu Eddy.

»Mein liebes Kind, verdammt, was ist passiert, er hätte sterben können, was ist passiert, das ganze Haus brennt ja …«

Ihre Worte kommen wie Schläge: Es brennt ja, er hätte sterben können – übertreibt sie jetzt nicht?

Um besser sehen zu können, halte ich die Hand über die Augen, denn im Fenster spiegelt sich das Licht. Von drüben sind aufgeregte Stimmen zu hören, es knallt und kracht, und etwas Schweres bricht zusammen. Ein paar Feuerwehrleute versuchen, aufs Dach zu gelangen. Neben mir steht Bosse, auch er schaut hinaus und kaut energisch auf etwas herum, seine Kiefer mahlen, und mir ist, als läge in dem raschen Blick, den er mir zuwirft, ein leiser Vorwurf, welcher Gefahr wir die Nachbarschaft ausgesetzt hätten.

Welcher Gefahr habe ich die Nachbarschaft ausgesetzt?

Wieder knallt es, und jetzt sehe ich hohe Flammen aus

dem Haus schlagen. Und da erst begreife ich. Unser Zuhause brennt ab. Richtig krank ist, dass mir Weihnachtsmelodien durch den Kopf ziehen: *Alle Kerzen brennen. Brennen lichterloh. Zünd 'ne Kerze an und lass sie brennen. Es ist dunkel jetzt. Brennen. Brennen. Brennen.*

»Oh, verdammt«, sagt Bosse.

Ich spüre Xaviers Arm auf meiner Schulter, aber wieder schüttle ich ihn ab. Ich weiß nicht, warum. Will einfach nicht, dass mich jemand anfasst. Ich hauche kräftig gegen die Fensterscheibe, sie beschlägt immer mehr. Dann wische ich sie mit dem Unterarm ab, um wieder etwas zu sehen.

»Ich bringe Eddy und Maria zu Astrid«, flüstert Xavier mir mit grimmiger Stimme ins Ohr, aber ich begreife nicht, was er meint. Will er sich davonmachen?

»Fährst du mit ihnen weg?«

»Ja, irgendwo müssen sie ja hin.«

Sagt er das bissig?

Ich versuche den dicken Kloß zu schlucken, den ich im Hals habe, etwas Großes, Raues, aber es will mir nicht recht gelingen. Es gibt nichts, was ich zu Xavier sagen könnte. Alles, was ich sagen sollte, ist so unmöglich wie der Kloß, den ich wieder und wieder zu schlucken versuche. Also starre ich weiter auf das Haus und lass es brennen, lass es brennen lichterloh.

Vielleicht sind sie ja bald fertig mit den Löscharbeiten. Was da alles noch im Haus ist, darum muss ich mich doch kümmern. Das kann doch wohl nicht alles verbrennen? Wie lange muss ich hier denn noch stehen?

Xavier kommt wieder ins Zimmer und teilt mir beherrscht mit, er könne nicht mit dem Auto fahren, weil der Schlüssel im Haus sei.

»Mit Autofahren wird das wohl eine Weile nichts«, stellt er fest, und ich stiere mit glasigen Augen, oder sind sie tränenleer? Irgendetwas ist mit meinen Augen, denn ich glaube, Xavier noch nie so gesehen zu haben. Da ist etwas in seinem Tonfall, als er sagt, dass wir nicht mehr Auto fahren können. Ich will schreien: Okay, okay, ich weiß, hau es mir nur um die Ohren! Wie kann er, also echt, wie kann er mir auch noch diesen Millimeter Gift in mein bereits vergiftetes Gemüt spritzen?

»Ich werde für Maria und Eddy stattdessen ein Taxi rufen. Ich möchte nicht, dass sie sich das hier noch weiter ansehen müssen.«

Ich will niemanden von ihnen ansehen. Ich finde Xavier nörgelig, muss er denn alles, was er vorhat, haarklein erzählen, kann er es nicht einfach nur tun?

Maria sieht mich an. Ich weiß es einfach. Sie und Eddy sehen mich an, aber ich denke nicht daran, mich umzudrehen. Ich werde hier stehen und dem Feuer zusehen, werde zusehen, was passiert, nachdem ich ein Haus in Brand gesteckt habe und es habe brennen lassen, ich weiß, was ich getan habe, sie müssen nicht entsetzt dastehen und sich fragen, wie ich bloß konnte und ob mir nicht klar gewesen ist, was hätte passieren können, und wo ich eigentlich meinen Kopf gehabt habe.

Ich will nicht, dass mich jemand ansieht, will nicht, dass jemand mir nahe kommt. Aber ich bin dankbar für die Wolldecke, die mir Lilian gegeben hat, wirklich. Ich sehe mich nach der Teetasse um, vielleicht verschwindet der Kloß im Hals ja, wenn ich etwas trinke. Als ich sie entdecke und einen unsicheren Schritt darauf zumache, zittere ich noch immer, aber es gelingt mir, einen Schluck zu trinken.

»Eddy und Maria fahren jetzt also«, sagt Xavier, und ich nicke nur, ohne ihn anzusehen. Dann schiele ich zu Maria hinüber, aber sie hat nur noch Augen für das Kind auf ihrem Arm. Eddy ist noch immer in unsere Decke gewickelt, und ich merke, dass sie nach Rauch stinkt, und frage mich, ob das wohl rausgeht, wenn man sie in die chemische Reinigung gibt.

Ich bin erleichtert, dass sie verschwinden, dass sie nicht bleiben und weiterhin Zeugen der Katastrophe sind. Ich will allein sein damit, will, dass es allein meine Katastrophe ist. Es wäre ein Trost, allein meine Katastrophe, und ich hasse alle Augen, die sagen, es sei auch die ihre.

Durch das Fenster sehe ich Maria, Eddy und Xavier die Außentreppe hinuntergehen. Sie gehen so, wie wenn man Angst hat auszurutschen, den Gartenweg entlang zu einem Taxi, das zwischen den vielen Einsatzfahrzeugen kaum zu erkennen ist. Maria und Eddy können auf alle Fälle irgendwohin fahren, wo sie ihre Ruhe haben, während ich im Katastrophengebiet zurückbleibe. Ich winke ihnen mit einer linkischen Geste, die keiner von ihnen sieht, und frage mich, ob der Kloß in meinem Hals jemals wieder kleiner wird.

Bosse tritt jetzt derart abrupt vom Fenster zurück, als könne er das Elend nicht mehr sehen. Er setzt ein Zeichen – nein, dieses Elend –, und wieder richtet er diesen Blick auf mich. Was will der eigentlich sagen? Ich kann ihn nicht deuten, vermute aber, dass argwöhnische oder zumindest verwunderte Fragen darin liegen.

Lilian taucht neben mir auf.

»Willst du dich nicht ein Weilchen hinsetzen, Agneta? Du kannst doch nicht die ganze Zeit hier herumstehen, du musst dich ein bisschen ausruhen.«

Ich bin bereit, ihr zum Sofa zu folgen und für eine Weile die Decke über mich zu ziehen, doch dann geht die Haustür auf, und eiskalte Luft strömt herein. Xavier kommt zurück und erzählt etwas davon, dass Maria und Eddy jetzt zu Astrid unterwegs seien und dort schlafen würden.

Astrid! Meine geliebte Tochter Astrid! Und Hanna!

Seine Worte dringen direkt in meinen Körper, der ganz steif und unbeweglich wird. Mein Inneres ist ein einziges Stahlkorsett, und ich kann mich unmöglich jemals wieder setzen. Ich werde dort stehen und stehen und stehen, denn Xaviers Nähe erfüllt mich mit etwas, was ich nicht zuordnen kann. Ich muss ihm gegenüber die Kontrolle bewahren, kann nicht einfach auf dem Sofa zusammensinken.

Stirnrunzelnd schaue ich wieder aus dem Fenster. Die Arbeit dort drüben dauert und dauert, es ist mir unbegreiflich, die können doch einfach Wasser auf dieses kümmerliche, kleine Feuer spritzen und dann fahren, mich wieder hineingehen lassen und zwischen den Sachen herumstochern, retten, was zu retten ist, Ruß wegwischen und zusammenflicken und abspülen und waschen und wieder alles in Ordnung bringen. Kann man nicht einfach alles wieder in Ordnung bringen?

Und wieder spüre ich Xaviers verdammte Hand und stoße sie weg, ich will das nicht haben, begreift er das denn nicht, und mir ist, als hörte ich jemanden sagen, ich stünde wohl einfach unter Schock.

Aber ich will nur an diesem blöden Fenster stehen, und ich finde es etwas mühsam zu atmen. Dann höre ich, dass es an der Tür klingelt. Niemals werde ich Hannas Gesicht vergessen, als sie mich sieht. Sie kommt von draußen, Frische in Kleidern und Haar, kommt mit allen Nuancen und Tönen des freundlichen Lichts, und sie sagt: »Mama! Mensch, Mama – was ist passiert? Was hast du getan?«

Teil 2

* * *

Als mir bewusst wird, dass Hanna in der Tür steht, schließe ich schnell die Augen. Das ist mein Vorhang. Die einzige Gnade und Linderung, die mir einfallen will, sind meine geschlossenen Lider.

Ich weiß, dass ich in Hannas Wohnung bin. Hier sind wir gelandet, Xavier und ich. Uns blieb nichts anderes übrig.

Was ich nicht weiß, ist, woher die Schlaftabletten kamen, die ich gestern Abend eingenommen habe. Aber ich weiß noch, dass ich eine bekam, als Hanna mich in ihr Bett steckte. Weiß, dass ich mit den Zähnen klapperte und schluchzte und weinte wie ein Kind: Washabichgetan, washabichgetan. Dass ich mit den Armen über dem Kopf dalag, die Oberarme fest auf die Ohren gedrückt, und nur meine eigene Stimme und das Rauschen in meinem von Panik ergriffenen Kopf hörte.

Xavier schlief im selben Zimmer auf dem Sofa, es sind die einzigen zum Schlafen geeigneten Möbel in Hannas Einzimmerwohnung. Und wo hat sie selbst geschlafen?

Ich höre Hanna, rieche ihren Duft von Frische und einem Leben, das weder verschmutzt noch verrußt worden ist. Ich spüre, dass sie mich von der Tür aus ansieht, höre sie atmen und außerdem das Rascheln einer Papiertüte.

Jetzt unterhalten sich Xavier und Hanna in der Küche, die Tüte raschelt noch mehr; wahrscheinlich hat Hanna Frühstücksbrötchen geholt. Xaviers Stimme ist meist undeutlich, wie ein brummendes Gemurmel, während Hanna aufgeregt klingt. Weint sie?

Ich möchte nicht aufwachen, möchte auf der Stelle zurück in den Schlaf. Lasst mich in der Tür umkehren, auf dem Absatz kehrtmachen, sofort! Ich lehne die Stirn an die kühle weiße Tapete und wünsche mir, ich könnte in der Wand verschwinden. Stecke die Nase in den schmalen Spalt zwischen Wand und Bett und atme den Geruch von Staub und Laken. Mehr nicht. Aber dann, nach nicht mal einer Sekunde, strömt mir erneut Brandgeruch entgegen. Er hat sich in allem festgesetzt, mein ganzes Ich riecht danach, meine Haare, meine Haut, die Unterwäsche, in der ich hier liege. Selbst in meinen Nasenlöchern hat er sich festgesetzt, ist eins geworden mit meinen Schleimhäuten.

Die Schlaftablette hat noch einen Rest an schonender Wirkung, das spüre ich. Vielleicht verschafft sie mir noch einige Augenblicke Ruhe hinter meinem Vorhang. Eigentlich will ich nie wieder aufwachen.

Ich will nicht in Hannas Küche gehen, mich nicht zu ihr und Xavier setzen, will nicht von ihnen angesehen werden und ihrem Blick nicht begegnen. Denn dann werden meine Augen sich entziehen wollen, die Pupillen entgleiten, nie wieder mit dem Blick eines anderen Menschen kompatibel sein. Ich weiß, dass Xavier und Hanna und der Rest der Welt mich ansehen werden, um nach einer Antwort zu suchen.

Wie? Warum? Was hast du dir dabei gedacht?

Ich verschließe mich noch mehr, will in den Schlaf und in das Bett versinken und stelle es mir als Floß vor, auf dem ich forttreiben kann.

»Mama.«

Ich tue so, als hätte ich sie nicht gehört. Liege auf der Seite, damit mir niemand ins Gesicht sehen kann, und drücke fest die Augen zu.

»Mama.«

Nein.

Ich höre, wie sich ihre Schritte entfernen, höre Stimmen und noch mehr Gemurmel aus der Küche. Größere, schwerere Schritte in meine Richtung.

»Agneta.«

Xavier tritt ans Bett, legt mir seine Hand auf die Schulter. Ich stöhne auf, denke, dass das Geräusch ihn zurückweichen und zu Hanna sagen lässt: Wir geben ihr noch ein bisschen. Hoffe, dass sie mich noch eine Weile fernbleiben lassen.

»Agneta, ich finde, du solltest jetzt aufwachen.«

Xavier ist direkt an meinem Ohr.

»Du schläfst schon fast zwölf Stunden. Du musst mal ein bisschen aufstehen. Dich bewegen.«

Nein. Meine Finger umklammern das Laken. Krallen sich fest. Ich weigere mich, die Augen zu öffnen. Höre an Xaviers Atem, dass sein Gesicht nahe an meinem ist. Spüre noch immer seine Hand auf meinem Arm. Ich drehe mich auf den Bauch, weg von der Hand, weg von der Welt. Xavier seufzt schwer und entfernt sich. An Hannas Tür klingelt es, und jetzt höre ich auch Astrid. Meine Mädchen. Was habe ich getan?

Astrid kommt ebenfalls an mein nach Rauch stinkendes Krankenlager und bringt den Schwung und Duft der alten, frischen Welt mit. Angst fährt mir durch den Leib, die Angst, ich könnte die Kinder anstecken. In meinen Händen sitzen Tod und Vernichtung, mein Griff ist gefährlich, schwarze, verkohlte Finger einer Hexe …

Ich gebe wohl ein Geräusch von mir, weiß aber nicht, wie es aus mir herauskommt, und ich höre, wie Astrid sich entfernt und zu Xavier und Hanna hinübergeht.

Xavier kommt wieder und legt erneut seine Hand auf mich.

»Ein Arzt wird kommen«, sagt er. »Du hast einen Schock, Agneta. Ich glaube, es ist am besten so. Das muss sich jemand ansehen.«

Mir entfährt ein weiterer Laut, ein Weinen vielleicht. Nicht lang oder anhaltend, aber es hat mit Schmerz zu tun. Ich weiß, der Arzt wird versuchen, mich aus meinem Dämmerzustand herauszuholen. Er wird forsch und fordernd und unsentimental sein. Weinen brennt mir im Hals, und ich will nur noch um Gnade bitten, das ist alles. Nur dieses eine Wort kommt mir ständig wieder in den Sinn: Ein bisschen Gnade bitte …

Als ich durch die Nase einatmen will, ist alles ganz dicht, und mir wird klar, dass ich weine. Ich fahre mit der Hand über die Wange und merke, wie nass sie ist.

»Agneta, komm doch endlich zu dir!«

Xavier klingt auf einmal streng.

»Du musst auch an Astrid und Hanna denken. Die machen sich allmählich Sorgen, verstehst du?«

Ich hasse Xavier, aber ich schlage die Augen auf. Als ich mich aufsetze, wird mir schwindlig und es würgt mich. Aber ich muss mich nicht übergeben.

Astrid kommt wieder herein und setzt sich vorsichtig auf die Bettkante.

»Ich habe dir ein bisschen was zum Anziehen gekauft, Mama.«

Sie gibt mir eine Tüte, und ich brauche eine Weile, bis ich begreife, dass ich nichts anzuziehen habe. »Ich habe nichts zum Anziehen«, diese altbekannte, leichtsinnige Jammerarie, aber ich habe jetzt tatsächlich nichts anzuziehen. Was ich am

Leib hatte, als ich aus dem Haus geräuchert wurde, möchte ich wegwerfen, es nie mehr sehen.

Astrid kramt in einer Tüte, und jetzt kommt auch Hanna herein. In der Hand einen Teller mit einem belegten Brot, den sie mir hinstellt. Auch das Brot duftet nach der frischen Welt, nach Butter und Käse. Ich strecke die Hand danach aus, sie sieht schmutzig aus. Trauerränder unter den Nägeln, der Handrücken grau geflammt.

»Du solltest dich duschen gehen, Agneta«, sagt Xavier, und ich wende mich ihm zu. Lag da Ekel in seiner Stimme?

Duschen gehen.

Er findet, dass ich stinke.

Ich stehe auf und bewege mich auf wackeligen Beinen in Richtung Badezimmer, spüre, wie hinter meinem Rücken Blicke gewechselt werden.

In dem Moment, als ich die Badezimmertür öffnen will, fasst Xavier mich am Arm und flüstert dicht an meinem Ohr:

»Du musst dich jetzt zusammennehmen, Agneta. Denk an die Mädchen. Es geht hier nicht nur um dich. Du erschreckst sie. Reiß dich zusammen.«

Mit einem Ruck befreie ich meinen Arm aus seinem Griff.

Als ich das Wasser aufdrehe und mir wieder und wieder Körper und Haare wasche, bin ich so verbittert über das, was Xavier mir zugezischt hat, dass mir fast die Luft wegbleibt.

Es geht hier nicht nur um dich. Als ob ich seine Blicke nicht bemerkt hätte. Als ob mir nicht aufgefallen wäre, wie sehr alles meine Schuld sein soll. Von seiner Seite aus dreht sich jedenfalls eine ganze Menge um mich.

Als ich in Hannas Morgenrock und die Haare in einem Turban aus dem Bad komme, ist der Arzt bereits da. Er spricht mit Xavier, und mir wird klar, dass auch er befragt und betreut und als Betroffener untersucht wird. Der Arzt ist Raucher, das merke ich sofort. Und zwar so deutlich, dass ich zuerst zurückweiche, als er aufsteht, um mir die Hand zu geben. Alles, was mit Feuer und Rauch zu tun hat, ruft bei mir jetzt Ekel und Unbehagen hervor.

Nachdem er meine Lungen abgehört und meinen Blutdruck gemessen hat, erklärt er mir, ich hätte einen Schock erlitten. Ich glaube, ich lächle sogar bei diesen Worten, denn wie hätte ich keinen Schock bekommen sollen? Ich wollte ein paar Hasen anbraten, und jetzt stehe ich hier und habe soeben vergebens versucht, mir den Katastrophengestank vom Leib zu schrubben. Jetzt streiche ich mir mit der Hand über die Stirn und spüre, dass meine Augenbrauen stoppelig sind, angesengt.

Also erkläre ich dem Arzt in beherrschtem Ton, dass ich natürlich geschockt sei, ganz sicher sogar, weil der Brand ein entsetzliches Erlebnis gewesen sei. Sobald wir aber wieder nach Hause kämen, würde sich der ärgste Schock wohl legen. Sage ich und denke, dass Xavier schon sehen wird. Weil ich die Sache in die Hand nehmen werde. Ich werde jetzt die Ärmel hochkrempeln und mich um das, was noch da ist, kümmern.

»Wir können nicht nach Hause zurück, kapier das doch.«

Xavier unterbricht mich resolut.

»Ich habe mit der Versicherung gesprochen, sie haben uns fürs Erste ein Hotelzimmer besorgt«, fährt er fort. »Es liegt nicht weit von zu Hause entfernt. Wir können hinfahren, sobald du etwas gegessen hast.«

»Brauchen Sie etwas, um schlafen zu können?«, schaltet sich der Arzt ein. Glaube ich, schlafen zu können? Ich könnte ganz schwache Schlaftabletten bekommen. Wäre es nicht angenehm zu wissen, auf jeden Fall welche zu haben?

Ich reagiere mit heftigem Kopfschütteln, möchte so tauglich wie möglich erscheinen. Nein danke, ich brauche nichts. Ich werde aufstehen. Ein leichter Schock, ja schon, aber bald werde ich wie gewohnt auf den Beinen sein. Ich höre Xavier sagen, dass er gern Schlaftabletten hätte, doch sein kurzer Seitenblick auf mich verrät, dass er meinetwegen darum bittet. Ich gehe ins Zimmer zurück und sehe mir die Sachen an, die Astrid gekauft hat: Höschen, Strümpfe, ein T-Shirt, ein dickerer Pullover und eine Art Sweathose.

»Ich fand es schwierig wegen der Größe und so«, erklärt Astrid, die in der Tür steht. »Damit war ich mir sicher, dass du es anziehen kannst.«

Die Sachen riechen nach Chemie. Normalerweise wasche ich neue Kleidungsstücke immer, denn ich bilde mir ein, dass sie mit irgendwelchem giftigen Zeug präpariert sind. Es schüttelt mich. Die Klamotten aus der Tüte sind kalt auf meiner Haut. Ich sehne mich nach meinen eigenen Sachen. Betrachte mich in dem seltsamen Outfit im Spiegel und habe den Eindruck, dass Astrid erschrocken dreinschaut, als sie mich mustert. Auch Hanna kommt, um mich zu inspizieren.

»Ich habe noch eine Jacke, die ich dir leihen kann«, sagt Hanna. »Draußen hat es minus fünfzehn Grad.«

Ich nicke und gehe in die kleine Küche. Ein winziger Küchentisch und drei Stühle. Auf zweien davon sitzen Xavier und Astrid. Xavier schiebt mir den dritten hin, aber ich ahne Hanna im Hintergrund und bleibe stehen. Ich bin nicht diejenige, die sitzen soll.

»Nun setz dich schon.« Xavier klingt ungeduldig, und so setze ich mich doch. Jetzt kommt auch Hanna herein und lehnt sich an die Arbeitsplatte. Astrid schenkt mir eine Tasse heißen Kaffee ein und schiebt mir das Käsebrot hin, das sie vom Bett zurückgeholt haben muss. Ich lege die Hände um die Tasse und spüre, wie sich die Wärme in meinen Händen ausbreitet.

»Können wir bald nach Hause fahren?«, frage ich.

»Hast du nicht gehört, was ich gesagt habe? Wir haben fürs Erste ein Hotelzimmer bekommen. Wir können bald hinfahren.«

Ich verstehe nicht.

»Ich muss mir aber auf jeden Fall meine Jacke und ein paar Sachen holen …«

»Das geht nicht! Es ist alles zerstört. Ich habe mit der Versicherung gesprochen, sie sagen, das wird dauern …«

»Gib mir deren Nummer!«

In mir erwacht ein wildes Tier zum Leben. Was ist das für ein Quatsch? Xavier sitzt mit hängenden Schultern da und macht einen verlorenen Eindruck. Und diese jämmerlichen Klamotten! Soll ich damit etwa herumlaufen?

Astrids und Hannas erschrockene Gesichter. Wer wird sie beruhigen können, ihnen das Elternhaus wiedergeben? Ich. Ich werde das in Angriff nehmen.

Es dauert ein paar Sekunden, bis mir einfällt, dass ich gar kein Handy habe. Xavier reicht mir seines. Mit zittrigen Fingern drücke ich die Nummer, die er herausgesucht hat.

Ich möchte halbwegs verständlich klingen, höre aber selbst, dass ich mein Anliegen nur in Satzfetzen und unklarer Chronologie hervorhasple. Und dass ich einen seltsamen, herben Ton an mir habe und alles nervös durcheinanderbringe, was die Mädchen erneut Blicke wechseln lässt. Ich möchte aber wirklich wissen, warum wir nicht nach Hause fahren und unsere Kleider holen können. Möchte klare, einfache Auskünfte haben, möchte die Entscheidung beanstanden und darum bitten, die ganze Situation nicht weiter zu übertreiben.

Xavier scheint aufgegeben zu haben, ob nur mich oder die ganze Situation, vermag ich nicht zu sagen. Während ich streng und entschlossen mit seinem Handy am Ohr auf und ab gehe, starrt er mit leerem Blick vor sich hin. Ich lasse die drei in der Küche sitzen, gehe ins Zimmer und bekomme schließlich eine Frau an den Apparat, die weiß, wovon ich spreche, und unseren Fall kennt.

Und während sie spricht, ist es, als ginge es mir ein. Tröpfchenweise: Etwas, was ich als rein und klar zu sehen versucht habe, stellt sich nach und nach als heillos schmutzig und trüb dar.

Ich habe kein Zuhause mehr. Es ist weg.

Die Frau sagt etwas in der Art von »eventuell Totalschaden«. Unser Zuhause, das Nest der ganzen Familie, verwandelt in etwas, wovon heute befürchtet wird, dass es sich um einen Totalschaden handeln könnte. Die Polizei müsse erst ihre Untersuchung abschließen, bevor jemand hindürfe. Ich protestiere vage, wir hätten heute danach sehen wollen. Nein, das gehe absolut nicht. Wir könnten hinterher mit der Versicherung einen Termin vereinbaren und uns einen Eindruck vom Ernst der Lage verschaffen. OKAB habe sich bereits der beweglichen Habe angenommen, allem, was nicht völlig zerstört sei. Nach dem momentanen Stand der Dinge dürfe jedoch niemand das Haus betreten. Das wäre zu gefährlich. Türen könnten auf uns fallen, Fußböden einbrechen, Gegenstände umkippen und umstürzen. Wie schon gesagt, es sei sehr viel ruiniert. Und genau wie sie kürzlich im Gespräch mit meinem Mann dargelegt hätten, würden sie veranlassen, dass wir ein wenig Geld bekämen, bis die Bank neue Kontokarten ausgestellt hat. Die Frau am anderen Ende muss gehört haben, wie mein verschreckter Atem panisch wurde, denn mit tröstenden, klärenden Worten fügt sie hinzu, dass wir das Hotelzimmer bereits heute beziehen könnten. Dort könnten wir wohnen, bis eine bessere Lösung gefunden sei.

Als das Gespräch beendet ist, erkläre ich Xavier, dass von nun an ich den Kontakt mit der Versicherung halten will. Ich finde das plötzlich lebenswichtig, weiß allerdings nicht, warum. Mein Gefühl sagt mir, wenn von Anfang an *ich* mit ihnen gesprochen hätte, dann hätten sie uns nach Hause gehen lassen. Meine Vernunft gibt mir laut und deutlich zu verstehen, dass dem natürlich nicht so ist. Trotzdem. Jetzt werde ich in das, was noch da ist, Ordnung bringen. Ich brauche keine Hilfe. Ich bekomme das schon hin. Unser Leben zurückzuholen, das regle ich.

»Okay, wir sprechen uns wieder.«

Xavier sieht mich bekümmert an. Und auch das entnehme ich seinem Blick: Trauer. Unser Zuhause. Mir schwindelt. Unser Zuhause ist weg. Aber es kann doch nicht ganz verschwunden sein, oder? Es kann doch nicht alles zerstört sein? Was hat sie gleich noch gesagt, die Frau von der Versicherung? Irgendwo sei unsere bewegliche Habe. Das müssen wir schnell herausfinden. Da sind Sachen, die uns gehören. Eine Basis. Etwas, wovon wir ausgehen können, wenn Neues entstehen soll.

»Unsere Sachen werden irgendwo verwahrt«, erzähle ich. »Also werden sie auch da sein. Wir brauchen nur hinzufahren und sie …«

»Wir fahren als Erstes zum Hotel«, legt Xavier fest, und ich bin gereizt, weil immer er bestimmen will, in welcher Reihenfolge alles geschehen soll.

»Und warum finden wir nicht zuerst heraus, wo unsere Sachen sind?«

»Weil wir schließlich nicht wissen, wohin damit«, sagt er mit müder Stimme. Ich mümmle das belegte Brot in mich hinein, und unterdessen schweigen wir. Der Rauchgeruch hält sich hartnäckig. Ich drücke die Nase an den Handrücken und habe den Eindruck, dass der Brandrauch noch in der Hand sitzt, obwohl ich mich geduscht und eingeseift habe. Xavier sieht müde aus. Auch er trägt einen Pullover, dessen Ärmel deutlich Falten schlagen und der streng nach Chemie riecht, und ebenfalls eine Art Jogginghose.

»Maria und Eddy bleiben auch diese Nacht noch bei Astrid«, sagt er. »Wir können dort heute Abend alle zusammen essen.«

»Wir müssen beieinander sein«, verkündet Astrid entschieden und fingert an einer Haarsträhne. »Bei derartigen Katastrophen muss man mit seinen Angehörigen beisammen sein.«

Hanna nickt bei Astrids Worten, und Xavier sieht seine Töchter liebevoll an. Er ergreift Hannas Hand.

»Versprichst du, Molly abzuholen?«

Molly! Ich habe sie vergessen! O mein Gott!

»Ein Nachbar hat sie gefunden, als sie ums Haus gestrichen ist«, fährt Xavier fort. »Sie hat am ganzen Leib gezittert und ist jetzt bei Bosse und Lilian. Sie hat wohl auch einen Schock erlitten. Und gefroren hat sie wie – ja, ein nasser Hund.«

Ich starre Xavier an und kann nicht fassen, dass ich sie vergessen habe. Ich erinnere mich, sie aus dem Haus gebracht zu haben, aber das war es dann. Der Gedanke an die frierende, verlassene Molly verpasst meinem katatonischen Panzer einen scharfen Schnitt.

»Wir müssen sie sofort holen!«

»Wir können sie nicht mit ins Hotel nehmen …«

Xavier nimmt meine Hand und versucht, meinen Blick aufzufangen. Aber ich kann nicht mehr an mich halten.

»Ich möchte Molly hier haben, hier bei uns! Wir können sie doch nicht verlassen!«

»Wir kümmern uns um sie, Mama«, sagt Hanna. »Wir wechseln uns ab, Astrid und ich. Alles wird gut.«

Es tut so entsetzlich weh. Molly ist ein Teil von uns, ein äußerst lebendiges kleines Wesen in dem, was unser Leben war und von dem ich nicht einschätzen kann, wie viel davon noch übrig ist.

Aber sie ist noch da.

Xavier ruft ein Taxi, das uns zum Hotel bringen soll. In unseren neuen seltsamen Klamotten steigen wir in den Wagen. Wie verkleidete Idioten. Astrid hat noch nie ein Gespür für Stil besessen, und mitten im schweinekalten Februar sehen wir aus wie Campingurlauber. Hanna hat mir eine Steppjacke geliehen, die nach Pferd riecht. Als wir in die Hotellobby treten, sehe ich uns in einem großen Spiegel – ein anderes Paar als noch vor Kurzem. Wir sind andere geworden. Der leicht bedauernde Gesichtsausdruck der Rezeptionistin verrät, dass sie von unserem Schicksal gehört hat.

»Ah ja«, sagt sie. »Ah ja, da sind Sie ja. Willkommen!«

In ihrer Begrüßung schwingt ein mitleidiger und zugleich neugieriger Unterton mit. Die Augenbrauen einfühlsam ein wenig gerunzelt, gibt sie uns unsere weißen Schlüsselkarten, und als sie in Richtung Frühstücksraum zeigt und dessen Öffnungszeiten nennt, und dann in Richtung Aufzug und der kleinen Lounge, hält sie den Kopf leicht schräg, wie um deutlich zu machen, sie wisse wohl, dass wir lieber woanders wären.

»Wie ich sehe, ist das Zimmer fürs Erste für fünf Tage gebucht«, sagt sie in tröstendem Ton. »Und dann werden wir weitersehen.«

Fünf Tage. Fürs Erste.

Das Zimmer ist in verschiedenen Grautönen gehalten. Irgendjemand hat sich vermutlich gedacht, das vermittle den Eindruck schlichter Eleganz. Zwei stramm gemachte Betten nebeneinander, Kissen und Tagesdecke in dunklerem Grau. Fernseher an der Wand, ein graubrauner Sessel und eine Minibar mit zwei Fläschchen Ramlösa und zwei Schokoriegeln. Ein Teppichboden, der unsere Schritte dämpft.

Es ist stumm und korrekt. Ganz anders als ein Zuhause, wo alles eine Botschaft, eine Geschichte, eine Bedeutung hat. Solange ich ein Zuhause hatte, in dem alles miteinander in Verbindung stand, etwas von mir verlangte oder mich bestätigte, hätte ich dieses Grau, dieses Kühle und Langweilige wohl als erholsam empfunden. Ich sehe es richtig vor mir, wie ich ein Selbstgespräch darüber führe, dass es doch herrlich wäre, keinem Muss, keinen Dingen, keinen Erinnerungen ausgesetzt zu sein. Nichts, was etwas von mir will – damals wäre es ein Gefühl der Befreiung gewesen.

Jetzt hingegen hallt es unpersönlich wider. Das Erholsame hat keinen Resonanzboden. Das Erholsame ist zerschlagen. Alles besteht nur noch aus Teilen einer vernichteten Wirklichkeit als Kontrast zu den hellgrauen Tapeten oder glänzenden Synthetikkissen.

Xavier legt sich auf eines der Betten und schaltet den Fernseher ein, zappt durch die Kanäle. Ein alter schwedischer Spielfilm, in dem die Leute reden, als wären sie zu mechanischer Gemütlichkeit kastriert. Ein Naturfilm mit zwei Wölfen, die zusammen heulen. Ich bitte Xavier, diesen Kanal umgehend wegzuschalten, denn Naturfilme enden stets mit Äußerungen über bevorstehende Katastrophen. Immer sind da irgendwelche Arten und Biotope, die aussterben und verschwinden, und das will ich jetzt nicht sehen. Xavier drückt die Wölfe weg, und stattdessen kommt eine Wissenssendung über Bienen. Auch die Bienen sind bald ausgestorben und …

»Muss das sein?«

»Was denn?«

»Tod und Zerstörung und alles Elend der Welt! Ich halte das nicht aus! Gibt es denn, verdammt noch mal, nirgends Ruhe und Frieden?«

Xavier drückt wieder auf die Fernbedienung, und nun taucht eine Frau mit einem sehr weißen Lächeln auf und stellt eine Art Bürste zur Schau, die mit allem fertigwird. Katzenhaaren auf dem Pulli, Schuppen auf den Schultern, verkrümelten Sofas. Sie demonstriert: Hier ist es sauber, die Schulter, der Kragen, das Sofa, und hier – sie hält die Bürste in die Kamera – ist der Schmutz, hier sammeln wir den schäbigen Dreck.

Es sieht so einfach aus.

»Und ich halte so einen Mist nicht aus«, sagt Xavier und dreht sich auf die Seite, weg vom Fernseher. »Für mich ist das der Untergang der Welt.«

»Dass man Katzenhaare entfernt?«

»Du weißt genau, was ich meine.«

Natürlich weiß ich das. Ein gebleichtes, verlogenes Lächeln mit Verkaufsbotschaft kann auch mich befürchten lassen, dass das Jüngste Gericht bevorsteht.

Aber nicht heute. Heute sehe ich mir wie verhext die verführerische Botschaft dieser Frau an. Ich möchte an diesen Trivialitäten teilhaben. Möchte der aufgeklärte moderne Mensch sein, der die Idee von der Heilsbotschaft der Konsumgesellschaft ablehnt, aber trotzdem mit der Einstellung daran teilnimmt, sich in Versuchung führen lassen zu können, da ich die Lage doch voll im Griff habe. Ich starre in die aufgerissenen Augen der Frau und höre mir ihr »Wow« an, wenn sie Haare und irgendwelches Zeug entfernt, und ich möchte so gern ihre Art Probleme und ihre Art Lösung dafür haben.

Aber ich möchte auch Xavier dabeihaben. Deshalb stupse ich ihn an und sage, er solle die Reklame wegklicken, dann könne er auch wieder fernsehen.

Er murmelt, er wolle ein Weilchen ruhen, und reicht mir die Fernbedienung über die Schulter.

Ich gerate in eine Krimiserie, drücke aber weiter, als sich die Polizisten unzusammenhängende Körperteile einer Frau anschauen, und denke, so ist mein Leben: Ich und mein Leben fügen sich wirklich nicht mehr zusammen. Stattdessen erscheint nun eine andere Serie, in der ein Mann einem anderen Mann eine Pistole an den Kopf hält. Das Gesicht des Bedrohten ist schweißnass vor Angst, und er fleht: Bitte, bitte. Nicht schießen!

Einen Klick weiter ist *Antikrundan*. Die Leute stehen mit ihren verschiedenen Schätzen Schlange. Dort bleibe ich sofort hängen. Xavier liegt ruhig da, vielleicht ist er eingeschlafen. Ich sehe, wie sich sein Rücken in dem neu erworbenen Pullover im Rhythmus seines Atems hebt und senkt. Moderatorin und Experten unterhalten sich enthusiastisch mit den Besitzern der Objekte. Mich beschleicht das Gefühl, dass die

Leute, die ihren Kram zur Schau stellen, im Grunde schon vorher alles darüber wissen. Hier werden Scharaden geboten. Die Leute haben gegoogelt und gesucht und wollen ihr Ding jetzt präsentieren. Entweder haben sie es geerbt, oder sie haben es sagenhaft günstig auf einem Flohmarkt erstanden. Sie wollen zeigen, wie tüchtig sie sind. Wenn sie erfahren, dass ein Gemälde oder eine Porzellanvase diverse Tausender wert ist, machen sie große Augen und schlagen überrascht die Hand vor den Mund, und auf einmal hasse ich sie und ihr lächerliches Schauspiel. Wegen ihrer Sachen halten sie sich für bessere Menschen; sie wachsen ein Stück, und ihr Ego schwillt, und sie wollen die neidischen und bewundernden Blicke, die sie ernten, in sich aufsaugen.

Was für einen Fang sie gemacht haben! Was für ein Gespür für Qualität sie besitzen müssen! Was für ein Glück sie doch im Leben haben! Und dann noch diese vornehmen Ahnen und Familien! Breit und zufrieden lächelnd stehen sie da und saugen die guten Nachrichten in sich auf.

Der Experte, die Brille halb auf dem Nasenrücken, fragt schelmisch: »Und was werden Sie nun mit Ihrem hoch bewerteten Objekt anfangen?«

Keiner dieser Idioten will verkaufen. Sie glauben, das würde sie zu schlechteren Menschen machen, sie als vulgär und knickerig dastehen lassen.

Ich sehe mich selbst dort, mit einem Sack voller verkokeltem, schwarzem alten Krempel. Ich habe geholt, was ich zusammenkratzen konnte, und würde so verzweifelt gern von einem dieser gut gekleideten Experten bestätigt bekommen, dass meine Sammelei, mein Besitz, nicht vergebens war. Sie treten mit freundlichem, neugierigem Gesichtsausdruck auf mich zu und spähen in meinen Sack.

Was könnte das bloß sein?

Ich nehme die Blicke aller rings um mich herum wahr, und die Moderatorin tritt halb erschrocken einen Schritt zurück: Diese Frau hat ja gar nichts! Ja schlimmer noch als nichts. Was sie hat, sind die Reste einer Katastrophe, ein hervorgekehrtes, ein zerstörtes Nichts.

Ich bin nicht mehr Teil der Gemeinschaft, bin ausgeschlossen und verbannt. In meinem Leben gibt es nichts Erfreuliches mehr, das Geplauder ist verschwunden, das einvernehmliche Lächeln. Wir, die wir gesammelt haben, die wir Menschen mit einem Zuhause und Geschichte, Geschmack und Verwurzelung sind – unter diesen bin ich ausgeräuchert aus der selbstverständlichen Gewissheit, etwas so Grundlegendes wie ein Zuhause zu haben.

»Nächste Woche sind wir dann in Växjö«, sagt die Stimme aus dem Off in der Schlusseinstellung, mit neuen Schlangen geduldiger und erwartungsvoller Menschen mit Gemälden, Kunst und Krempel unterm Arm. Ich stupse Xavier erneut an.

»Schau dir das an. Es sind nicht ihre Sachen, die sie bewertet haben wollen. Sie selbst sind es, die bewertet werden wollen! Meinst du nicht?«

»Mmh.«

Xavier brummt etwas ins Kissen.

»Ich schaue mir *Antikrundan* an, all die Leute, die da Schlange stehen, um ihren Krempel bewertet zu bekommen. Und ich sage dir, sie wollen einen Preis für sich selbst genannt bekommen, dafür, wie erfolgreich sie sind und was für ein Glück sie gehabt haben. Sie wollen nichts über die Sachen wissen, sie wollen nur sich selbst darstellen.«

Xavier hebt den Kopf vom Kissen und dreht sich zu mir um: »Das sagst du jedes Mal, wenn du diese furchtbare Sendung anschaust. Warum schaust du dir das also überhaupt an?«

»Ach ja? Ja, vielleicht. Aber jetzt fällt es besonders auf. Jetzt, wo … ja, du weißt schon. Wo unsere Sachen … vielleicht ein Teil …«

Xavier wendet sich wieder ab, und mir wird klar, dass ich mich der Zerstörung unseres Heims ausschließlich im Alleingang und nur in meinem Kopf nähern kann. Xavier gegenüber muss ich schweigen und mit ihm zusammen so weiterleben, als wäre nach wie vor alles möglich. Ich gehe zur nächsten Sendung über, einem Quiz, und selbst für Fragen, die ich eigentlich beantworten kann, finde ich heute nur schwer die Lösung. Ist wirklich alles noch an seinem Platz? Ist Utzon immer noch der Architekt des Opernhauses in Sydney? Heißt der Wolf auf Latein noch *canis lupus*? Ist Osama bin Laden auch heute noch in Pakistan gestorben? Steht die Welt noch auf denselben Füßen?

Ich schiele nach der Uhr über dem Fernseher und sehe, dass es 13:18 Uhr ist. Und es ist Samstag. Der Tag, an dem wir unser Wildessen veranstalten wollten. Mein Gott, niemand weiß, was passiert ist!

»Ich muss unseren Gästen mitteilen, dass sie heute Abend nicht kommen können«, sage ich zu Xavier. »Ich möchte nicht, dass sie dorthin fahren und sehen … nein, ich muss sie zu fassen kriegen.«

»Ruf sie an.«

Xavier klingt müde und zugeknöpft. Als wollte er sich auf keinen Fall beteiligen.

»Ich möchte aber mit niemandem reden«, sage ich mit dünner Stimme.

»Dann simse eben.«

Wieder muss ich mir Xaviers Handy leihen. In seinen Kontakten ist keine der gesuchten Nummern aufgeführt – ein Zeichen dafür, dass es in Wirklichkeit nur meine Veranstaltung war. Schließlich finde ich Rita, Åsa und Amanda auf *hitta.se* und notiere mir ihre Nummern. Dann sitze ich eine Weile da und formuliere im Kopf verschiedene Mitteilungen: Haus weg. Hase verschmurgelt. Keine Sitzgelegenheit, keine Stehgelegenheit. Ich will nicht, dass mich jemand anruft. Ich will mich nicht erzählen hören, ich will nicht beschreiben, was ich empfinde, ich will nicht bedauert werden.

Außerdem dürfen sie das Haus nicht sehen. Niemand darf das Haus sehen. Ich will mit Persenningen und Abdeckfolien hinfahren. Dann kann es so stehen bleiben, bis ich alles wieder in Ordnung gebracht habe. Oder zumindest mich selbst. Ich sehe die Gesichter meiner Freundinnen vor mir, besonders Åsas freundliche, teilnahmsvolle Miene, und mir schießen die Tränen in die Augen, doch ich tue, was ich kann, um nicht schwach zu werden. Meine Freundinnen würden mit offenen Armen und Herzenswärme angerauscht kommen, aber auch ganz genau wissen wollen, was passiert ist.

Und genau das kann ich ihnen nicht bieten. Ich weiß es ja selbst nicht.

Schließlich schreibe ich: »Wir müssen das Hasenessen absagen. Es ist etwas passiert. Später mehr. Kuss und Gruß, Agneta.«

Es dauert gerade mal eine halbe Minute, bis Amanda zurückschreibt und fragt, ob Xavier und ich gestritten hätten. Ich antworte: »Nein, nichts dergleichen, melde mich bald.« Und lösche ihre Nachricht sofort. Der Gedanke, dass ihre Antworten auf Xaviers Handy eintreffen, macht mich nervös. Deshalb schreibe ich meinen Freundinnen schnell, dass sie mich nicht auf meinem Handy erreichen können, sondern nur unter Xaviers Nummer.

»Okay, verstehe«, antwortet Amanda und hat das Emoji eines Gesichts mit zwinkerndem Auge hinzugefügt.

Nicht lange, und das Handy macht wieder »pling«. Diesmal ist es Rita: »Habe von dem Brand gehört. Furchtbar! Wo seid ihr? Was können wir tun?«

Ich lasse das Handy einfach mit einem leisen Plumps aufs Bett fallen. Woher weiß sie es? Wissen es alle? Rita und ich, wir haben den gleichen Arbeitsplatz. Alle werden darüber reden.

Scham sollte man steuern können. Und mit der eigenen Scham diskutieren. Oder sich ihr zumindest entgegenstellen. Für das, was vorgefallen ist, trage ich die Schuld. Ich allein. So weit gehe ich d'accord. Es ist allein meine Schuld. Ich betrachte Xaviers Rücken und denke, dass mein Leben eine neue Wendung genommen hat, deren Lektion ich nun langsam wie eine Tafel Bitterschokolade in mich hineinknabbere. Das Einzige, was ich fortan tun kann, ist zu versuchen, unser Zuhause und unser Leben Stück für Stück neu aufzubauen. Ich hole tief Luft und weiß, dass ich am Anfang eines langen, dunklen Tunnels stehe. Und ich werde uns durch ihn hindurchschleppen.

Ich allein.

Doch die Scham macht mich kraftlos. Die Scham sagt, ich soll hundert Jahre schlafen. Warum je wieder aufwachen? Die Scham will mich in einer Höhle vergraben und deren Eingang mit gefletschten Zähnen und gekrümmten Klauen verteidigen, damit niemals jemand hineinkommt. Niemand, jemals. Die Scham hasst es, dass ich Freundinnen habe und einen Mann. Die Scham will sie mit ihren schwarzen schlagenden Flügeln verscheuchen und verhindern, dass meine

Augen deren Blick begegnen und ich den Rücken gerade halte, wenn ich ihnen entgegengehe. Die Scham zischt mir ins Ohr, es gebe nur noch sie und mich. Sie will mich allein im Griff haben, alles andere sei unerträglicher Schmerz. Niemand soll mir nahe sein. Ich möchte die Scham beschwichtigen, indem ich meine Schuld trage. Wenn ich, bedrückt und ganz allein, meine Schuld trage, wenn ich wiedergutzumachen versuche, was ich, nur ich, angerichtet habe, kann ich dann von der Scham befreit werden?

Xaviers Handy klingelt, und ich nehme den Anruf entgegen. Ich bin überzeugt, dass es Rita ist, und ich hasse sie, weil ich sie liebe und weil sie mich von der Einsamkeit meiner Scham fortlocken will.

Halte alle Teufel fern!

Es ist jedoch eine unpersönliche weibliche Stimme, die nach Xavier fragt. Ich berühre ihn an der Schulter und gebe ihm den Apparat. Er setzt sich auf und sagt zu der Stimme am anderen Ende: »Das ging ja schnell, vielen Dank. Ich komme sofort.«

»Das war eine Dame von der Versicherung, die uns Geld besorgt hat«, erklärt er. »Ich fahre rasch hinunter.«

Ich beobachte, wie er in seinem neuen Jumpsuit zur Tür hinausgeht. Alles, was er sagt, klingt wie eine Anklage. Hättest du nicht draußen auf der Treppe geraucht, dann hätte ich jetzt nicht hinunterfahren und von der Versicherung ein paar lachhafte Scheine entgegennehmen müssen, dann hätte ich in diesen neuen Klamotten nicht wie ein Clown ausgesehen, dann hätte ich nicht, hätte ich nicht, hätte ich nicht. Ich hole tief Luft, mache einen tiefen, zitternden Atemzug, bin sehr bedrängt in meiner Ecke, lege mich ausgestreckt aufs Bett und finde, ich liege da wie in einem Sarg, wie eine Tote.

Ich möchte aufgeben. Kann ich Xavier das so sagen? Ich werde den Rest meines Lebens versuchen, die Dinge in Ordnung zu bringen, aber ich kann auch aufgeben. Kann mich wie tot hier hinlegen, und du kannst mich den Rest meines Lebens gern so liegen lassen, kannst auf mich fluchen, mich mit irgendwelchen Sachen bewerfen und mich verwünschen.

Nach einer Weile öffnet Xavier wieder die Tür. Er wirft mir einen flüchtigen Blick zu und erzählt, wie für sich selbst, wir hätten 5000 Kronen erhalten, mit denen wir bis Mitte nächster Woche auskommen müssten. Weil seine Kontokarte im Haus geblieben ist, können sie uns nicht einfach Geld aufs Konto überweisen. Er sinkt mitten auf dem Bett nieder und wendet sich mir zu.

»Wir müssen jetzt also genau überlegen, was wir brauchen. Heute Abend essen wir bei Astrid. Und dann müssen wir ein paar Tage billig essen. Und uns etwas anderes zum Anziehen besorgen, denn wir können doch nicht in diesem Zeug herumlaufen, bis wir wieder funktionierende Kontokarten haben. Außerdem müssen wir möglichst jemanden finden, der uns helfen kann, das Auto aufzuschließen.«

Alles, was aus Xaviers Mund dringt, ist harsch formuliert und ebenso vorgetragen. Ich wollte nichts von ihm, jedenfalls habe ich bisher nichts dergleichen signalisiert. Fass mich nicht an, sprich nicht mit mir, weck mich nicht. Doch auf einmal könnte ich weiß Gott was für ein bisschen Wärme geben, für eine Versöhnung, so etwas wie eine ausgestreckte Hand. Ich drehe den Kopf, und Xaviers Gestalt verschwimmt durch meine Tränen, als ich flüstere: »Verzeih.«

Seit dem Brand habe ich mich nicht getraut, Xavier ordentlich anzusehen. Jetzt hefte ich den Blick auf sein Gesicht und sehe, dass es grau und verschlossen ist. Die mandelmilde

Elfenbeinfarbe seiner Haut hat einen aschgrauen Ton angenommen, seine Lippen wirken trocken und aufgesprungen, die Augen plötzlich viel älter. Ist er mit einem Mal so alt geworden? Oder sehe ich ihn schon lange nicht mehr?

»Verzeih …«

Mir quellen die Tränen aus den Augen. Und doch ist die Angst größer als meine Verzweiflung. Wenn das pulsierende Leben nicht mehr unter Xaviers Haut zurückkehrt und seine Augen keine Wärme mehr ausstrahlen können, was bleibt dann noch?

»Ich kann nicht! Verzeih, Agneta, aber ich kann es tatsächlich nicht.«

Xavier steht auf und starrt aus dem Fenster des Hotelzimmers. Er streicht sich mit beiden Händen die Haare zurück.

»Verzeih, Agneta«, sagt er zum Fenster hin. »Verzeih, dass ich mit dieser Sache nicht richtig klarkomme.«

Ich stehe auf und eile zu ihm. Lehne die Wange an seinen Rücken, reibe sie in dem Geruch nach Chemie und schlinge die Arme um seine Taille.

»Verzeih«, bitte ich schluchzend. »Ich weiß, es ist mein Fehler, verzeih, verzeih! Ich werde alles tun, damit wir wieder ein schönes Zuhause bekommen. Ich werde es neu aufbauen, versprochen. Wenn du nur … wenn du nur wieder froh wirst, wenn wir nur ein neues Heim bekommen, werde ich alles wieder gut …«

Xavier befreit sich aus meiner Umarmung und öffnet das Kuvert mit dem Geld. Er will meine nassen Wangen nicht sehen, will meine flehentlichen Entschuldigungen nicht hören.

»Wir können zu Åhléns gehen und etwas zum Anziehen kaufen, für den Anfang. Ich brauche ein Paar anständige Hosen und Unterwäsche.«

»Ich auch«, sage ich. »Gehen wir einkaufen.«

Schweigend ziehen wir unsere Jacken an.

Wieder steigt mir Pferdegeruch in die Nase, und gleichzeitig signalisiert mein Magen Hunger. Ich sage es Xavier, aber er schneidet nur kurz eine Grimasse, legt eine Hand auf seinen Bauch und verkündet, ihm sei noch immer übel. Schnell und beschämt schiebe ich meinen Hunger beiseite, als beanspruche er unangemessen viel Raum. Wer bin ich schon, dass es mir zustünde, ein Bedürfnis zu haben? Ich, die ich mich zurückhalten sollte. Die ich weit unterm Radar dahinkriechen, unsichtbar sein sollte.

Draußen ist es unbarmherzig kalt. Seite an Seite gehen wir die Straße entlang, die von einer dicken Eisdecke überzogen ist. Mit angespannten Beinen bewege ich mich möglichst vorsichtig, um nicht auszurutschen. Xavier verliert für den Bruchteil einer Sekunde das Gleichgewicht, fängt sich aber sofort wieder.

Beide haben wir die Hände in den Taschen. Ich habe sie fest geballt, versuche damit die Kontrolle zu behalten, so fest, dass im Dunkel der Pferdejackentaschen meine Knöchel weiß werden. Xavier sieht zu Boden, er ist so verschlossen. Vermutlich ballt er die Fäuste mindestens genauso fest wie ich.

Plötzlich bleibt er stehen. »Verdammt, ich muss etwas essen. Mir ist vielleicht nur vor Hunger so schlecht.«

Wir kommen gerade an einem Burgerladen vorbei, treten in das unbarmherzige Licht der Leuchtstoffröhren und stellen uns in die Schlange. Beide lesen wir die verschiedenen Menüvorschläge auf den Tafeln über der Theke durch, doch ich habe keinen besonderen Wunsch.

»Ich nehme das, was du nimmst«, sage ich zu Xavier.

»Mensch, ist das teuer hier«, gibt er zurück. »Da ist das Geld ja im Handumdrehen alle.«

»Ich möchte nur einen simplen Burger und einen kleinen Milchshake«, erkläre ich schnell. »Nimm das Billigste für mich. Ich suche derweil einen Platz.«

Ich setze mich an einen der Tische. Ein junges Mädchen kommt und wischt ihn ab. Sie hat einen fragenden Blick, und als ich schnell sage, dass ich auf meinen Mann dort in der Schlange warte, lächelt sie blass, und ich lächle zurück. Die ganze Situation hat etwas äußerst Unwirkliches an sich. Xavier lässt den Blick durch das Lokal schweifen, ohne mich zu sehen. Auch er kann sich nicht orientieren, wir sind beide so ohnmächtig verloren in einem Zustand obdachloser Verwirrung.

Ich recke die Hand hoch und winke, da entdeckt er mich. Mit einer Hand hält er ein überladenes Tablett, die andere hat er nach wie vor in der Tasche geballt.

Er reicht mir eine kleine Box und einen kleinen Becher Milchshake, ich knabbere an dem Burger und sehe, dass Xavier sich einen deutlich größeren einverleibt.

»Wir müssen jetzt genau überlegen, wie wir vorgehen wollen«, sage ich. Reflexartig will ich nach meiner Tasche greifen, doch da ist keine, und so habe ich weder Papier noch Stift noch Handy, um zu notieren, worauf wir uns verständigen.

»Wenn wir bei H & M oder Lindex oder so jeweils ein Paar Hosen kaufen, kommen wir dort vielleicht mit tausend Kronen klar. Etwas Unterwäsche und Strümpfe …«

»Dann ist die Hälfte des Geldes weg.«

»Hm. Okay. Aber wir werden doch schon Mitte nächster Woche mehr Geld bekommen. Dann wird sich doch eine Lösung finden.«

»Das muss es ja auch.«

»Ich kann ja vielleicht bei dieser Hose bleiben. Ich brauche keine Jeans.«

»Agneta, du kannst doch nicht so herumlaufen«, sagt Xavier mit hochmütiger Miene. Der Waldschrat Xavier kann manchmal als kühler Snob daherkommen, und diese Seite zeigt er mir jetzt. »So wie du aussiehst, können wir froh sein, dass wir nicht von der Polizei angehalten werden.«

Ich schrumpfe in dem Pferdegeruch in mich zusammen.

»Das liegt bestimmt an der Jacke«, erkläre ich. »Ich glaube, die hat Hanna immer im Stall an.«

»Ja, die stinkt tatsächlich.«

Xavier zieht ein Gesicht, als rieche die Jacke eklig. Ich weiß, er meint die Jacke, nicht mich. Und weiß doch auch, dass sehr wohl ich es bin. Der Kloß im Hals schwillt wieder an, und ich muss verzweifelt aussehen, denn Xaviers Gesicht verfinstert sich, und das schnelle Zucken um seine Augen zeugt von innerer Anspannung.

»Bitte, Agneta, bloß kein Drama jetzt ...«

Ich greife nach der Serviette auf dem Tablett und drücke sie mir leicht auf die Augen. Falls da Tränen sind, sollen sie auf jeden Fall zurückgedrängt werden.

»Wir müssen uns jetzt zusammennehmen«, sagt Xavier. »Sonst bekommen wir das nicht auf die Reihe. Ich kann mich nicht um ein Kind kümmern, das getröstet werden will.«

Das ist wie ein Schlag in die Magengrube. Ich starre ihn an, er atmet schwer und reißt gereizt die Augen auf, um mir zu verstehen zu geben, dass ich ihn nicht so durchdringend ansehen soll.

»Ich weiß, wie es ist, alles zu verlieren«, fährt er fort. »Man muss ganz einfach aufrecht bleiben. Du hast nichts davon, wenn du dich bemitleidest. Niemand hat etwas davon. Dadurch wird nichts besser.«

»Ich dachte nur … es ist doch nur so, dass …«

Erneut die Serviette an die Augen. Neugierige Blicke hinter anderen Plastiktabletts, was Xavier noch gereizter macht.

»Ich kann dir gegenüber auch jetzt nicht unfair sein«, sagt Xavier. »Aber am bedauernswertesten bist jetzt nicht du, und ich möchte auf keinen Fall gemein zu dir sein.«

Dann sei es auch nicht, würde ich gern antworten. Hätte ich geantwortet, wenn ich nicht für den Rest meines Lebens dazu verurteilt wäre, mich kleinzumachen und Abbitte zu leisten. Also lächle ich unterwürfig und wische mir dabei eine hartnäckige Träne ab. Am bedauernswertesten? Warum können er und ich nicht einfach nur bedauernswert sein?

»Ich werde gleich morgen früh bei dieser Firma anrufen, die unsere Sachen gerettet hat«, verkünde ich. »Wir können bestimmt bald zu unserem Haus fahren und alles wieder in Ordnung bringen.«

Xavier reagiert nicht darauf, sondern starrt aus dem Fenster und saugt an seinem Strohhalm. Ich glaube, wir waren noch nie zusammen in so einem Burgerladen. Zwei Obdachlose in alten, nach Stall riechenden Jacken und mit rußgrauen Nägeln, die jede Öre zweimal umdrehen. Meine Hände riechen nach billigem Burger und Brandrauch. Ich schnüffle extra daran. Ja. Dieser Geruch wird nie mehr verschwinden. Ich bin in bildlichem wie in buchstäblichem Sinne gebrandmarkt.

Am späteren Abend stehen wir vor der Tür von Astrids Zweizimmerwohnung in Midsommarkransen. Sie wohnt zur Miete dort mit einer Freundin, die vorübergehend ausgezogen ist, um Maria und Eddy Platz zu machen. Eine Katastrophe ist eine Katastrophe. Da helfen alle zusammen.

Wir klingeln, Xavier und ich, beide in Jeans von Lindex, und ich dazu in einer Jacke aus dem Ausverkauf von H & M. Die neue Jeans kratzt. Ich möchte alles Chemische aus ihr herauswaschen, sie bändigen, damit sie meine wird. Welch schwindelerregender Gedanke, kein einziges Kleidungsstück mehr zu haben, das noch von mir ist. Ich bin Agneta Kleiderlos. Bin bloß Agneta. Mein Stil? Ich taste umher. Bin ein altes Manifest, das es nicht mehr gibt. Ich, die frühere Agneta, schrumpfe in den neuen Kleidern. Es sind keine Sachen, die ich mir unter normalen Umständen ausgesucht hätte. Nur billige Notlösungen. Zwar habe ich auch schon vorher bei Lindex und H & M eingekauft, daran liegt es nicht, aber heute habe ich es gesenkten Hauptes getan und ohne Recht, an mehr zu denken, als normal auszusehen und dass es so wenig wie möglich kosten soll.

Und da bin ich nun. Es ist ein befriedigendes Gefühl, dass die Jacke hässlich ist. Es wäre unanständig gewesen, mit etwas Neuem und Hübschem zu prahlen.

Ich schiele zu Xavier, der auf die Tür starrt und darauf wartet, eingelassen zu werden. Sein Mund bewegt sich leicht, als er Eddy schreien und trappelnde Kinderfüße immer näher kommen hört. Xavier scheint schon der geschlossenen Tür Hallo sagen zu wollen. Als die Klinke gedrückt wird und Astrid öffnet, schießt mir klar und deutlich ein Gedanke durch den Kopf: Es sind nur wir. Nur Xavier und ich. In unserer ganzen Erbärmlichkeit stehen wir bei den Kindern vor der Tür und haben nichts dabei als ein paar billige Klamotten, Schuld, Panik und Trauer. Alles, worauf wir unsere elterliche Würde gegründet haben, das Zuhause, das wir geschaffen haben, unser aller ursprünglicher Unterschlupf, unsere Geborgenheit – alles weg.

Xavier und ich haben als Gründer und Oberhäupter in unserem Heim gethront. Bewusst hat das gewiss niemand von uns so gedacht, doch in gewissem Sinn ist der Familienbau ein Reich, das wir gemeinsam geschaffen haben, er und ich. Die Atmosphäre, die Gepflogenheiten, die mehr oder weniger ausgesprochenen Regeln. Unser Werk. Und dann all die Dinge natürlich. Maria, Astrid und Hanna sollten weiter an Reife und an Selbstständigkeit gewinnen, sich von uns wegentwickeln. Gleichwohl wären Xavier und ich diejenigen, die mit den ursprünglichen Schätzen dasaßen und sie nach und nach ausschütteten.

Der Gedanke und das Gefühl beißen sich fest: Wir sind jetzt nur noch wir, unsere Körper und mehr im Großen und Ganzen nicht. Wie zwei arme Staatenlose stehen wir vor unseren Kindern.

Als sie jetzt die Tür öffnen, kann Xavier ein wenig aufrechter dastehen. Er ist ein Opfer der Umstände. Ich aber ducke mich und schrumpfe. Wie kann meine Stimme jemals ihren Grundton wiederfinden? Und ich eine Person sein, auf die andere hören?

Ich bin jetzt nur noch ich, ein kleines Geflatter ohne ursprünglichen Sinn. Der ist weggebrannt, ausgebrannt, verschwunden.

»Mama!«

Hanna, eine Falte zwischen den Augenbrauen, legt mir die Hand auf die Schulter.

»Mama, was ist los mit dir? Du siehst so komisch aus.«

Xavier reißt streng die Augen auf, und ich straffe den Rücken.

»Was!? Nein, es ist nichts. Ich bin nur ein bisschen müde.«

»Und natürlich schockiert«, sagt Hanna und umarmt mich beruhigend. »Das sind wir auch.«

Ich sehe mich um. Sowohl Astrid als auch Hanna scheinen geweint zu haben. Oder bilde ich mir das nur ein? Sind ihr Hals und ihre Wangen nicht etwas gerötet, ihre Wimpern nicht ein bisschen klebrig feucht? Hat das Weiß ihrer Augen nicht einen rosigen Ton? Und Eddy erst! Er steht vor Xavier und mir, blass und mit dunklen, eingesunkenen Augen, und hält den Zeigefinger wie eine Pistole auf uns gerichtet.

»Peng!«, schreit er. »Peng, peng, peng!«

Maria tätschelt ihm den Kopf und tritt zu Xavier, legt ihm die Arme um die Taille und lehnt den Kopf an seine Brust.

»Papa«, sagt sie. »Armer Papa.«

Astrid ist wieder in die Küche gegangen, und Hanna hängt unsere Jacken auf. Ich stehe neben dem sich umarmenden Paar und beuge mich vor, um Eddy die Haare zu zausen, doch er duckt sich schnell weg, zielt und schreit wieder »Peng!« Er hat nur eine Unterhose an, und seine Arme und Hände sind voller Wasserfarbenflecken. Er sieht aus wie ein kleiner Wilder.

Da höre ich hinter einer geschlossenen Tür ein Kratzen. Molly! In dem Moment, als ich die Hand ausstrecke, um die Tür zu öffnen und sie herauszulassen, sieht Maria von Xaviers Brust hoch.

»Lass Molly da drin«, sagt sie. »Eddy ist so aufgedreht von dem Schock, dass er sie wohl ein bisschen zu heftig angegangen hat.«

Eddy rennt in die Küche zurück, und ich öffne die Tür und drücke mich so hinein, dass Molly nicht hinauskommt. Das Zimmer ist ziemlich klein, hat ein Bett und daneben einen kleinen Schreibtisch. Molly winselt vor Freude, als sie mich sieht. Wedelt mit dem ganzen Körper, springt hoch und winselt. Sie freut sich nicht auf ihre gewohnte Weise, sondern ist sichtlich nervös, bleckt die Zähne zu einem unterwürfigen Lächeln, niest ein ums andere Mal, aufgeregte kleine Nieser, legt sich schließlich auf den Rücken und wedelt hektisch mit dem Schwanz. Ich sinke neben ihr nieder und nehme sie auf den Arm. Der Brand haftet ihr stinkend im Fell.

»Mein Hundchen. Mein Hundchen, verzeih!«

Und wieder Tränen. Wütend wische ich sie ab, doch Mollys zitternder, warmer kleiner Körper und ihr Ausdruck von Schock und Angst, das ist einfach zu viel. Ihre schwarze, ledrig glänzende Nase und darunter der feuchte Walrossbart. Xavier nennt sie gern »bärtige Dame«, doch jetzt hängt der Bart in feuchten Strähnen herab.

Ich sehe, dass die Türklinke heruntergedrückt wird, und Xavier schaut herein. Ich blinzle ihm zu und bemühe mich, einen gesammelten Eindruck zu machen.

»Wie geht es ihr?«, fragt er.

»Gut.«

»Gut.«

Xavier will gerade die Tür hinter sich schließen, scheint dann aber aus dem Augenwinkel heraus etwas an mir wahrzunehmen.

»Kommst du?«

Ich nicke und blinzle unablässig. Wie bringe ich bloß meine Tränen zum Versiegen? Sie entziehen sich völlig meiner Kontrolle.

»Agneta …«

Xavier seufzt und wirkt wieder gereizt.

Molly leckt mir die Wangen.

»Du machst sie nervös, das merkst du doch«, sagt er streng. »Versuch jetzt mal, dich zusammenzunehmen. Alle machst du nervös.«

Ich lasse Molly los und verdrücke mich auf die Toilette, wo ich mir Wasser ins Gesicht spritze, so kalt, wie ich es gerade noch aushalten kann. Bis es schließlich schmerzt. Ich starre in das Spiegelbild meines Gesichts über dem Waschbecken, es ist voller roter Flecken. Als ich meinem Blick begegne, kommen mir wieder die elenden Tränen. Ich muss hier doch stark sein. Für Xavier, Maria und meine Kinder, deren Zuhause ich gerade in Brand gesteckt habe. Während ich draußen auf der Treppe geraucht und von einem anderen Mann fantasiert habe, einem Mann, auf dessen Finger ich mich an diesem Tag eingelassen hatte und dessen Körper eine lange nicht mehr verspürte Lust in mir hervorgerufen hat.

Der Gedanke an eine Zigarette lässt mich wie im Reflex leicht den Kopf schütteln. Kein Rauch ohne Feuer. Oder wie man so sagt.

»Mama ...«

Als ich in die Küche trete, kommt mir Hanna weinend entgegen. Mir wird klar, dass mein Anblick bei ihr die Dämme hat brechen lassen. Astrid blinzelt ein paarmal tapfer und kommt ebenfalls auf mich zu. Xavier hält den Blick gesenkt, seine Haare sind zerzaust. Wie Luftschlangen stehen ihm die schönen Locken vom Kopf ab, wirken aber trocken, müde und grau. Hanna und Astrid umarmen mich, ein rascher Blick auf Maria bringt meine Tränen dagegen endlich zum Versiegen. Sie schaut geradezu feindselig drein.

»Peng, peng!«

Eddy steht wieder vor mir. Seine Augen sehen schwarz aus,

und durch die Farbkleckserereien am Körper wirkt er besonders blass.

»Es reicht jetzt«, sagt Astrid, packt ihn am Arm und zieht ihn zum Tisch. »Wir setzen uns jetzt hin und essen.«

Eddy brüllt, er wolle nicht, und da steht Maria auf und nimmt ihn auf den Schoß. Er windet sich wie ein Wurm und versucht freizukommen. Am Küchentisch ist eigentlich nur für vier Leute Platz, weshalb alle zusammengedrängt sitzen. Eddy schlägt wild um sich, dabei fällt ein Glas um. Nun hat Xavier genug. Er schnappt sich Eddy recht grob aus Marias Arm, legt ihn sich über die Schulter und verlässt mit ihm den Raum. Eddy brüllt wie am Spieß, und Maria läuft ihnen augenblicklich nach.

»Papa, lass ihn! Wir beachten ihn einfach nicht, dann hört er auf. Papa …«

Wir sehen einander etwas entgeistert an, Astrid, Hanna und ich. Hören Xaviers, Marias und Eddys hitzige Stimmen, doch auf einmal ist es still. Astrid verkündet, sie habe einen vegetarischen Currytopf gemacht, und mich ergreift Panik, denn ich habe plötzlich das Gefühl, unmöglich etwas essen zu können. Und das Letzte, was ich will, ist noch mehr Aufhebens um meine Person.

Maria und Xavier kommen ohne Eddy zurück.

»Er darf sich einen Film anschauen …«

»Können wir jetzt wohl in aller Ruhe essen?«

Xavier fällt Maria unerwartet scharf ins Wort. Schweigend beginnen wir zu essen. Ich finde, der Eintopf riecht und schmeckt grässlich. Blumenkohl und Zwiebeln und Curry. Mich ekelt. Ich schlürfe ein wenig Brühe in mich hinein, breite irgendwann Papierservietten über alles und hoffe, dass niemand merkt, wie wenig ich gegessen habe.

Plötzlich kommt Eddy wieder herein. Er hat zwei Finger im Mund und schmiegt sich in Marias Arm. Sie drückt ihn an sich und presst ihm ihre Nase ins Haar. Dann hebt sie das Gesicht und sieht mich mit Tränen in den Augen an.

»Er hätte da drin sterben können!«

Ich verstehe nicht ganz. Wie kann ich das nicht verstehen? Eddy sitzt in ihrem Arm und schaut mich mit unergründlichem Blick an. Verwirrt sehe ich mich am Tisch um.

»Was meinst du, sollte ich …«

»Es war doch nicht Mamas Absicht …«

Hanna kommt mir zu Hilfe, doch es klingt schwach, sie hört schon auf, bevor der Satz zu Ende ist.

»Ich beschuldige Agneta nicht, ich sage ja nur! Er hätte sterben können, begreift ihr das nicht?«

»Verzeih. Verzeih, verzeih, verzeih.«

Mehr fällt mir nicht ein. Es ist das Einzige, was mir über die Lippen kommt. Schnell steht Xavier wieder auf und streckt Eddy entschieden die Hand entgegen. Der gleitet aus Marias Arm, legt seine kleine Hand in Xaviers und geht mit dünnen, bloßen Ärmchen auf seinen nackten staksigen Beinen hinaus.

»Ich weiß, dass es nicht deine Absicht war«, sagt Maria, »aber du musst verstehen, dass es mich schockiert hat. Mein Kind wäre beinahe da drin verbrannt, nur weil ihr die Kochtöpfe nicht unter Kontrolle halten könnt. Ihr geht hinaus und lasst … wenn Eddy schläft … verdammt noch mal, das ist doch nicht ganz sauber …«

Maria stottert und verhaspelt sich.

»Das war *ich*. Es war mein Fehler. Allein meiner!«, sage ich schluchzend.

Auf einmal fängt Hanna an zu weinen.

»Mama wollte bestimmt niemanden töten, kapier das doch!«, bringt sie unter Tränen hervor.

»Das kapiere ich wohl!«, schreit Maria. »Aber dafür ist sie verdammt unvorsichtig.«

»Er ist aber auch nicht verbrannt da drin!«

»Ach, vergesst es! Hättet ihr Kinder, dann wäre es etwas anderes. Dann würden alle kapieren …«

»So ein dummes Geschwätz!«, sagt Astrid unvermittelt.

Xavier kommt zurück, und alle verstummen. Er hat Molly auf dem Arm und teilt kurz mit, dass Eddy auf dem Sofa eingeschlafen ist. Alle sind still. Einfach so. Das habe ich so noch nie gesehen. So deutlich habe ich seine patriarchalische Stellung in unserer Familie nie zuvor wahrgenommen. Oder lässt meine Schuld mich die Führungsposition nicht mit ihm teilen? Nein, nicht nur. Seine Schweigsamkeit und seine Art, sich uns gegenüber zu verhalten, hat etwas Patriarchalisches. Mit seinen großen Händen streichelt er Molly über den Kopf und krault sie unterm Kinn. Sie kauert in seinem Arm und schaut sich scheu um.

Wir sind still, weil wir wissen, dass Xavier es so will. Aber nicht nur das. Mich beschleicht das wohlbekannte Gefühl, dass die Mädchen nur darauf warten, dass er ihnen mitteilt, wo es langgeht. Wie sollen wir umgehen mit dem, was gerade geschieht? Habe auch ich mit ihnen dagestanden und auf seine Ansagen gewartet? Sind wir zornig? Was empfinden wir? Was meinen wir?

Warum habe ich Xavier diese Rolle einnehmen lassen? Diesen Platz?

Weil ich bequem war? Unterdrückt? Während ich wie ein zusammengesunkenes Wrack in Astrids Küche auf meinem Stuhl sitze, ist es, als baute sich ein anderer Teil meiner selbst mit schützend vor der Brust verschränkten Armen vor mir auf.

»Möchtest du noch etwas essen, Papa?«, fragt Hanna.

Xavier antwortet nicht, sondern beugt sich über Molly und atmet ihren Geruch ein. »Sie riecht nach Brandrauch«, stellt er fest. »Sie muss gebadet werden.«

»Wir machen das später, am Abend, Hanna und ich«, sagt Astrid.

Der stehende, betrachtende Teil von mir hat meine Tränen versiegen lassen, und ich nehme eine der Servietten, mit denen ich mein Essen zu verbergen versucht habe, und putze mir die Nase. Unsere eingefahrene Familienhierarchie ärgert mich plötzlich. Und womöglich ärgere ich mich am meisten über mich selbst, weil ich sie hingenommen und sogar ausgenutzt habe. Faul gewesen bin. Es nicht geschafft habe, die Verantwortung zu übernehmen, vor der Xavier, wie man zugeben muss, nie zurückgewichen ist, wenn er für uns alle die Lage eingeschätzt hat.

»Es war allein mein Fehler, dass es zu brennen anfing«, sage ich. »Ganz und gar mein Fehler. Ich sage das hier und jetzt, sodass ihr es alle hört. Und ich kann es wieder und wieder sagen, bis an mein Lebensende …«

»Niemand hat dich um dein Bekenntnis gebeten«, erwidert Xavier. »Es ist jetzt, wie es ist, und wir leben alle noch. Das ist das Einzige, was zählt, und was weiter geschieht, wird sich zeigen.«

Bei Astrid und Hanna lässt die physische Anspannung nach, denn der Mann im Haus hat keine direkte Schuld zugewiesen. Maria wirkt dagegen immer noch angespannt.

»Ich hoffe nur, ihr versteht meine Gefühle«, sagt sie. »Es ist der Schrecken. Der Schrecken darüber, dass mein Kind praktisch beinahe an Rauchvergiftung gestorben wäre.«

Sie sieht uns der Reihe nach an. Nur mich nicht. Mich übergeht sie.

»Das verstehen wir.« Xavier nickt. »Natürlich verstehen wir das.«

Wir verstummen wieder, und ich finde, dass diese schweigende Gruppe von Menschen nicht meine Familie ist, wie ich sie kenne. Wie Gas hängt der Brandgeruch noch über uns und raubt uns den gewohnten Klang unserer Stimmen. Der Eifer, mit dem wir sonst miteinander reden, ist verschwunden, erstickt. In der Abwesenheit dessen, was normalerweise ist, tritt mir diese Normalität deutlicher denn je vor Augen.

Astrid und Hanna sind Zwillinge, haben aber einen unterschiedlichen Habitus. Astrid lebt sich mehr aus. Sie hat sich giftgelbe Strähnen ins lange dunkle Haar gefärbt, trägt einen Ring in der Nase und am Oberarm das Tattoo einer amazonenähnlichen Gestalt. Astrid ist diejenige, die Konflikte austrägt. Verglichen mit der erheblich gutmütigeren Hanna ist sie wirklich eine Amazone mit Schwert. Astrid macht gerade eine Ausbildung zur Dokumentarfilmproduzentin und ist sehr engagiert bei der Sache. Ihr Glaube, dass die Welt sich zum Besseren verändern lasse, ist unerschütterlich, und sie empört sich schon von Kindesbeinen an zutiefst über das, was sie als ungerecht empfindet.

Hanna kann sich ebenso leicht über Dinge empören, die sie für falsch hält, in diesem Punkt treffen die beiden sich. Mit Xavier als Vater sind sie damit aufgewachsen, dass Widerstand etwas Unumgängliches und Notwendiges ist.

Darf man seine Meinung sagen, dann soll man es auch tun. Sonst gibt es womöglich bald keine Gelegenheit mehr dazu. Und außerdem ist man es denjenigen schuldig, die nicht zu hören sind.

Ihre Jugend war von gemeinsamen Standpunkten geprägt. Sie waren gegen qualvolle Tierversuche, gegen Rassismus, gegen Mobbing, gegen Sexismus. Doch während Astrid wütend und kämpferisch wurde, stellte sich bei Hanna eher eine verzweifelte Trauer ein. Ich weiß nicht, warum das so gekommen ist. Astrid scheint allen Zorn und Kampfgeist für sich zu beanspruchen. Sie kämpft, Hanna trauert. Nicht dass Hanna ständig traurig wäre, aber sie hat eine Wehmut in sich, die sehr an Xavier erinnert. Doch sie hat auch seinen offenen Sinn für das Schöne. Für Hanna wie für Xavier ist die Natur Trost und Kraftquell zugleich. Hanna erlernt gerade den Beruf ihres Vaters, und sie sind oft zusammen im Wald.

Zu Maria haben sowohl Astrid als auch Hanna aufgesehen. Sie wetteiferten um ihre Gunst, wollten immer von ihr bestätigt werden. Ich glaube aber, dass Maria für sie auch rätselhaft war. Sie lebten in der Unsicherheit, wen von beiden sie nun unterstützen würde. Es kam vor, dass sie keinem der Zwillinge zustimmte, sondern sie lediglich mit einem müden Blick bedachte. In solchen Momenten machte sich bei Astrid und Hanna Verwirrung breit. Was Maria nicht der Rede wert fand, musste man schleunigst hinter sich lassen.

Wie sind sie jetzt, als Erwachsene? Sicherlich behalten wir doch alte Muster bei?

»Wir müssen ins Hotel zurück«, erklärt Xavier.

»Jetzt schon?«

Hanna sieht uns besorgt an.

»Ja, jetzt«, antwortet Xavier, und auch ich stehe gehorsam auf. Molly tappt hinter uns her in den Flur, doch Astrid nimmt sie hoch und hält sie fest, mag Molly noch so sehr zappeln, um freizukommen.

»Es ist so komisch, dass ihr geht«, sagt Hanna mit kläglicher Stimme.

»Wir sind müde«, sagt Xavier. »Wir können uns ja morgen wiedersehen, wenn ihr wollt. Ich komme morgen früh, um Maria und Eddy zum Bahnhof zu bringen.«

Verwirrt sehe ich Xavier an. Fahren sie schon wieder?

Er weicht meinem Blick aus. Was geht hier vor? Xavier fasst mich an den Schultern und schiebt mich zur Tür. Astrid und Hanna umarmen mich, während Maria in der Küche bleibt.

Draußen im Treppenhaus drücken wir den Fahrstuhlknopf. Neben mir steht mein stattlicher Mann, den Blick auf den Boden geheftet. Ich schiele nach seinem gesenkten Kopf, nach seinen großen Händen, die einfach an ihm herabhängen. Ich will sie in die meinen nehmen, doch sie hängen an ihm, als gehörten sie ihm gar nicht. Mir fallen plötzlich die toten Hasen in ihren Schlingen ein, die hingen genauso da.

Als wir auf der Straße sind, dreht Xavier sich zu mir um. Er legt mir die Hände auf die Schultern und schaut mir tief in die Augen.

»Agneta, das geht so nicht. Du musst dich jetzt zusammenreißen. Ich möchte das jetzt nicht noch öfter sagen. Es geht hier nicht um dich, kapier das doch endlich.«

Ich schaue ihm ebenfalls in seine entschiedenen Augen, die sich im Abenddunkel wie finstere Löcher abzeichnen.

»Aber was soll ich denn deiner Meinung nach tun? Andauernd sagst du, ich soll mich zusammenreißen, aber ich begreife nicht, was ich so fürchterlich falsch mache!«

»Merkst du nicht, dass du und deine Tränen allen Raum beanspruchen? Könntest du versuchen, jetzt ein bisschen erwachsen zu sein?«

»Aber ich kann, verdammt noch mal, doch nichts dafür, dass mir die Tränen kommen!«

Xavier lässt mich so abrupt los, dass ich schwanke. Er reagiert voller Wut darauf, dass mir schon wieder die Tränen über die Wangen laufen. Ich renne ihm nach und greife nach seiner Jacke.

»Glaubst du, es schadet den Kindern, zu sehen, dass ich traurig bin? Traurig bin, weil ich das Haus abgefackelt habe, traurig, weil Eddy darin hätte verbrennen können? Hä? Glaubst du, sie halten es für natürlicher, dass du wie ein schweigender Familienpatriarch dasitzt und auf deinen Teller stierst? Hä? Maria hat recht. Eddy hätte da drin verbrennen können. Auch wenn ich nicht die böswillige Mörderin bin, als die sie mich hinstellt.«

Xavier reagiert nicht darauf, sondern geht weiter die Straße entlang. Unter seinen Füßen knarzen und knacksen Eis und Schnee.

Mit raschen Schritten hole ich ihn ein und greife wieder nach seiner Jacke.

»Ich habe das Haus abgebrannt, und da bist du wütend, dass ich deswegen weine? Soll ich deine Reaktion so zusammenfassen?«

»Ich bin wütend, weil du immer die Heulsuse der Familie bist. Immer musst du mit deinen Gefühlen allen Raum einnehmen, ist dir das schon mal aufgefallen?«

»Oder es sollen alle darauf warten, dass der Superpatriarch verkündet, was man empfinden, sagen oder tun darf! Ist dir das schon mal aufgefallen? Aber Marias Gefühle, die sind natürlich okay!«

»Ich versuche, erwachsen zu sein, mehr nicht. Irgendjemand muss es ja sein!«

Xavier dreht sich um und geht weiter. Als ich erneut an seiner Jacke zupfe, reißt er sich los und weigert sich, noch etwas zu sagen.

Den Rest des Abends schweigen wir. Er liegt im Bett und fingert auf seinem Handy herum. Sein schwach erleuchtetes Gesicht wirkt verschlossen. Ich liege auf der Seite, ihm zugewandt, und schaue aus dem Fenster. Es schneit wieder. Es schneit und schneit, und auf dem Dach gegenüber dem Hotel liegt schon eine dicke Schneedecke, die in ihren üppigen Formen fast barock wirkt. Ich gebe mir alle Mühe, gefühlsmäßig so zugeknöpft zu sein, wie nur irgend möglich. Xavier wird schon sehen! Wenn ich aber daran denke, dass er und ich in dieser Katastrophenzeit zugeknöpft, wütend und verschlossen in einem gemeinsamen Bett liegen, ohne einander ein Fünkchen Trost oder Berührung schenken zu können, blutet mir das Herz.

»Meinst du das wirklich so? Dass ich gefühlsmäßig allen Raum einnehme?«

Xavier reagiert nicht, sondern studiert weiterhin sein Handy. Da sehe ich, dass er Kopfhörer in den Ohren hat, und drehe mich um. Ich starre die Wand an und versuche darüber nachzudenken, wie es gewesen ist.

Weine ich oft? Meistens vor Rührung. Und wenn ich richtig wütend werde. Werde ich oft wütend? Ich weiß es nicht mehr. Ich erinnere mich, irgendwann zu Xavier gesagt zu haben, dass ich öfter weine und traurig wirke, wenn ich eigentlich wütend bin. Und dass er oft wütend wird, wenn er eigentlich traurig ist. Und dass wir es uns damit immer nur schwer machen. Ich stehe auf und nehme eine der Schlaftabletten, die wir bekommen haben. Schlafe ein, ohne dass wir uns Gute Nacht gesagt hätten. Das tun wir sonst immerhin.

* * *

Als ich am nächsten Tag aufwache, ist mein Kopf so schwer, als hätte ich einen Kater. Xavier ist nicht da. Er hat einen Zettel hinterlassen, auf dem steht, dass er Maria und Eddy zum Zug bringt. Ich setze mich im Bett auf und beiße mir auf die Lippen, um nicht wieder zu weinen. Bestimmt frühstückt er mit den Zwillingen. Sie sitzen jetzt da und reden über mich. Ich sehe mich nach dem Handy um, aber ich habe ja keins. Xavier hat seins natürlich mitgenommen. Also krieche ich wieder unter die Bettdecke, ziehe sie mir ein Stück übers Kinn und richte den Blick starr nach oben. Die Hotelwäsche ist sauber, das Bett bequem, die Decke warm. Trotzdem ist es nicht so, wie es sein soll. Die Laken sind nicht die vertrauten Laken, die Decke ist nicht die vertraute Decke, und das Bett umfängt mich in einer künstlichen Umarmung. Ich ertappe mich dabei, mich nach Krümeln im Bett zu sehnen, nach ausgewaschenen Laken, nach Schäbigkeit und Zugluft am Fußboden, meinem halbalten Nachthemd, der Teetasse, dem Durcheinander aus Bleistiften für Kreuzworträtsel, Stapeln halb gelesener Bücher und alten Papiertaschentüchern auf meinem Nachttisch – ja, sogar nach den Papiertaschentüchern sehne ich mich.

Ich stehe schnell auf, so schnell, dass mir für einen Moment schwarz vor Augen wird. Möchte nur noch raus aus diesem unpersönlichen, synthetischen Bett. Nachdem ich mich geduscht habe, ziehe ich meine neu erworbenen Höschen und Jeans an, den Pulli und die Strümpfe. Ich finde auch die Schlüsselkarte und gehe in den Frühstücksraum hinunter.

Auch am Frühstücksbüfett merke ich, dass etwas fehlt, und mich überkommt Sehnsucht nach meiner behaglichen Routine: einen Apfel klein schneiden, ein paar Löffel meines selbst gemachten Müslis und griechischen Joghurt darübergeben, und dazu eine große Tasse schwarzen Tee. Ich starre die vielen dargebotenen Alternativen an, die mich vor allem ermüden, und möchte wimmern: »Kennt ihr mich denn nicht?«

Eine junge Frau vom Hotel fragt nach meiner Zimmernummer, und ich werde rot, weil sie mir nicht einfallen will und ich auf der Papierhülle des Plastikschlüssels nachsehen muss. Bevor ich die Ziffern erfasse, fühle ich mich für ein paar Sekunden einen weiteren Schritt von jeglichem Zusammenhang entfernt. Nicht mal meine Zimmernummer weiß ich, stehe nur da und suche nach meiner letzten Verbindung zu etwas, was mir gehört.

Zimmer 416 – Sesam, öffne dich! –, ich habe ein Zimmer und kann etwas zu essen bekommen.

Ich stehe vor den Brotkörbchen, Aufschnittplatten und Kannen mit Joghurt und versuche herauszufinden, wer ich bin. Bin ich noch diejenige, die essen möchte, was ich immer esse? Oder bin ich eine andere geworden? Ich greife mir ein gut aufgegangenes Weizenbrötchen, bestreiche es mit Marmelade und mit Käse und schenke mir Kaffee ein.

Nicht meine Art Frühstück. Nicht meine Art Ich, denn das gibt es nicht mehr.

Xavier kommt nicht vor zwei Uhr nachmittags zurück. Bis dahin liege ich auf dem Bett und schaue mir stundenlang Wiederholungen vom Sonntag an. Merke, wie die Verlassenheit japsend den Sauerstoff im Raum verbraucht und sich Panik in mir breitmacht. Als er plötzlich die Tür öffnet, fahre ich zusammen und stehe sofort auf.

»Wo warst du?«

»Das habe ich doch geschrieben. Ich habe Maria und Eddy zum Zug gebracht, und dann habe ich mit den beiden Jüngeren Kaffee getrunken.«

»Aber …?«

»Du hast so fest geschlafen, ich dachte, du musst dich ausruhen und ein wenig runterkommen. Es hat sich einfach so ergeben.«

»Ihr hättet ja anrufen können …«

»Du hast doch kein Handy.«

»Aber hier, im Hotel …«

»Ja, jetzt bin ich doch hier.«

Xavier wirft sich aufs Bett und reibt sich müde die Augen. Gähnt herzhaft und starrt zur Decke.

»Wie geht es den Mädchen denn?«

»Jaa …«

Xavier starrt weiter zur Decke, schweigt.

»Jaa?! Was soll das? Werde ich nun auf diese Weise abgestraft? Ausgeschlossen?«

Ich bin so aufgebracht, dass ich kaum sprechen kann.

Xavier wendet sich zu mir um und mustert mich kalt.

»Ist es eine Strafe für dich, dass ich mit den Mädchen Kaffee trinke?«

»Ihr schließt mich aus! Du schließt mich aus!«

»Es hat sich so ergeben. Ich sollte doch Maria und Eddy zum Bahnhof bringen.«

»Und da konnte ich natürlich nicht mitkommen?«

»Aber du hast doch geschlafen! Du durftest schlafen! Herrgott noch mal, gestern Morgen warst du sauer, weil man versucht hat, dich zum Aufstehen zu bewegen. Wie hättest du es eigentlich gern?«

»Ich will nicht allein gelassen werden!«

»Gestern wolltest du nur allein sein. Man durfte dich ja kaum anfassen.«

»Niemand will allein sein, auch wenn man sagt, dass man es will.«

»Das ist das Dümmste, was ich je gehört habe. Wenn ich sage, dass ich allein sein will, kannst du Gift drauf nehmen, dass ich es auch so meine.«

Ich starre in Xaviers schwarze Augen und frage mich wieder, was da vorgeht. Sein Blick beginnt zu flackern, und ich weiß, dass mein Mann seit gut zwanzig Jahren kein böser Mensch ist. Irgendetwas hat sich verändert, etwas, was ich nicht zu fassen kriege.

»Ich begreife, dass ihr mich hasst, weil ich an all dem schuld bin. Aber das könnt ihr doch auch sagen. Es war schließlich keine Absicht. Kannst du das nicht verstehen? Glaubst du denn, ich habe gewollt, dass es so kommt?«

»Nein. Oder was weiß ich?«

»Spinnst du? Was erzählst du denn da? Warum sollte ich das gewollt haben?«

»Vielleicht ist das ja auch egal!«

Xavier schreit mich an, und ich verstehe nur Bahnhof. Kapiere immer noch nichts. Ich laufe umher wie eine ausgerissene Pflanze mit nackten Wurzeln. Plötzlich kommt mir die Episode mit Hasse wieder in den Sinn. Fingerspitzen wie Tentakel, ihr suchendes Tasten in der U-Bahn. Aber davon kann Xavier doch nichts wissen? Oder war es mir irgendwie anzusehen?

»*Was* ist egal?«

Xavier setzt sich im Bett auf und schlägt die Hände vors Gesicht.

»Ich weiß nicht, Agneta.«

Er murmelt in seine Hände, und ich bekomme Angst. Was meint er? Ich traue mich nicht mehr, etwas zu wissen. Xavier sieht mich wieder an.

»Können wir nicht einen Spaziergang machen?«, fragt er. »Wir müssen miteinander reden.«

Ich lache auf, um seinen Ernst zu vertreiben.

»Du hörst dich an wie damals in jungen Jahren, wenn man Schluss machen wollte. Gleich wirst du sagen, dass es nichts mit mir zu tun hat, dass du dich für eine Beziehung einfach noch nicht reif genug fühlst ...«

Xavier lächelt blass, sagt aber nichts.

Schweigend schlüpfen wir in unsere Jacken und gehen hinaus in die Kälte. Vor dem Hotel schauen wir in unterschiedliche Himmelsrichtungen. Welchen Weg wollen wir einschlagen? In welche Richtung wollen wir gehen? Mit einem Mal habe ich das Gefühl, es sei wichtig, dass ich das entscheide. Ich zeige in eine Richtung, und wir schlendern los, die Hände in den Taschen und mit zusammengekniffenen Lippen.

»Ich war in letzter Zeit wohl nicht ganz offen zu dir«, sagt Xavier nach einer Weile.

Ich reagiere nicht. Weiß nicht, ob ich noch mehr hören will. Richte das Interesse stattdessen auf einen schwer mit Schnee beladenen Baum und weise Xavier darauf hin, wie schön er ist. Er schaut den Baum nicht einmal an.

»Es hat vielleicht damit zu tun, dass ich älter geworden bin«, sagt er auf einmal. »Pensionär. Da hat sich etwas verändert. Mir ist, als wollte ich zurück, nach Hause. Ich kann es nicht besser erklären …«

»Nach Hause? Du bist doch zu Hause, ich meine, wir haben ein Zuhause, hatten ein Zuhause …«

Wieder die Angst.

»Sogar, wenn ich im Wald bin, denke ich immer öfter an Buenos Aires. Wie soll ich das erklären, damit du es verstehen kannst? Es hat mit den Gerüchen zu tun, den Geräuschen. Den Orangenblüten. Der Jakaranda. Den Zigarren. Alles war so üppig. Das besondere Licht.«

»Du hast doch gesagt, dass du niemals zurückwillst …«

»Ich weiß. Das wollte ich auch nie. All die Jahre war ich mir sicher, dass ich nie wieder einen Fuß in dieses Land setzen würde. Ich hasste alles und alle. Du glaubst, du hast ein Heimatland, du glaubst, du hast deine Landsleute. Und dann hast du gar nichts. Es fing ja schon vor dem Militärputsch an. Es war, als würde etwas im Wasser verrinnen. Diese Härte, die die Menschen entstellt, die man zu kennen glaubt.«

»Trotzdem habe ich gesagt, dass ich finde, du solltest hinfahren …«

»Ja, Agneta, ich weiß. Du hast keinen Fehler gemacht, aber könntest du bitte für einen kleinen Moment von deiner Ichbezogenheit ablassen?«

Ich schweige. Um ehrlich zu sein, wollte ich zum Teil aus egoistischen Gründen, dass Xavier hinfährt. Immer wenn er mehr als drei Glas Wein getrunken hat, landen wir bei Argentinien. Meistens beginnt es mit einer sentimentalen Schilderung von Orten und Menschen und steigert sich dann bis an die Grenze der Unerträglichkeit. All jene, die Verrat übten, jene, die sich aus Angst vor dem Verlust ihres Wohlstands hatten kaufen lassen. Ein vergiftetes Paradies, von Barbaren verwüstet, die ihre eigene Bevölkerung folterten und ermordeten.

Am Anfang unserer Beziehung hat mich Xavier mit seinen Geschichten in Bann gezogen, doch irgendwann kannten wir sie in- und auswendig. Die Kinder kannten sie, und ich auch. Würde er hinfahren, dachte ich, dann würde sich etwas lösen. Realer werden. Xavier könnte den Sack mit seinem alten Heimatland zubinden. Stattdessen landete Argentinien im Lauf der Jahre immer weiter an der Peripherie. Was schmerzhaft war, ist immerhin verblasst, und alles Übrige wurde immer mehr beschönigt.

Ursprünglich war ich neugierig auf das Land, aus dem mein Mann kam. Auf die Stadt, in der Xavier aufgewachsen war und von der er so oft erzählte. Doch Xavier wollte nicht, dass wir hinfuhren. Er verwies auf das Versprechen, das er Ana gegeben hatte, als er bei der Beerdigung an ihrem Sarg stand: Er würde Maria von dort wegbringen und dafür sorgen, dass sie eine neue, demokratische Heimat bekäme, um dort aufzuwachsen. Er würde sie an den sichersten Ort der Welt bringen, den er finden könnte.

Dass er später mit niemandem von uns hinfahren wollte, beruhte meiner Ansicht nach auf einer Form unbearbeiteter Scham darüber, dass er wieder geheiratet hatte. Eine Frau in jedem Land. Argentinien war Anas Ort, und sie sollte nicht mit mir behelligt werden.

Argentinien wurde zu einer immer abstrakteren Erinnerung, in der die Zeit stillstand, seit Xavier von dort geflohen war. Maria ist vor ein paar Jahren hingefahren, mit ihrem damaligen Freund Tomas und Eddy, der gerade mal ein Jahr alt war. Sie klang zornig, als sie zurückkam. Nichts war so, wie Xavier es geschildert hatte. Sie erzählte von dem starken

Verkehr, den Abgasen und der hohen Geschwindigkeit. Als wäre eine moderne Zeit über sie hereingebrochen, während Maria geglaubt hatte, sie werde in ihre Kindheit zurückreisen, in das Kirschtal der *Brüder Löwenherz*, in dem es keine Soldaten Tengils mehr gab.

Maria hatte Elena und Dolores, die Schwestern ihrer Mutter, getroffen, und es war eine sehr gefühlvolle Begegnung gewesen. Damals war sie im selben Alter wie Ana, als diese starb. Die beiden hatten geglaubt, ihre geliebte große Schwester nehme vor ihren Augen Gestalt an, ganz so, als wäre sie nur auf einer langen Reise gewesen, und die Tränen flossen in Strömen. Für Maria war das natürlich aufwühlend. Sie fühlte sich mit offenen Armen aufgenommen, gleichzeitig aber nicht richtig gesehen. Als ihre Mutter wiederzukehren, an die sie keine eigene Erinnerung hatte, war für sie seltsam und ein bisschen unbehaglich. Sie war darauf gefasst gewesen, als jemand ganz Besonderes behandelt zu werden, hatte aber erleben müssen, dass sie im Grunde mehr Trauer als Freude hervorrief.

Xavier war ganz still, als sie davon erzählte. Während sie alle Details der Begegnung wiedergab, betrachtete er sie voller Andacht. Nun hatte sie das Ruder übernommen. Sie hatte das alte Reich erobert und kehrte mit neuen Bildern zurück. Sie zeigte ihm Fotos von den Schwestern, und er war tief berührt.

Es war, als ob sie fortgefahren und mit einem Heiligen Gral zurückgekehrt wäre, an dessen Existenz er selbst nicht mehr geglaubt hatte. Als hätte sie eine Geschichte wiederentdeckt, die sich seiner Erwartung zum Trotz weiterentwickelt hat.

Xaviers Eltern sind schon lange tot, aber eine Schwester ist nach Las Palmas emigriert. Wir haben sie einmal besucht, und sie ist auch mal bei uns gewesen. Darüber hinaus hat er keinerlei Kontakt mehr zu seinem Heimatland. Wenn ich manchmal nach seinen Freunden fragte, sagte er nur, ich könne nicht verstehen, was mit Menschen geschehe, denen Dinge widerfahren, die sie hätten erleben müssen. Man schäme sich und schaffe es nicht, wage es nicht, Kontakt aufzunehmen.

Man möchte sich um jeden Preis fernhalten.

»Ich denke die ganze Zeit daran. War es falsch von mir, einfach alles hinter mir zu lassen?«

Xavier wendet sich mir zu. Sein Gesicht ist im Schein der Straßenlaterne blassgelb, die große Nase rot. Mit einem Mal wirkt er fehl am Platz. Als gehörte er tatsächlich nicht hierher. Er sieht sich um, und etwas an seinem Blick lässt ihn nicht nach Hause finden.

»Ein paar Tage nach meiner Pensionierung ist mir nach und nach mein altes Leben wieder durch den Sinn gegangen«, fährt er fort und wirft mir einen raschen Blick zu, als könnte ich etwas einzuwenden haben. Doch ich betrachte ihn nur verwundert, weil er mir auf einmal etwas erzählen will.

»Als ich in der Stille zu Hause am Küchentisch saß, mit meinem Kaffee und mit Molly zu meinen Füßen, hörte ich wieder die Geräusche, die in der alten Wohnung, in der ich aufgewachsen bin, um mich waren. Die Küche lag direkt an so einem … wie heißt das gleich noch hier in Schweden … ja, du weißt schon, so ein kleiner Hinterhof, wo alle ihre Wäsche aufhängen und die Frauen sich ständig etwas durchs Fenster zurufen. Es war immer ein Mordsspektakel. Die Frau, die immer unseren Haushalt besorgt hat, Rosa – ich habe dir schon mal von ihr erzählt –, stand da in nichts nach.

›Oy‹, rief sie immer, einfach so. Und immer reagierte irgendjemand. Ich saß da und spielte mit meinen Autos oder zeichnete oder hörte mir den Tratsch der Frauen an. Alles, was sie schrien. Es wurde viel geklagt. Über jemanden, der schlechte Eier verkauft hatte, oder über einen Mann, der zu spät oder zu betrunken nach Hause gekommen war, Kinder, die ihr Pausenbrot vergessen hatten. Alles wurde geradewegs über diesen kleinen Hof hinweg gerufen, wo Bettwäsche und Handtücher hingen und einen speziellen Geruch verbreiteten, der mit dem Öldunst aus den Küchen konkurrierte. Das war überaus heimelig.«

Ich atme langsam aus. Vielleicht können wir ja jetzt hinfahren, Xavier und ich? Wäre das nicht eine gute Idee?

Xavier sieht mich an, die Falte zwischen seinen Augenbrauen ist noch tiefer geworden. Wie ein schmerzhafter Schnitt, und ich werde unruhig. Xavier holt tief Luft.

»Vor einiger Zeit habe ich bei Facebook Anas Schwester Elena gefunden. Sie war erst zehn, als Ana starb. Ich konnte mich kaum noch an sie erinnern. Aber als ich sie auf den Bildern gesehen habe, da war es, als …«

Xaviers Stimme rasselt ein wenig. Er räuspert sich und fährt fort.

»Auf einmal war sie einfach wieder da. So, wie ich sie in Erinnerung hatte. Ich schrieb ihr, und seitdem halten wir Kontakt. Sie ist zu meinen Augen geworden. Ich kann durch sie die Veränderungen sehen. Für mich ist es so, als würde die Welt von damals wieder lebendig.«

Xavier schnieft und richtet den Blick in die Ferne.

Ich gebe ein Geräusch von mir. Und da mache ich mir ein schlechtes Gewissen wegen ein bisschen Gefingere mit einem Arbeitskollegen! Xavier ist verliebt, ernsthaft verliebt. So ist das. Mein Mann ist in eine andere Frau verliebt. Die letzte Zeit kommt mir wieder in den Sinn und erscheint nun in ganz neuem Licht. Seine Abgewandtheit, seine Empfindlichkeit, das Schweigen. Ich schluchze auf, mir schwindelt. Zum ersten Mal seit dem Brand hätte ich jetzt gern eine Zigarette. Es tut so unbeschreiblich weh. Und jetzt? Warum erzählt er das jetzt? Will er mir wehtun, jetzt, wo ich unter Schock stehe und zutiefst verzweifelt bin? Doch der leicht schwärmerische Ausdruck in seinem Blick sagt etwas anderes. Wie bei verliebten Menschen üblich, drängt es ihn zu erzählen, hat er einen Tunnelblick und sieht den Schmerz derer nicht, die er verrät. Oder noch schlimmer – macht mein Schmerz seine Verliebtheit für ihn nur noch greifbarer? Ist er als Verräter mit der Frau, in die er verliebt ist, denn auch fest verbunden?

Ist diese Geschichte unwiderstehlich für ihn?

»Durch das, was sie mir erzählt hat, ist mir meine Heimat wieder nähergekommen. Sie ist zu dem Haus gegangen, in dem ich aufgewachsen bin, und hat mich dort per Handy herumgeführt. Auch an anderen Stellen, um die ich sie gebeten habe. Sie ... sie war so fröhlich. Wirkt so fröhlich. So unbekümmert. Und sie möchte natürlich, dass ich ihr alles über Ana erzähle, weil sie selbst noch so jung war, als diese starb. Und über Maria! Es ist, als könnten wir füreinander Leerstellen unseres Lebens füllen.«

Ich schlucke heftig. Verstehe ihn, was alles nur noch schwerer macht. Und wünschte, ich könnte ihm Vorwürfe machen. Aber wie sollte ich? Ich verstehe ihn doch.

»Warum hast du nichts davon erzählt?«

»Weil ich es für mich haben wollte. Es sollte nur mir gehören, es war *meine* Reise. Meine Heilung. Gleichzeitig habe ich selbstverständlich gemerkt, wie du und die Kinder, wie ihr mir immer mehr entglitten seid. Zumindest Astrid, Hanna und du. Maria ist die Einzige, mit der ich darüber gesprochen habe. Sie ist schließlich ein Teil dieser Geschichte. Es war doch unsere Welt.«

»Maria hat alles gewusst?«

»Was meinst du mit alles?«

»Stell dich nicht dumm.«

Xavier fuchtelt jetzt theatralisch mit den Armen, wie immer, wenn er meint, sich bestürzt geben zu müssen. Eigentlich weiß er, warum ich mich über sein Verhalten aufrege, setzt sich aber so in Szene, als wäre der Gedanke völlig abwegig. Mit starrem Blick betrachte ich seine gekünstelten und abwehrenden Armbewegungen, die damit enden, dass er sich mit beiden Händen ins Haar greift.

Er schauspielert so schlecht. Es ist so albern. Aber dass Maria eingeweiht ist, schmerzt mich am meisten.

»Bist du deshalb der Meinung, dass unser Haus ebenso gut abbrennen konnte? Weil du und Maria zu Elena fahren und dort glücklich sein werdet? Während ich mit unseren beiden gemeinsamen Kindern wie in Elsa Beskows Bilderbuch *Hattstugan* am Schornstein sitze und nicht weiß, wohin?«

»Aber Agneta …«

Xavier nimmt mich in die Arme. Wie habe ich mich danach gesehnt. Aber jetzt, als er meine Wange an seine kalte, nach Rauch stinkende Jacke drückt, winde ich mich aus seiner Umarmung.

»Ich … ich halte es nicht aus …«

Weiter komme ich nicht, da Xavier laut und wütend seufzt und losstiefelt, sich von mir entfernt.

»Ich halte es nicht aus, hier in der Kälte herumzulaufen!«, schreie ich ihm nach. »Das ist doch gestattet? Oder ist das irgendwie verkehrt? Können wir uns nicht einfach irgendwo reinsetzen!?«

Xavier tastet in seiner Tasche nach seiner Brille und dem Kuvert mit den Scheinen. Er zählt sie mit finsterer Miene, dreht sich zu mir um und zuckt die Achseln.

»Ach, was soll's«, sagt er. »Wir trinken irgendwo ein Glas Wein und essen etwas. Man kann auch gleich alles auf den Kopf hauen. Man kann nicht immer nur vernünftig sein.«

Als wir die Gaststätte betreten, werde ich mir wieder unseres neuen Outfits bewusst. Wie schäbig und verschnupft, hinausgeworfen und elend wir aussehen müssen. Als wären wir auf der Flucht. Doch niemand scheint von uns Notiz zu nehmen. Wir bestellen eine Pasta und je ein Glas Wein. Xavier ist verlegen, und ich bin fix und fertig. Ich schließe ein Weilchen die Augen und lehne mich zurück.

Elena.

Als ich die Augen wieder aufschlage, sehe ich den Schmerz in Xaviers Gesicht. Er begegnet nur kurz meinem Blick und lächelt flüchtig.

»So, jetzt weißt du's.«

Ich nicke. Aber was weiß ich eigentlich? Dass Xavier verliebt ist? Begreift er das überhaupt selbst? Begreift Maria es?

»Hm, das heißt – was, meinst du, weiß ich jetzt?«

Wir bekommen unsere Pasta und essen schweigend. Ab und zu werfe ich einen verstohlenen Blick auf Xavier und bin gespannt, ob er antworten wird.

»Ich weiß nicht, was ich noch erzählen soll«, sagt er nach einer Weile. »Das war es, was mir in letzter Zeit im Kopf herumgegangen ist.«

Das. Ein anderer Kontinent, eine andere Frau. Ich wische mir den Mund ab und taste mit den Händen nach irgendetwas, nach einem Handy, einer Brieftasche, einem Taschentuch, was auch immer. Aber ich habe absolut nichts. Befinde mich im freien Fall. Klammere mich an den Sitz des Stuhls.

»Wir werden unser Zuhause wiederaufbauen«, sage ich. »Wir hatten ein Heim, und wir werden es zurückbekommen. Und wenn es die letzte Tat ist, die ich vollbringe. Und vergiss nicht, deine Frau, das bin ich. Die Frau, die du jetzt hast. Nicht Ana, nicht Elena, nicht Maria. Sondern ich. Nur ich.«

Zur Bekräftigung will ich meinen Ringfinger zeigen, doch da läuft mir ein eisiger Schreck über den Rücken, denn mir wird bewusst, dass mein Ehering irgendwo in den Ruinen unseres Lebens liegt. Falls er nicht geschmolzen ist.

»Also nicht Ana, Maria oder Elena. Nur ich.«

Drei gegen eine.

Ich erwarte, dass Xavier protestiert und wieder zu seinen Scharaden Zuflucht nimmt. Die Augen verdreht und sagt, etwas anderes habe er ja nie behauptet. Doch er tut es nicht. Er nickt nur beinahe unmerklich und nimmt einen tiefen Schluck Wein. Starrt vor sich hin und nimmt noch einen Schluck. Als er mich wieder ansieht, hat er feuchte Augen.

»Agneta, ich weiß nicht …«

Er nimmt meine Hand und hält sie fest. Betrachtet sie, streichelt sie. Führt sie schließlich an seinen Mund und küsst sie. Lässt sie los und greift nach seinem Glas. Mein Handrücken fühlt sich feucht an, und ich weiß nicht wovon. Von dem Kuss? Von Tränen? Oder läuft ihm die Nase? Unter dem Tisch reibe ich mir die Hand am Hosenbein ab. Sie soll nicht mit seiner verlegenen Sehnsucht nach Elena besudelt sein.

Xavier bezahlt, und wir wandern zum Hotel zurück. Ich merke, dass er mir hin und wieder einen verstohlenen Blick zuwirft. Wie geht es mir? Wie ist die Sache mit Elena bei mir angekommen?

Ist er nervös? Wartet er auf einen Ausbruch, eine Szene?

Als wir im Aufzug stehen, spüre ich, wie mich Panik beschleicht. Zurück zu unserem pedantisch reinen, duftlosen kleinen Zimmer. Dort werden die anschwellende Leere, die unser ausgebranntes Zuhause in uns hinterlassen hat, und eine Verliebtheit, die sich eingeschlichen hat und wie ein giftiger kleiner Spross in der Asche aus den Flammen hervortreibt, auf Wände und Decke drücken. Doch nichts – und hier muss ich heftig schlucken –, nichts davon hat mit dem Leben zu tun, das ich gekannt habe. Xavier zieht seine Jacke aus und nimmt mich in den Arm, küsst mich auf die Stirn, umfasst mit beiden Händen meinen Kopf und schaut mich forschend an.

Sucht er bei mir ebenfalls nach etwas, was einen Schimmer von Wiedererkennen unseres vertrauten Lebens in sich trägt? Erkennt er mich wieder, bin ich dieselbe? Er ist für mich jedenfalls nicht mehr derselbe. Es ist, als hätte ich meinen Xavier im Feuer verloren. Und nun ist er mit einem Phantom an seiner Seite wiederauferstanden. Einem Phantom, das überall im Zimmer zugegen ist, das sich zwischen den richtigen Xavier und mich gedrängt hat. Ich nehme an, sie hat langes Haar, sieht gut aus, trägt das Haar manchmal in einem dicken Knoten, spricht mit roten Lippen ein schmetterndes Spanisch. Ich hingegen bin nur blass und plump, doch sie kann auf Absätzen gehen und enge Röcke tragen und latscht nicht in bequemen Schuhen und rutschenden Strümpfen umher.

»Komm«, sagt Xavier.

Er reißt die fest gepackten Bettdecken heraus.

»Komm«, sagt er noch einmal.

Xavier setzt sich aufs Bett und stellt mich vor sich hin. Er zieht mich aus. Ich bekomme eine Gänsehaut, und meine Brustwarzen werden steif. Nie habe ich mich nackter gefühlt, im Licht des Hotelzimmers wirkt meine Haut grauweiß, und als Xavier meinen Bauch und meine Brüste küsst, höre ich, wie mein Atem zittert. Meine Lust erwacht, ist aber nicht weit von Verzweiflung entfernt.

Xavier schaut mir ins Gesicht, fasst mich an den Schultern und sagt, ich sei schön. Er ist noch immer angezogen, hat noch immer diese Sachen an, in denen er wie ein Strauchdieb aussieht.

In dem Zimmer ist es still, möglicherweise ist irgendwo ein leichter Lufthauch, aber es ist so ganz anders als unser sprechendes Haus, wo es immer gepfiffen und geblasen hat, das geknackst und geknackt hat, das lebendig und undicht war, leicht launisch und in ständiger Bewegung.

In der summenden Stille zwischen Betonwänden, geschlossenen Fenstern und ausdruckslosen Teppichböden ist einzig unser Atem zu hören. Noch nie habe ich uns, weder Xavier noch mich, so gehört. Unser Keuchen hallt in der Leere wider, füllt sie mit Geräuschen, und ich schließe fest die Augen, spüre Xaviers Körper und ahne den Brandgeruch noch, der aber auch von mir selbst stammen kann. Er sitzt mir in der Nase oder in Xaviers Haut und Haaren, ebenso verschwommen, wie es die Grenze zwischen uns im Lauf der Jahre geworden ist. Die Kontur, an der wir uns zueinander hin aufgelöst haben, unsere Abnutzung, unser Mitfühlen, unser hartnäckiges Reiben, das die Oberfläche aufgeraut hat. Wir gehörten so selbstverständlich zusammen wie ein Klettverschluss.

Ich stehe immer noch, beginne zu schwanken, und Xavier hilft mir ins Bett. Er zieht sich aus, schlüpft neben mich, und ich drücke mich fest an ihn. Will dieses aufkommende Gefühl von widerhallender Stille zwischen unseren Körpern zerquetschen. Als Xavier mich sanft von sich schiebt, nur um in mich eindringen zu können, bekomme ich fast Panik. Ich hänge an seinem Hals, als drohte unter uns der Abgrund.

Für eine kleine Weile können wir der Wirklichkeit entfliehen. Danach liegen wir eng beieinander und achten auf jedes Anzeichen von Rissen im Kokon. Die Heimatlosigkeit dringt trotzdem ein. Langsam und stetig fügt Xaviers Geschichte der Umhüllung unserer ruhigen Zufluchtsstätte tiefe Kerben zu. Durch sie sickern Unruhe, Trauer, Verwirrung ein.

»Willst du mit mir kein Heim mehr haben?«, frage ich Xavier. »Ist es das, was du mir eigentlich mitteilen willst?«

Das kurze Schweigen, das darauf folgt, bestätigt meine Befürchtung. Schon bevor unser Haus abgebrannt ist, stand er mit einem Fuß draußen.

»Doch …«

Xavier spielt mit meinen Haaren, allerdings ein wenig zerstreut, als wäre er weit weg.

»Unsere Familie ist mein Zuhause. Ich liebe euch«, fährt er fort. »Ich werde euch immer lieben.«

Ich warte auf ein Aber, und es kommt auch.

»Die Sache ist nur die, dass ich nicht mehr richtig weiß, wer ich bin. So kommt es mir vor. Ich bin siebenundsechzig, ein Teil meines Lebens gehört zu dem einen Ort und ein Teil zu einem anderen, und jetzt ist da plötzlich alles und nichts auf einmal.«

Wir halten einander fest umarmt und beschließen nach einer Weile, eine Schlaftablette einzunehmen. Wir putzen die Zähne, schlucken die Tablette, pinkeln nacheinander und schlüpfen dann wieder ins Bett und halten uns umfasst. Ich lege eine Hand auf Xaviers Bauch, spüre die leichte Rundung, die Weichheit seiner Haut dort, wo sie am wenigsten exponiert und am zartesten ist. Meine Hand streicht über Haare und die Nabelgrube, und ich bin es, die das tut. Ich und keine andere. Meine Hand kann vertraut umhertasten. Diese Erkenntnis tröstet mich, vermittelt aber kein Gefühl des Triumphs.

* * *

Als ich am nächsten Morgen aufwache, höre ich Xavier telefonieren, offenkundig mit einer offiziellen Person. Er wiederholt mehrmals das Wort »okay« und klingt müde und verbissen. Ich schiele zur Seite und sehe dort unser Frühstückstablett stehen. Das gestrige Gespräch kommt mir wieder in den Sinn, und gleichzeitig verdichtet sich das Gefühl von Unwirklichkeit zu einem klaustrophobisch kompakten Zustand. Ich atme tief durch und setze mich im Bett auf. Xavier steht mit nacktem Oberkörper und in Unterhosen da und wendet mir den Rücken zu. Er hat einen schönen Rücken, gerade und breit. Früher kam mir bei seinem Anblick manchmal der Gedanke an ein Segel, in das ich mich schmiegen und davongleiten wollte. Jetzt aber gleitet er davon, ganz allein.

Er dreht sich zu mir um, und sein Telefonat beschäftigt ihn so sehr, dass er wohl alles vergessen hat, worüber wir gestern gesprochen haben. Aber ein Blick auf mich, und er sieht es. In seinen Augen blitzt kurz Scham oder ein schlechtes Gewissen auf, doch er bemüht sich, schnell einen neutralen Eindruck zu machen.

»Ich habe mit der Versicherung gesprochen. Sie haben Kontakt zur Bank aufgenommen, wir können uns dort neue Karten holen. Außerdem haben sie fünfzigtausend Kronen auf unser Konto überwiesen, sodass wir immerhin nicht über Geld nachdenken müssen. Ich dachte, ich gehe jetzt zur Bank und hole meine Karte. Bloß gut, dass ich meine elektronische

ID im Handy habe. Sonst könnte ich das jetzt nicht klären, denn einen anderen Ausweis habe ich ja nicht.«

»Ich habe nichts«, sage ich.

Xavier legt den Kopf schräg und lächelt vage. Meine Stimme muss schicksalsschwer geklungen haben.

»Du wirst bald ein neues Handy bekommen. Außerdem müssen wir dir wieder einen Ausweis besorgen. Bis dahin bin eben ich der mit Karte.«

Ich sitze im Bett, als wäre es das Einzige, was ich von meinem Reich noch habe: eine kleine geliehene Insel mit kreideweißen Laken und synthetischen Decken. Ich wende mich von Xavier ab und sehe nach dem Frühstück, das er aufs Zimmer bestellt hat. Hunger überfällt mich, ich möchte Brot und Bananen an mich reißen, Kraft mobilisieren.

Xavier steht bei dem Tablett, und ich winke ihm eifrig.

»Komm. Her damit!«

Er stellt es aufs Bett und schenkt uns beiden Kaffee ein. Diese kleine Geste wärmt. Sagt, dass ich doch noch bei ihm bin. Dass er weiß, dass ich hier sitze und er noch nicht ganz nach Argentinien gezogen ist.

»Unser Zuhause«, sage ich einfach so in die Luft. »Unser schönes Zuhause.«

»Wir müssen eine Liste erstellen von dem, was wir hatten«, sagt Xavier.

Ich starre ihn an und verstehe nicht, was er meint. Was wir hatten?

»Wir hatten ein fantastisches Zuhause«, entgegne ich mit zitternder Stimme. »Ein sehr schönes Zuhause …«

»Ich spreche von der Versicherung«, unterbricht mich Xavier. »Sie wollen, dass wir alles aufschreiben, was wir in unserem Haus hatten. Wir müssen Listen machen. Aufschreiben, was da war, damit sie wissen, was sie zu erstatten haben, nehme ich an. Eine Inventarliste erstellen, haben sie es genannt.«

Die Wände des Hotelzimmers sind absolut stumme Projektionsflächen. Ich sehe mich trotzdem um, als könnten sie mir etwas sagen. Aber sie sind gleichmäßig weißgrau und kompakt, auf ihnen lebt nichts.

»Ich weiß nicht mehr, was wir alles hatten«, fährt Xavier fort. »Es erscheint vollkommen sinnlos, unseren ganzen Krempel aufzuzählen.«

Unseren ganzen Krempel.

Xavier schmiert sich sein Butterbrot, und ich würde es ihm am liebsten ins Gesicht drücken. Hätte meine Wut nicht den Beigeschmack von Feuer und Kurzschlussreaktion, würde ich jetzt den Mund aufmachen und sie herauslassen. So aber habe ich das Gefühl, als breitete sie sich langsam in meiner Haut aus, als finge mein Gesicht an zu glühen. Ich starre Xavier mit an Irrsinn grenzender Verwirrung an. Als würde ich erwarten, dass er sich über das, was gerade passiert, wundert und mich ganz erschrocken und verzweifelt fragt, was er tun könne, damit nicht auch ich noch zu Asche zerfalle.

Und wie würde man *mich* dann in die Inventarliste aufnehmen? Welchen Wert würde man mir beimessen?

Brennend heiße Tränen schießen mir in die Augen, sie kommen direkt aus meinem brodelnden Innern. Wieder gehe ich schnell ins Badezimmer und bespritze mich mit kaltem Wasser. Eigentlich müsste es auf Stirn und Wangen zischen. Ich schnüffle am Waschbecken. Sitzt er nicht auch dort, dieser verdammte Gestank nach Rauch? Er haftet an mir, es ist meine Scham über das, was ich getan habe, meine laxe Achtlosigkeit gegenüber allem, was ich hatte, oder glaubte, gehabt zu haben: ein Zuhause, eine Familie.

Ich befeuchte mir das Gesicht, und als ich aus dem Bad komme, bitte ich Xavier, mir eine Lesebrille zu kaufen. Hilfsbereit springt er aus dem Bett und sagt, er werde dann auch gleich bei der Bank vorbeigehen und seine Kontokarte holen.

In der Stille höre ich meinen Atem. Klingt er nicht unnatürlich hoch? So, als wäre ich gerannt? Oder bedient sich der Rauch, in dem ich mariniert wurde, am Sauerstoff im Raum? An der Zimmertür starre ich auf mein Spiegelbild, starre auf meinen Mund, der aussieht, als wären mir die Mundwinkel heruntergezogen worden. Als bekäme ich ein Fischmaul. Oder sähe allmählich aus wie ein Affe, ein verzweifelter Affe. Ich schürze die Lippen, blecke die Zähne und trete erschrocken einen Schritt zurück.

Schnell und hektisch atmend stiefle ich durchs Zimmer und versuche, unser Heim zu rekonstruieren. Eine Inventarliste erstellen? Eine Liste erstellen von dem, was wir hatten?

Ich setze mich an den Schreibtisch und greife zu einem Block mit dem Logo des Hotels. Das Erste, was ich aufschreibe, ist »ein Küchentisch«. »Sechs Küchenstühle.« Direkt vor der Spüle ein Flickenteppich. Kann das einfach so da stehen? Das haben ja wohl alle, ohne dass man es aufzuschreiben braucht? Das Interessante hier ist doch der Wert. Aber wie soll ich den erklären?

Der Tisch ist alt, man darf wohl behaupten antik. Aus Kiefer, dazu eine Einlegeplatte, die darauf wartete, für alle unsere Gäste eingesetzt zu werden. Die Ecken waren leicht abgerundet, die Beine gedrechselt und ganz unten ausgebuchtet. Sagt man das so? Der Tisch hat meinen Eltern gehört, und als sie sich verkleinerten, haben wir ihn bekommen. Ich war immer sehr stolz darauf. Wie Maria und meine Töchter habe auch ich in meiner Kindheit und Jugend daran gesessen und bei langatmigen Gesprächen die Maserung verfolgt. Habe schon mal mit der Gabel darauf herumgekratzt, eine Rüge eingesteckt und hinterher versucht, die Schramme mit dem Daumen auszubügeln. Ich weiß genau, wie sich die Tischplatte anfühlt, wie glatt und befingert und bekleckert sie im Lauf der Jahre wurde. Gibt es irgendein Möbelstück, das in gleicher Weise wie dieser Tisch die Familienbande geknüpft hat? Lässt sich daran jetzt überhaupt denken? Die Familienbande gibt es doch trotzdem noch? Sie sind doch wohl nicht verbrannt?

Oder?

Den Wert dieses Tisches, muss ich den einschätzen? Xavier und ich hatten ihn gemeinsam herausgetragen, ich leichtfüßig und manisch plapprig, weil ich mich geradezu unanständig gefreut habe, dass ich ihn bekam und nicht meine Brüder. Von nun an würden sich die Gespräche und das Beisammensein meiner eigenen Familie über die Tischplatte ergießen.

Dann die Stühle: Stahlrohr, Kunstledersitz, Dreißigerjahre. Auf den Sitzen verschlissene Wollfilzpolster mit einer Art Gummiunterlage. Ich war so glücklich über diese Stühle. Sie passten richtig toll zu dem alten Tisch. Xavier stand ihnen immer etwas skeptisch gegenüber, hat aber meine entschiedene Meinung, dass sie toll und schön seien, hingenommen. Ich kann in eine Stimmlage verfallen, die andeutet, dass ich etwas weiß, was er nicht versteht. In aller Regel akzeptiert er das. Vielleicht, weil er eben aus einer anderen Kultur kommt und leicht mal das Gefühl bekommt, gewisse ästhetische Codes nicht zu verstehen. Eine fiese Freundin hat einmal gesagt, die Stühle seien so »richtig«. Durch ihren leicht ironischen Ton wurden sie ein klein wenig mit Schmutz beworfen. Denn im Hinblick auf die Vorgabe, dass man keine Angst haben soll, Altes und Neues zu mischen, dass ein alter ererbter Tisch zusammen mit einem leicht verrückten Flohmarktfund die richtige Konformität origineller Zusammensetzung bildet, waren sie natürlich »richtig«.

Die Stühle, ich weiß nicht, wie ich sie bewerten soll. Oder kann ich es doch? Xavier hat nach wie vor keine Ahnung, wie teuer sie eigentlich waren. Wann immer jemand gesagt hat, wie cool sie seien, habe ich gern die Hände auf einen der Stuhlrücken gestützt und etwas von Flohmarkt und »fand ich ulkig« gemurmelt, doch in Wahrheit ist der Wert dieser campy Stühle bereits von einem hippen Antiquitätenhändler sanktioniert worden, und ihr Preis ist ganz und gar nicht mit meiner nonchalanten Attitüde zu vereinbaren.

Muss ich das ganze peinliche Arrangement wirklich unbedingt der Versicherung vorlegen? Muss Xavier erfahren, welche Summe ich tatsächlich bezahlt habe, nur um als unkonventionell unvoreingenommen dastehen zu können?

Dann der Teppich. Er war von IKEA und nichts wert. Aber er hat jahrelang dort gelegen, und mir hat sehr gefallen, dass er aus alten Jeans gemacht war. Die Nullachtfünfzehn-Klamotte der westlichen Welt in Fetzen unter meinen Füßen auf dem Küchenboden. So habe ich das auch gern gesagt. Ein Flickenteppich aus alten Jeans. Ein Teppich von geringem Wert, das muss ich ehrlicherweise zugeben.

Ich beschließe, bei meinem Rückblick in Gedanken ins Wohnzimmer zu gehen und lieber dort Inventur zu machen. Ich halte es nicht aus in der Küche, es ist zu nah, das verkohlte Herz unseres Heims.

Für das graue Sofa mit Diwan, den Ort unseres zurückeroberten Erwachsenendaseins, habe ich bestimmt noch eine Quittung. Wenn sie nicht auch verbrannt ist. Ein gewittergraues Diwansofa, das jetzt vermutlich aschgrau ist. Der viereckige niedrige Couchtisch, der Zinnteller mit den Stumpenkerzen und die Bilder …

Ich schluchze laut und erschrocken auf.

An die Bilder habe ich noch gar nicht gedacht. Warum nicht? Das Ölbild mit dem wehmütigen Mädchen. Sie ist meine Freundin geworden. Drei Jahre lang habe ich dem Künstler monatlich fünfhundert Kronen geschickt, dann gehörte es mir. Die langsame Eroberung hatte zu einer besonderen Beziehung zwischen dem Mädchen und mir geführt. Als ich sie zum ersten Mal sah, war ich gerade von zu Hause ausgezogen und konnte ihren Gesichtsausdruck nicht vergessen. Der Künstler war ein entfernter Bekannter meiner Eltern. Sie waren Nachbarn, und ich sollte ein Gartengerät zurückbringen, als ich das Bild zum ersten Mal sah.

Es gehörte nicht zu meiner Vorstellungswelt, dass das Mädchen irgendwann meines sein könnte. Mein Vater sagte schließlich, ich solle vorschlagen, dass ich jeden Monat einen bestimmten Betrag bezahlen könnte, dann würde es nach und nach mir gehören. Zuerst war es mir peinlich, mein Anliegen vorzutragen. Aber dann tat ich es doch.

Ich stehe auf, habe einen ganz trockenen Mund. Wir müssen hin. Müssen unbedingt zu unserem Haus fahren. Ich muss kämpfen, muss suchen, retten, reparieren. Ich mache ein paar Schritte durchs Zimmer, vier große Schritte, dann ist Schluss. Gehe schließlich unter die Dusche, ziehe mich an. Als Xavier nach einer Stunde zurückkommt, teile ich ihm mit, dass wir zu unserem Haus müssen, wir müssen einfach hin.

Xavier schlägt vor, Mittag zu essen, und ich verstehe nur Bahnhof. Hört er nicht, was ich sage?

»Aber wir müssen nach Hause, wir müssen nachsehen, das Bild …«

»Zuerst essen wir Mittag.«

Ich bin für ihn eine andere geworden. So ist das. Auch für mich bin ich eine andere geworden, für die ganze Welt. Hat man, so wie ich, eine Katastrophe heraufbeschworen, dann hat man in der Welt kein Mandat mehr. Gesenkten Hauptes und zwei Schritte hinter ihm folge ich Xavier zu einem Mittagstisch. Ich bin eine andere geworden, eine ohne Halt, dazu verurteilt, einfach nur folgsam zu sein. Xaviers andere Frau, die ausgediente und verbrauchte alte, jetzt, wo er zu einer neuen unterwegs ist.

Wir gehen in eine Pizzeria und bestellen beide Lasagne. Und ich esse tatsächlich. Es ist, als würde ich mich dabei von außen beobachten. Esse zögernd, als könnte jeden Moment jemand sagen, ich solle aufhören. Dann würde ich sofort gehorsam das Besteck ablegen. Ich habe das Gefühl, von der Gnade anderer zu leben, und wenn ich meine Stimme erhebe, kann ich alle Zusammenhänge verlieren.

Über meine Lasagne hinweg schiele ich zu Xavier und entdecke, dass er mich ansieht und sein Blick etwas Liebevolles hat.

»Es ist niemand gestorben«, sagt er, als sich unsere Blicke treffen. »Vergiss das nicht. Niemand ist gestorben. Es sind noch alle da. Der Rest ist piepegal.«

Ich nicke und schlucke. Zuneigung und Liebenswürdigkeit von Xavier. Es sind noch alle da? Flackert nicht sein Blick ein wenig? Ist denn er selbst noch da? Hat er bei dieser Formulierung gemerkt, dass es nicht ganz selbstverständlich klang, als er »alle« sagte?

»Wir müssen nach Hause«, stelle ich fest, klinge aber mehr flehentlich als entschieden. »Bitte, lass uns jetzt fahren. Ich muss nach Hause und schauen …«

»Die Mädchen und ich haben gestern einen Schlenker dorthin gemacht«, erzählt Xavier, wobei seine Augenlider ein klein wenig flattern. »Als du geschlafen hast. Wir dachten, dass dir der Anblick vorerst erspart bleiben sollte.«

»Wie? Ihr seid dort gewesen und habt es euch angesehen? Ohne etwas zu sagen?«

»Wir wollten, dass du dich ein wenig erholst, wie gesagt. Es war … du wirst es anstrengend finden.«

»Ihr habt zusammen, ohne mich …«

Ich verstehe das nicht. Unser Zuhause, das bin doch ich. Ich bin unser Zuhause. Es war *mein* Reich. In erster Linie war es das tatsächlich. Doch jetzt nicht mehr, im Nachbeben der Katastrophe bin ich nun auch davon ausgeschlossen.

»Ihr wart doch wohl nicht ohne mich zu Hause!«

»Hör zu, Agneta. Als du gestern Vormittag geschlafen hast, haben wir uns das Auto von Hannas Freund geliehen und sind hingefahren und haben uns einen Eindruck verschafft. Wir haben erst gar nicht versucht, ins Haus zu gehen, sind nur draußen herumgegangen und haben ein bisschen reingeschaut. Nachdem wir Maria und Eddy zum Zug gebracht hatten. Was ist daran verkehrt? Du musstest dich doch von dem Schock erholen.«

Ich stehe abrupt auf, plumpse aber genauso schnell wieder zurück. Ein Teil in mir brüllt, ich müsse davonlaufen. Doch ich gebe auf, bevor der Impuls mein Bewusstsein erreicht.

Meine Eitelkeit zappelt in den Schicksalsfäden.

»Ich will mein Heim sehen«, sage ich mit zitternder Stimme. »Ich habe ein Recht darauf. Ich möchte jetzt dorthin. Jetzt, hörst du.«

Xavier legt seine Hand auf meine.

»Es sieht schrecklich aus. Nur, damit du es weißt. Wir können doch auch noch ein paar Tage warten.«

Ungestüm wie ein kleines Kind schüttle ich den Kopf. Nein, nein, nein! Jetzt.

»Na dann, okay. Wir können ein Taxi nehmen. Wir müssen die Gelegenheit nutzen, solange es hell ist. Der Strom ist total ausgefallen. Wenn wir noch etwas sehen wollen, müssen wir jetzt fahren.«

Mir schlottern die Knie, als ich aus dem Taxi steige. Xavier hat den Fahrer gebeten, ein paar Straßen entfernt zu halten. Wahrscheinlich glaubt er, es sei schonender für mich, wenn ich mich dem Haus langsam nähere, zu Fuß. Es ist immer noch eiskalt. Der Schnee knarzt, der Atem dampft. Ich habe keine Handschuhe und ziehe die Jackenärmel so weit vor wie nur möglich. Die Kälte dringt trotzdem ein, scharfe Bisse in die Fingerspitzen. Xavier legt mir den Arm um die Schulter, und ich stähle mich. Nach wie vor hängt starker Brandgeruch über der Gegend. In einem Fenster meine ich ein Gesicht zu erahnen und wende mich rasch ab. Aber ich sollte den Blick natürlich erwidern und gestehen: Ich bin es. Ich bin es, die diesen Gestank über euch gebracht hat. Ich habe eine Zigarette geraucht und an etwas anderes gedacht, und dann ist es so gekommen.

An der Kreuzung zu unserer Straße bleibt Xavier stehen.

»Es sieht wirklich ganz schlimm aus«, sagt er. »Ich möchte, dass dir das klar ist.«

Ich nicke, voller Schauder. Als in einiger Entfernung das Haus aufragt, bin ich zuerst froh. Es steht ja noch. Es ist nicht nur der Schornstein übrig, wie in Elsa Beskows Bilderbuch. Doch je näher wir kommen, desto deutlicher sehe ich es. Rußige Trauerränder, Abdrücke des Schreckens. Die Löcher, in denen einst die Fenster waren, sind nur dunkel, und diese Dunkelheit scheint sich um die Rahmen herum ausgebreitet zu haben. Xavier geht vor mir her zur Treppe. Bevor er die Klinke drückt, sieht er mich noch mal an, fragend. Ich muss entsetzt dreinschauen, denn er streckt mir die Hand entgegen.

»Schaffst du es? Wollen wir reingehen?«

»Ja.«

Seltsamerweise ist die Tür nicht abgeschlossen. Trotzdem muss Xavier zu Gewalt greifen, da der Türpfosten vereist ist. Erst mit einem Fußtritt springt sie auf. Von dem vertrauten Geruch unseres Heims ist nichts mehr vorhanden. Nur Kälte und Verbranntes. Fahles Tageslicht fällt in den Flur, der verlassen und grau wirkt. Die Sachen liegen drunter und drüber, der Teppich ist in eisig verdrehter Pose zurückgeschlagen. Im Haus ist es mindestens so kalt wie draußen. Und Eis. Überall Eis. Und im Eis festsitzende Dinge. Auf der Arbeitsplatte in der Küche liegen gefrorene Fleischteile. Man muss vorsichtig umhergehen, um nicht auf Eisplacken oder über umgekippte Dinge zu stürzen, die überall herumliegen. Unmengen von Wasser müssen hereingespritzt worden sein, direkt ins Haus. Im Wohnzimmer hat sich am Kronleuchter von der Decke bis zum Couchtisch eine Säule aus Eis gebildet. Es ist klar, und in seinem Innern glimmen im starken Sonnenlicht, das plötzlich durchs Fenster bricht, die Prismen auf.

»Wo sind denn die Bilder?«

Ich wende mich Xavier zu, der mit dampfendem Atem dasteht und sich traurig umsieht.

»Ich glaube, die Leute von dieser Firma, die die Versicherung hinzugezogen hat, haben den Großteil der Kunst weggebracht. Wir haben später noch einen Termin dort. Da müssen wir mal fragen.«

»Und wenn sie nun jemand gestohlen hat? Ich begreife nicht, dass man alles einfach unbewacht lässt.«

In diesem Augenblick gemeinsamer Entrüstung sind Xavier und ich uns einig, und hier, an der Schwelle zu unserem Mausoleum von einem Wohnzimmer, ist das wie eine wärmende Vereinigung. Er stimmt mir zu und sagt, er habe sie schon einmal darauf hingewiesen.

»Nicht, dass ich mir vorstellen kann, hier würde jemand unmittelbar etwas haben wollen. Diese Firma hat ja vieles wegbringen können. Aber trotzdem. Man möchte ja nicht, dass die Leute nach Belieben hier herumtrampeln.«

Das Schlafzimmer!

Ich stehe am Rand der Treppe und schaue hinauf in die obere Etage. Am Eis ist deutlich zu erkennen, dass Unmengen von Wasser die Treppe heruntergelaufen sein müssen. Vorsichtig prüfe ich die Stufen. Sie halten, sind aber glatt, und ich kann kaum etwas sehen, da hier kein Fenster ist.

»Sei vorsichtig«, sagt Xavier. »Die Mädchen und ich waren schon kurz oben. Da sieht es noch schlimmer aus.«

»Aber du hast doch erzählt, dass ihr gar nicht im Haus gewesen seid!«

»Okay, nur ganz kurz.«

»Warum hast du nichts gesagt? Warum?«

Alles und alle entschwinden mir. Schleichen sich lautlos davon, wenn ich schlafe, konspirieren hinter meinem Rücken. Verlassen mich einvernehmlich und sind sich einig, aber sie klären mich nicht mal darüber auf. Als ob es mich nicht gäbe. Als ob auch ich im Feuer zurückgeblieben wäre.

»Warum verstehst du denn nicht, dass wir dich schützen wollten?«

Ich antworte nicht, sondern steige weiter die Treppe hinauf. Mit Xaviers Atem unmittelbar hinter mir. Ich gehe langsam, nicht nur, um nicht zu stürzen. Dort oben ist der Gestank nämlich noch schlimmer, und es herrscht strenge Kälte. In den Flur über der Treppe fällt durch die Schlafzimmerfenster Licht. Wo einmal die Abseite war, ist nur noch ein schwarzes Loch, und von dem, was sich früher darin befunden hat, ist nichts mehr zu sehen. Die Skikleidung ist wahrscheinlich einfach geschmolzen, der Weihnachtsschmuck in den zwei großen Pappkartons muss zu Ruß und Asche geworden sein, ebenso der Osterschmuck, die aus Wattekugeln gebastelten Küken mit Flügeln aus bunten Federn, alles dürfte das Feuer sich einverleibt haben. Kitabasteleien und Schulerzeugnisse, von Zeit und Sonne zunehmend zerzaust und ausgebleicht. Knallbonbons in Seidenpapier mit Fransen, die durch Schneiden und Falten entstanden sind, und sowohl zu Hause als auch auf Reisen erstandene Glaskugeln. Zudem Glasfiguren in Gestalt von Hunden, Engeln und Katzen. Ich höre noch Eddys aufgeregte Stimme, als er sie aufhängen half.

Sind sie im Feuer in tausend Teile zersplittert? Liegt der Engel mit dem Glitter, der es Eddy immer besonders angetan hat, jetzt unter einem Haufen kleiner schwarzer Scherben begraben?

Das Feuer hat auch das Schlafzimmer nicht verschont. Das Bett ist schwarzgrau, vereist, kalt und nicht mehr zu retten. Farbe und Struktur der Laken lassen sich allenfalls an einem vereinzelten Zipfel erahnen, so ruiniert sind sie. In einer Ecke stand ein Kleiderständer mit grazilen Metallstangen, doch von dem, was dort hing, ist nichts mehr übrig. Auf dem Boden liegen ein halb geschmolzener Kleiderbügel und ein rußiger, schwarzer. Mit zitterndem Zeigefinger stochere ich den Kleiderschrank auf, wende den Blick ab von dem stinkenden, schwarz zerfressenen Rest dessen, was einmal meine Sachen gewesen sind. All die Zeit in Umkleidekabinen, die aufreibenden und die bedachtsamen Einkäufe, aller Trost dafür, dass man es nicht schafft, allem gerecht zu werden, die Notwendigkeit einer ästhetischen Krücke, um jünger zu werden, stylisher, mal mehr wie die eine, mal die andere.

Von all dem ist nichts mehr übrig. Eindeutig. Nichts davon. Ich schaudere in meinem neu gekauften, aus der Not geborenen, notdürftigen Outfit.

Die große, runde weiße Reispapierlampe mit ihren kleinen Zierlöchern, die über unserem Bett hing und etwas wie Sternenstaub auf dem Bettüberwurf verstreute so ein schönes Muster aus Licht, sie hängt nun als Spirale aus schwarzem, dünnem Metall da, und die Glühbirne scheint zersprungen zu sein. Tief atmend stehen Xavier und ich still in der Kälte, auch wir wie zwei eisige, ausgebrannte Standbilder. Wie oft habe ich mich hier hingelegt, mit Xavier, in allergrößter Zuversicht. Wir haben uns in unserem Bau eingeigelt, abgeschieden vom Rest der Welt die Decken wie einen Schutzmantel über uns gezogen, über unseren ganz und gar eigenen Vorrat an Geborgenheit, Lust, Faulheit und Nähe. Ein Vorrat, der mehr oder weniger gut gefüllt war, aber immer ist etwas vorhanden gewesen.

Immer, immer ist etwas vorhanden gewesen.

Ich schiele auf Xaviers Teil des Bettes, der dem Treppenaufgang am nächsten liegt, die Stelle, an der das Feuer ausgebrochen ist. Sein Nachttisch ist verkohlt, von den Fotos, die er dort hatte, ist bestimmt nichts mehr übrig. Ich höre seinen Atem hinter mir und drehe mich langsam um. Ein Glänzen in seinem Augenwinkel, mich kneift etwas im Innern.

»Verzeih.«

Von Ana ist nichts mehr übrig: keine Fotos, keine Erinnerungen an ihrer beider Gemeinsamkeiten. Wie eifersüchtig ich auf diese Schublade war. Vielleicht auch neidisch auf eine Zeit, die sich nie im Alltag bewähren musste, stattdessen aber immer mehr veredelt wurde.

Jetzt ist alles weg, und in mir zieht sich etwas zusammen, denn ich weiß, dass die Bilder in ihrer Abwesenheit noch stärker werden, noch mehr Anziehungskraft bekommen werden. Ana ist nun in dem Zimmer freigesetzt, hat nicht mehr nur den ihr in der Schublade eingeräumten Platz.

Und Xavier, mein schöner, stattlicher Mann mit seinen sanften Augen und liebevollen Händen – was habe ich ihm angetan?

»Ich meine es wirklich so, Xavier. Verzeih. Verzeih, verzeih, verzeih.«

Ich sage es unter Tränen, doch es hilft nichts. Und er antwortet unter Tränen. Sie strömen ihm aus den Augen, und er tippt sich mit dem Finger an den Kopf.

»Ich habe alles hier drin, trotz allem. Es ist auf jeden Fall da.«

Ich nicke, denn natürlich ist es so. Und es nimmt Raum ein, wie ich an Xaviers traurigem Blick sehe. Es liegt etwas Bedauerndes darin. Ich habe nicht das Gefühl, dass dieses Bedauern den Bildern an sich gilt, sondern unserer gemeinsamen Einsicht. Etwas nimmt bei ihm Raum ein, eine zunehmende Erinnerung, eine gärende Sehnsucht. Schlimmstenfalls in Gestalt einer anderen, jüngeren Frau, die zwar weit weg ist, aber trotzdem real. Aus Fleisch und Blut. Die aufsammeln kann, was einmal war, die den Sack für Xavier zubinden kann.

Ich habe ihm das Zuhause geraubt, das er hier hatte, das wenige, was ihm von seiner alten Heimat geblieben ist. Ich strecke ihm die Hand entgegen. Sie ist eiskalt und zittert, und sie ist natürlich nichts, woran man sich festhalten könnte, sie sucht vielmehr Trost und Wärme. Doch sie ist das Einzige, was ich habe.

Xavier nimmt sie, aber nur für eine Sekunde. Dann sagt er, dass er sich unten noch etwas umsehen wolle. Er geht, und was von ihm an Geräuschen zu mir heraufdringt, ist Scharren und Klopfen und Knacken, weiter nichts. Kein Seufzen oder Schluchzen.

Vorsichtig folge ich ihm die Treppe hinunter und sehe ihn mit dem Rücken zu mir im Wohnzimmer stehen und mit seinem Handy fotografieren. Dann fällt mir mein Ehering ein. Er muss irgendwo sein. Ich schließe die Augen, um mich besser an den Abend zu erinnern, daran, was vor dem Feuer war. Die Hasen, das Zerlegen, die Gereiztheit. Ich ging ins Haus, um – ja, was wollte ich dort gleich noch mal? Kaffee? Ich war wütend. Das weiß ich noch. Wollte mit so einem Idioten wie Xavier nicht mehr verheiratet sein. Wusste es nicht besser und war nachlässig geworden in meinem Wohlstand aus Gewöhnlichkeit und Schutz.

Vorsichtig gehe ich zur Spüle und suche dort herum. Hier lässt sich unmöglich etwas finden. Xavier trägt seinen Ring noch. Er sitzt ihm etwas locker am unteren Ringfingerglied.

Ich glaube, das liegt an den Jahren. Er nimmt ihn selten ab, nicht so wie ich, die ihn zum Händewaschen oder nachts zum Schlafen immer abgestreift hat. Wir haben im Stockholmer Rathaus geheiratet. Xavier legte erheblich mehr Wert darauf, standesamtlich zu heiraten. Ana und er hatten eine große katholische Hochzeit gefeiert. Mich aber, so sagte er damals, wolle er haben, ohne dass andere Mächte involviert wären.

Ich trug ein elfenbeinfarbenes Chanel-Kostüm, das ich in einem Secondhandladen gefunden hatte, Bleistiftrock und eine Jacke mit betonter Taille. Dazu ein Paar Silbersandaletten und hellrosa Zehennägel. Die Trauung fand im Frühsommer statt. Maria war acht Jahre alt und die Zwillinge noch nicht geboren. Ich erinnere mich, dass Xavier, als wir zu dritt auf dem Weg zum Rathaus waren, Maria an der Hand hielt, nicht mich. Als wir ankamen, nahm ich ihn an der anderen Hand und sagte so scherzhaft, wie ich nur konnte, dass eigentlich er und ich jetzt heiraten wollten.

Doch Maria hielt sich weiter unbeirrt an ihm fest. Ihr Mund ein Strich und die Augen glänzend ernst. Xavier betrat das Rathaus mit einer Ehefrau in spe an der einen und einer Tochter an der anderen Hand. Im Trauzimmer ließ er Maria schließlich los, um den Ring hervorzuholen, den er für mich ausgesucht hatte. Der Ring war schlicht, aus Weißgold und hatte einen Diamanten. Er war groß, und Xavier hatte wohl mehr in ihn investiert als von mir erwartet. Ich war ungeheuer glücklich, denn mit dem Ring bekam ich Raum. So banal und vielleicht schrecklich es sich anhören mag: Der Ring verlieh auch mir einen Wert.

Den ganzen Abend, den wir mit ein paar Freunden in einem vorab reservierten Gartenlokal auf Långholmen feierten, spreizte ich die Finger. Haha, mein Triumph! Maria lugte grimmig unter ihrem Pony hervor, aber ausnahmsweise schien Xavier das nicht zu bemerken. Durch den Ring verschwand gleichsam meine Eifersucht auf sie. Jetzt war ich seine Frau und sie ein Kind.

Und als Xaviers Frau konnte ich sie als seine Tochter umarmen und sagen, wie glücklich ich bin, dass wir nun eine Familie sind, und dass ich sie sehr, sehr lieb habe. Das stimmte ja auch. An diesem Abend quoll meine Liebe über. Es roch nach Flieder, und Xavier roch nach Rasierwasser, und unsere Hände fanden einander den ganzen Abend über. Es war, als spielten unsere Fingerspitzen eine eigene Art Stille Post: Denk nur, wir gehören jetzt zusammen, flüsterten sie.

Ich stochere mit dem Fuß umher, versuche, festgefrorene Dinge zu lösen.

Xavier kommt mit finsterer Miene herein.

»Wir müssen jetzt zur Versicherung«, sagt er. »In einer Dreiviertelstunde sollen wir dort sein.«

»Mein Ring«, entgegne ich. »Der muss hier irgendwo liegen.«

»Der lässt sich hier nicht finden. Den musst du wohl auf die Verlustliste setzen.«

Ich bereue sofort, den Ring erwähnt zu haben. Xavier ist so zerstreut, dass er sicherlich nie daran gedacht hätte. Sobald es etwas wärmer ist, werde ich wieder herkommen und ihn suchen. Jetzt ist es so, als hätte ich ein weiteres Band zwischen uns verschludert.

»Ich muss ihn finden. Der muss doch hier irgendwo sein. Er kann doch nicht einfach zerstört sein, er muss doch halten …«

Ich sehe Xavier flehentlich an, er zuckt leicht die Schulter.

»Ich weiß nicht.«

»Und dann müssen wir dafür sorgen, dass das Haus nicht einfach so unbewacht und schäbig dasteht! Jeder, der will, kann reingehen und sich einfach bedienen …«

Ich sehe mich aufgeregt um, denke aber wahrscheinlich dasselbe wie Xavier: Was will man denn hier schon holen? Es ist doch alles zerstört.

»Wir fahren«, sagt Xavier wieder. »Wir lassen das jetzt, wie es ist.«

* * *

Bei der Versicherung sieht es aus wie in jedem x-beliebigen Büro. Trotzdem ist es ein unwirklicher Ort, den wir da betreten. Alle Augen sind auf uns gerichtet. Man müsste hier Schäden und Zerstörung und Diebstähle gewohnt sein, aber wir scheinen eine Sonderstellung unter den Betroffenen einzunehmen. Ich weiß nicht, warum ich das so deutlich empfinde. Wir bringen einen Hauch von Katastrophe mit.

Wir werden in einen Besprechungsraum geführt und gebeten, auf eine gewisse Ulrika zu warten. Auf dem Tisch, an dem wir uns niederlassen, steht eine Schale mit Äpfeln, und wir werden gefragt, ob wir Kaffee haben möchten.

Wir nicken, sind nach dem Besuch in unserem demolierten Eistempel wie gelähmt von all dem Gewöhnlichen hier. Ich greife mir einen Apfel, grabe voller Gier nach Frische und Gesundheit die Schneidezähne tief ins Fruchtfleisch und wische den heraussickernden Saft mit dem Pullover-Ärmel ab. Xavier sieht mich verwundert an, und ich lasse von dem Apfel ab, stehe auf und werfe ihn mit einem Plumps in einen Papierkorb. Genau in dem Moment kommt Ulrika herein und streckt uns die Hand entgegen. Ich wische die meine zuerst am Hosenbein ab, dann reiche ich sie ihr und murmle verwirrt meinen Namen, als müsste ich für den Bruchteil einer Sekunde erst nach ihm suchen.

Ulrika dürfte in Marias Alter sein, so an die dreißig. Sie trägt einen hellgrauen Hosenanzug und eine Brille mit dünnem blauen Metallgestell. Das Haar hat sie zu einem Pferdeschwanz gebunden, und die einzige Schminke, die ich erahnen kann, ist ein wenig Mascara auf den Wimpern. Sie wirkt stabil und kompetent. Ich habe sie wohl angestarrt, denn sie hebt ein klein wenig die Augenbrauen und fragt, wie es uns geht. Wie es uns geht. Ich mache den Mund auf, bringe aber keinen einzigen passablen Satz zustande.

»Wir stehen natürlich noch unter Schock«, sagt Xavier. Eine Nuance zu spitz.

Ulrika wird flammend rot, entgegnet mit Nachdruck »ja, natürlich« und schaut uns nacheinander mit offenem Blick an. Ich bewundere ihren Mut. Sie wirkt jung und stark. Meine Fantasie, was für ein Mensch sie wohl ist, geht mit mir durch. Aus irgendeinem Grund überlege ich mir, was sie frühstücken könnte. Vermutlich etwas sehr Gesundes. Joghurt und Müsli, Ei und Kaviarcreme. Damit ist sie zufrieden, und wahrscheinlich ist sie auch mit ihrer vernünftigen Wahl einer preislich angemessenen Wohnung mit Dauerwohnrecht zufrieden. Ich sehe ihr an, dass diese in einer angenehmen Umgebung liegt, vermutlich ein Neubau mit Wohnungen, in denen alles im Voraus geplant ist: Hier wird das Sofa stehen, dort der Fernseher, hier sind Kinderzimmer, und dann haben wir einen *Master Bedroom* … In die Bedeutung dieses extrem albernen Ausdrucks bin ich insgeheim vernarrt. Wir sind so sehr in der Hand unserer Kinder, dieser Meinung bin ich tatsächlich, waren immer schon so sehr in ihrer Hand, dass es nie leicht war, in unserem Heim ein *Master*-Niveau zu erreichen. Jedenfalls nicht für mich.

»Sie sollten sich vielleicht auch die Papiere ansehen, die ich vorbereitet habe …«

Ich werde aus meinen Überlegungen gerissen und denke, dass vermutlich alles nicht stimmt. Schon auf dem Sprung, isst Ulrika morgens sicherlich nur eine Banane, sie wohnt …

»Agneta!«

Xaviers Ton bewirkt, dass ich mich zusammenreiße. Ich sehe mir das Blatt an, das mir unter die Nase gehalten wird. Xavier, die Lesebrille weit vorn auf der Nase, sinnt über einem ähnlichen Papier nach, nehme ich an. Flüchtig schaut er zu mir herüber und kramt in seinen Taschen. Schließlich findet er eine noch verpackte Lesebrille und reicht sie mir. Ich setze sie auf und verstehe nichts, bin irgendwie nicht in der Lage, zu verstehen.

Ulrika wirkt verwundert, dass die Polizei das Haus noch nicht abgesperrt hat. Sie sollten ihre Brandermittlung doch anstellen, ohne dass vorher jemand im Haus war. Bei der Versicherung würden sie außerdem darüber diskutieren, ob es sich hier um einen sogenannten Totalschaden handelt, das heißt, das Inventar des Hauses als so zerstört erachtet wird, dass man eine Pauschalsumme für den gesamten Hausrat ausbezahlt bekommt.

Polizei. Totalschaden.

»Und was ist mit dem Haus? Das ist doch nicht bewohnbar. Zählt das nicht auch als Totalschaden?«

Xavier fragt, und ich schrumpfe auf meinem Stuhl zusammen. Totaler Schaden, unser ganzer Besitz. Und die Polizei? Kann ich als fahrlässig auf ein kriminelles Niveau eingestuft werden? Schließlich habe ich Eddys Leben riskiert. Ich traue mich nicht, zu fragen. Kann ich mich darauf verlassen, dass es sich um Routinemaßnahmen handelt? Kann ich mich auf Ulrika verlassen? Oder spricht man hinter meinem Rücken bereits über eine mögliche Festnahme?

»Ich soll alles aufschreiben, was wir im Haus hatten«, sage ich. »Ich weiß nur nicht … was soll ich mit aufnehmen?«

»Wir hätten gern einen Überblick, was Ihr Haus alles in allem wert ist«, erklärt Ulrika. »Es ist für uns sonst schwierig festzustellen, von welcher Erstattungshöhe wir auszugehen haben.«

»Sie meinen von wie viel Geld«, sage ich dümmlich.

Ulrika fängt sich schnell wieder und nickt: »Ja, natürlich.« Sie müssten zu einer Einschätzung des realen Wertes der beweglichen Habe kommen.

»Aber ich weiß doch nicht ... wie sollen wir das denn wissen?«

»Beschreiben Sie einfach alles so genau wie möglich, dann versuchen wir, den Wert einzuschätzen.«

»Und was ist mit dem Haus?«, insistiert Xavier. »Was geschieht damit? Es ist doch ruiniert.«

»Ja ...«

Ulrika schaut uns nacheinander an.

»Da gibt es unterschiedliche Lösungsmöglichkeiten. Manche Leute wollen Geld haben, um sich damit ein neues Haus zu kaufen. Oder in eine andere Wohnform zu investieren. Aber es gibt natürlich auch die Möglichkeit, dass man versucht, das Haus wiederaufzubauen, es zu rekonstruieren, wie es einmal war. Wir müssen auch dafür angemessene Kosten prüfen.«

Ich habe das Gefühl, dass die Luft stillsteht. Höre ich da nicht einen Ventilator? Ist es nicht offenkundig, wie viel Rauchgestank wir hier hereingetragen haben? Natürlich kann man nicht das Ganze herrichten und auslüften und wieder einziehen. Ständig komme ich zu neuen Einsichten, und ich schäme mich, sie nicht schon von Anfang an gehabt zu haben. Als ob ich nicht mehr denken könnte. Natürlich gibt es das Haus nicht mehr, nicht wirklich. Natürlich kann man sich einfach alles schenken. Und hinter sich lassen. Xavier scheint das begriffen zu haben.

»Dann können wir uns ja das Haus schenken und stattdessen das Geld nehmen«, sagt Xavier, und ich achte normalerweise nie auf seinen Akzent, doch jetzt fällt er mir auf. Als er »das Haus schenken« sagt, spricht er mit ungewöhnlich starkem spanischen Akzent, als stünde bei seinem Anlauf, sich sein Zuhause in Schweden zu »dschennken«, ganz Lateinamerika hinter ihm.

»Ja, es gibt Leute, die es auf diese Weise lösen, die sich dafür entscheiden, ihre Wohnform zu ändern. Soweit ich sehe, lastet auf dem Haus keine große Hypothek mehr. Sie haben also die Möglichkeit, mit etwas anderem einen Neuanfang zu machen ...«

Ulrika wirft einen Blick auf mich und sagt schnell, das sei eine große Entscheidung, die man nicht treffen sollte, ohne gründlich darüber nachgedacht zu haben. Könnten wir denn vorübergehend irgendwo unterkommen, bei Bekannten oder so?

In meinem Kopf herrscht Stillstand, und Xavier scheint es ebenso zu gehen, denn er kommt mit keinem Vorschlag daher. Ulrika erklärt, dass wir bis Ende der Woche im Hotel bleiben könnten, dann müssten wir woandershin. Es würde die Sache vereinfachen, wenn wir unsere eigenen Kontakte checkten. Wer weiß? Manchmal hätten Leute Unterbringungsmöglichkeiten, an die man gar nicht gedacht hat.

»Wie lange soll das ... wie lange müssen wir denn dort bleiben ...«

Meine Stimme ist schwach und klingt bescheiden. Die Auswirkungen der Katastrophe dringen mir tröpfchenweise ins Bewusstsein, eine Konsequenz nach der anderen.

»Na ja, das kommt zum Teil darauf an, wofür Sie sich entscheiden, welche Lösung Sie wählen. Ein Haus wiederaufzubauen braucht natürlich Zeit, das ist so.«

»Wir werden darüber nachdenken«, sagt Xavier ein wenig ungeduldig. Er hat noch etliche andere Fragen, und ich schäme mich, nur so dazusitzen, wortkarg, und anscheinend überhaupt nicht nachgedacht zu haben. Schließlich ist Xavier es, der nach einem neuen Handy für mich fragt. Nach einer Kontokarte für mich. Ausweisdokumenten. Nach Hilfe, neue Autoschlüssel zu bekommen. Ich bin wie betäubt. Nehme lediglich die Mundbewegungen von Xavier und Ulrika wahr, obwohl es doch um die Lösung *meiner* Probleme geht.

»Das kriegen wir doch heute noch geregelt, oder?«, fragt Xavier, und ich soll nun sowohl ein Handy als auch Zugang zu Geld bekommen, wie mir klar wird.

Ich nicke zustimmend und versuche, dankbar zu lächeln. Sieht Xavier etwas gereizt aus? Zusammengesunken und vernichtet sitze ich im Büro der Versicherung und habe nichts Gescheites beizutragen, lächle nur wie ein unterwürfiger Hund. Blecke kriecherisch die Zähne, als ich mich an Ulrika wende: Danke, danke, danke für die Gunst, sowohl ein Handy als auch eine Kontokarte zu bekommen, aber ich bin derer doch eigentlich gar nicht würdig. Holt die Polizei und sperrt mich ein.

Xavier schaut weg, vermutlich außerstande oder nicht willens, sich mit mir in diesem Zustand zu befassen.

»Danke«, sage ich in deutlicherem Ton, ein bisschen lauter, ein bisschen bestimmter. »Mein Mann und ich werden uns weiter darüber unterhalten und eine Inventarliste erstellen. Wir werden bald damit wiederkommen, nachdem mir jetzt klar ist, was genau Sie sich vorstellen.«

Wir kommen zum Ende, Ulrika und Xavier besprechen noch ein paar Dinge zum Auto, während ich aufstehe und versuche, stabil und entschieden zu wirken. Da mir aber vor allem schwindlig ist, gehe ich auf die Toilette.

Und diese Toilette rettet mich durch ihr bloßes Vorhandensein. Ein neuer kleiner Raum, wo ich meinen Gefühlen für einen Moment freien Lauf lassen kann. Ein Ort der Erholung. Mein Spiegelbild, mich in Ruhe über meine Blässe entsetzen, und die Spuren von Aufgeregtheit und Tränen kühlen.

Wenn Xavier sich nun für unser Heim eine Geldsumme vorstellt, um sie einzustecken und damit nach Argentinien und zu Elena zu fliehen – wie könnte ich ihn dann aufhalten? Hier stehe ich in elenden, neuen, steifen und scheuernden Jeans, ungeschminkt, das Gesicht mit nichts als Schock und Schuld beschmiert.

Neue Schminke, eine Kriegsbemalung muss her. Ich habe ein Gesicht wie ein Kind, ein sehr altes Kind. Die Wimpern schweinchenweiß, ansonsten wie das Gemälde eines weinenden Mädchens. Und zugleich Falten, wie Schnitte kreuz und quer in der Haut. Ich schrecke bei dem Anblick zurück, die Gedanken, die mir kommen, sind schwarz und furchterregend.

Wäre es mit geschminktem Gesicht leichter, die nötige Beherrschung aufzubringen? Wenn ich mir etwas zum Anziehen kaufe, was mehr meinem ehemaligen Ich entspricht, müsste das doch helfen? Ich werde die Frau sein, die Xavier an uns bindet, fest und bestimmt, an die Familie, auch wenn so viele ihrer Bestandteile abhandengekommen sind.

Wie ein schwarzer Pinselstrich taucht die Erinnerung an Hasse auf. Diesen blonden, jüngeren, fülligen Mann, dessen

Blick und Hände mich vor Lust erschauern ließen. Ein Gefühl, von dem ich geglaubt habe, es hätte mich längst verlassen. Wer verlässt da eigentlich gerade wen?

Allerdings habe ich nie daran gedacht, Xavier wegen Hasse zu verlassen. Was ihn betrifft, so habe ich überhaupt nicht sehr viel gedacht. Ich wollte wohl nur … ein bisschen leben. Da war jemand, der mich ansah und mir jenseits meiner Vernunft sagte, dass es noch nicht vorbei ist. Ich sollte noch ein Abenteuer erleben. In größter Heimlichkeit, als klammheimliches Geschenk. Ein roter Faden, eingewebt in das schöne gedämpfte alltägliche Graublau, das Xavier und ich im Lauf der Zeit geworden sind. Ruhig, kühl und schön. Ein farbenfrohes Kissen, das unser teures, neues graues Sofa mit Diwan-Teil hätte beleben können?

Ich bin sechsundfünfzig Jahre alt. Wie viel kann eine Frau in meinem Alter verlangen? Worauf lässt sich noch hoffen, womit sollte man sich begnügen? Wenn ein zehn Jahre jüngerer Mann die Lust weckt, die so lange brachgelegen hat, ist es dann dem Leben an sich gegenüber nicht sogar Pflicht, sie zu bejahen?

Verglichen mit Xavier und seiner Facebookerei mit Elena ist Hasse ja wohl nur eine Bagatelle, oder? Was Xavier da treibt, scheint in die Tiefe zu gehen, während Hasse bloß ein Spiel war, etwas, was nur aufkeimen und dann sterben sollte.

Mir beginnen die Knie zu zittern. Der Gedanke an Hasse macht mich so nervös, dass ich mir einbilde, im Papierkorb auf der Toilette fange es zu schwelen an, oder warum nicht gleich in meinen Kleidern oder unter der Haut?

Ich reiße die Tür auf und kollidiere fast mit Xavier, der genau davor steht.

»Huch!«, sage ich laut und exaltiert.

»Warte hier auf mich«, bittet er und geht auf die Toilette. Ob er dort etwas merken wird? Ob mein Inneres dort wohl Spuren hinterlassen hat?

Ulrika kommt auf mich zu und streckt mir die Hand entgegen. Teilt mir mit, dass es angenehm und gut gewesen sei, einander kennenzulernen, und dass wir in nächster Zeit wohl öfter miteinander zu tun haben werden.

»Es wird schließlich seine Zeit dauern, Ordnung in die Sache zu bringen.«

Ich nicke und denke, beim nächsten Mal werde ich auf andere Art das Kommando übernehmen. Richtig angezogen sein und wissen, was ich will.

»Ach übrigens«, sage ich. »Die Polizei, was will die da eigentlich untersuchen? Werden wir denn wegen irgendetwas verdächtigt?«

Ich gebe mir große Mühe, das Unsinnige dieses Gedankens hervorzukehren. Lächle schelmisch, als wäre es ein Scherz.

Ulrika lacht nicht, sondern wiederholt lediglich, es sei Routine, solche Fälle würden immer untersucht. Außerdem müsse sie nachdrücklich darauf hinweisen, dass wir das Haus erst betreten dürften, wenn sie dort fertig seien. Vermutlich seien die Balken in Mitleidenschaft gezogen, und wir hätten vorhin nicht einfach so hineingehen dürfen.

»Aber es war doch offen …«

»Das war ein Versehen. Die OKAB hat sich Ihrer beweglichen Habe angenommen, das liegt jetzt also bei denen auf dem Tisch. Das Haus wird nun abgeschlossen, bis die Untersuchung beendet ist.«

Xavier kommt aus der Toilette, und Ulrika wiederholt,

dass das Haus jetzt abgesperrt werde. Und dass es außerdem gefährlich sein könne, es zu betreten.

»Jaja, aber es ist doch immer noch *unser* Haus«, sagt Xavier bestimmt, und seine Worte machen mich stolz und sicher.

Es ist doch immerhin noch unser Haus.

* * *

Ich weiss noch, wie ich manchmal vor meinem Kleiderschrank stand und mir wünschte, noch mal von vorn anfangen zu können. Hoffte, alles würde verschwinden, alle alten Blusen und Röcke, Hosen und Pullover. Dachte, wie wunderbar es doch wäre, sie einfach austauschen zu können. Hätte mir früher jemand erzählt, dass genau das eintreten wird, wäre es für mich wie eine lustvolle Fantasie gewesen, die in Erfüllung geht. Einkaufen gehen und alles neu aussuchen können.

Aber als ich genau das jetzt tatsächlich tun soll, fühle ich mich nur beklommen. Astrid wird mitkommen. Ich brauche ein Paar Jeans, ein Paar schwarze Hosen, ein Kleid, ein paar T-Shirts, zwei Blusen, ein paar Pullover, einen Blazer, Strümpfe und Unterwäsche. Für den Anfang.

Wir machen die Besorgungen an einem Tag, an dem sie frei hat. Ich wurde zwei Wochen krankgeschrieben, weil ich traumatisiert bin. Es ist unser letzter Tag im Hotel. Morgen werden wir in Aspudden eine Zweizimmerwohnung mit Küche beziehen. Ein ehemaliger Arbeitskollege von Xavier, dessen kinderlose Tante in ein Pflegeheim gekommen ist, hat sie uns angeboten. Die Wohnung werde eine Zeit lang leer stehen, der Kollege glaubt nicht, dass seine Tante jemals dorthin zurückkehren wird. Verkaufen wollten sie die Wohnung aber auch noch nicht. Ich bin erleichtert, bald aus dem Hotel herauszukommen. Allein, seine Sachen normal waschen zu können, ist ein befreiender Gedanke.

Wir treffen uns am U-Bahnhof T-Centralen. Als ich Astrid kommen sehe, lächle ich spontan, zum ersten Mal seit sehr langer Zeit. Meine aufrechte, stolze Tochter kommt mit ihren gelben Strähnen im langen dunklen Haar durchs Gewühl der Menschen auf mich zu. Große entschlossene Schritte, schwungvoller Gang, als wäre die Welt ihre Arena, als gehöre sie ihr. Als sich unsere Blicke begegnen, lächelt auch sie.

»Mama! Da bist du ja!«

Hier bin ich, und allein zu hören, dass sie mich Mama nennt, macht mich glücklich, als wäre es zumindest ein kleines Zuhause, in das man sich zwängen könnte.

»Meine liebe Astrid!«

Wir umarmen einander, und ich würge an einem Kloß im Hals.

Sie packt mich entschieden an den Schultern, blickt mir tief in die Augen und verkündet, dass wir nun shoppen gehen. Ich möchte mich auf der Stelle entziehen und sagen, na ja, so wichtig sei das doch nicht. Es ist mir schlichtweg peinlich, Sachen anzuprobieren, ich geniere mich und komme mir blöd vor.

»Ich weiß nicht …«

Astrid lächelt beruhigend, sie ist überaus flink, und mir ist klar, dass sie sich ganz in dieses Projekt einbringen wird. Wie üblich, denn sie macht alles mit Leib und Seele. Wir fahren mit der Rolltreppe den U-Bahn-Aufgang hoch und gehen zu Åhléns City, wo mir von den vielen Dingen, die überall angeboten werden, ganz schwummrig wird. Dann fahren wir in die Damenbekleidungsabteilung hinauf, und Astrid möchte wissen, was ich brauche. Das Wort »brauchen« habe ich im Zusammenhang mit Kleiderkauf immer mit eingebauter Distanz ausgesprochen. Ich brauche ein Paar neue Stiefel oder ein Paar neue Jeans, hätte ich sagen können, aber ich weiß, dass ich genauso gut auch ohne zurechtkäme. Als ich meinen Blick über all die Klamotten und Marken schweifen lasse und sehe, wie die Leute die Kleiderständer drehen und sich probehalber Sachen an den Körper halten, weiß ich nicht, wie ich mich dem Einkauf nähern, wie ich mich verhalten soll.

Ich brauche tatsächlich etwas, denn ich habe wirklich nichts anzuziehen. Doch meine Lage gehört nicht zum Bewegungsmuster eines Kaufhauses. Wenn man gar nichts hat, fällt es schwer, mit ästhetischem Bewusstsein etwas auszusuchen. Als hätte man den entsprechenden Grad der Verfeinerung noch nicht erreicht. Ich betrachte die Sachen, doch sie senden keinerlei Impuls an mich aus.

»Es geht nicht, ich kann nicht«, sage ich mit Tränen in den Augen, und mir ist völlig schleierhaft, warum ich ausgerechnet hier Schiffbruch erleide.

»Weißt du was, Mama, wir gehen erst mal Kaffee trinken. Dann können wir in aller Ruhe überlegen, was du brauchst.«

Sie nimmt mich bei der Hand und führt mich weg. Im Café setzt sie mich an einen Tisch und geht etwas holen, ohne zu fragen, was ich überhaupt haben möchte. Als ich sie mit einem Tablett mit Kaffee und Zimtschnecken zurückkommen sehe, ihre konzentrierte Miene, ihren raschen, freundlichen Blick für jemanden, mit dem sie beinahe zusammengestoßen wäre, kann ich nicht verhindern, kommen mir unwillkürlich wieder die Tränen.

Ich weine vor Trauer und vor Freude, dass ich eine so fantastische Tochter habe, und darüber, dass ich unser schönes Heim zerstört habe, in dem meine fantastischen Töchter aufgewachsen sind. Aus verheulten Augen sehe ich mich nervös um, da ich Astrid mitten unter den Leuten nicht blamieren möchte.

»Aber Mama …«

Sie stellt das Tablett ab, kommt um den Tisch herum und umarmt mich. Ich spüre, dass ihre Hände leicht zittern, und ich taste auf dem Tablett nach einer Serviette, tupfe mir die Augen ab, murmle »verzeih« und füge hinzu, dass ich versuchen werde, mich zusammenzureißen.

»So … so … so …«

Mit jedem dieser »so« möchte ich betonen, dass der Anfall vorüber ist, aber Trauer und Tränen quellen nur so aus mir hervor. Ich habe den Tag rund um die Uhr mit Xavier verbracht, und jetzt ist mir, als hätte ich allein seinetwegen die Luft angehalten.

Mit Astrid an meiner Seite, die einfach nur nett und fürsorglich ist, scheint nun alles aufzubrechen. Als würde ich tief in meinem Innern zum ersten Mal so richtig spüren, wie unbeschreiblich traurig ich bin über das, was passiert ist.

»Mama …«

Astrids Unterlippe zittert. Das war schon in ihrer Kindheit so, wenn sie etwas tief getroffen hat. Hanna zog sie dann immer auf diese zudringliche Art auf, die, wie ich glaube, nur Zwillingen in ihrem Umgang miteinander eigen ist. Wenn Astrid weinte, konnte Hanna sich vorbeugen, sie in nur wenigen Zentimetern Abstand eingehend betrachten und mit lauter Stimme feststellen, »dass dein unterer Mund sich irgendwie vorschiebt und zittert«, bevor Astrid sie unsanft wegstieß und nur noch lauter heulte.

»Nein, wir müssen uns jetzt zusammenreißen«, sage ich und denke an Xavier und meine Wut auf ihn, um auf andere Gedanken zu kommen.

»Nein, *ich* muss mich jetzt zusammenreißen«, korrigiere ich mich. »Ich stehe noch unter Schock, kann es einfach noch nicht fassen.«

»Ich auch nicht«, entgegnet Astrid. Sie hat sich wieder auf ihren Platz gesetzt, ist etwas zusammengesunken und hat ihre Forschheit abgelegt. »Es war so gruselig, als wir uns mit Papa das Haus angesehen haben. So öd und kalt und gespenstisch, und es roch total eklig. Hanna hat Rotz und Wasser geheult, aber sie ist ja auch immer so schrecklich empfindlich.«

»Mmh.«

Empfindliche Hanna, beherzte Astrid. Haben wir ihnen diese Rollen gegeben? Haben wir, ohne es zu wollen, Astrid die Rolle zugewiesen, unsentimental und kompetent zu sein? Ich sehe Hanna vor mir, wie sie sich der Länge nach auf Betten und Sofas wirft und mit dramatischen Worten erklärt, sie werde nie, niemals wieder froh sein, ihr ganzes Leben nicht mehr, nie mehr wieder. Wenn ich es mir so überlege – sicherlich konnte Astrid genauso traurig sein, aber ohne diese Theatralik. Bei ihr schob sich die Unterlippe vor und zitterte, aber das ging ziemlich schnell vorüber, und im Grunde wollte sie das selbst nicht wahrhaben.

»Ich finde, du solltest weinen, Mama. Ich glaube, das hilft.«

Unwillkürlich muss ich lachen über ihre leicht neunmalkluge Art, mit mir zu reden.

»Du weißt nicht, worum du mich bittest«, entgegne ich.

Wir beruhigen uns alle beide ein wenig. Widmen uns dem Kaffee und den Zimtschnecken. Meine Nase ist verstopft, und ich wende mich ab und schneuze mich.

»Ich begreife nicht, was eigentlich passiert ist, Mama. Papa sagt, du hättest einen Topf auf der Herdplatte vergessen.

Aber das kann doch nicht sein! Du denkst doch immer an so was?«

»Schon. Ich habe auch daran gedacht. Aber es hat derart lang gedauert, dass ich meinte, Zeit für eine Zigarette zu haben.«

»Du bist raus und hast geraucht?«

Ich nicke beschämt.

»Aber das dauert doch! Eine ganze Zigarette! Das dauert ja mindestens fünf, zehn Minuten!«

»Das dauert doch keine zehn Minuten!«

Astrid sieht mich mit einer neuen Art Misstrauen an.

»Was hast du dir bloß dabei gedacht, Mama?«

»Ich habe mir überhaupt nichts gedacht. Bei diesem alten, lahmen Herd war ich mir wohl sicher. Und es hat ja auch derart lang gedauert, bis das Fleisch endlich schmorte.«

»Du warst also nur fünf Minuten draußen?«

»Ich glaube nicht, dass es sehr viel länger war.«

»Und was hat Papa gemacht?«

»Er hat Eddy ins Bett gebracht, oder … ich weiß nicht. Ja, ich glaube schon.«

Astrid spielt mit Krümeln von ihrer Zimtschnecke herum und sieht mich hin und wieder forschend an.

»Ich weiß, es ist meine Schuld«, fahre ich fort. »Es ist einfach so gekommen. Mir ist unklar, was ich mir dabei gedacht habe. Nie hätte ich erwartet, dass es dermaßen aufflammen würde.«

Ich fange nicht wieder zu weinen an, obwohl Astrid mit aller Deutlichkeit erkennen lässt, dass ich mich tölpelhaft verhalten habe. Es ist trotzdem leichter, ihrer Wut und ihrem Misstrauen zu begegnen.

»Jetzt gehen wir dir auf jeden Fall was zum Anziehen kaufen«, sagt sie schließlich. »Ist denn alles, was du hattest, hinüber?«

»Alles.«

»Aber der Dachboden …«

»Aus der oberen Etage ist nichts mehr da.«

»Und unsere Sachen, die …«

»Nichts.«

Astrid starrt mich an.

»Nichts? Papa hat aber erzählt, dass eine Firma die Sachen abtransportiert hat …«

»Wir müssen uns das erst anschauen. Aber ich glaube nicht, dass von den Sachen aus der oberen Etage noch etwas übrig ist.«

Astrid beißt sich auf die Lippe und sagt lange nichts. Sie sieht wohl alles vor sich. Die alten Spielsachen auf dem Dachboden. Die Tüten mit den Erinnerungsstücken. Die Jahresberichte aus der Schule. Und Nasse, den Begleiter ihrer Kita-Jahre. Ein rosa Teddy, den sie immer wie eine Handtasche in der Armbeuge hielt. Xavier hatte eine Stimme für ihn, und die sprach stets spanisch. Hanna hatte ein Kaninchen namens Mario. Auch das bekam eine Stimme. Eine hellere, während Astrids Nasse lispelte. Xavier konnte zwischen dem Kaninchen, dem Teddy und den Mädchen unendliche Konversationen in Gang halten. Er tat so, als könnten Nasse und Mario kein Schwedisch, und brachte die Mädchen auf diese Weise dazu, seine Muttersprache zu trainieren.

Ich musste oft schmunzeln, wenn ich sie hörte. Manchmal versuchte ich mich einzumischen, bekam von Hanna und Astrid aber immer einen strengen Blick. Es war *ihre* Konversation mit Xavier.

Wahrscheinlich denkt sie an Nasse.

»Verzeih«, sage ich.

»Es war ja nicht deine Absicht, dass es so gekommen ist«, erwidert Astrid mit einem Nachdruck, als müsste sie auch sich selbst davon überzeugen.

Wir stehen schweigend auf und fahren mit der Rolltreppe wieder in die Bekleidungsabteilung. Ich mache eine Tugend daraus, nicht pingelig zu sein und nichts auffallend Schickes zu kaufen. Ich, die ich Klamotten eigentlich liebe. Es wäre aber jetzt unpassend, sich aufzubrezeln. Ich möchte so wenig wie möglich auffallen. Nur ein paar Basics. Und als ich mit einem Riesenstapel im Arm an der Kasse stehe und die Kassiererin lächelt und »ui« sagt, als er vor ihr auf der Theke landet, da will ich nur noch weg.

Raus auf die Straße, in meinen elenden Lumpen, und niemals etwas anderes verlangen. Die Summe, die die Verkäuferin nennt, ist trotz meiner Mäßigung astronomisch hoch. Als ich mit zitternder Hand meine neue Kontokarte hinhalte, wirft mir Astrid einen verstohlenen Blick zu. Wir bekommen fünf Tüten voll Klamotten, die ich allein nicht hätte tragen können.

»Schminke muss ich mir auch noch kaufen«, sage ich zu Astrid. »Ich habe nicht mal einen Lippenstift.«

»Okay, versuchen wir, uns mit den Tüten durchzudrängeln.«

Wir stehen auf der Rolltreppe und schwitzen in unseren dicken Jacken und mit all den Tüten. Ich schnaufe und ächze mich zu der Theke durch, wo es meine Lieblingsmarke gibt. Beeile mich mit dem Einkauf, so gut ich kann, während Astrid mit den aufgehäuften Tüten zu Füßen ein Stück entfernt auf einem Stuhl geparkt wartet. Ihr Gesichtsausdruck ist nach innen gewandt, als wäre sie weit weg, und sie zuckt zusammen, als ich mit meinem Kosmetiktäschchen endlich neben ihr stehe.

»Das ging ja schnell. Ist das alles?«

Ich nicke, und wir verlassen das Kaufhaus wie zwei Packesel, ducken uns unter dem Gewicht der Klamotten, und ich winke ein Taxi heran.

Ich hatte gehofft, Astrid würde mit zum Hotel kommen, doch sie meint, es sei das Beste, wenn sie nach Hause fahre und ein paar Dinge erledige.

In Wahrheit will sie nicht. Das merke ich.

Sie will frei denken, sich ohne Blicke und Einmischung um die Gefühle kümmern, die sicherlich in ihrem Innern wogen. Meine Fahrlässigkeit, ihre Verluste.

Sie umarmt mich, bevor ich mich ins Taxi setze, will mir aber nicht richtig in die Augen sehen.

»Grüß Papa!«

Ich nicke, und die ganze Fahrt über kullern die verflixten Tränen, sodass der Taxifahrer ab und zu einen besorgten Blick in den Rückspiegel wirft.

Als ich mit allen Tüten ins Hotelzimmer platze, liegt Xavier mit seinem Handy auf dem Bett. Er legt es sofort beiseite, als er mich sieht, und ich bin überzeugt, dass er gerade Kontakt mit Elena hatte.

»Was machst du?«, frage ich, während ich alles hereinschleppe. Dazu muss ich noch ein paarmal zur Tür zurückgehen.

»Es wäre vielleicht schlauer gewesen, du hättest damit gewartet, bis du in der neuen Bleibe bist. So schleppst du es erst hierher, und dann schleppst du es dorthin. Unnötig viel Schlepperei.«

»Ja, aber nun bin es ja auch ich, die schleppt«, fauche ich, sauer auf Xavier, der, statt mir zu helfen, im Bett liegen bleibt.

»Wäre es denn nicht besser gewesen, noch einen Tag zu warten und dir diese unnötige Schlepperei zu ersparen?«

»Das ist ja wohl meine Sache.«

»Selbstverständlich. Es war nur ein Tipp.«

»Ein Tipp? Es ist doch schon geschehen. Da ist es doch kein Tipp mehr, sondern nur ein dummer Kommentar.«

Xavier starrt mich daraufhin nur an.

»Von einem, der immer meint, alles besser zu können«, füge ich hinzu, da Xavier wieder nach seinem Handy gegriffen hat.

»Okay, dann werde ich von nun an besser den Mund halten.«

»Ja, was solche Besserwissereien angeht, kannst du ihn wirklich halten.«

»Okay. Du kümmerst dich selbst um deinen Kram. Das geht ja immer gut.«

Alles klar. Diese Elena ist dagegen sicherlich eine Person ohne Fehler. Eine, die nachdenkt. Keine, von der man sich abwenden muss, weil sie auf der Veranda ein lächerliches Zigarettchen geraucht hat. Ich sehe schmale Handgelenke vor mir, lange Finger, saubere Hände, Wohlgeruch, junge frische Wangen und langes dunkles Haar von einer Qualität, mit der mein feines helles nicht annähernd mithalten kann. Die Fantasien machen mich rasend. Ich möchte auf Xavier einschlagen, schlagen und schlagen, aber ich bin von all der Verwüstung bereits so geschwächt, dass ich es nicht kann.

»Fahr du nur nach Buenos Aires«, sage ich. »Dann musst du mich nicht mehr im Auge behalten.«

»Sei doch nicht ständig so verdammt kindisch!«

Wo soll ich bloß hin? Ich sehe mich in unserem kleinen Hotelzimmer um. Mein einziger privater Bereich ist das Bett. Also strecke ich mich dort aus, nehme ein Kissen und lege es mir auf den Kopf. Sei doch nicht ständig so verdammt kindisch. Und nun liege ich hier, wie die Kinder es immer taten, wenn sie einen Wutausbruch bekamen.

»Morgen ziehen wir nach Aspudden«, sagt Xavier. »Ich habe dieses Hotelzimmer so satt. In dieser Wohnung ist es bestimmt besser. Es ist immerhin eine Art von Zuhause.«

Das sitzt. Eine Art von Zuhause. Das einzige Zuhause, das wir jetzt noch haben, geborgt von einer alten Frau, die in einem Altenheim dahinwelkt.

»Ja, weil ich unser bisheriges Zuhause abgebrannt habe, ich weiß.«

»Das wollte ich damit nicht sagen. Es ist, wie es ist, und wir können jetzt jedenfalls irgendwo einziehen, wo man richtig wohnen kann und wo es eine richtige Küche gibt.«

Mir verfinstert sich das Gemüt. Alles Tiefe und Qualvolle hat sich dort angesammelt, und ich wate hilflos darin umher wie ein Vogel in Schweröl.

»Ich werde nie darüber hinwegkommen«, murmle ich ins Kissen.

»Was sagst du?«

Ich nehme das Kissen weg und wiederhole in Richtung Zimmerdecke: »Ich werde nie darüber hinwegkommen.«

»Rede kein dummes Zeug. Man kommt über alles hinweg. Über fast alles wenigstens.«

»Darüber nicht.«

Xavier entreißt mir das Kissen.

»Kannst du vielleicht mal aufhören! Du bist ein Idiot! Du weißt genau, was ich durchgemacht habe. Ich habe alles verloren: die Frau, die ich geliebt habe, die Mutter meiner Tochter. Ich habe gesehen, wie Menschen, die ich zu kennen glaubte, sich in gefühlskalte Monster verwandelten, habe gehört, wie Kameraden gefoltert wurden, habe mein Land verlassen, meine Sprache, alles, alle …«

Xavier ist so wütend, dass er mir die Worte entgegenspuckt.

»Du glaubst, ein paar blöde Bilder und ein Kronleuchter würden eine Rolle spielen auf der Welt! Dem ist nicht so, das kann ich dir sagen!«

»Es war unser Zuhause!«, brülle ich. »Ich weiß, dass sich das, was wir hatten, niemals mit all den fantastischen Dingen vergleichen lässt, die du hinter dir lassen musstest. Ich weiß, dass alles nur eine schlechtere Version dessen ist, was du mal hattest. Ich weiß, dass ich die Frau bin, die du bekommen hast, während du die Frau vermisst hast, die du hattest. Ich weiß, ich weiß, ich weiß! Und ich darf nicht mal verzweifelt sein, weil du es ja immer schlechter hattest!«

Diese ganze Wut, wo kommt sie bloß her?

Ich höre doch, wie idiotisch und dumm das alles klingt. Natürlich hat Xavier recht damit, dass er Schlimmeres erlebt hat. Trotzdem werde ich rasend. Denn immer schon hat sein Schicksal das letzte Wort behalten. Seine Tragödie hat ihm eine Art Sonderstellung eingebracht, auch wenn das zynisch klingen mag.

In meinem Leben mutet alles leicht an, all meine lächerlichen kleinen Sorgen und Misserfolge. Und dann Ana. Diese Heilige von einem Menschen, dieses besondere, wunderbare Wesen. Ein Engel, ganz einfach. Den man nicht anfassen kann, der aber hin und wieder durch unsere Räume schwebt und uns andere, zumindest mich, daran erinnert, dass wir gewöhnlich und sterblich sind. Mich aber kann man verlassen und bestimmt niemals auf derartige Weise erhöhen wie sie.

Alles, was ich für uns aufgebaut habe, alle neu gestrichenen Stühle, alle köchelnden Gerichte, alle gebügelten Sachen, jede Farbwahl mit Tapetenstücken und Stoffproben, alles nach Hause Getragene, jedes Fitzelchen dessen, was unser wurde, unser ganz und gar eigenes spezielles Nest, unser Unterschlupf in der Welt – Xavier kann darüber reden, als habe es im Grunde keine Bedeutung.

Ich bin jetzt derart aufgebracht, dass ich am ganzen Körper zittere. Und jetzt, wo Xavier das ganze Gewicht auf eine Elena weit weg in seiner fernen Heimat verlagert, eine Elena, die Teil seines grandiosen früheren Lebens war, wird es nur noch deutlicher: Ich sitze hier als kleine Arbeitsbiene, als eine, die mit purem Willen etwas erkämpft hat, und wenn es hart auf hart kommt, doch nur Melodramatik zu bieten hat.

»Niemand kann sich so sehr bemitleiden wie du, Agneta.«

»Das tue ich doch gar nicht!«, schreie ich zurück. Aber natürlich bemitleide ich mich. Ich bemitleide mich, bis ich rote Schamflecken auf den Wangen habe, bis mir die Hitze in den Nacken steigt und die Haut warm und klebrig wird, bis mir die Tränen kommen und die Stimme zittert. Aber wie sollte ich auch hier und jetzt ausgeglichen sein können?

»Wir reden nicht mehr davon. Das wird hier nur immer noch lächerlicher. Jetzt lassen wir uns das Geld ausbezahlen, und dann können wir machen, wozu wir lustig sind, und damit ist es gut.«

Mir bleibt schier die Luft weg, Xaviers harte Worte sitzen. Au, au und noch mal au! Nein. So leicht kommt er nicht davon. Ich werde ihn an unser Wir binden. Er soll nicht glauben, dass er das einfach so vom Tisch wischen kann. Ihm ist nicht klar, wie verwurzelt er ist, hier bei uns.

* * *

Am nächsten Morgen bitte ich Xavier, mir sein Handy zu leihen, damit ich die Firma anrufen kann, die sich unserer beweglichen Habe angenommen hat. Ich nehme eine entschlossene Haltung an, um den Nebel von Unwirklichkeit zu vertreiben, der schwer im Zimmer hängt. Eine geschäftige weibliche Stimme teilt mir mit, unser Hausrat habe »stark gelitten«, wir könnten aber gern vorbeikommen und ihn durchgehen.

»Wie viel ist es?«, frage ich und beiße mir fest auf die Lippe, während die Person am anderen Ende sagt, sie müsse mal nachsehen und sich bei der Kollegin erkundigen. Jeder Gegenstand, den sie vor dem Feuer in Sicherheit bringen konnten, ist eine Rettung für uns. Jeder Gegenstand, der noch da ist, hindert unseren Bau daran, gewichtslos davonzusegeln. Eine heile Kaffeetasse ist ein Anker, ein Sofakissen ein Schlepptau, eine Tischdecke ein Rettungsring. Jedes Detail, jedes noch so kleine Ding würde die Wirklichkeit wiederherstellen und Xavier aus seinem Fantasiebau zurückholen.

Die Stimme verkündet, sie hätten sich noch keinen Überblick verschafft, aber wir hätten eine gehörige Menge Sachen durchzugehen. Wir könnten später am Tag kommen, um es uns anzusehen. Sie beschreibt den Weg, und ich notiere ihn mir genau, doch dann fällt mir ein, dass wir gar kein Auto haben, mit dem wir dorthin fahren können. Also möchte ich wissen, wie wir mit öffentlichen Verkehrsmitteln hinkämen, und das wird seine Zeit brauchen.

»Sie sagen, sie hätten eine gehörige Menge unserer Sachen gerettet«, erzähle ich Xavier. Er liegt auf dem Bett und schmiert Marmelade auf ein Stück Brot.

»Offensichtlich ist noch viel von unseren Sachen da. Herrlich, das zu hören, nicht wahr?«

Ich möchte in überzeugender Weise erleichtert und enthusiastisch klingen. Aber ich habe auch Angst. In welchem Zustand wird alles sein? Wird es Xavier womöglich in gleichem Maße davonjagen, wie es ihn zurückhalten kann?

Eine rußige Tasse, ein stinkendes Kissen, eine halb verbrannte Tischdecke.

Xavier sieht mich flüchtig an.

»Mensch, das geht doch nicht ohne Auto«, sagt er. »Ich würde gern mit Hanna in den Wald fahren und ihr helfen. Und später am Nachmittag treffen wir uns mit Roger und bekommen den Schlüssel für unsere neue Bleibe.«

»Aber wir müssen doch nach unseren Sachen sehen …«

»Ja, die laufen bestimmt nicht weg. Die sind, wo sie sind. Das hat doch keine Eile.«

»Der Wald ist auch noch da, wo er ist. Und die Leute fahren ständig mit öffentlichen Verkehrsmitteln, das können wir auch.«

Xaviers Desinteresse weckt eine Enttäuschung in mir, die mich zu sprengen droht. Als ob das nicht die geringste Rolle spielen würde. Auch ich habe stark gelitten. Auch ich bin total beschädigt. Begreift er das nicht?

Dann sehe ich Xaviers scharf geschnittenes Profil und beiße mir fest auf die Lippe. Es gelingt mir, meine verflixten Tränen zu unterdrücken, doch das hat seinen Preis. Es kostet mich alle Energie. Mich verlässt die Kraft. Wieder möchte ich mich am liebsten im Bett verkriechen und den Rest des

Lebens schlafen. Mich weigern, mich zu beteiligen. Die Sachen liegen lassen, sollen sie doch im Ruß verrotten. Die Kinder allein hingehen lassen und in der Verwüstung nach dem einen oder anderen Ding suchen, das von dem zeugen kann, was einmal war. Verbitterung überkommt mich. Dann werdet ihr schon sehen, wie das ist. Dann könnt ihr mir vielleicht einen Moment Dankbarkeit erweisen: ja, als Mutter noch auf den Beinen war, als unsere Mutter noch mit dabei war. Was sie getan hat! Wie viel Fürsorge sie aufgebracht hat!

Aber die Mutter liegt wie ein gestrandeter Wal mit erloschenem Blick im Bett. Eingeschlossen von ihren Gefühlen, die niemand haben will. Mir kommen die Tränen, und ich drehe mich heftig um. Möchte diese Schwäche nicht zeigen, von der ich weiß, dass Xavier sie hasst.

Die soll er nicht mitbekommen. Er soll sehen, wie sehr ich mich auf null setzen kann.

Ich werde im Bett liegen bleiben und zusehen, wie er seine Tasche packt. Sein albern leichtes Gepäck, das symbolisieren wird, wie wenig ihn zurückhält.

Und dann wird er verschwinden. Es wird ganz leicht sein für ihn. Ich gehe schnell auf die Toilette und klatsche mir so viel kaltes Wasser ins Gesicht, wie ich nur kann.

Schließlich bringe ich Xavier doch noch dazu, mitzukommen. Wir werden praktisch, ziehen uns an und gehen los. Über eine App, die Xavier herunterlädt, besorgen wir Tickets, und wann immer wir sie vorzeigen sollen, fürchte ich, dass wir aufgehalten werden. Als ob wir schwarzfahren würden! Wir, die wir ohne Besitz sind, frei schwebend und darauf gefasst, infrage gestellt zu werden. Wir, die wir ausgeschlossen sind.

Wir nehmen die U-Bahn und steigen am Hauptbahnhof in die S-Bahn um. Sitzen einander gegenüber und schauen still und gedankenversunken aus dem Fenster. Ich beiße die Zähne zusammen und verjage meine Unruhe darüber, dass Xavier auf dem Absprung ist. Trotz der Tristesse in dem S-Bahn-Wagen, trotz des aufgeweichten und zermatschten Streusalzes auf dem Boden, der Februarblässe und der nicht nachlassenden Angespanntheit in verfrorenen Körpern vermittelt die greifbare Welt ein Fünkchen Hoffnung. Es gibt eine Wirklichkeit, die sich greifen lässt. Die Welt steht noch. Ein Alltag schnieft mit roten Nasen, hustet vor Grippe. Und ein bescheidener Sonnenstrahl trifft in der Winterkälte auf blinzelnde, müde Augen.

Es kann wieder gut werden.

Keiner von uns erwähnt Argentinien, Buenos Aires oder Elena. Ich weiß jetzt, was sich in Xaviers Brust verbirgt, behandle es aber wie eine Ansteckungsquelle, die nicht hervorbrechen und uns heimsuchen darf.

Wir steigen in einen Bus um, schweigen weiterhin. Ich glaube, ich hätte mir nie vorstellen können, wie bedeutsam ein Zuhause für den Small Talk ist, für das Verhältnis zum Alltag, für die Selbstverständlichkeit in der Art, wie man steht und geht. Ich betrachte Xaviers Profil, während er zum Busfenster hinausschaut. Du gehörst zu uns. Hätte ich unser Zuhause nicht in Brand gesetzt, wäre das Geheimnis mit Elena vielleicht nie ans Licht gekommen. Nach einiger Zeit hätte er in unserem Leben wieder seine Ruhe gefunden. Und ich hätte Hasse allmählich vergessen, unabhängig davon, wie es sich entwickelt hätte. In allen Beziehungen gibt es Geheimnisse, doch sie bedrohen uns nicht. Es gibt so vieles, was uns zusammenhält, trotz allem.

Als wir endlich da sind, empfängt uns eine Frau in marineblauem Overall. Sie schüttelt uns die Hand und sagt in düster mitfühlendem Ton, dass sie insgesamt 289 Umzugskartons mit unserem Hausrat hätten und in einem Hangar nebenan noch einiges an Möbeln.

Wir gehen durch verschiedene Türen und begegnen noch anderen tüchtigen Menschen in Overalls, die nicken und grüßen. Es ist immer noch fürchterlich kalt. Sowohl Xavier als auch ich schniefen hinter der Frau her, die uns zu den Überbleibseln bringt. Ich habe heftiges Herzklopfen vor Hoffen und Bangen. Wir kommen in einen dachbodenähnlichen Raum, in dem Kartons und schwarze Müllsäcke stehen.

»Hier müssen Ihre Sachen sein«, sagt die Frau im Overall und checkt rasch ihre Papiere. »Hier ist es …«

Ich wage nicht zu atmen und taste nach Xaviers Hand, um mich festzuhalten. Er nimmt sie, und ich suche seinen Blick. Er erwidert ihn mit vagem Lächeln. Zu sehen, dass auch er berührt ist, beruhigt mich. Dass seine vorherige kühle Sturheit zumindest vorübergehend verschwunden ist. Der Raum ist fensterlos und wird von starken Leuchtstoffröhren erhellt. Mir kommt es vor wie in einem Leichenhaus für Dinge. Oder einem Lazarett. Nun werden wir sehen, ob es jemand schafft, wieder auf die Beine zu kommen.

»Es muss alles behandelt werden, um es erhalten zu können«, erklärt die Frau. »Wir setzen Ozon ein, um den Geruch zu beseitigen, oder sanieren mit Spezialwaschmitteln.«

Außerdem informiert uns die Frau darüber, dass es auf ihrer Homepage eine Preisliste gebe, auf der stehe, was die verschiedenen Dienste kosten. Wir sollen uns genau überlegen, was wir erhalten wollen, denn es sei keineswegs umsonst.

»Ich nehme an, bei der Versicherung werden sie das Ganze als Totalschaden einstufen«, fährt sie fort. »In diesem Fall erhalten Sie eine Pauschalsumme, die Sie dann für die Sanierung der ausgewählten Sachen verwenden können. Andernfalls muss die Versicherung die Kosten für jedes einzelne Ding übernehmen.«

Ich betrachte ihr sachliches, entschlossenes Gesicht. Sie hat rote Locken und schwarz getuschte, verklebte Wimpern. Offensichtlich gefällt ihr ihre Arbeit, denn sie legt eine fast leidenschaftliche Würde an den Tag, während sie uns all die praktischen Details erläutert.

»Wollen Sie noch sehen, wo die Möbel sind, oder jetzt gleich in die Kartons schauen?«

Wir sehen einander verwirrt an, Xavier und ich.

»Ich würde gern zuerst die Möbel sehen«, sage ich.

Wir müssen wieder hinaus in die Kälte, um zu einem hangarähnlichen Gebäude zu gelangen. Dort ist es fast ebenso kalt wie draußen. Die Möbel sind aufeinandergestapelt und mit Seilen gesichert. Es riecht sauer und nach Rauch. Und es ist so fürchterlich trostlos. Wie Inseln mit Strandgut.

»Hier drüben, glaube ich, haben wir Ihre Sachen …«

Ich schnappe nach Luft. Denn da sind die Sachen, die ich sehr wohl wiedererkenne. Aber hier erscheinen sie mir vollkommen fremd. Xaviers Schreibtisch. Meine Nähmaschine. Die Küchenstühle. Die wollenen Sitze sehen schwarz und schmierig aus. Bilder. Das mit dem Mädchen sieht flehentlich in meine Richtung, als bäte es, von hier weggeholt zu werden. Der Küchentisch. Sessel. Kommoden. Alles hat vollständig seine Seele verloren, die diese Dinge in meinen Augen zu Hause hatten. Es ist, als hätte man ihnen den Stecker gezogen.

»Die Polstermöbel müssen alle entsorgt werden, die wurden zu stark in Mitleidenschaft gezogen«, teilt die Frau uns mit. »Aber einige der Bilder und etliche Möbel kann man sanieren, sodass sie wieder zu gebrauchen sind.«

Ich will nichts wie weg hier, ich friere, und der Geruch ist entsetzlich.

»Es ist wahrscheinlich angebracht, wenn Sie zuerst die Kartons durchsehen. Diesen Raum versuchen wir zumindest trocken zu halten, und die Sachen stehen luftiger.«

Wir gehen in das wärmere Gebäude zurück. Die Frau fragt, ob wir Kaffee gebracht haben wollen, und wir nehmen dankend an. Als wir mit den Kartons allein sind, stehen wir eine Weile still und mit hängenden Armen da. Schließlich öffne ich einen. Er enthält Stiefel und Schuhe, die unten im Flur gestanden haben. Eine Lampe, die dort auf der Kommode stand. Handschuhe. Ich nehme einen zwischen Daumen und Zeigefinger. Er ist feucht und stinkt.

»Wozu, um alles in der Welt, haben sie den aufgehoben?«, fragt Xavier.

»Sie haben die Sachen wahrscheinlich einfach nur in den Karton geworfen«, sage ich. »Sie können sich ja nicht hinstellen und jedes einzelne Ding genau begutachten.«

»Nein, offenbar nicht.«

»Wir müssen systematisch vorgehen«, sage ich und sehe mich verzweifelt um. Soll dieses stinkende Zeug unser Zuhause wieder zusammenfügen? Soll dies Xavier zum Bleiben bewegen? Sind das die Gewichte, die ihn daran hindern, unbeschwert davonzusegeln?

Wir bekommen unseren Kaffee, und Xavier setzt sich mit seinem Becher in der Hand auf einen der Kartons und wirft finstere Blicke um sich.

»Was ist in diesen schwarzen Müllsäcken?«, fragt er und zeigt auf ungefähr zehn gut gefüllte große Säcke.

»Ach ja, das sind Textilien«, sagt die Frau, die noch nicht ganz zur Tür hinaus ist. »Das kann man wahrscheinlich alles wegwerfen. Viel lässt sich da nicht retten. Aber Sie können zumindest sehen, was Sie hatten.«

Xavier stößt ein leicht sarkastisches Lachen aus, und die Frau weist im Hinausgehen darauf hin, dass sie in der Nähe ist, falls etwas sein sollte.

»Ich denke, wir bilden verschiedene Haufen«, sage ich. »Einen, auf den alles kommt, was wir unbedingt behalten wollen, und einen, bei dem wir unsicher sind. Vielleicht wollen ja auch die Kinder kommen und gucken. Und schließlich noch einen Müllhaufen.«

»Wir werden den Rest unseres Lebens damit beschäftigt sein, diese Kartons durchzugehen«, seufzt Xavier. »Wollen wir dafür wirklich Zeit aufwenden?«

»Jetzt hörst du dich wieder an, als würde es dich nicht kümmern«, stelle ich fest.

»Was hat das mit Nicht-Kümmern zu tun? Findest du das denn sinnvoll?«

»Ja, es ist doch gut, dass wir hier und jetzt durchgehen, was wir behalten und was wir wegwerfen wollen. Was sollen wir deiner Meinung nach denn sonst tun?«

Xavier sagt nichts mehr und öffnet einen Karton. Zieht ein Gesellschaftsspiel heraus, das wir oft gespielt haben, als die Kinder jünger waren. Ein Fragespiel über Tiere, bei dem sie im Lauf der Zeit unglaublich gut wurden. Die Schachtel ist aufgeweicht, und die geklebten Teile des Kartons haben sich gelöst. Als Xavier ihn in der Hand hält, fällt alles heraus. Karten und Würfel purzeln auf den Boden. Ich sehe die Karten, erinnere mich so gut an sie. Und an die dazugehörigen Fragen.

»Das müssen wir wegwerfen, das ist ja völlig hinüber«, stelle ich fest.

»Findest du?«, fragt Xavier und geht vor den verstreuten Karten in die Hocke. Er nimmt eine auf und liest laut: »Womit füttert man Igel am besten? A: Milch, B: Geleehimbeeren, C: Katzenfutter oder D: Man soll sie überhaupt nicht füttern.«

Ich lächle, denn ich erinnere mich daran, wie stolz die Kinder waren, als sie die Fragen lernten und beantworten konnten.

»Das habe ich mal auf einem Weihnachtsbasar des Naturschutzvereins gekauft«, fährt Xavier fort. »Wir haben das dann das ganze Weihnachten über gespielt, weißt du noch?«

Ich nicke. Das ist jetzt lange her.

»Astrid wurde immer sauer, erinnerst du dich?«

Xavier lacht.

»Sie ist mit den Spielen nie gut zurechtgekommen, stimmt's? Maria und Hanna, die haben es hingekriegt, aber sie nicht. Es endete immer damit, dass sie die arme Hanna hauen wollte …«

Xavier schiebt die Karten mit dem Fuß zusammen und sagt, dass es wohl tatsächlich hinüber sei und außerdem, wer solle damit jetzt noch spielen?

Wir räumen weiter unsere Kisten aus. Vieles lässt sich gleich wegwerfen, und meistens ist es richtiggehend angenehm, sich der Dinge zu entledigen. Da ist eine unbeschreibliche Menge Papier, und ich begreife nicht, dass wir das nicht alles schon längst weggeworfen haben. Alte Wandkalender. Glückwunschkarten. Geschenkbücher, die niemand gelesen hat und nie jemand lesen wird. Sachen, die mit Magneten am Kühlschrank befestigt waren, eine Einladung zu einer Hochzeit oder eine Zeichnung von einem der Kinder. Ein großes Herz mit »Alles Gute zum Muttertag von Hanna« picke ich heraus. Als ich aber rieche, wie sehr die Karte stinkt, segelt auch sie auf den Wegwerfhaufen. All die Spuren dieser intensiven Kinderjahre. Aus den Kisten ist das Chaos zu hören, das damals herrschte. Xavier hockt vor einem der Kartons und verliert sich in den Sachen, und ich sehe ihn so gern an dabei. Der Staub, der von unserer Familie noch übrig ist, bringt seine Augen zum Glühen und Funkeln.

»Die Luciakrone ...«

Er hält sie hoch und dreht an den Lichtern. Nichts geschieht.

»Meine Güte, als Maria und ich hierherkamen und sie in die Kita gehen sollte, wie war das seltsam mit dieser Krone! Doch sie schritt mit diesen Lichtern auf dem Kopf dahin wie eine kleine Heilige.«

»Mmh. Dann haben auch Astrid und Hanna sie gehabt. Obwohl Astrid sie gar nie haben wollte. Weißt du noch? Sie wollte immer ein Wichtel sein. Und dann überhaupt nichts mehr.«

Xavier ist in seiner eigenen Welt, er hört gar nicht zu. Als er merkt, dass ich ihn ansehe, wirft er mir einen raschen Blick zu.

»Bitte? Ja, so war das wohl. Sie kam mir nur gerade wieder in den Sinn, die Zeit, als Maria und ich hierherkamen.«

»Ich verstehe ...«

»Jaja, alle drei waren sie niedlich.« Xavier hebt alte Nachthemden in die Höhe, Flitterkram, Vlies von einer unvollendeten Handarbeit, ein paar Garne. Alles stinkt und ist feucht.

Mit vollen Händen hockt er da und schaut mich mit fragendem Blick an.

»Wirf es einfach weg.«

Xavier steht auf und legt die Hände ins Kreuz.

»Mist. Anstrengend, so gebückt dazuhocken …«

»Ja, es ist anstrengend«, sage auch ich, richte mich auf und strecke den Rücken.

Ich lasse den Blick über die vielen Kartons schweifen und sehe ein, dass wir mehrere Wochen damit zubringen werden, sie durchzuwühlen. Es besteht ja tatsächlich die Möglichkeit, die Firma zu bitten, einfach alles wegzuwerfen.

In dem so entstehenden Vakuum würde unseren doch recht unzuverlässigen Erinnerungen allerdings nie wieder etwas auf die Sprünge helfen können. Keine einzige Kinderzeichnung, keine Tassen oder Unterteller, die unsere Tassen und Unterteller waren, keine kleinen, persönlichen Details, die man auf dem Weg hinter sich ausstreut – diese Krümel, von denen man glaubt, sie könnten einen zurückführen, wenn man völlig in die Irre geht.

Nein, wir müssen auch etwas behalten.

»Denk an die Kinder. Wir müssen sie mit hierher nehmen, damit wir uns auf eine gemeinsame Strategie einigen können. Wir reden hier über unser aller Leben.«

»Okay, aber es handelt sich nicht um unser Leben. Unser Leben leben *wir*. Nicht unsere Sachen.«

»Warum kommt es mir bloß so vor, als wäre ich hier der Krempelblödi? Und du der feine Mensch, der meint, dass Dinge keinen Wert besäßen?«

»Liebe Agneta, hör bitte auf mit dieser ermüdenden Leier, wie Dinge erscheinen. Für wen denn? Wer ist hier unser Publikum, kannst du mir das verraten?«

Xavier schaut sich theatralisch um. Dann sieht er meinen plattgemachten Gesichtsausdruck und fügt leicht zufrieden hinzu, es gehe doch eigentlich um das, was wir selbst meinen, in unserem Innern.

»Ja, ja, da meine ich, dass es völlig verantwortungslos wäre, einfach alles wegzuwerfen. Ich bin noch eine Woche krankgeschrieben. Wir können jetzt jeden Tag herkommen und versuchen, hier Ordnung reinzubringen. Eine Woche. Das können wir dem, was wir unser Leben lang angesammelt haben, doch wohl zukommen lassen, oder?«

Xavier zuckt die Schultern.

»Okay, dann machen wir das so.«

Er schaut auf die Uhr.

»Aber jetzt müssen wir allmählich zurückfahren, um die Schlüssel für die Wohnung zu bekommen. Vor allem, wenn wir es auch noch schaffen wollen, die Sachen aus dem Hotel mitzunehmen. Komm, für heute schenken wir uns das jetzt hier.«

Wieder sagt er »dschennken«. Die Stimme von der anderen Seite des Globus. Die Stimme mit den kräftigen Wurzeln. Die »dschennken« sagt, als wäre es ein seltsames Wort, das etwas von leichtem Gewicht und geringem Wert zum Ausdruck bringt.

»Für heute *dschennken* wir uns das jetzt hier, kommen aber morgen wieder her«, wiederhole ich und äffe dabei Xavier nach.

Er beachtet es gar nicht.

* * *

Die Wohnung, die nun auf unabsehbare Zeit unser Zuhause werden soll, liegt also in Aspudden, einem südlichen Vorort von Stockholm. Xavier hat endlich neue Autoschlüssel bekommen, und so fahren wir mit all unseren Tüten und sonst eigentlich nicht viel mehr dorthin. Das Haus wurde offensichtlich in den Fünfzigerjahren erbaut. Als wir die Treppe hinaufsteigen, schlägt uns der Geruch von Fleischwurst und Eiern entgegen. Es gibt keinen Aufzug. Die Türen sind hellbraun und plan, und die Namensschilder grün mit weißen Kunststoffbuchstaben.

Als Xavier aufschließt, empfängt uns abgestandener Mief, und auf dem Flurteppich ein Berg Reklame. Wir steigen darüber und schauen uns, ohne die Jacken abzulegen, um. Das ist schnell getan. Zwei Zimmer und eine kleine Küche, 48 Quadratmeter. Man merkt deutlich, dass die Wohnung lange abgeschlossen war. Hinter einer weißen Wolke aus synthetischen Tüllgardinen sind die Jalousien heruntergelassen. Als ich sie verstelle, sieht man im nachmittäglichen Sonnenlicht Staubpartikel tanzen.

Die Wohnung ist übermöbliert, und überall sind Deckchen und irgendwelcher Zierrat. Ein rotes Samtsofa mit weißen Häkeldeckchen in Kopfhöhe. Ein großer, schwerer Sekretär mit vielen Schublädchen und Porzellanfiguren obendrauf. Mitten im Zimmer steht ein runder Tisch mit vier Rokokostühlen aus einem anderen, dunklen Holz. Sie sehen etwas klapprig aus. In dem kleineren Raum befinden sich ein Bett, ein mit Volants eingefasster Toilettentisch und ein geblümter Sessel vor einem Fernseher. Ich vermute, die Frau, die hier wohnt, benutzt nur das kleine Zimmer, während das große eher als gute Stube dient, wo sie ihre Schätze verwahrt. Wohin man sich auch wendet, droht man gegen etwas zu stoßen, sodass man sich gewissermaßen auf der Stelle drehen muss.

»Hier werden wir ja verrückt«, sagt Xavier, und ich nicke zustimmend.

»Dürfen wir hier etwas verändern? Ein paar Sachen entfernen?«

Die Frau kommt mit größter Wahrscheinlichkeit nie wieder nach Hause. Xavier ruft seinen Freund an und formuliert so schön, dass wir fürchten, etwas kaputt zu machen. Nachdem er mehrmals genickt und in zunehmend erleichtertem Ton »okay« wiederholt hat, legt er auf. Sein Freund hat gesagt, wir könnten wegpacken, so viel wir wollten und schafften.

Niemand will etwas haben, niemand kümmert sich.

Xavier begibt sich sofort auf die Jagd nach Kisten, in denen wir die Sachen verstauen können. Ich räume etliche Porzellanteile ab und stelle sie auf den Tisch.

Schließlich reißt Xavier die Wohnungstür auf und bringt zwei Bananenkisten mit, die er im Lebensmittelgeschäft ein Stück die Straße hinunter bekommen hat. Gemeinsam füllen wir sie mit diversen Dingen aus der Wohnung. Ich nehme die zarten Synthetikgardinen ab und niese dabei. Schwindendes Nachmittagslicht fällt in den Raum, der dadurch noch staubiger wirkt als zuvor. Die Häkeldeckchen rolle ich alle zusammen und lege sie zwischen den Zierrat in die Kisten. Hat sie die Deckchen selbst geklöppelt oder gehäkelt?

»Was meinst du, können wir so wohnen?«, frage ich Xavier.

Er sieht sich um. Die Bilder. Dicht an dicht, mit christlichen Motiven, Familienporträts, ein Ölgemälde mit einem Blumenbukett, ein Öldruck mit einem Schutzengel, der zwei Kinder behütet, die über eine Brücke gehen.

»Die müssen eigentlich auch noch weg«, erklärt er.

»Ja. Aber was ist, wenn sie doch zurückkommt? Ich fühle mich auch irgendwie schuldig. Wir trampeln hier herein und verleugnen die Frau, die hier wohnt.«

Xavier schaut ringsherum und nimmt dann das Bild mit dem Schutzengel ab.

»Das erinnert mich an meine Großmutter. Es macht mich nervös.«

»Ich glaube, die Frau, die hier wohnt, ist nett«, sage ich. »Viele Engel und so. Da gehört man bestimmt zu den Guten.«

»Du hast meine Großmutter nicht gekannt.«

Xavier mimt eine alte bucklige Frau, die mit der Hand droht. Er sagt auf Spanisch etwas von »garstige Kinder verprügeln«. Ich lache laut, und er führt die Scharade noch einmal auf.

Das Gefühl macht sich breit, wie angenehm es ist, das Hotel verlassen zu haben. Auch wenn es bequem war, so war es doch eine Wartehalle. Hier haben wir einen Privatbereich. Können uns wie zu Hause verhalten, auch wenn es nicht unser Zuhause ist. Gewöhnliche Laken benutzen, Lebensmittel in den Kühlschrank stellen und unsere Sachen in einen Schrank hängen. Ich öffne eine der Schranktüren einen Spaltbreit. Er hängt voll mit den Kleidern der Frau. Noch reicht es, sie beiseite zu drücken, sodass auch meine Sachen darin Platz haben. Vielleicht kann ich ihre irgendwann auch ausräumen.

Xavier holt in dem Geschäft ein paar Lebensmittel und im Alkoholladen daneben eine Flasche Wein, und dann bereiten wir gemeinsam etwas zu essen zu: braten zwei Hähnchenfilets, kochen Reis und verschlagen Crème fraîche mit Knoblauch und frischem Basilikum. Während ich auf das Butterstückchen in der Bratpfanne starre und warte, dass es schmilzt und zu schäumen beginnt, überkommt mich plötzlich Panik.

Unter dem Vorwand, schon mal den Tisch decken zu wollen, bitte ich Xavier, an der Pfanne weiterzumachen. Die Teller sind aus gelbem Knochenporzellan mit goldenem Blümchenmuster. Ich sehe mich um und denke, dass ich von all dem, was hier ist, nichts selbst angeschafft hätte. Alles gehört jemand anders. Es herrscht nicht die Anonymität wie im Hotel, vielmehr ist spürbar eine dritte Person in diesen Räumen. Ganz vorsichtig schaue ich in ihren Schrank, dort sind reine Laken. Im Badezimmer steht ein Toplader, und ich beschließe, morgen eigene Bettwäsche zu kaufen. In dieser Nacht müssen wir eben die der Frau benutzen. Ich halte mir die Laken an die Nase, sie riechen nach Schrank.

Dann ziehe ich mit halb abgewandtem Gesicht schnell das Bett ab. Ich will den Geruch der Frau nicht in die Nase bekommen oder irgendwelche Spuren von ihr sehen. Das Bett ist vielleicht eins zehn breit, folglich werden Xavier und ich näher beieinanderliegen als gewohnt. Mich überkommt das Gefühl, als wären wir ein jüngeres Paar und gerade von zu Hause ausgezogen, und zum ersten Mal seit dem Brand empfinde ich einen Hauch von Freude.

Die Stühle knarren bedrohlich, als wir uns setzen. Wir sehen einander an und prusten gleichzeitig los. Als würden wir

Zuhause spielen. So tun, als wären wir ein Paar, das hier wohnt. Als wären wir Leute, die wir nicht sind, als hätten wir noch nicht die lange Lebenserfahrung gesammelt, die wir in Wirklichkeit haben. Xavier schenkt uns in ein paar schnörkelige Gläser mit Goldrand Wein ein.

»Hier können wir leben wie zwei Studis«, sagt Xavier.

»Weißt du noch, als wir uns gerade kennengelernt haben?«, frage ich. »Wir wohnten beide zur Untermiete. Du in Sundbyberg, in dieser möblierten Zweizimmerwohnung mit Kunststoffsofa. Sobald man sich bewegte, knirschte es unangenehm, und mit nackten Beinen klebte man daran fest. Und ich wohnte bei diesem widerlichen Knacker in der Norrbackagatan, erinnerst du dich? Der immer hören wollte, wie die Lage ist. Gern am Abend, und immer hat er nach Schnaps gestunken.«

Xavier nickt. So haben wir angefangen. Gefummel auf Xaviers Kunststoffsofa und Geschleiche bei dem aufdringlichen Kerl, bei dem ich mich eingemietet hatte. Nicht lange nachdem wir uns kennengelernt hatten, erbte Xavier eine große Geldsumme von seinen Eltern, die sehr vermögend gewesen waren. Er wollte, dass Maria ein richtiges Zuhause bekam, und so bildete das Geld den Grundstock für das Haus auf Lidingö. Wir bekamen es günstig, weil es ein ziemlich hässliches Haus war, eigentlich ein Bürogebäude aus den Dreißigerjahren. Ich fand es komisch, dass ausgerechnet wir zwei auf Lidingö wohnen sollten. Mir war die Gegend zu bürgerlich und völlig fremd. Xavier verstand die klassenmäßige Aufladung nicht. Er fand, es sei ein gutes Haus für das Geld, aber nicht weiter seltsam. Als die Zwillinge geboren wurden, waren wir bereits eingezogen. Und es wurde wirklich *unser* Haus, unser Familienbau. Wir wohnten nie woanders. Und wir brachten Leben in das steife Bürogebäude. Es wurde richtig gut. Wir liebten es wirklich, von Anfang an.

»Ich war noch recht jung, als wir ein Paar wurden«, sage ich. »Wie alt war ich da? Fünfundzwanzig?«

»Du warst noch ein Kind.« Xavier lächelt.

»Hör auf! Ich war sogar schon sechsundzwanzig und habe mich nie so erwachsen gefühlt wie damals. Ich kam mir ungeheuer wichtig vor. Ich wollte dich von allem erretten, von dem Entsetzlichen, das du durchgemacht hast. Wollte dich wieder glücklich machen.«

»Du warst sehr energisch.«

Ich sehe mich selbst vor mir, jung und voller Hingabe und Vorsätze. Ich war so verliebt in Xavier. Er war mein Ein und Alles. Es wurde meine Lebensaufgabe, ihm ein Lächeln zu entlocken, aus seinem gequälten Gesicht Lust und Leben hervorzukitzeln. Der stattliche Mann mit dem wehmütigen Lächeln, der so viel gesehen hatte, ihm wollte ich alles schenken, was ich besaß.

»Du hattest damals lange Haare«, erinnert sich Xavier. »Und diesen Pony, der nie in der Stirn bleiben wollte und immer nur herumwippte, während du mir Vorträge gehalten hast.«

»Vorträge?«

»Ja, du hast mir oft Vorträge gehalten. Du wolltest mir erklären, wie das alles so ist: in Schweden, mit der Liebe, mit der Trauer und wie man am besten weitermacht.«

Ich nehme einen tiefen Schluck Wein und merke, dass ich rot werde.

»Ich wollte nur, dass du mich liebst.«

»Ich liebte dich am meisten, wenn du nicht versucht hast, mich zu retten, sondern einfach du selbst warst.«

Ich hole Luft, will protestieren, lasse es aber. Xavier möchte gern den Anschein erwecken, er habe seine Angst und seinen Schmerz unter Kontrolle gehabt. Aber auch wenn ich jung und übertrieben geschäftig war, so gibt es doch auch andere Erinnerungen. Xavier, der sich betrunken und heulend an mich klammert und leise sagt, ich müsse ihm helfen, sonst gehe er unter. Seine Hände, die plötzlich zu zittern anfangen konnten, wie ein Beben, das sich aus dem Innern bis in die Fingerspitzen fortpflanzt. Wir nahmen uns bei der Hand und hielten sie fest, bis das Zittern aufhörte und Xavier wieder ruhig atmen konnte. Da ließ er meine Hand los und wandte den Blick ab, als wollte er nicht wahrhaben, was ihn so berührte. Einmal waren wir zusammen in einem Urwald, den er mir zeigen wollte, weil er ihn so magisch schön fand. Auf einem moosbedeckten kleinen Felsen blieben wir stehen und ließen den Blick über knorrige Kiefern, struppiges Heidekraut und zart blühende Blaubeerbüsche schweifen. Plötzlich fing Xavier zu weinen an. Ich bekam Angst und wusste nicht, was ich tun sollte. Dann begann dieser große Mann zu schwanken und brach auf dem Moosfelsen einfach zusammen. Ich versuchte, ihn zu halten, bekam ihn aber irgendwie nicht zu fassen. Erinnere mich, dass auch ich zu weinen anfing. Immer wieder beteuerte ich, wie sehr ich ihn liebe und er sei bei mir sicher, er sei hier in Schweden sicher, Maria werde es gut haben. Alles, was mir einfiel, was ihn vielleicht trösten würde. Als er sich schließlich beruhigte, nahm er mein Gesicht zwischen seine Hände und sagte, er liebe mich über alles, ich sei sein Ein und Alles.

Hinterher wollte er nicht mehr darüber sprechen. Es war anstrengend für ihn aufrechtzubleiben. Er musste hin und wieder seine Schilde haben und sogar seinen Harnisch anlegen.

»Anfangs war es ziemlich schwierig. Ich hatte den Eindruck, du hältst mich auf Abstand. Alles drehte sich um Maria und dich.«

»Ja, das hast du oft gesagt.«

Eine Weile essen wir schweigend weiter. Die Jahre und Erinnerungen kommen wieder hoch. Die ersten Jahre, die so viel Kampf bedeuteten. Dann das Jahr, in dem wir heirateten und schließlich die Zwillinge geboren wurden. Ich war so unbeschreiblich glücklich. Wir gehörten zusammen, richtig zusammen. All die Jahre an unserem Küchentisch. In unseren Betten. Die unzähligen Male, die ein Morgen und ein Abend zum anderen kamen. Die ganze Familie, unsere Routinen. Alles, was wir unter dem Dach unseres Heims gesagt und getan haben.

»Aber wir hatten es doch gut?«

Die Frage rutscht mir so heraus, denn eigentlich habe ich Angst.

Derartige Fragen stelle ich normalerweise selten. Am Anfang unserer Beziehung fragte ich ständig solche Sachen: Liebst du mich? Willst du immer bei mir bleiben? Haben wir es nicht gut?

»Ach was, du brauchst nicht zu antworten«, sage ich. »Ich weiß nicht, warum ich das frage. Schließlich weiß ich, wie es war.«

»Wie war es denn deiner Meinung nach?«, fragt Xavier und nimmt einen Schluck Wein.

Ich weiß nicht, was ich antworten soll. Fürchte plötzlich, dass er etwas zerstören wird, sagen wird, es sei alles schlecht gewesen.

»Meistens war es doch gut«, sage ich. »Findest du nicht?«

»Viele Jahre, oder wie?«

»Ja, wirklich. Kann man über so viele Jahre etwas Zusammenfassendes sagen?«

»Ich finde, wir hatten es fast immer gut«, sagt Xavier, und ich bin erleichtert und froh, denn er klingt dabei ruhig und bestimmt.

»Das finde ich auch«, sage ich schnell. »Wir hatten es wirklich gut.«

»Glaub also nicht, dass die Sache mit Argentinien und Elena jetzt eine Art Flucht vor dir ist.«

»Ach nein? Was ist es dann?«

Xavier senkt den Blick, betrachtet die Tischdecke, schaut aus dem Fenster. Offensichtlich fällt es ihm schwer, meinem Blick zu begegnen.

»Es ist eher so, dass ich mein altes Leben wiederfinden möchte. Ich habe es damals unter dramatischen Umständen aufgegeben, wollte alles wirklich nur noch hinter mir lassen. Aber das geht natürlich nicht. Als Maria dorthin fuhr, habe ich bereut, dass ich nicht mitgekommen bin. Der Gedanke und die Lust, zurückzukehren, die sind ganz plötzlich aufgetaucht.«

»Möchtest du, dass wir zusammen fahren? Ich fände es spannend, deine alte Heimat zu sehen …«

Xavier hebt abwehrend die Hand.

»Nein. Das muss ich allein machen. Oder mit Maria. Möglicherweise auch mit den Zwillingen …«

»Aber was ist das denn, warum soll ich nicht mitkommen? Warum werde ich ständig ausgeschlossen?«

Xavier seufzt und schaut unglücklich drein.

»Ich kann das nicht richtig erklären. Aber es ist Anas Land. Ich will allein sein, wenn ich dorthin komme, zumindest anfangs. Es würde alles überdecken, wenn du dabei wärst. Ich könnte meinem alten Leben nicht als derjenige begegnen, der ich einmal war.«

»Aber kannst du das denn, auch wenn ich nicht dabei bin? Du bist doch jetzt ein anderer.«

»Ja, das stimmt schon. Aber ich weiß nicht. Ich muss das noch zu Ende denken. Es wird sich zeigen.«

Xavier streckt sich, ein triviales, alltägliches Strecken. Er möchte gern das Thema wechseln, und ich frage mich erneut, wo Elena und Buenos Aires gelandet wären, wenn ich unser Zuhause nicht zerstört hätte.

»Wir müssen Molly herholen«, sage ich. »Hier kann sie ja bleiben.«

»Ja.« Xavier nickt und wirkt mit einem Mal erleichtert.

In gut einer Woche muss ich wieder zur Arbeit, zurück zu all den lauten Jugendlichen mit ihrer Rastlosigkeit und ihrem vielen Wollen, ihren Träumen und Unzulänglichkeiten. Ich werde zu den Kolleginnen und Kollegen zurückkehren und zu Hasse, zu Fragen über den Brand und wie alles gelaufen sei. Und Xavier, der Pensionär? Er hat zwar Molly, aber was wird er sonst noch tun? Sich um den Wiederaufbau unseres Heims kümmern?

Irgendetwas sagt mir, dass er sich nicht dafür einsetzen wird. Ich werde es sein, die abends dasitzt und die Listen für die Versicherung erstellt. Die für den Wiederaufbau oder einen Neukauf sorgt. Getrieben von Schuld. Und in dieser Schuld werde ich mich erschöpfen und ausbrennen, als ob darin Heilung läge. Xavier werde ich heraushalten, und er wird damit einverstanden sein. So wird es sein.

Soll ich es so kommen lassen? Entscheide dich, Agneta, entscheide dich. Stell Forderungen an Xavier.

Traust du dich?

»Wie stellst du dir die Tage sonst so vor, später, wenn wir mit den Kartons da draußen fertig sind? Was werdet ihr unternehmen, du und Molly, wenn ich auf der Arbeit bin?«

Xavier weicht meinem Blick aus und sagt, er wisse es noch nicht. Auch das werde sich ergeben.

»Wir müssen uns allmählich überlegen, was wir mit dem Haus machen wollen«, sage ich. »Ich schlage vor, es wiederaufzubauen. Dabei können wir die Gelegenheit nutzen, um Änderungen vorzunehmen. Es genau so zu machen, wie wir es haben wollen. Oder?«

Xavier gähnt unverhohlen.

»Das wird Jahre dauern. Sollen wir so lange hier draußen hocken?«

»So viel Zeit wird es schon nicht in Anspruch nehmen, oder? Das lässt sich doch sicherlich in einem Jahr oder so über die Bühne bringen?«

»Nein, das glaube ich nicht. So was zieht sich immer in die Länge.«

»Was sollen wir also deiner Meinung nach tun?«

Hinter meiner Stirn beginnt die Gereiztheit zu pochen. Wie soll ich das aushalten, wenn Xavier derart in der Schwebe und insgesamt unwillig bleibt!

Er fährt sich mit den Fingern durch die Silberlocken und seufzt.

»Wir werden wohl noch ein paar Tage überlegen dürfen, oder? Die Entscheidung, was man mit dem letzten Rest der Zeit, die einem noch bleibt, anfängt, lässt sich doch nicht übers Knie brechen.«

»Dem letzten Rest der Zeit, die einem noch bleibt? Was ist denn los mit dir? Bist du ein hundertjähriger Greis?«

»Fast.«

Wieder sehen wir einander an. Und ich begreife, dass etwas dran ist an dem, was er sagt.

Wir sitzen im Auto und sind auf dem Weg zu Hanna. Sie wird uns heute begleiten, um sich die Kisten anzuschauen. Astrid kann erst später am Nachmittag kommen, worüber sie sich aufregt. Sie scheint besorgt zu sein, dass wir etwas wegtun könnten, was sie behalten möchte. Ich habe ihr aber versprochen, nichts ohne ihr Wissen wegzuwerfen.

Als wir uns Hannas Wohnung nähern, überkommt mich Unbehagen, denn hier sind wir in der Nacht nach dem Brand gelandet. Xavier bittet mich, hinaufzugehen und unsere Tochter zu holen. Die Stimmung und der Geruch im Eingang, den ich durchquere, schlagen sich mir direkt aufs Zwerchfell. Wieder meine ich, Rauch zu riechen. Ich hole ein paarmal tief Luft und klingle an der Tür.

»Mama?«

Hanna reißt die Augen auf, als sich unsere Blicke begegnen.

»Mama, du siehst total komisch aus! Was ist mit dir?«

Ich schüttle den Kopf und möchte nicht in die Wohnung gehen. Möchte das Zimmer, in dem ich aufgewacht bin, gar nicht sehen. Molly ist meine Rettung. Sie kommt aufgeregt angerannt. An ihrem nur halb geöffneten Auge erkenne ich, dass sie tief geschlafen hat, doch jetzt wedelt sie mit dem Schwanz und wimmert und winselt, während sie mir um die Beine springt.

Ich beuge mich hinunter und streichle sie, dankbar, dass sie mich ablenkt. Hanna macht sich schnell fertig, und wir gehen hinunter. Sie sieht mich an und meint, ich merke es nicht.

»Du bist auf komische Weise total blass«, sagt sie. »Ich erkenne dich gar nicht richtig wieder.«

Ich mustere Hanna. Ihre langen dunklen Haare winden sich wie die dünnen Schlangen am Haupt der Medusa über ihre grüne Jacke. Die dichten Wimpern verleihen ihrem Gesicht etwas Puppenhaftes, auch wenn sie sich nie schminkt. Sie trägt eine Pilotenbrille und sieht sehr cool und modern aus, obwohl ich kaum glaube, dass sie sich dessen bewusst ist.

Ich sehe sie an und stelle fest, dass die Katastrophe sich auch auf mein Sehvermögen ausgewirkt hat. Alles hat sich einen Tick verschoben oder entfernt. So, als hätte ich sehr lange geschlafen und wäre dann in einer anderen Zeit aufgetaucht.

»Wie schön du bist«, erwidere ich stotternd, ohne den Gedanken vorher überhaupt richtig gedacht zu haben.

Hanna schaut etwas irritiert drein, lächelt aber. Als wir auf die Straße kommen, steht Xavier vor dem Auto und umarmt Hanna und auch Molly herzlich.

»Meine Mädchen! Das bärtige wie das langhaarige!«, ruft er.

Ich nehme ihm sanft den Autoschlüssel aus der Hand, während er die beiden mit Liebe überschüttet, als hätte er sie seit Ewigkeiten nicht mehr gesehen. Dann setze ich mich ans Steuer und starre geradeaus durchs Fenster. Bei dieser Begrüßungszeremonie weiß ich nicht, wohin mit mir.

Die Autotüren gehen auf, und fröhliche Stimmen schwappen herein.

»Ich fahre«, lege ich entschlossen fest. Xavier nickt und hält Molly wie ein Neugeborenes im Arm.

»Mein Bartäffchen, mein kleiner Löwe«, sagt er, und ich begegne Hannas Blick im Rückspiegel. Sie hebt die Augenbrauen, um anzuzeigen, dass Xavier spinnt. Wir lächeln einander zu.

Unterwegs denke ich, dies könnte auch ein Ausflugstag sein. Etwas Schönes. Über glitzerndem Neuschnee spannt sich ein strahlend blauer Himmel. Stattdessen sind wir unterwegs zu der übel riechenden Verwahrungsstätte unserer rauchgeschwängerten Habseligkeiten.

»Müssen wir an diesen scheußlichen Ort fahren?«, fragt Xavier, als hätte er meine Gedanken gelesen.

»Ja, ich will mir das ansehen«, sagt Hanna. »Da sind schließlich auch Sachen, die mir gehören. Die mir wichtig waren.«

Ich werde so nervös, dass ich beinahe ein Stoppschild übersehen hätte.

»Das stinkt alles wie die Pest«, sagt Xavier.

»Ja, aber man kann es mit Ozon behandeln, dann verliert sich der Rauchgestank«, erkläre ich. »Und darum geht es uns dort. Zu entscheiden, was wir behandeln und behalten wollen.«

Als wir in den Raum mit unseren Kartons kommen, sinkt mir wieder der Mut. Xavier geht es ebenso, denn nachdem er einen müden Blick auf die Kisten geworfen hat, verkündet er, dass er den Tag mit einem langen Spaziergang mit Molly beginnen werde.

Hanna öffnet eine Kiste einen Spaltbreit, und ich erkläre, wie wir uns das mit den drei Haufen gedacht haben, auf die wir die Sachen legen. Und in dem Moment, als ich auf den Müllhaufen zeige, sehe ich dort zuoberst das ausgeschnittene Papierherz liegen, das sie mir zum Muttertag gezeichnet hat.

»Es roch so fürchterlich«, sage ich schnell und picke es mit Daumen und Zeigefinger auf. »Aber vielleicht ist es ja nicht so schlimm. Ich hebe es auf jeden Fall auf.«

Ich schnuppere daran, gebe mir den Anschein, als würde es gar nicht so stinken und lege es auf den Behalten-Haufen.

»Nicht nötig, Mama.«

Hanna klingt gereizt. Sie betrachtet die vielen Kisten, und ich sehe, wie ihre Augen feucht werden.

»Das hier ist also noch übrig?«

Ich nicke. Doch dann fallen mir die größeren Sachen draußen im Hangar ein. Hanna scheint aber nicht zuzuhören, sondern geht zwischen den Kisten umher.

»Was ist da überall drin? Wie soll man das denn wissen?«

»Das wissen wir nicht. Wir müssen uns Kiste für Kiste vornehmen und sie durchgehen.«

Hanna öffnet einige Kisten einen Spaltbreit. Plötzlich schreit sie auf.

»Unser Porzellan! Schau, Mama, hier! Unsere Tassen! Die müssen wir aufheben. Die haben wir doch andauernd benutzt.«

Hanna reißt ein paar Tassen und Teller heraus. Sie sind wirklich nichts Besonderes. Kobaltblau, von Åhléns oder IKEA. Ich erinnere mich, sie gekauft zu haben, weil wir uns dann keinen Kopf machen mussten, wenn sie kaputtgingen. Zu Hause lagen sie in einem Karton, den wir bei Gelegenheit zum Trödel der Heilsarmee bringen wollten. Aber dann sind darüber die Jahre vergangen. Wir haben weitere Sachen aussortiert, und auch nicht gleich fortgegeben. Haben Pläne für Neuanschaffungen geschmiedet, aber dann war irgendetwas im Fernsehen oder was weiß ich. Im Grunde ging es darum, dass ich nicht recht wusste, wie unser Leben aussehen sollte, als irgendwann nur noch Xavier und ich im Haus waren.

»Die? Die sind doch nichts wert. Das ist nur billiges, minderwertiges Porzellan.«

»Wie bitte?!«

Hanna erhebt sich mit kleineren und größeren Tellern im Arm von ihrem Karton.

»Was meinst du damit, dass das nichts wert ist? Ich bin mit diesen Tellern groß geworden! Wir haben sie doch andauernd benutzt! Ist das nichts wert?«

»Doch, natürlich … Ich meine nur, dass es kein teures Porzellan ist.«

»Mir bedeutet es jedenfalls etwas!«

Hanna nimmt das ganze Porzellan aus der Kiste und stellt es zu den Sachen zum Behalten. Es sind viele Teller, tiefe und flache und Kuchenteller.

»Und die Gläser!«

Sie findet auch die Trinkgläser. Duralexgläser, ziemlich verkratzt. Sie stellt auch diese in die Abteilung Behalten.

»Die kannst ja du nehmen, oder du und Astrid«, schlage ich vor.

»Nein, die gehören zu euch nach Hause. Wenn wir kommen, sollen sie da sein. Sonst ist es nicht mehr wie unser ursprüngliches Zuhause.«

Es fehlte nicht viel, und ich hätte gesagt, dass sie kein ursprüngliches Zuhause mehr haben. Doch ich verkneife es mir.

Hanna findet immer noch mehr, was unbedingt aufgehoben werden muss.

»Ich finde es nervig, dass du offenbar auf alles pfeifst, womit wir groß geworden sind«, fährt Hanna in anklagendem

Ton fort. »Als würde das keine Rolle spielen, als würdest du nur ans Geld denken.«

Gekränkt und zornig trampelt sie zwischen den Kartons umher. Ab und zu ruft sie: »Ach, das!«, und legt mit trotziger Miene noch etwas auf den Behalten-Haufen. Ich sehe ihn wachsen und weiß nicht, was ich sagen oder tun soll. Einiges möchte auch ich behalten, anderes dagegen ist Müll. Eine Kanne, in der es, wie ich zwar weiß, immer Vanillesoße oder Schokoladensoße gab, deren Tülle aber kaputt ist. Ich habe bald genug von all dem schäbigen Kram und bereue, dass ich zu Hanna gesagt habe, sie solle mitkommen.

Meine Schuld hindert mich daran, einen brutalen Ton anzuschlagen, wie ich es früher sicherlich getan hätte. Und wie sollte ich die Kinder auch daran hindern, ihr altes Zuhause wiederherstellen zu wollen? Dabei behilflich zu sein, ist das Mindeste, was ich tun kann.

»Ich weiß, dass Astrid das ebenfalls aufheben möchte.« Hanna klingt trotzig. »Und Maria bestimmt auch.«

»Jaja, hebt es nur auf …«, sage ich. »Das ist sehr gut.«

»Aus deinem Mund klang das gerade so, als würde nichts eine Rolle spielen«, sagt Hanna. »Es sind doch deine Kinder, die aus diesen Tellern gegessen haben. Kümmert dich das denn gar nicht?«

»Doch, natürlich. Aber worum ich mich kümmere, das seid ihr. Ich brauche die Teller nicht, um mich an euch zu erinnern.«

»Um feineres Porzellan hättest du dich mehr gekümmert, selbst wenn es dich überhaupt nicht an uns erinnert hätte.«

Ich wünsche sehnlichst, dass Xavier zurückkommt und mich erlöst. Auf einmal verlangt es mich nach seiner Unsentimentalität, was solche Dinge betrifft.

Ich beschließe, jeden Karton, den ich öffne, ganz auszuräumen. Nicht nur an der Oberfläche zu kratzen und dann den nächsten zu öffnen.

In der nächsten Kiste scheinen Dinge aus dem Flur zu sein. Ich stoße auf die Schale, in der wir immer die Schlüssel ablegten, einen größeren Zinnteller, in den die Post kam. Und da ist auch noch Post. Durchgeweichte Kuverts und Reklamezettel. Schlüssel, von denen ich vorher schon nicht wusste, zu welchem Schloss sie gehören, und es heute noch weniger weiß. Sinnlosigkeiten, die in unserem Heim umhertrieben. Aber kann man sie wirklich wegwerfen? Wenn nun einer der Schlüssel zu einer wichtigen Stelle führt? Eines der Papiere aufgehoben werden muss? Plötzlich jemand danach fragen sollte, und ich dann wie ein Trottel dastehe?

Da kommt mir ein Gedanke: Ich kann ja beschließen, dass sie verbrannt sind. Eine neuartige Möglichkeit von Freiheit tut sich auf: Ich kann entscheiden, was in Rauch aufgegangen ist und was nicht. Zufrieden und erleichtert werfe ich das Papier und die Schlüssel, von denen mir plötzlich völlig egal ist, ob sie irgendwo passen, auf den Müllhaufen. Ebenso die Stifte, die in einem Krug steckten, den Maria einmal bemalt hat. Ich erinnere mich, wie gereizt ich war, wenn ich etwas auf ein Kuvert oder so schreiben wollte und immer einen erwischte, der nicht funktionierte. Ich werfe sie weg, alle miteinander. Xavier und ich können uns doch beide einen funktionierenden Stift anschaffen. Das kann ja nicht so schwer sein.

Und dann bin ich wie besessen. Ein Ding nach dem anderen aus dem Flurkarton werfe ich weg. Den Krug, den Maria bemalt hat, stelle ich unter einige Papiere, sodass er nicht zu sehen ist.

»Was wirfst du denn da alles weg?«, sagt Hanna.

»Es ist nur Müll, ehrlich.«

»Wenn es so viel Müll ist, warum hattet ihr das dann noch?«, fragt sie ein wenig spitz.

»Es war eben noch da. Wir haben uns wohl schlicht und einfach nicht genug zusammengenommen und es weggeworfen.«

Carina, die Frau, die uns beim vorigen Mal geholfen hat, kommt vorbei und erklärt mir, wo man die Sachen hinbringen kann und dass es wichtig sei, sie an der richtigen Stelle zu entsorgen. Sie ordentlich zu trennen. Außerdem weist sie darauf hin, dass wir uns weiter hinten im Korridor Kaffee holen können. Ich gehe sofort los und werfe so viel wie möglich weg, während Hanna weiterhin einen Karton nach dem anderen öffnet und darin Zeug aufstöbert, das unbedingt aufgehoben werden muss.

Nach der Wegwerfaktion erleichtert und mit dem Gefühl, tüchtig zu sein, betrachte ich den Berg von Kartons, die noch in unserem Lagerraum sind, und all die Sachen, die Hanna angeschleppt hat. Sie läuft mit Ohrstöpseln umher und ist ganz bei der Sache. Hat die Unterlippe eingezogen und ist gerade auf eine Kiste mit einem alten Puppenhaus gestoßen. Geht in die Hocke und findet kleine Möbel und die zugehörigen Figürchen. Das Puppenhaus ist aus Sperrholz, und ich sehe, dass sich die Wände und das Dach durch die Nässe verzogen haben.

Das meiste von dem, was Hanna hervorholt, ist beschädigt. Tischchen mit abgebrochenen Beinen, Puppen, denen ein Arm fehlt, alles sieht schmierig und verdorben aus. Und dann der Gestank. Die Sachen müssen oben in der Nähe der Abseite gelegen haben und arg mitgenommen worden sein.

»Mein schönes Puppenhaus«, sagt Hanna mit lauter Stimme, vermutlich um die Musik in ihren Ohrstöpseln zu übertönen.

Ich gehe zu ihr und gebe ihr mit Zeichen zu verstehen, dass sie die Stöpsel herausnehmen soll. Sie tut es und sieht mich an, das Weiß ihrer Augen hat einen rosigen Schimmer.

»Es ist nur so hinüber«, sagt sie.

»Ich weiß.«

Ich schlage vor, eine Pause zu machen. Beim Hinausgehen fällt mir auf, wie schmutzig wir sind und wie sehr wir nach alter Nässe und Brandrauch stinken. Ein ekelerregender Geruch.

»Papa und ich hätten vielleicht ein bisschen mehr vorarbeiten sollen«, sage ich.

»Und wegwerfen, was ihr wollt?«, fragt Hanna. »Du pfeifst auf alles.«

»Nein, ich pfeife nicht auf alles!«

Im Licht von Leuchtstoffröhren sitzen wir nebeneinander auf einem Korridor, wo es nach altem Dachboden, Nässe, Schimmel und Rauch riecht. Starren in unsere Pappbecher mit Kaffee. Schließlich höre ich Schritte und das Getappel von Hundekrallen. Xavier und Molly sind zurück. Xavier spricht mit jemandem am Handy und übergibt uns Molly, während er weggeht, um sein Gespräch zu Ende zu führen. Molly duckt sich ein wenig, sie mag diesen Ort nicht. Hin und wieder, wenn jemand etwas verlädt oder einen Karton abwirft, knallt es. Ich betrachte Hanna, ihr wirres langes Haar, die Rußflecken in ihrem Gesicht und ihre Hose, die an den Knien schwarz geworden ist. Hanna ist anmutig wie eine Elfe, und wenn sie sich neben Xavier durch den Wald bewegt, scheint sie in ihrem eigentlichen Element zu sein.

Ich weiß noch nicht, wie Astrid an den Kisten agieren wird, aber wenn jemand gern etwas sammelt, dann eigentlich sie, und nicht Hanna. Dass ausgerechnet Hanna sich nun so verhält, habe ich nicht erwartet.

Hanna ähnelt immer schon mehr Xavier und Astrid eher mir. Hanna hat die Interessen und Wehmut ihres Vaters mitbekommen, Astrid meine Ungeduld und meine mehr nach außen gerichtete Art. Wie viel sich doch einfach nur entwickelt und sein Muster findet! Als ich mit Hanna so dasitze, überkommt mich mit einem Mal Sehnsucht nach ihr. Als wäre sie immer schon einen Schritt von mir entfernt gewesen.

Xavier kommt zurück, und ich sehe, dass Hanna ihn mit einem Lächeln empfängt. Ein schwarzer und schmerzlicher Gedanke schießt mir durch den Kopf: Warum lächelt *mich* niemand an? Meine Wangen glühen, und ich möchte den Gedanken auf der Stelle wegdiskutieren. Bestimmt habe ich mich geirrt! Aber ist das Gefühl nicht doch gerechtfertigt? Ist es meine Schuld? Niemand will es laut aussprechen. Astrid ist die Einzige, die es angesprochen hat, im Nachhinein. Aber auch sie hat ihren Gedankengang nicht zu Ende geführt, obwohl deutlich war, was sie dachte. Sie haben wahrscheinlich beschlossen, mir keine Vorwürfe zu machen, es für einen Unglücksfall zu halten. Und doch steckt da bestimmt noch ein kleiner Stachel in ihnen. Wie sich an dem Lächeln zeigt, das allen geschenkt wird, nur nicht mir.

Dieser Gedanken macht mich beklommen, ich vergrabe meine Nase in Mollys Nacken und kümmere mich nicht darum, dass Hanna mir einen prüfenden Seitenblick zuwirft.

»Was ist los mit euch? Ihr seht ja geradezu schiffbrüchig aus!«

»Es ist so traurig, was alles ruiniert ist«, sagt Hanna. »Fast nichts hier ist noch so, wie es mal war. Alles ist durchgeweicht und eklig und angeschlagen.«

»Mein kleiner Floh, das ist doch nicht so schlimm.«

Wir kehren in den Raum mit unseren Sachen zurück. Xavier hat den Arm um Hanna gelegt, und ich halte Molly an der Leine.

»Ich möchte, dass wir das hier behalten.« Hanna zeigt auf das blaue Service. »Aber Mama meint, es sei nichts wert. Dabei haben wir doch immer diese Teller benutzt.«

»Dann werden wir sie natürlich behalten, Hannalein. Natürlich behalten wir sie.«

Ich mache ein paar schnelle Schritte, um sie einzuholen. Molly sträubt sich. Sie will am liebsten weg von hier.

»Ich habe nicht gesagt, dass wir sie nicht behalten sollen«, korrigiere ich. »Nur, dass es kein besonderes Porzellan ist, nicht wertvoll. Also, dass es kein feines Porzellan ist.«

»Hanna findet es aber fein«, sagt Xavier, immer noch mit dem Arm um ihre Schultern.

»Was heißt schon Wert?«, fährt er fort. »Was spielt das für eine Rolle? Die Mädchen dürfen sich auch daran beteiligen, das Heim neu aufzubauen.«

Eigentlich möchte ich nur noch heulen. Die beiden verstehen sehr wohl, was ich meine, tun aber so, als verstünden sie es nicht. Hanna hat jetzt keine Stöpsel mehr in den Ohren, sondern unterhält sich mit Xavier. Ich schweige verbissen. Ganz viel von dem, was sie findet, habe außerdem ich angeschafft. Ich will hingehen und sagen: Ja, das habe ich mal gekauft. Die Idee dazu hatte ich aus der Zeitung.

Stattdessen gehe ich schweigend die Kartons auf meiner Seite durch. Hin und wieder frage ich meinen Mann oder meine Tochter, ob sie das, was ich in der Hand habe, behalten wollen. Doch keiner von ihnen will etwas von dem, was ich vorschlage, behalten. Xavier sagt nur: »Nein, um Gottes willen, wirf das bloß weg«, und klingt dabei aggressiv und desinteressiert.

Als ich eine große Fuhre Müll wegbringe, wische ich mir rasch ein paar Tränen der Wut ab. Ausgegrenzt durch Schuld. Ohne Zuhause, kein Gewicht, keine, die zählt. Meine Rolle, meine Bühne, alles fort.

Als ich zurückkomme, sitzen Xavier und Hanna mit einem alten Fotoalbum beisammen. Jede zweite Seite ist derart verklebt, dass sie sich nicht umblättern lässt. Es ist ein Album über das erste Jahr der Zwillinge, das ich angelegt habe. Man sollte darin Angaben über die Größe, das Gewicht, die ersten Worte, jeden einzelnen Schritt eintragen. Als Mutter nun eigener Kinder war ich unglaublich eifrig und schrieb alles auf. Jetzt stelle ich mich so, dass ich mit in das Album schauen kann, und blicke Hanna dabei über die Schulter. Ihr Haar kitzelt mich in der Nase, und ich streiche es mit der Hand beiseite, um etwas sehen zu können. Hanna zuckt leicht mit der Achsel. Als wäre ich ein Störfaktor.

Das meiste ist mit grünem Filzstift geschrieben, und der Text ist zerflossen. Xavier versucht einige verklebte Seiten zu trennen. Dabei zerreißt ein Bild von Hanna und Astrid, wie sie zusammen auf einem Schaffell liegen. Nur der obere Teil bleibt intakt, dort, wo einst Fell und Körper waren, sind jetzt nur noch zerfranste weiße Stellen.

»Passt auf«, sage ich. »Seid vorsichtig damit.«

»Es ist schon kaputt«, stellt Xavier fest, schlägt das Album zu, steht auf und gibt es mir. Ich setze mich, lege es mir auf den Schoß und schaue vorsichtig hinein. Hanna ist sitzen geblieben und sieht mir über die Schulter, als ich unendlich vorsichtig die Seiten voneinander zu lösen versuche.

»Schau nur, wie süß du hier bist«, sage ich, als ein Bild auftaucht, das nur etwas bucklig geworden, ansonsten aber heil geblieben ist. Hanna sitzt darauf in ihrem Hochstuhl am Küchentisch. Mitten auf dem Kopf hat sie einen Schopf, rings um den Mund Brei, und breit lächelnd zeigt sie zwei Mäusezähnchen im Unterkiefer. Auf der gegenüberliegenden Seite sitzt Astrid im gleichen Hochstuhl, hat jedoch mürrisch die Unterlippe vorgeschoben und die Augenbrauen gerunzelt.

»Siehst du die Kanne da?«, fragt Hanna und zeigt mit zitterndem Finger auf die Porzellankanne mit der kaputten Tülle am Rand des Bildes. »Die gibt es schon mein ganzes Leben lang.«

»Ja, stimmt. Nimm sie mit und behalte sie.«

Hanna wirft mir einen kurzen, trotzigen Seitenblick zu, steht auf und geht. Ich ahne selbst, dass in meinen Worten eine Spur von Sarkasmus lag. Was ist bloß los mit mir?

Ich hätte gern eine Treppe, auf der ich rauchen kann. Und meine Gedanken sortieren.

Wir hören Stimmen. Es ist Carina im Overall mit Astrid im Schlepptau. Letztere reißt die Tür zu unserem Lagerraum auf, und bei unserem Anblick mitten in den Kartons und auf dem Boden verstreuten Dingen sperrt sie theatralisch die Augen auf.

»Meine Güte, wie eklig es hier riecht!«

»Ja«, erwidere ich, »das kommt vom Brandrauch und der Nässe und den aufgeweichten …«

»Wie haltet ihr das bloß aus? Ich habe hier nach nur zwei Sekunden das Gefühl, mich übergeben zu müssen.«

Astrid hat dichte schwarze Wimpern und einen schwarzen Lidstrich um die Augen. Ihr zusammengekniffener Mund ist braunrot. Sie poltert herein, wendet sich an Carina und fragt mit gerümpfter Nase, ob man hier kein Fenster oder so öffnen könne. Carina entgegnet ein wenig scharf, sie hätten ein ganz ausgezeichnet funktionierendes Ventilationssystem, das die Lagerräume so trocken halte wie nur irgend möglich.

»Guck mal, hier«, sagt Hanna und fasst Astrid am Arm, »ich habe unser altes Porzellan gefunden.«

Astrid schaut in die gewünschte Richtung, scheint aber nicht recht zu sehen, was Hanna meint.

»Man kann doch nichts aufheben, was derart schlimm riecht«, sagt Astrid. »Das lässt sich doch nur noch wegwerfen!«

»Aber … das kann man doch nicht …«

Ich sage schnell, dass man das, was man behalten möchte, auf besondere Weise behandeln könne, sodass es nicht mehr riecht. Es sei etwas umständlich, brauche Zeit und koste Geld, aber es sei möglich.

»Ist das nicht unnötig? Hier könnt ihr doch eine Menge einfach wegschmeißen.«

Astrid klingt ebenso hart wie Xavier vorhin. Hannas Augen werden wieder feucht.

»Niemanden in der Familie scheint irgendetwas zu kümmern. Aber macht nur. Schmeißt alles weg! Dann hat man am Ende wenigstens auch nichts mehr!«

Astrid tut, was meine Töchter immer tun. Sie wirft Xavier, der eine strenge Falte zwischen den Augenbrauen hat, einen fragenden Blick zu.

»Man muss seinem Zuhause Respekt zollen«, sagt er. »Damit geht man nicht nachlässig um.«

»Ich meine ja nicht, dass man alles wegschmeißen soll«, korrigiert sich Astrid schnell. »Wenn es möglich ist, die Sachen herzurichten, ja, dann lasst uns das doch tun.«

»Entschuldigt bitte, ich muss mal an die frische Luft.«

Kaum dass ich den Satz herausbringe, drücke ich auch schon die Tür auf und laufe rasch auf den Korridor. Nichts gilt mehr. Nichts hält mehr. Nichts ist beständig, alles schwankt, alles fließt. Ich eile zu der schweren Eingangstür, die aus dem Lagergebäude führt, muss sie aber nur einen Spaltbreit öffnen, um zu merken, wie kalt es ist. Und dass ich ohne Jacke nicht hinausgehen kann. Ich sehe mich um und stelle fest, dass mir niemand gefolgt ist, was mich zugleich erleichtert und enttäuscht. Ich öffne eine Tür unmittelbar neben dem Eingang, aber da ist ein Putzraum. Dann entdecke ich das Toilettenschild, schleiche dort hinein und schließe mich ein. Ich sinke auf die Kloschüssel und weine, als wollte mir das Herz zerspringen.

Abgrundtief ist die Trauer. Mein Zuhause. Mein Leben. Mein Mann. Meine Kinder. Und mein Verstand. Ich sehe Bilder der verbrannten Habe vor mir, der Eisruine, die unser Heim war, von Eddy, der sich den Rauch aus den Augen zu reiben versucht, die Bestürzung der Zwillinge, Marias anklagendes Gesicht. Doch nichts schmerzt so sehr wie die Kehrtwende, die Xavier soeben vollzogen hat.

Wie erstaunlich unberührt er angesichts meiner Gefühle ist. Vom Schicksal unseres Heims, den Dingen, die es dort gab. Von mir und meiner Schuld und meinem Bedürfnis nach Trost.

Ich weiß, ich sollte diejenige sein, die alle tröstet. Und nicht davonläuft, sich auf einer Toilette versteckt und heult. Aber ich kann nicht anders. Nicht, wenn Xavier den Kindern die Liebe entgegenbringt, nach der ich mich sehne, sie aber nicht bekomme. Ist das meine Strafe?

Plötzlich höre ich undeutlich eine Stimme vor der Toilettentür.

»Mama, bist du da drin?«

Ich halte den Atem an, sitze mucksmäuschenstill. Kurz darauf höre ich, wie sich Schritte entfernen, und Astrids Stimme, die sagt: »Da ist sie auch nicht.«

Ich stehe auf, um die Tür zu öffnen und mich zu zeigen, sinke dann aber doch wieder auf den Klodeckel zurück. Ich muss noch ein Weilchen nachdenken. Muss unbedingt rauchen. Als ich zur Tür hinausschiele, sehe ich einen Angestellten, der einen großen Besen vor sich herschiebt. Aus der Brusttasche seines Fleecepullis ragt eine Packung Zigaretten, und ich gehe zu ihm, fasse ihn am Arm und frage, ob ich eine davon haben könne. Er mustert mich ein wenig irritiert, denn offensichtlich mache ich einen desperaten Eindruck, gibt mir aber eine und hilft mir auch, sie anzuzünden. Ich gehe die paar Schritte zur Eingangstür zurück. Die Kälte ist grimmig, der Rauch beißt in der Lunge, aber es ist einfach schön.

»Da bist du ja!«

Xavier wirkt ärgerlich, als wir unmittelbar hinter der Tür zusammenstoßen.

»Was treibst du denn?«

Ich weiß nicht, was ich darauf antworten soll, zucke die Achseln und schlucke unentwegt.

»Wir haben dich überall gesucht. Warum bist du denn einfach abgehauen?«

Xavier legt den Arm um mich und klingt jetzt ein bisschen sanfter.

»Wir haben uns Sorgen gemacht, verstehst du.«

Ich lehne mich an seine Schulter und sage schluchzend, dass ich mich einfach so allein gefühlt habe. Xavier nimmt seinen Arm weg, legt mir die Hände auf die Schultern und schaut mir tief in die Augen.

»Du bist nicht allein. Wir sind doch alle hier. Können wir solche Auftritte jetzt sein lassen?«

»Ja!«

Ich fauche Xavier an und wische mir wütend die restlichen Tränen aus dem Gesicht. Mein Hass gegen meinen Mann kennt keine Grenzen. Fahr zu deiner verdammten Elena, möchte ich brüllen. Fahr doch zurück nach Argentinien und Buenos Aires und stolziere dort herum. Ich kann ja mit Hasse eine Orgie veranstalten!

Natürlich sage ich das nicht, frage mich aber allmählich, ob es sein kann, dass Xavier einfach nichts begreift. Welches Verhalten wird denn erwartet, wenn man ein Haus in Brand gesetzt hat?

Ich betrachte meinen Mann, studiere sein Gesicht, das besonders scharf geschnittene Züge bekommt, wenn er gereizt ist. Seine Nasenflügel sind angespannt, und auf seiner Stirn schwillt eine Ader in Form eines Flussdeltas.

Ich liebe dich, du Satan. Ich liebe dich, du Aas.

Und wieder Tränen, als ich begreife, wie sehr die Liebe mich fesselt.

Als wir uns dem Lagerraum nähern, fasst Xavier mich unterm Arm, als brächte er eine ausgerissene Gefangene zurück.

»Mama, wo warst du denn?«, ruft Astrid und sperrt ihre schwarz umrandeten Augen auf.

»Ich war nur draußen und habe ein bisschen frische Luft geschnappt.« Meine Stimme klingt kläglich.

»Du riechst nach Rauch«, stellt Hanna fest.

»Nicht nur Mama riecht hier nach Rauch«, sagt Xavier und lächelt mich an.

Ich lächle dankbar und mit weinerlichem Gesicht zurück.

»Schau her, wie wir uns das gedacht haben«, sagt Xavier. »Erzählt mal, Mädchen.«

Sowohl Hanna als auch Astrid sehen zufrieden aus, als hätten sie etwas zuwege gebracht und erwarteten Lob.

»Das hier wollen wir behalten«, erklärt Hanna und zeigt auf einen beträchtlich kleineren Haufen als den vorherigen. »Wir denken, das ist genau die richtige Menge an Sachen, um sich wieder zu Hause zu fühlen.«

»Ja«, ergänzt Astrid. »Es ist genau die richtige Menge, um sich hin und wieder an gemütlichen Abenden wieder zu Hause zu fühlen, wenn wir mal kommen und es sozusagen wie früher ist. Hin und wieder. Verstehst du?«

»Papa findet es auch gut«, sagt Hanna und sieht Xavier an, der liebevoll zurücklächelt.

»Perfekt«, sagt er. »Aber reicht es vielleicht für heute?«

Wir sind jetzt vielleicht fünfzehn Kartons durchgegangen. Die übrigen zweihundert stehen wie Bausteine an den Wänden entlang gestapelt.

»Was ist jetzt eigentlich noch übrig?«, fragt Hanna mit einem Blick auf die vielen Kartons. »Ich finde, wir haben gefunden, was wir brauchen.«

»Es sind vor allem Unterlagen und sonstiger Kram von Mama und mir«, sagt Xavier. »Ihr braucht nicht mehr herzukommen.«

»Das habe ich mir auch gerade gedacht«, stimmt Astrid zu. »Ihr braucht uns jetzt hier doch nicht mehr?«

Ich schüttle den Kopf und versichere, dass Xavier und ich uns um den Rest kümmern werden. Hanna weist streng darauf hin, dass wir Dinge herauspicken müssen, die für unser Zuhause von besonderer Bedeutung sind. Das werde ich tun, sage ich. Ich werde dafür sorgen, dass die allerfeinsten Sachen erhalten bleiben.

»Ich habe unser Heim und alles darin geliebt«, sage ich mit rasselnder Stimme.

»Ich auch.« Hanna nickt. »Alles habe ich geliebt.«

Ich beschließe, alle Kartons mit pedantischer Sorgfalt durchzugehen. Alles Feine, alles, was für unser geliebtes Heim steht, soll erhalten bleiben. Ich begreife nicht, wie ich mich von dieser Überzeugung habe abbringen lassen können. Nächste Woche werde ich von morgens bis abends hier im Lager sein und sortieren und planen. Alles Gerümpel, allen Ballast wegwerfen. Umgestalten, neu gestalten. Der Kronleuchter müsste doch auch zu retten sein? Wir werden wieder unter ihm sitzen und unsere Sachen um uns haben. Genau wie früher, ja sogar besser. Als wir gehen, sind wir unbekümmert und ausgelassen.

Xavier und ich reden beide auf die Zwillinge ein, doch mit uns zu Abend zu essen, doch keine der beiden beißt an. Also bringen wir sie zur nächsten U-Bahn und sehen sie davongehen, mit Schritten, die leichter wirken als zuvor. Ihr Gang ist federnd, sie stecken die Köpfe zusammen und reden sicherlich über alles, was im Laufe des Tages geschehen ist und gesagt wurde.

Die Stille im Auto ist jetzt mit Händen zu greifen. Meine Gedanken jagen hin und her, und ich schmiede Pläne für die kommende Woche. Wie ich die Arbeit einteile, sodass ich damit fertig werde. Es ist eine Erleichterung, dass die Kinder nicht mehr kommen werden, und mit einem Mal habe ich das Gefühl, dort eine Art Zuhause zu haben, in dem ich herumwerkeln kann. Oder zumindest den Teil eines Zuhauses. Scherben, um damit ein Muster zusammenzusetzen, in dem sich alle wiedererkennen. Wie genau ich jedes Ding prüfen werde! Sorgfalt an den Tag legen, waschen, behandeln. Stück für Stück den Zusammenhang wiederherstellen.

»Ich meine, wir bauen das Haus wieder auf.«

Nach dem langen Schweigen im Auto klingen meine Worte unnatürlich laut und irgendwie verloren. Ich schiele zu Xavier hinüber, der am Steuer sitzt. Er reagiert nicht, sondern schaut gedankenversunken vor sich auf die Straße.

»Oder was meinst du? Wäre es nicht das Beste? Wir nehmen das Leben wieder so auf, wie es war. Oder? Ich habe wirklich das Gefühl, dass die Mädchen genau das wollen.«

»Ich glaube, sie wissen nicht recht, was sie wollen«, erwidert Xavier. »Sie stehen noch immer unter Schock. Man merkt doch, wie sie mal hierhin, mal dorthin flattern.«

»Jaa ...«

»Und sobald wir in dem Haus sitzen, werden sie schon wieder woandershin unterwegs sein.«

»Aber sie werden immer wieder nach Hause kommen wollen. Und es ist wichtig, zu spüren, dass man einen sicheren Ort hat auf der Welt, einen Ursprung. Glaubst du nicht, dass er ihnen wichtig ist?«

Xavier wirft mir einen raschen Blick zu, die Augenbrauen ironisch hochgezogen.

»Du fragst *mich*, ob ich glaube, dass sie ein sicheres Zuhause brauchen, in das sie zurückkehren können? Du fragst *mich*, ob ich glaube, dass einem so etwas wichtig ist?«

Xavier schnaubt vernehmlich und biegt nach Aspudden ab. Als er vor dem Haus einparkt, fährt er viel zu schnell auf den Stellplatz und muss mit einem Ruck anhalten. Aggressiv zieht er die Handbremse fest an, steigt aus und knallt die Tür hinter sich zu. Geht mit energischem Schritt zum Haus. Ich laufe mit Molly an der Leine hinterher. Sie versucht, an etwas zu schnüffeln, doch ich ziehe sie schroff weiter, um Xavier einzuholen.

»Was ist denn in dich gefahren? Kannst du mir erklären, was daran verkehrt ist, wenn ich so etwas frage? Ich weiß, was du mitgemacht hast. Aber das hat doch nichts mit Hanna und Astrid zu tun und damit, was sie bei all dem empfinden, oder?«

Ich brülle hinter Xavier her, der die Treppen mit großen Schritten nimmt.

Er antwortet erst, als er Schuhe und Jacke ausgezogen hat.

»Du hast aber *mich* gefragt. Ob ich glaube, dass das wichtig sei.«

»Ich weiß, was du verloren hast. Aber wenn du mit mir über das Heim redest, das wir zusammen aufgebaut haben, könnte man meinen, es spielt keine Rolle.«

»Das stimmt nicht. Aber ich kümmere mich nicht um ein paar Teller hin oder her. Das ist doch nur Pillepalle.«

»Ja, aber Hanna hast du offenbar verstanden, als sie sagte, wie wichtig das sei. Sie sollte angehört und respektiert werden, während ich …«

So, wie Xavier mich ansieht, breche ich mitten im Satz ab. Ich stehe still da und sehe ihn an, und das Einzige, was zu hören ist, sind meine Atemzüge. Atemzüge gegen eine Wand.

»Wir bauen das Haus so auf, wie es war«, sage ich schließlich. »Es wird gut werden. Wir brauchen also nicht mehr darüber zu reden.«

»Das schaffen wir nicht«, entgegnet Xavier. »Das dauert doch Jahre, wie schon mal gesagt.«

»Ich nehme das in die Hand. Du brauchst dich nicht damit zu befassen. Ich werde das alles so hinkriegen, dass es wieder gut wird.«

»Das schaffst du nie, Angelita.«

Wärme durchströmt mich, als er mich bei einem seiner Kosenamen für mich nennt. Es ist so unendlich lange her.

»Ich schaffe das bestimmt. Ich *will* das. Nur so kann ich es wiedergutmachen, verstehst du das nicht? Nur so kann ich mich von der Schuld befreien.«

Ich schmiege mich in Xaviers Arme und lehne mich an seine Brust. Mein Ohr ist genau auf der Höhe seines Herzens. Als wir frisch verliebt waren, sagte ich immer, das sei ein Zeichen dafür, dass wir zusammengehören. Sein Herz in meinem Ohr. Wenn es manchmal etwas gab, was mich verunsicherte, konnte Xavier die Arme ausbreiten und mich fragen, was sein Herz dazu sagt. Mehr brauchte ich für den Rest meines Lebens nicht zu hören. Habe ich damals gedacht. Sein Herzschlag reichte als Antwort auf alles.

Ich schließe die Augen und muss jetzt wirklich die Ohren spitzen. Ist etwas zu hören? Ja, dort. Als lebte in seinem Innern ein atemloses kleines Tier. Ich drücke mein Ohr noch fester an seine Brust, denn mir ist klar, dass es nicht bis in alle Ewigkeit schlagen wird.

»Du darfst nicht sterben«, murmle ich in seinen Pullover.

Xavier brummt irgendetwas zur Antwort.

Ich schlage die Augen auf und sehe uns beide im Garderobenspiegel. Und ich sehe, dass Xavier die Augen geöffnet hat und mit abwesendem Blick geradewegs in die Wand starrt.

* * *

Es ist wie eine Arbeit, eine Beschäftigung, sich der Kartons anzunehmen. Gegen neun Uhr fahren wir mit dem Auto erneut dorthin. Packen Molly und Proviant ein. Eigenen Kaffee in der Thermoskanne, belegte Brote, Bananen und Zimtschnecken. Xavier beginnt den Tag damit, dass er mit Molly einen langen Spaziergang macht, während ich räume und sortiere. Wenn er zurückkommt, sage ich ihm, was er tun soll, und er geht Sachen wegwerfen und bringt andere, die mit Ozon behandelt werden sollen, dem Personal. Ich mache und tue und habe wenigstens das Gefühl, tüchtig zu sein.

Wir sind freundlich und verkniffen, Xavier so gut wie ich. Wir arbeiten diszipliniert und eifrig, verschwenden keine Zeit mit unnötigem Gerede. Abends liegen wir mit dem Laptop zwischen uns im Bett, schauen uns verschiedene Serien an und essen, was wir vom Imbiss geholt haben.

Carina ist hilfsbereit. Ich glaube, sie hat ein besonderes Mitgefühl mit uns und unserem Schicksal. Sie gibt mir ein spezielles Waschmittel, das sie auch dort benutzen, um den Geruch aus Textilien zu beseitigen. Und so läuft jeden Abend die Waschmaschine, und ich hänge an verschiedenen Stellen der Wohnung Tischdecken, Laken und Servietten aus unserem ursprünglichen Heim auf. Es sieht aus wie eine Installation über eine vergangene Zeit. Tischdecken, die bei festlichen Anlässen aufgelegt wurden. Dazugehörige Servietten. Laken, die unsere schlafenden Körper umschlossen haben.

Wir bekommen die Zustimmung, in der Wohnung noch mehr Sachen wegzuräumen. Und als ich eines Abends gerade die Kleider der älteren Frau zusammenlege, um sie in Tüten auf den Dachboden zu schaffen, klingelt Xaviers Telefon. Es ist sein Arbeitskollege, der erzählt, dass seine Tante für immer eingeschlafen sei, wir aber trotzdem noch hier wohnen bleiben können. Die Wohnung sei mit Dauerwohnrecht, und sie hätten keine Eile mit dem Verkauf. Es habe auch niemand Zeit, sich um die Sachen zu kümmern, aber irgendwann werde eine Hilfsorganisation alles abholen.

Der Tod der Frau macht mich wehmütig. Ich lege weiter ihre Kleider zusammen, nun mit noch größerer Sorgfalt. Lege sie auf ihren Wohnzimmertisch, streiche den Stoff glatt, schnuppere vorsichtig daran. Schrank, Tantenparfüm, Staub. Ihre Unterwäsche und Strümpfe stecken wir in einen Müllsack, den wir direkt in den Müllschlucker geben. Man hört ihn den Schacht hinunterplumpsen. Ihr Intimstes in freiem Fall.

Xavier kommt mit einer neuen SIM-Karte mit meiner alten Nummer zu meinem neuen Handy nach Hause. Als er sie in das Gerät steckt, gibt es sofort Töne von eingegangenen SMS und Mails von sich. Ich bekomme Herzklopfen, als ich die Nachrichten von Freunden und Verwandten lese. Wie viele doch aufmerksam und besorgt sind! Mir wird klar, wie gut es ist, die Nachrichten nicht schon eher erhalten zu haben. Dass ich Zeit für mich selbst und meine Familie gebraucht habe. Was schreibe ich denen, die wissen wollen, was passiert ist? Wird das Ganze eine urkomische Geschichte?

»Sie hat sich da auf der Treppe nicht nur eine Zigarette angezündet. Sie hat gleich das ganze Haus in Brand gesteckt.«

Ich bekomme heiße Wangen, als mir klar wird, welch köstlichen Tratsch unsere Geschichte wohl schon ergeben hat. Alle werden uns anschauen und nicht recht wissen, welches Gesicht sie aufsetzen, welche Wort sie wählen sollen.

Eine SMS lässt mein Herz einen Extraschlag tun. Sie ist von Hasse, und er schreibt kurz und bündig: »Wie schrecklich. Pass auf dich auf. Sei umarmt, Hasse.«

Ich lese es und schiele zu Xavier hinüber, der neben mir auf dem Bett liegt, doch der ist ganz in sein Handy vertieft. Er hat die Brille auf der Nase und scrollt unentwegt. Seite an Seite liegen wir mit unseren Brillen und Handybildschirmen da, und zwischen unseren Fingern zerrinnt die Zeit. Ich beantworte so viele SMS, wie ich schaffe. Schreibe in etwa immer das Gleiche. Dass es schrecklich ist, dass ich noch nicht reden kann, dass ich jetzt versuche, mich auszuruhen und wieder zu Kräften zu kommen. Sofort erhalte ich Antworten. Alle haben Verständnis, sie schicken Blumen und Herzen und geben mir zu verstehen, dass sie da sind, wenn etwas sein sollte.

Hasse schreibe ich zuletzt. »Es war ganz furchtbar. Am Montag bin ich wieder auf der Arbeit. Bis dann. Sei umarmt.« Dann lege ich das Handy beiseite. Nehme die Brille ab und reibe mir die Augen. Ich höre, wie noch mehr Nachrichten hereinplingen, aber ich kann nicht mehr. Ich lehne den Kopf an Xaviers Schulter und meine zu merken, dass er reflexartig sein Handy ein klein wenig wegdreht, sodass ich seinen Bildschirm nicht sehen kann.

»Nicht nötig«, sage ich.

Er gibt irgendein Geräusch von sich und schreibt gleichzeitig weiter.

»Ich meine, ohne Brille sehe ich sowieso nichts«, füge ich hinzu.

Er schreibt fertig und legt ebenfalls sein Handy weg.

»So, jetzt kannst du dich entspannen«, sagt er.

Wir liegen auf dem schmalen Bett, und ohne dass wir es gemerkt hätten, ist der Nachmittag in Dunkelheit übergegangen. Ohne die Handybildschirme ist es fast schwarz im Zimmer. In unserem Heim, das ich in Brand gesetzt habe, gab es diese Art Stille nicht, die sich jetzt zwischen uns einschleicht. Wenn man ein richtiges Zuhause hat, überträgt sich die Energie seiner Bewohner auf Dinge und Möbel, auf Tätigkeiten und Hobbys, Notwendigkeiten und Gewohnheiten. Man lebt eben, ganz selbstverständlich. Dieser Selbstverständlichkeit sind wir beraubt, Xavier und ich. Der Schock nach dem Brand lässt allmählich nach, zurück bleibt eine graue Stille. Ein grauer, stiller Alltag, und in dem Schattendasein finden Worte und Konturen keinen richtigen Halt. Man wird still und schweigsam. Verzagt. Müde. In sich gekehrt.

Ich richte mich auf. Strecke mich und gähne.

»Wollen wir etwas unternehmen?«

Xavier legt die Hände hinter den Kopf, und in der Dunkelheit kann ich sein Gesicht lediglich erahnen.

»Und was?«

»Ich weiß nicht. Ins Kino gehen?«

Er schweigt eine Weile.

»Nein, das geht nicht«, sagt er dann. »Ich habe mit Maria verabredet, dass wir miteinander telefonieren, wenn Eddy eingeschlafen ist. Aber geh du nur.«

Ich stehe schnell auf, um die Zurückweisung nicht zu nah an mich heranzulassen.

»Okay, ich gehe ein Weilchen aus.«

Ich ziehe mich wortlos an, gehe wortlos fort. Doch kaum bin ich zur Wohnungstür hinaus, fällt mir ein, dass ich mein

Handy vergessen habe, und ich kehre um. Das Erste, was ich sehe, ist Xaviers vom Bildschirm seines Handys erleuchtetes Gesicht. Er schaut ein bisschen erschrocken, als ich noch mal angepoltert komme und mein Handy an mich reiße, das auf einem Stuhl neben dem Bett liegt. Es war nicht meine Absicht, die Tür derart krachend ins Schloss fallen zu lassen. Irgendetwas muss mit meinem Arm gewesen sein, er hatte einfach einen zu heftigen Schwung.

Als die zuschlagende Wohnungstür die Stille zerreißt, ist mir, als hörte ich Xavier schreien: »Beruhige dich!« Aber da laufe ich schon die Treppen hinunter.

Draußen auf der Straße hebe ich reflexartig die Schultern, um der verfluchten Kälte entgegenzutreten. Aber dann merke ich, dass es gar nicht mehr so kalt ist. Es ist März, und mit etwas gutem Willen lässt sich vielleicht sogar ein winziger Hauch von Frühling in der Luft erahnen. Ich atme die Abendluft ein und kann eigentlich nicht erklären, worin diese Verheißung von Frühling besteht. Da ist ganz einfach ein Geruch, nicht mehr nur diese eisige Duftlosigkeit. Vielleicht ein bisschen faulig, ein bisschen Hundekacke, aber Gott sei Dank kein Brandgeruch.

Allein ins Kino zu gehen, ist nicht verlockend. Überhaupt bis in die Stadt zu fahren. Da fällt mir ein, dass meine Freundin Nahid in dieser Gegend wohnt, und ich rufe sie an. Als sie hört, dass ich es bin, ruft sie laut meinen Namen und fragt, wie es mir geht. Sie habe oft an mich gedacht und sich Sorgen gemacht. Als ich frage, ob ich auf eine Tasse Tee bei ihr vorbeikommen darf, ist meine Stimme belegt. So viel Wärme! Nahids Stimme reißt ein Loch in meine kompakte Einsamkeit, die mir bis zu diesem Augenblick gar nicht richtig bewusst war.

Mit der U-Bahn fahre ich eine Station nach Örnsberg. Ich war noch nie bei Nahid zu Hause. Sie ist Sozialarbeiterin an unserer Schule, und wenn wir uns privat getroffen haben, dann in einem Restaurant zum Essen, im Theater oder nach der Arbeit auf ein Glas Wein. Als sie nun in einem Kaftan die Tür öffnet und ihr eine Langhaarkatze um die Beine streicht, bin ich befangen und weiß nicht, wohin ich schauen soll. Als hätte ich total vergessen, wie man sich anderen Menschen gegenüber verhält.

Nahid streckt mir die Arme entgegen und umarmt mich.

»Wir haben uns in der Schule solche Sorgen um dich gemacht. Das kannst du dir nicht vorstellen!«

Nahid wohnt mit ihrem halbwüchsigen Sohn, der gerade nicht zu Hause ist, in einer Dreizimmerwohnung. Dort ist es schmerzlich gemütlich. Es riecht nach Zuhause, und in den Ecken herrscht eine Alltagsschlamperei, die nur entsteht, wenn man schon eine gewisse Zeit an einem Ort wohnt und lebt. Aus einem Topf, der noch vom Abendessen dasteht, duftet es nach Kreuzkümmel und Knoblauch. Im Radio spielt klassische Musik. Lampen mit heimeligem Licht, ein durchgesessenes Sofa und zerknautschte Kissen. Vor lauter Sehnsucht bekomme ich ganz weiche Knie. Überdies bewegt sich Nahid mit jener Selbstverständlichkeit, die sich ergibt, wenn man sich irgendwo eingelebt hat. Ihre Bewegungen sind ruhig und bestimmt. Da ist der Tee, dort die Kanne, hier die Tassen. Alles gehört ihr, sie besitzt ihr Heim mit ihrem ganzen Körper und auf völlig unreflektierte Weise.

Ich sinke auf ihr Sofa und habe den Impuls, die Augen zu schließen, mich einfach nur umarmen zu lassen und einzuschlafen. Zu bleiben. So kann es sein. So kann man es haben.

Nahid möchte natürlich alles wissen, und ich erzähle. Ich sage nicht, an wen ich auf der Treppe gedacht habe, nur, dass ich ein paar schnelle Züge rauchen wollte. Nahid hört zu, hält dabei eine Hand vor den Mund und sperrt die Augen auf. Ihre heftige Reaktion bringt mich dazu, Details auszuschmücken und so weitschweifig und dramatisch wie möglich zu erzählen. Als ich meine eigenen Worte höre, löst sich etwas in mir. Nahid hört schweigend zu und schüttelt manchmal den Kopf, wie um zu bekräftigen, wie schrecklich das alles ist, was ich durchgemacht habe.

Ich Ärmste! Wir Ärmsten! Nicht eine Sekunde lang scheint sie sich damit aufzuhalten, dass eigentlich alles meine Schuld ist, sondern bezeichnet es als Tragödie, als Unglück. Auch das macht mir das Atmen ein ganz klein wenig leichter.

Nachdem wir eine Weile darüber geredet haben, was nun geschehen soll, was wir tun werden, was zu retten ist, merke ich, wie ein großer Schmerzpunkt immer spürbarer pocht und brennt. Darüber zu sprechen ist jedoch viel zu schwierig. Was geschieht jetzt mit uns? Sind Xavier und ich auf dem besten Weg, einander zu verlieren? Ist er auf dem Absprung?

Auf dem Heimweg denke ich darüber nach und kaufe mir am Kiosk im U-Bahnhof eine Packung Zigaretten, ein Feuerzeug und Halstabletten. Dann stehe ich vor unserer Eingangstür in Aspudden und rauche drei Zigaretten am Stück. Ziehe den Rauch tief in die Lungen. Die Gedanken müssen rein und müssen raus. Ich muss es wagen, die Drosselklappe zu öffnen. Der Rauch schlängelt sich in den Abendhimmel, und ich sehe, wie er sich in der Dunkelheit verliert. Hinter mir räuspert sich jemand gekünstelt, eine Omi mit einem fetten Dackel starrt mich böse an und zeigt auf die Kippen, die ich soeben ausgetreten habe.

»Ich beseitige sie gleich«, sage ich und ernte ein gnädiges Nicken.

Die Omi bringt mich dazu, hinaufzugehen; sonst hätte ich wohl noch die ganze Nacht dort gestanden. Xavier hat bereits seinen Pyjama an, liegt da und liest ein Buch. Er sieht mich an, lächelt und fragt, ob der Film gut war. Als ich erzähle, dass ich bei Nahid war und Tee getrunken habe, brummelt er nur.

»Es ist so befreiend, mit jemandem zu reden, der nur zuhört. Sozusagen einfach nur da ist.«

Xavier lächelt noch breiter und sagt, er sei doch da, hier im Bett.

»Kannst du nicht kommen und dich neben mich legen, damit wir uns vor den morgigen Mühen noch zwischen den Rauchkartons sammeln können?«

»Ja, ich komme.«

Ich ziehe mich aus und lege mich zu ihm. Immerhin riechen die Laken und unsere Nachtgewänder wieder nach uns. Ich lege den Kopf an Xaviers Brust, und er riecht wie mein Mann.

Xavier steckt die Nase in mein Haar und fragt, ob wir nicht schon genug Rauch gehabt hätten im Leben. Er sagt es freundlich, sanft. Mit seiner Scherzstimme, und ich entspanne mich an seinem Körper. Zum ersten Mal seit dem Brand, ja vielleicht sogar seit noch Längerem, klingt er so, dass ich mich sicher und froh fühle. Mir ist, als würde ich zerfließen. Als hätte ich die Luft angehalten, alle Muskeln angespannt und die Kiefer zusammengepresst. Und könnte jetzt endlich ein Weilchen loslassen. Ich zerfließe neben Xavier, passe so gut, dass ich Haut an Haut in meiner fließenden Gestalt jeden Schlupfwinkel und jede Falte finde.

Er ist fröhlich, scherzt.

Jetzt kann sich alles wenden.

Doch dann fährt mir ein giftiges Zischen in den Sinn: Elena! *Sie* hat ihm zu der guten Laune verholfen. Elena und Maria. Das gelingt nur ihnen.

Und mit einem Mal fühlt sich das Bett kratzig und eng an. Ich wende mich von Xavier ab, drehe mich auf die Seite, mit Aussicht zum Flur. In der Wohnungstür, dort, wo der Briefschlitz sitzt, ist ein heller Streifen. Ich bin gespannt wie eine Stahlfeder und starre darauf, während ich höre, wie Xaviers Atemzüge immer schwerer werden.

* * *

Mitten in der Nacht setze ich mich im Bett auf. Ich sehe nichts in der Dunkelheit, aber irgendetwas stimmt nicht. In meinem Innern hämmert die Angst, es ist unerträglich. Ich zittere am ganzen Körper, und kalter Schweiß bricht mir aus. Ich möchte schreien und kann es nicht, mache zwar den Mund auf, bekomme aber keinen Ton heraus. Und so hämmere ich auf Xavier ein. Ich hämmere und schlage auf ihn ein, bis er sich aufsetzt und mich mit festem Griff an den Handgelenken packt. Er sagt etwas, doch ich höre nur einen Heulton.

»Agneta, wach auf!«

Xavier schreit mir ins Ohr. Ich schlafe aber gar nicht. Ich weiß, was nicht stimmt.

»Riechst du nicht …«

Xavier macht die Lampe an, und ich schaue ihm in die Augen, die ins Licht und in meine Richtung blinzeln.

»Was ist denn? Was ist los mit dir?«

»Rauch … Es riecht nach Rauch. Brandrauch!«

Xavier steht auf und geht in den Flur, wo er ebenfalls die Lampe anknipst. Dann geht er in die Küche und macht auch dort Licht. Auch ich bin schnell auf den Füßen.

Woher kommt das? Ich gehe ins Wohnzimmer. Mache die Lampe an, schnüffle. Irgendwo ist es. Irgendwo schwelt oder brennt es. Wir müssen nur wissen, wo.

»Ich rieche nichts«, stellt Xavier fest. Er geht zur Wohnungstür und öffnet sie einen Spaltbreit. Dann ein bisschen weiter. Schleicht auf bloßen Füßen im Pyjama hinaus.

»Nein, nichts.«

Ich drücke mich an ihm vorbei ebenfalls zur Wohnungstür hinaus. Schnüffle. Nein? Doch! Ist das nicht Brandrauch, was ich da rieche? Auf bloßen Füßen laufe ich ein paar Stufen hinunter. Das muss doch irgendwoher kommen. Brennt irgendeine Wohnung? Oder schwelt irgendwo etwas? Hat jemand etwas auf dem Herd vergessen oder etwas Feuergefährliches auf der Heizung liegenlassen?

Ich gehe zurück in die Wohnung. Xavier sitzt mit einem Glas Wasser vor sich am Küchentisch und starrt mich an. Ich verstehe nicht, wie er einfach so dasitzen kann.

»Hast du das denn nicht gerochen?«

Er schaut mich an und schüttelt den Kopf.

»Nein. Ich rieche wirklich nichts.«

Du lahmarschiger Idiot.

Ich gehe wieder ins Wohnzimmer, ins Schlafzimmer, ins Badezimmer, in die Küche. Öffne noch einmal die Wohnungstür. Finde sowohl in der Küche als auch im Badezimmer die Lüftungsklappe. Kann es von dort kommen? In der Küche nehme ich einen Stuhl und stelle ihn unter die Klappe. Steige hinauf und rieche die Luft, die dort hereinströmt. Eindeutig! Nein?

Auf einmal bin ich unsicher. Mein Herz schlägt verängstigt, und ich kann die Hände immer noch nicht ruhig halten.

»Es riecht doch?«

Xavier schaut mich traurig an.

»Nein. Ich rieche absolut nichts.«

»Aber du musst doch etwas riechen. Streng dich mal ein bisschen an! Wir müssen … ich weiß nicht … jemanden anrufen … bald … es wird gefährlich …«

Ich bin außer Atem. Zu sehen, wie Xavier nur dasitzt, bringt mich zur Verzweiflung. Warum versteht er es nicht? Warum tut er nichts?

»Ich gehe jetzt wieder ins Bett, Agneta. Hier ist kein Brandrauch, nicht im Geringsten. Das musst du geträumt haben. Komm, geh ins Bett, wir schauen uns das morgen früh noch mal an.«

Er mustert mich auf ganz merkwürdige Art.

»Du begreifst aber schon, dass es ernst ist, oder? Wir können umkommen, im Rauch vernichtet, vergiftet werden, wenn wir schlafen. Auch hier kann alles einfach abbrennen, das verstehst du doch, oder? Du … du glaubst, die Lage unter Kontrolle zu haben … aber ich kann dir sagen, dass …«

Xavier steht auf und nimmt mich in den Arm. Ich drücke ihn weg. Versucht er, mich an seiner Brust zu ersticken, oder worum geht es hier?

Als er mich erneut umarmt, lasse ich ihn gewähren. Wir gehen zusammen zum Bett. Ich atme mehrmals tief ein, lasse es mir aber nicht anmerken. Muss sicher sein, dass es nicht doch irgendwo brennt. Werde ich allmählich verrückt? Ich lege mich auf die Seite, damit ich die Tür im Auge habe, falls es irgendwann durch den Briefschlitz hereinqualmen sollte.

Xavier liegt dicht hinter mir. »Was hast du eigentlich geraucht gestern?«, murmelt er mir ins Ohr.

Ich antworte nicht. Stattdessen kommt mir der triumphierende Gedanke, dass wir bald verbrennen werden.

Dann wird er schon sehen.

Dann wird er verstehen, wer recht hatte.

* * *

Als ich aufwache, duftet es nach Kaffee und Aftershave. Xavier steht in der Küchentür und verkündet, dass das Frühstück fertig sei. Zuerst begreife ich nicht, was für ein merkwürdiges Gefühl mich überfällt, sobald ich mich im Bett aufsetze und zum Aufstehen sammle. Doch dann erinnere ich mich. Der Brandgeruch. Habe ich mir den wirklich nur eingebildet?

»Welch eine Nacht!«, stoße ich hervor, als ich mich an den Küchentisch setze und merke, dass es nicht nur nach Kaffee, sondern auch nach getoastetem Brot riecht.

»Du hast geträumt«, sagt Xavier. »Du warst unheimlich gruselig. Ich dachte schon, ich müsste einen Exorzisten holen.«

»Aber es hätte doch ernst sein können«, sage ich beschämt und trotzig zugleich.

Auch während des Frühstücks ist meine Verwirrung noch nicht verflogen.

Xavier erinnert mich daran, dass wir heute Morgen in unserem alten Haus einen Termin mit der Versicherung haben, und mein Magen krampft sich zusammen. Das Haus ist zu etwas Abstraktem, Verlorenem geworden. Das Haus, das ich beim Aussortieren der Kartons immer vor Augen hatte, ist wiederaufgebaut, hell, voller heimeliger Gerüche. Es ist Hoffnung und Zukunft. Dass es das alte noch gibt, ist eher eine Art Formalität. Etwas, was es eigentlich nicht mehr gibt.

Als wir im Auto sitzen, sind wir beide lustlos und angespannt. Es liegt noch mehr Frühling in der Luft. Null Grad, Sonne. Xavier parkt ein paar Straßen von unserem alten Haus entfernt. Ich weiß nicht, warum, aber ich bin ihm dankbar dafür. Vermutlich hat er ebenso wie ich das Bedürfnis, sich dem Elend ganz vorsichtig nähern.

Schmelzwasser gluckst, und bei einem der Nachbarn sehe ich entlang der Fassade erste Krokusse sprießen. Als sich die Reste unseres Hauses vor uns auftürmen, erstarren wir. Als Erstes fällt mir auf, wie entsetzlich vermüllt alles ist. Überall auf dem Grundstück liegt Gerümpel herum. Glas, rußige Reste, ein schwarz zerfressener Laufschuh. Etliche Fenster sind mit hellen Holzplatten vernagelt. Rings um das Haus winken leicht zerfetzte Flatterbänder mit der Aufschrift »Polizeiabsperrung«. Und dann die schwarzen Ränder um alle Öffnungen. Und der Geruch. Es riecht jetzt noch schlimmer. Außer nach Brandrauch auch faulig, muffig, schimmlig. Der Briefkasten ist brechend voll, Anzeigenblätter und andere Post liegen in Haufen davor.

Ich erkenne die Frau von der Versicherung wieder, Ulrika. Sie kommt durch den Garten gestelzt und achtet genau darauf, wohin sie die Füße setzt. Xavier und ich stehen an der Haustür und verfolgen ihre Bewegungen. Als Xavier die Klinke drückt, schließe ich instinktiv die Augen. Drinnen ist es dunkel und kalt. Der Strom funktioniert noch immer nicht.

Die Küchenfenster sind nicht vernagelt. Vermutlich, weil bis zur halben Höhe ein schnörkeliges Eisengitter davor ist. Die Küche sieht noch schlimmer aus als bei unserem letzten Besuch. Der Fußboden ist mit Holzstäben belegt, die zu einem Muster angeordnet sind. Durch die Feuchtigkeit haben sich die Stäbe aufgerichtet, und es sieht aus wie nach einem Erdbeben. Der Gestank ist unbeschreiblich. Die Hasenteile liegen immer noch da und sind jetzt, nachdem es ein bisschen wärmer geworden ist, ins Stadium der Verwesung übergegangen. Das Eis um den Kronleuchter ist im Großen und Ganzen geschmolzen, er sieht rostig und eigentlich eklig aus. An den Wänden haben Schmelzwasser, Ruß und Schmutz grauschwarze Streifen hinterlassen, und überall liegen Schutt, Mörtel und Glasscherben herum. Xavier und ich schalten die Taschenlampe unserer Handys ein, während Ulrika von der Versicherung so vorausschauend war, eine richtige Taschenlampe einzustecken. Plötzlich stiefelt eine vierte Person herein und stellt sich als Sachverständiger vor, der ermitteln soll, in welchem Zustand sich unser ehemaliges Heim befindet.

Der Mann geht mir sofort auf die Nerven. Er ist so breitbeinig und vierschrötig, inspiziert unser Heim und verkündet dann mit penetranter Überzeugtheit, dass da Hopfen und Malz verloren sei. Seine Art, es zu betrachten. Alles ist negativ. Sogar das, was verbrannt ist, war ihm zufolge von schlechter Qualität. Er klopft an allem, tritt leicht dagegen, fasst es hart und unachtsam an. Ich möchte ihn nicht hier haben. Beobachte, wie er mit seinen großen Stiefeln auf ein grauschmutziges Höschen tritt und es an seinem Schuh hängen bleibt. Mit angewiderter Miene schüttelt er es ab.

Ulrika schreibt auf, was er sagt, und hin und wieder mischt sich Xavier mit einer Frage ein. Auch er fühlt sich wohl provoziert. Ich schweige lieber. Mit der Handylampe in der Hand untersuche ich Ecken und Winkel. Manche Teile des Hauses fehlen schlicht und einfach, da sind nur noch Stummel oder Reste, die andeuten, was an den Stellen mal gewesen ist. Es ist richtig gespenstisch, grauenvoll. Aggressiv. Eine bösartige Kraft ist in unser Heim eingedrungen und hat es in blinder Wut brutal zerstört. Nichts wurde verschont, alles, was im Weg war, wurde verschlungen oder vernichtet.

Alle sind erleichtert, als wir die Ruine verlassen können und wieder draußen an der frischen Luft sind. Der Vierschrot mit den derben Stiefeln stapft zu seinem Auto, und Ulrika fragt, ob wir eine Konditorei oder irgendein anderes Lokal wüssten, wo wir uns einen Moment zusammensetzen könnten.

Später beim Kaffeetrinken lässt sie pädagogisch den Blick zwischen mir und Xavier hin- und herschweifen und teilt uns mit deutlichen Lippenbewegungen und bedauerndem Tonfall mit, dass das, was von dem Haus noch übrig sei, abgerissen werden müsse. Als auch sie anfängt, alles aufzuzählen, was zerstört und gefährlich und irreparabel sei, hebe ich die Hand und sage, das wüssten wir bereits.

Ich halte es einfach nicht aus, noch mehr zu hören. Der Brandgeruch sitzt mir noch in den Händen, den Haaren und der Jacke. Als die Tür zur Konditorei aufgeht, zucke ich zusammen, denn mir kommt erneut der Gedanke, dass mich jetzt die Polizei abholen wird. Ulrika fährt mit ihren Erklärungen fort, wobei sie uns weiterhin abwechselnd ansieht und ihr Schopf bei jeder nachdrücklichen Äußerung wippt. Vielleicht hat sie ja vergessen, dass ich verklagt werden muss. Vielleicht ist ein Dokument abhandengekommen. Zwischen die Stühle gerutscht. Kann ich solches Glück haben?

Ich sehe Xavier an, der in seiner Kaffeetasse rührt und mit den Gedanken irgendwo anders zu sein scheint.

»Falls wir das Haus nun wiederaufbauen wollen, können wir dann einige Veränderungen vornehmen?«, frage ich und versuche achtunggebietend zu klingen. »Zum Beispiel hätte ich unten im Wohnzimmer gern noch eine weitere Fensterwand. Und oben mehr Einbaukleiderschränke. Und eine Tür von der Küche direkt in den Garten.«

Ich erfahre, dass das ganz an uns liege. Die Versicherung werde jetzt ausrechnen, welche Summe sie für den Wiederaufbau für angemessen erachte. Sie werde den ursprünglichen Standard analysieren, und dann könnten wir mit dem Budget neue Materialien aussuchen. Selbstverständlich könnten wir aber private Mittel zuschießen, wenn wir irgendwelche Extras haben wollten.

»Und deshalb möchte ich Sie bitten, aufzuschreiben, welche Materialien und Produkte Sie haben wollen, wenn das Haus aufgebaut werden soll.«

Ich nicke gehorsam. Xavier seufzt und reibt sich das Auge. Er hat eine provozierend nonchalante Haltung eingenommen. Sitzt da wie einer meiner Schüler, die Arme vor der Brust verschränkt und skeptisch zurückgelehnt.

Wie um mich für Xaviers Verhalten zu entschuldigen, nehme ich mein Handy aus der neu erstandenen Tasche, um genau zu notieren, was sie sagt und was wir tun sollen.

Wie viel das doch ist! Welche Fenster, welche Kleiderschränke, welche Türen, welche Fußböden, welche Materialien. Ich nicke und versuche, verständig zu wirken. Als wäre es ein simples administratives Problem. Doch Baumärkte und Haushaltsgeräteläden sind für mich unbegreiflich. Sie sind wie ein flüssiger Zustand ohne irgendetwas zum Festhalten, und ich möchte nur noch um Hilfe schreien. Ulrika steckt ihre Unterlagen in die Mappe und fragt, ob wir für heute fertig seien.

Xavier lacht auf und entgegnet, er sei schon ziemlich lange fertig.

Unsere Versicherungstante guckt ein bisschen entgeistert, aber Xavier schenkt ihr eines seiner charmantesten Lächeln und sagt, er sei nur sehr müde. Und dann einigen wir uns alle drei darauf, dass es sich ja auch um eine wirklich kräftezehrende Angelegenheit handelt.

Wir trennen uns, und ich halte Xavier leicht an der Jacke fest, damit er sich nicht gleich ins Auto setzt. Ich möchte, dass wir, nur er und ich, zum Haus zurückgehen. Und es uns in aller Ruhe ansehen.

Die Sonne scheint noch, und ich nehme die Mütze ab, da es allmählich warm wird.

Als wir uns anschauen, was von dem Haus und dem vermüllten Garten noch übrig ist, taste ich wieder nach Xaviers Hand. Er nimmt sie, und dann stehen wir einfach nur da, mein Kopf an seiner Schulter. Was waren wir froh gewesen, als wir hier einziehen konnten! Ein so großes Haus, an einem so vornehmen Ort. Ich habe Xavier wohl nie so glücklich gesehen wie damals. Aus unserer engen Wohnung hierherzukommen. Zu Luft, Bäumen, Gras. Platz in den Zimmern, Sonne durch die Fenster.

»Wie glücklich wir waren, als wir das Haus gekauft haben.«

Ich möchte, dass die gute Kraft zurückkehrt und die finstere Schrottbude, die wir gerade betrachten, küsst und ihr wieder Leben einhaucht. Dass ein sanfter Wind den Müll aus dem Garten fortträgt, die Schmetterlinge und Bienen mit dem Frühling geflattert und angesummt kommen, der Gestank sich verliert und sich die richtigen Gerüche, die nach nichts anderem als nach Zuhause riechen, wieder einstellen.

»Ja, Mensch«, sagt Xavier. »Wir haben uns sogar Katzen angeschafft.«

Ich nicke traurig. Esmeralda und Bobo, zwei richtige Dickerchen, die sowohl wir als auch die Kinder geliebt haben, die aber irgendwann überfahren wurden. Jetzt liegen sie auf dem Grundstück begraben, die sterblichen Überreste zweier Bauernkatzen. Wie viel Liebe hier begraben ist. Wie viel Leben.

»Ich sehne mich danach, wieder hierherziehen zu können. Du nicht, Xavier? Sehnst du dich nicht nach Zuhause zurück?«

Er wendet sich mir zu und sieht mich mit diesem verschlossenen und wehmütigen Blick an, den er in letzter Zeit öfter hat.

»Ich weiß nicht, Agneta. Ich weiß tatsächlich nicht, was ich von diesem Leben oder dem, was vom Haus noch übrig ist, will.«

»Aber … es war doch so schön. Es war doch unser Zuhause. Und es kann wieder unser Zuhause werden.«

Xavier hebt die Hand als Schirm gegen die Sonne und blinzelt in Richtung Haus.

»Es ist ein verdammt hässliches Haus.«

»Ja, aber wir fanden, es hatte Charme, erinnerst du dich? Wir mochten, dass es spartanisch und leicht hässlich war. Wir fanden es anspruchslos und schön. Wir sagten, es sei nur ›Haus‹. Und wir könnten ihm gerecht werden.«

»Wo haben wir nur all diese Merkwürdigkeiten hergenommen?«

»Ich fand, wir waren mutig und unserer Zeit voraus«, beharre ich. »Wir spürten den Druck von allen, die einander mit einem Tischleridyll nach dem anderen übertrumpfen wollten. Wir fanden, dass unser Haus Integrität besaß, dass es selbstständig war.«

»Ja. Ich erinnere mich. Ich weiß nur nicht mehr, warum das wichtig war.«

»Du warst dieser Meinung, damals.«

»Ja, ich weiß. Vielleicht weil es die Last meiner Schuld erleichtert hat. Dass es nicht zu idyllisch war und wir bei niemandem Anstoß erregten mit unserem Glück.«

»Hast du so gedacht?«

»Ich glaube schon. Aber ich erinnere mich nicht recht, wie gesagt.«

»Können wir nicht näher hingehen und es etwas genauer anschauen?«

Ich möchte, dass wir uns ein kleines bisschen Sentimentalität erlauben. Wie gut wir doch waren, wie originell und amüsant. Dass wir uns von anderen abgehoben und selbst gedacht haben. Ich will eine schöne Geschichte daraus machen. Aber Xavier will nicht, und mir ist unverständlich, warum er sich hinter seiner apathischen Fassade verschanzt. Ich möchte ihn an unser zerfleddertes Haus drücken und ihn anschreien, er solle die Verwüstung endlich wahrnehmen. Mich beschimpfen, mich hassen, darüber weinen und mich vielleicht sogar im Zorn verlassen. Und dann irgendwann zurückkommen und mich über die Maßen anstrengen, leiden, bauen, schuften, schleppen und alles tun lassen, damit wir wiederbekommen, was wir einmal hatten.

Wir gehen noch einmal in den Garten. Als ich auf das Bruchstück eines Plastikblumentopfs trete, knirscht es. Xavier steht an der Treppe und streckt sich, um durch ein kaputtes Fenster zu spähen. Ich steige die Treppe hinauf. Meine Rauchertreppe, meine Freiheitstreppe.

»Hier habe ich also gestanden und geraucht, als ich den Feueralarm hörte«, sage ich und schaue zur Sonne und zum

Himmel. Von Xavier ist kein Mucks zu hören, und als ich nach ihm schiele, ist er weitergestiefelt und scharrt mit dem Fuß an irgendetwas, um es von Schnee oder Eis zu befreien.

»Was, zum Teufel, habe ich mir bloß dabei gedacht?«, frage ich laut, um ihm auf die Sprünge zu helfen. Dann drehe ich mich wieder zu ihm um, und im grellen Licht der Frühlingssonne begegnen sich unsere Blicke. Ich werde rot, als er endlich zeigt, dass er mitbekommt, was ich sage.

»Ja, was hast du dir dabei gedacht?«, gibt Xavier zurück, doch er klingt müde und zerstreut.

»Ich weiß es nicht.«

Ich steige die Treppe hinunter, gehe ein paar Schritte über den Rasen und drehe mich zum Haus um.

»Das war vielleicht ein Idiot, dieser Typ mit seiner Scheißattitüde. Er hatte so einen unangenehmen und geringschätzigen Blick. Ich will ihn nicht hier haben. Verstehst du, was ich meine?«

»Mmh.«

Xavier schlägt immer wieder die Arme um sich und sagt, er friere und wolle nach Hause. Ich entgegne nicht, dass er doch schon zu Hause ist, denn das hätte nur polemisch und blöd geklungen. Und das hier ist schließlich kein Zuhause mehr.

»Ja, wir fahren jetzt nach Hause«, verkünde ich und gehe entschlossen voraus. Ich setze mich ans Steuer und muss die Zähne zusammenbeißen, um nicht wieder zu heulen. Wann wurde Beherrschung zu unserem obersten Lebensziel? Wann wurden wir schweigsam?

»Alles ist besser als das«, sage ich, als Xavier sich neben mich ins Auto setzt. »Alles andere ertrage ich.«

Er sieht zum Haus hinüber, als hätte ich darauf angespielt.

»Das gibt sich«, beruhigt mich Xavier. »Das wird schon wieder.«

Es klingt trotz allem schön, als er das sagt. Dass etwas schon wieder werden kann. Auf unserer Rückfahrt nach Aspudden schweige ich.

* * *

Unser Zuhause in Aspudden riecht nach dem Spezialwaschmittel, das ich in dem Lager zwischen den Resten unserer Sachen bekommen habe. Es ist Wochenende, nächste Woche fange ich wieder zu arbeiten an, aber im Moment bin ich damit beschäftigt, zu waschen, zu bügeln und verschiedene Stapel zu bilden. Nebenbei höre ich Radio und summe leise vor mich hin. Die erhaltenen Sachen zu ordnen, gibt mir das Gefühl der Zugehörigkeit zu jenem Leben, das ich bisher als selbstverständlich betrachtet habe.

Xavier ist übers Wochenende nach Göteborg gefahren, um Maria zu besuchen. Molly hat er mitgenommen. Wegen der Stille, die sie hinterlassen haben, habe ich schließlich das Radio eingeschaltet und zu summen angefangen. Und wegen der Irritation darüber, dass sich die Katastrophe immer mehr um Xavier und mich dreht. Wir haben das Bild eingefroren, auf ganz eigenartige Weise.

Mir zittern ein bisschen die Hände, als ich eine Tischdecke zusammenlege, die wir immer an Ostern verwenden. Ich schnuppere daran. Riecht sie nicht noch ein wenig nach Rauch? Ich drücke die Nase etwas fester hinein. Vielleicht doch nicht, jetzt, nach der Sanierung. Aber sie riecht auch nicht wie sonst. Ich setze mich auf einen Stuhl, die Tischdecke auf dem Schoß. Streiche mit der Hand darüber und verliere dabei meine Energie. Ich fühle mich in meiner Wiederaufbauarbeit zunehmend einsam. Weder Hanna noch Astrid, die vor einigen Tagen noch so engagiert waren, haben sich seitdem gemeldet. Sie verkraften es wohl nicht, der Katastrophe nahe zu sein, und ich möchte sie nicht anrufen und sie daran erinnern. Insgeheim beneide ich sie um ihre Freiheit und die Möglichkeit, alles von sich fernzuhalten. Sie haben ihr normal riechendes Zuhause, und solange sie dort sind, hat sich für sie nichts verändert.

Bald werde ich mich an die Listen setzen, die die Versicherung für den Aufbau des Hauses haben möchte. Es soll für alles ein Kostenvoranschlag erstellt werden. Gestern war meine Freundin Ingrid zu Besuch, sie hat Spaß an Baudetails und blättert gern in einschlägigen Katalogen. Solange sie hier war – ich habe mein Gähnen unterdrückt und rastlos mit dem Fuß gewippt –, ist etwas Ordnung in die Sache gekommen. Sie konnte die Fragen so stellen, dass ich sie verstanden habe, und Zahlen und Codes in die Bestelllisten eintragen. Ingrid war fast schon übereifrig, aber ich habe sie ja auch dazu ermuntert. Ich war ihr so dankbar und wollte nicht, dass sie aufgibt. Lobte ihren Geschmack und bewunderte, wie sehr sie doch auf dem Laufenden sei. Jetzt hat Ingrid entschieden, dass wir einen besseren Holzfußboden haben sollen als den vorherigen, von dem sie, wie sie nicht verhehlen konnte, keine hohe Meinung hatte. Sie rechnete aus, dass er uns vielleicht ein Extrasümmchen kosten werde, aber ich sagte sofort, das sei kein Problem. Die Aufgabe fesselte sie, und ich fühlte mich ein bisschen ruhiger, als sie verkündete, es würde alles ganz toll werden.

»Ich glaube sogar, dass ihr es besser haben werdet als vorher.«

* * *

Es ist Montagmorgen und Zeit für mich, zur Arbeit zurückzukehren. Xavier ist noch in Göteborg. Er hat eine SMS geschickt, er werde einen Tag später kommen. Außerdem schrieb er, Eddy lasse »Oma Agneta« grüßen. Ich bekomme feuchte Augen, als ich das lese, obwohl Xavier sicherlich nur alles erfunden hat, um mich aufzumuntern.

Der Weg in den Vorort, wo ich arbeite, kommt mir unwirklich vor. Ich bin Ewigkeiten fort gewesen. Zwei Wochen, aber unter diesen Umständen ist das eine Ewigkeit, von einer Welt zu einer anderen. Die vielen Geräusche in der U-Bahn und das Gedrängel lassen mich mehrmals zusammenzucken und zurückweichen. Die Wirklichkeit ist in ihrer lärmigen Alltäglichkeit so aufdringlich.

Zwei Stationen bevor ich aussteigen muss, sehe ich einen meiner Schüler ein Stück entfernt in der Bahn stehen und zu mir herüberschielen. Es ist Sammi, und bei ihm steht ein Schüler aus irgendeiner Klasse darunter. Sammi flüstert seinem Kumpel etwas ins Ohr, woraufhin dieser mich aufgeregt und neugierig mustert.

Kurz bevor wir die Station in der Nähe unserer Schule erreichen, kommt Sammi zu mir.

»Hallo.«

Ich wende mich um, erwidere seinen Gruß und frage, wie es ihm geht.

»Ist das wahr? Ihr Haus hat gebrannt?«

Er kann ein Lächeln nicht verbergen, obwohl er alles tut,

um den Mund um seine großen weißen Zähne zu schließen. Ich nicke, bringe aber kein Wort heraus.

»Was? Sie machen Witze! Musse hat gesagt, dass es in der Zeitung stand. Ich habe es nicht geglaubt, aber er hat darauf bestanden, dass es stimmt. Mensch. Das hat einfach gebrannt?«

Ich nicke dümmlich.

»Mannomann, echt. Ist ja ein Ding!«

Wir steigen aus der U-Bahn, und ich sehe, wie Sammi seinen Kumpel wiederfindet und ihm lebhaft gestikulierend etwas erzählt. Beide schauen wieder kurz interessiert zu mir herüber.

Auf dem Weg über den Schulhof zu meinem Arbeitsplatz sind aller Augen auf mich gerichtet. Auch als ich ins Lehrerzimmer komme, errege ich Aufsehen. Es wird still. Alle wollen mich bedauern und ihr Erstaunen zum Ausdruck bringen, wie gut ich damit fertiggeworden sei. Als ich mit meiner Kaffeetasse auf einem der Sofas sitze und kurz berichte, was tatsächlich geschehen ist, lässt die Spannung ein wenig nach, und alle wollen nun ihre eigenen Feuersbrunstgeschichten zum Besten geben.

Alle kennen jemanden, dem das auch passiert ist. Alle wissen sie etwas zu erzählen und zu vergleichen. Die Ärmsten hatten keine Versicherung, aber ihr doch wohl? Deren Hund ist verbrannt, aber eurer hat doch überlebt?

Die eine oder der andere möchte brillieren.

Eigentlich will ich das alles nicht hören. Sämtliche Geschichten, die mit Brandgeruch und Feuersbrünsten zu tun haben, bereiten mir Unbehagen. Nachdem alle nacheinander ihre Geschichte ausgebreitet haben, fühle ich mich zunehmend einsamer. Mein Blick wandert umher auf der Suche nach Hasse, doch ich sehe ihn nirgends. Die Uhr zeigt an, dass mein Unterricht bald beginnt, und ich möchte mich davonschleichen, bevor ich Gefahr laufe, ihm zu begegnen. Das will ich auf keinen Fall. Nervös nestle ich an meinem Haar, das sich wie eine schlaff herabhängende Gardine anfühlt. In meinem Innern ist irgendetwas niedergebrannt, ich denke an Karin Boye und ihre Formulierung »meines Innersten Fasern«.

Verschlossen ist die Grotte. Meines Innersten Fasern, ihre Zähigkeit gibt es nicht mehr.

Gerade als ich denke, Hasse für diesmal entkommen zu sein, geht die Tür auf, und da steht er. Mit leicht beschlagener Brille, knallrotem Schal, rosigen Stresswangen. Er wirkt gesund. Froh und direkt.

»Agneta, schön, dass du wieder da bist! Ich habe oft an dich gedacht.«

Er streckt mir die Hände entgegen, ich weiche zurück und schiele nach allen Seiten, ob es jemand mitbekommen haben könnte. Doch Hasse verhält sich eigentlich nicht anders als die anderen. Alle haben an mich gedacht, alle freuen sich, dass ich wieder da bin. Ich entkrampfe mich etwas und lasse mich von ihm umarmen. Gefühlt hält er mich eine gesegnete Ewigkeit fest. Er riecht so sauber. Winterfrisch.

»Zehn Sekunden«, erklärt er, als er mich loslässt. »Sonst zählt es nicht als Umarmung. Das soll irgendwelche Endorphine freisetzen oder etwas in der Art.«

Er lächelt warm, und ich stelle mir meine Endorphine als eine Gruppe froher, schnatternder und verspielt springender Delfine vor.

Ein Teil von mir will jedoch streng sein zu Hasse. Es ist deine Schuld, möchte ich sagen: Hättest du mich nicht durcheinandergebracht, dann wäre das alles nicht passiert. Deine Präsenz war es, die ich mir da auf der Treppe in die Lunge ziehen musste, deine Hände schoben mich dorthin, und deine Gegenwart ließ mich den Fuchs und die Dunkelheit und die Sterne betrachten und erst reagieren, als der Alarm bereits heulte und alles versank.

Gleichzeitig lässt Hasses Lächeln meine Wut schnell verrauchen. Sein Körper hat irgendetwas an sich, das mir sagt, dass das Zerstörende eher meine Angst war. Dass meine Zaghaftigkeit mich dazu gebracht hat, dort auf der Treppe wie asthmatisch den Rauch meiner Zigarette zu inhalieren.

»Ich muss schleunigst in meinen Unterricht, wir sehen uns später«, hasple ich hervor und eile davon, ohne mich noch mal umzusehen. Ich gehe schnell und halte erst an, als ich in meinem Klassenzimmer bin.

Auf einmal ist es totenstill. Alle meine Neuntklässler starren mich an, und ganz hinten sitzt Sammi und grinst breit.

Ich lasse den Blick über meine Klasse schweifen, über alle, die so hart kämpfen, vor allem damit, cool zu wirken. Die in ihren Bänken lümmeln, halb liegen, die ihren Stuhl nie anheben können, sondern damit über den Boden schrappen, und in großen Jacken dasitzen, die sie nie ablegen, Kokons aus wattiertem Nylon. So viel Attitüde, so viel Kraft, und zugleich ein so schreiender Mangel an Selbstwertgefühl. Ihre Flüche sind derb und ertönen am laufenden Band. Ich weiß, was die meisten außerhalb der Schule von mir erwarten: härter durchgreifen, rauswerfen. Und das kommt auch tatsächlich vor. Aber meistens fällt es mir schwer. Viele meiner Schüler sind schon so rausgeworfen und abgehängt. Meine Proteste gegen ihren Sprachgebrauch verhallen meist ungehört. Ich erreiche sie einzig dann, wenn ich bei dem, worum ich bitte, gefühlsmäßig deutlich bin. Zeige, dass ich enttäuscht bin oder mich beleidigt fühle.

Wie ich so vor ihnen stehe, wird mir klar, dass ich mich nicht mehr richtig auskenne. Meine Bodenhaftung und meine Sicherheit sind weg. Früher war mein Zuhause, ohne dass es mir je bewusst gewesen wäre, wie eine Boje um mich. Als wäre ich die Einzige mit Schwimmweste. Die Einzige, deren Dasein fest verankert war.

Mein Zuhause war nicht nur ein Rückzugsort, es verlieh mir auch die nötige Bodenhaftung. Meine Möbel, meine Garderobe, meine Familiengeschichte, die weit zurückreicht und sich in allem, von silbernen Kerzenständern bis zum Kronleuchter und zwei Kissenbezügen von Svenskt Tenn manifestierte.

Früher dachte ich durchaus mit einer gewissen Scham daran, dass ich verglichen mit vielen meiner Schüler sehr privilegiert bin. Unter meinesgleichen wollte ich zeigen, dass ich mir meiner Überlegenheit bewusst war. Es gab Momente, in denen ich sogar damit kokettierte.

Wie damals, als Yusef eines Tages in nigelnagelneuen Klamotten ankam, einer Jacke mit Pelzkragen und blendend weißen Sneakers. Er ging wie auf einem Laufsteg, präsentierte sorgfältig sein neues Outfit und verkündete der ganzen Klasse: »15 000 Kronen.« Alle waren beeindruckt, auch wenn manche die Arme vor der Brust verschränkten, kritisch die Augenbrauen runzelten und ihn mit Kommentaren niederzumachen versuchten.

»Wo hast du das denn geklaut? Was hast du denn vertickt? Du siehst ja aus wie eine Schwuchtel!«

Doch Yusef ignorierte sie, schaute mir in die Augen und sagte mit einer gewissen Überlegenheit in der Stimme: »Haben Sie vielleicht schon mal von einem Laden namens NK gehört?«

Als ich die Szene im Freundeskreis wiedergab, lachten wir nervös. Hatten wir schon mal von einem Laden namens NK gehört?

Ja?

Was sagte das nicht alles über Klassengesellschaft und Segregation aus? Weiter kamen wir aber nicht, denn wir wussten nicht, was wir aus der Geschichte machen sollten.

Und jetzt stehe ich vor meiner Klasse und habe nichts mehr außer meiner Schuld und ein paar in Tüten und Kisten verstauten Sachen in einer gemieteten Zweizimmerwohnung. Als die Schüler mich forschend betrachten, werde ich verlegen. Als ob ich nackt dastünde. Nur ich, mehr nicht.

Am merkwürdigsten aber ist, dass ich mich wie sechsundzwanzig fühle. Wie damals, als ich meine erste Stelle als Kunstlehrerin antrat. Unsicher, mit umherirrendem Blick und heimatlos tastenden Händen. Aber auch mit einem Glauben an Veränderung und einer Lust zu lehren, die sich, wie ich zugeben muss, im Lauf der Jahre abgenutzt hat.

Und ein weiteres Gefühl erfüllt mich, wie ich nun da stehe. Hier zu sein, das hat mir gefehlt, hier bei den Schülerinnen und Schülern. Sie sind ein viel größerer Teil meines Zuhauses, als mir klar war. Mein Zuhause ist auch hier bei ihnen in der Schule.

»Mein Haus ist abgebrannt«, erzähle ich meiner Klasse. »Das ist stressig und furchtbar. Aber ich habe ja noch euch.«

Es sollte ein kleiner Scherz sein. Im Klassenzimmer ist der Ton oft rau und ironisch. Meine Liebeserklärung aber ist aufrichtig gemeint. Bei ihnen habe ich einen Platz, kann ich Bedeutung haben. Ich bin nicht nur ein belangloser Mensch, der kein Zuhause hat, zwischen Resten herumstochert und hofft, dadurch seine Identität wiederzuerlangen.

Als ich das im Lehrerzimmer später einer Kollegin klarzumachen versuche, klingt es vor allem dumm und sehr selbstgefällig.

Die Kollegin hält den Kopf leicht schräg und sagt mit nachdenklicher Miene, sie verstehe, dass man neue Perspektiven entwickle, wenn einem solche Dinge widerfahren, wie ich sie erlebt habe. Und dann: »Eigentlich hat man so viel Kram, dass man sich fast ein Feuerchen wünschen möchte.«

»Nein, das möchtest du nicht«, gebe ich in derart scharfem Ton zurück, dass sie sofort zurückrudert und mir zuvorkommt, indem sie sagt, dass dies ein selten dummer Kommentar gewesen sei. Sie wird rot und fummelt an irgendwelchen Sachen in ihrer Tasche herum. Sachen, die dort schon seit Langem sind, vertraut und leicht abgenutzt. Selbst darauf bin ich neidisch.

Ich stehe auf und gehe auf die Toilette, brauche eine kleine Atempause. Ich setze mich auf die Kloschüssel und stütze den Kopf in die Hände. Im selben Moment kommt mir die Einsicht, dass ich vor der Katastrophe selbst so etwas hätte sagen können. Damals hätte ich mich vermutlich auf dieselbe nachlässige, unbedachte Art gegenüber »Kram« verhalten. Kram, von dem man doch eigentlich zu viel habe.

Aber man hat keine Ahnung, worum es geht, wenn man derlei nicht selbst erlebt hat. Da denkt man nicht daran, dass die Bühne oder der Ausgangspunkt aus eben diesen Habseligkeiten und Erinnerungen und praktischen Dingen besteht, die erforderlich sind, damit das Leben überhaupt funktioniert.

Sicherlich will man all das Unnötige wegwerfen, was man anhäuft – aber das ist etwas anderes, als alles zu verlieren. Nie im Leben hätte ich mir diese hilflose Verlassenheit ausmalen können, die in der Abwesenheit dessen lauert, was man sich im Lauf des Lebens aufgebaut hat. Erst die Begegnung mit der Klasse hat mich daran erinnert, dass es an mir noch andere Seiten gibt, die ich im Schatten der Katastrophe vergessen habe. Ich bin nicht mal für mich selbst richtig zu sehen gewesen. Und habe nicht erkannt, dass ich an mehr Orten als nur zu Hause existiere.

Als ich mich auf den Heimweg mache, holt Hasse mich auf dem Schulhof ein und fragt, ob wir zusammen in die Stadt fahren wollen. Es stellt sich heraus, dass er jetzt ganz in meiner Nähe wohnt. Ihm beschreibe ich noch einmal mein Erlebnis, im Verhältnis zu den Schülerinnen und Schülern eine Art Autorität eingebüßt zu haben. Hasse sagt, er verstehe, was ich meine, ihm sei es nach seiner Trennung ebenso ergangen.

»Mit einem Mal stand ich nur noch als lachhafter Typ da.« Er lockert seinen Schal.

Plötzlich taucht ein Frühlingsvogel auf, unsere Blicke begegnen sich, und wir lächeln.

»Weil du dich getrennt hast? Das tun aber doch viele.«

»Das spielt keine Rolle. Ich hatte jedenfalls dieses Gefühl. Wer war ich denn ohne meine Frau und mein Zuhause? In einer Anderthalbzimmerwohnung in Midsommarkransen? Ungeliebt und ohne sozial geordnetes Leben. Ein Leben, in dem man zu zweit ist und weiß, was man an allen Festtagen und Wochenenden und Ferien macht, und am Karsamstag nicht nur vor Netflix rumhängt und sich Süßigkeiten einverleibt.«

»Das hört sich aber urgemütlich an.«

Hasse lacht und sagt: »Ein bisschen vielleicht.«

Ich entspanne und denke, dass dieser Zustand mit meinem verwandt ist. Bald ist Ostern, und mir wird klar, dass ich nicht weiß, was wir daraus machen werden. Vielleicht gibt es Schokolade und Marzipaneier vor dem Fernseher oder Tablet.

Und die Kinder?

Normalerweise saßen wir um den großen Tisch, auf dem Osterzweige und gelbe Kerzen standen, aßen Lamm und unterhielten uns darüber, dass der Frühling endlich Einzug hält. Welch eine Erholung, dass es so egal war, was wir machten! Unsere erwachsenen Kinder lagen auf unseren Sofas und Sesseln, wie sie es, glaube ich, bei jemand anders zu Hause niemals tun würden. Ist man zu Hause, richtig entspannt zu Hause, platziert man Beine und Arme und Füße ganz nach Belieben. Man rutscht auf allen Sitzmöbeln herum, knüllt Kissen zusammen und fuhrwerkt mit Decken. Geht vom Sofa zum Kühlschrank, nimmt sich daraus eine kleine Beute mit und schaltet den Fernseher ein, blättert im Handy oder macht ein Nickerchen, ohne Angst davor, zu schnarchen oder hörbar zu pupsen.

Denn dort machte das alles nichts. Unser Zuhause war wie eine Schale voll Entspannung, und man brauchte sich nur zu bedienen. Eddy stand in der Küche, bemalte Ostereier und redete unablässig. Niemand hörte zu, während gleichzeitig alle zuhörten.

Ich schiele zu Hasse hinüber und frage mich, ob er mit seiner Erfahrung jemals verstehen könnte, was es heißt, einen derartigen Familienfrieden zu erleben. Und dass man, wenn der dazugehörige Ort verschwindet, das Gefühl hat, als schwirrten heimatlose Teile durch die Atmosphäre, die stechen und schmerzen, wenn man zufällig mit ihnen kollidiert.

»Ich weiß im Moment nicht so richtig, wer ich bin«, sage ich. »Das ist irgendwie peinlich mit immerhin fünfzig plus. Da stimmt mit einem doch ernsthaft etwas nicht.«

Hasse lacht und sieht mich forschend an, als suchte er nach einem seltsamen, neuartigen Detail: »Das begreift wahrscheinlich niemand, weder in dieser Situation noch später. Man lebt wohl eben einfach irgendwie. Solange man mitmischen darf, lebt man einfach.«

»Das habe ich aufgegeben. Wir machen uns immer darüber lustig, Xavier und ich, wie lächerlich das ganze Gerede davon ist, sein wahres Ich zu finden. Unsere Gesellschaft hat uns dazu gebracht, uns auf diese Suche zu fixieren, die darin bestehen soll, sich etliches anzuschaffen: Wir sind die Familie mit dem wahren Auto, dem wahren Sofa. Das ewige Gequatsche über das wahre Ich ist eine elitäre Fantasie. Alle glauben immer, ihre klugen, richtigen Seiten seien die wahren. Den Rest der Dummheiten kann man jemand anders in die Schuhe schieben.«

»Oder umgekehrt«, entgegnet Hasse und sieht jetzt sehr nachdenklich drein. »Dass man selbst alles Schlechte ist und alles Gute sich bei jemand anders findet. Da ist man dann wirklich hilflos, wenn man verlassen wird. Man sieht das Beste an sich selbst davongehen.«

Mit einem Mal sieht er unglücklich aus, und ich weiß nicht, warum ich ihn anlächle. Vielleicht weil ich finde, dass er in diesem Moment sowohl innerlich als auch äußerlich sehr attraktiv ist. Dass er sich dessen nicht bewusst ist, kommt mir einfach albern vor, wie ein Witz.

»Aber du stehst doch hier«, sage ich. »Du bist nicht davongegangen.«

Hasse sieht mich forschend an. Dann lächelt er warm.

»Gehen wir einen Kaffee trinken?«

Hasse nickt kurz in die Richtung eines Cafés in der Nähe der Schule. Ich wende ein, dass dort sicherlich viele Schülerinnen und Schüler herumhängen. Hasse scheint das völlig kalt zu lassen, und er meint, dass sie eigentlich nicht jeden Stuhl in Beschlag genommen haben können.

Im selben Moment, in dem ich »ja, sicher« antworte, werden mir die Knie weich, und ich verstumme. Ich weiß nicht, was ich sagen soll. Mir dröhnen beschönigende Worte durch den Kopf: Dass ich lediglich mit einem Kollegen Kaffee trinken gehe. Warum auch nicht? Ich bin wieder auf der Arbeit und will natürlich mit einem Kollegen reden. Aber ich will nicht nur mit einem Kollegen reden, ich will …

Ich starre meine Finger an. Sie sind zum Leben erwacht, wollen zu Hasse hinüberwandern, es ist etwas verkehrt bei mir, ein Fehler im System. Ich liebe Xavier, er ist mehr denn je mein Zuhause, mein Ein und Alles. In meiner geschrumpften Welt nimmt er nur noch mehr Raum ein als zuvor. Und ich habe solche Angst, ihn zu verlieren. Angst, dass er sich in ferne Kontinente davonmacht.

Wie können meine Haut und meine Hände so ein Durcheinander anrichten? Diese Hibbeligkeit in den Fingern!

Wir gehen zu dem Café, ich einen halben Schritt hinter Hasse und dabei fantasierend, einfach die Arme um seine Taille zu legen, den Kopf an seinen Rücken zu lehnen und entführt und fortgebracht zu werden. Weit draußen im Wald abgesetzt, auf die Erde gelegt und aller Verantwortung enthoben zu werden.

Es wird nur Leben sein. Mit diesem Gefühl möchte ich mich auf der Erde ausstrecken. Es geschieht einfach. Ich möchte mich nach der Sonne strecken, sie an mich drücken und sie mir unter den Pulli stecken.

Zum Glück sehe ich keine mir bekannten Schüler. Wir suchen uns etwas Süßes aus, holen uns Kaffee und setzen uns an einen Tisch am Fenster. Ich schaue hinaus und sage, heute sei ein ungewöhnlich schöner Tag. Und es sei das erste Mal seit dem Brand, dass ein Tag mir schön vorkomme.

Hasse fragt, was wir jetzt tun werden, Xavier und ich. Können wir wieder in das Haus ziehen? Oder haben wir etwas ganz anderes vor?

Er sperrt fragend die Augen auf und kaut auf seinem Mandeltörtchen. Ich könnte schon wieder loslachen. Möglicherweise liegt es am Anblick seines treuherzig fragenden Gesichts in Kombination mit meinem dunklen Tiefseegraben aus Zweifel und Unsicherheit.

»Ich weiß nicht. Die Versicherung hat es als sogenannten Totalschaden eingestuft. Wir bekommen eine Pauschalsumme für alles, was wir besessen haben.«

»Ist denn nichts mehr da?«

Ich zucke die Achseln. »Das eine oder andere haben wir beschlossen zu sanieren. Was wir halt nicht entbehren können.«

»Was zum Beispiel?«

Ich denke nach. Was haben wir denn gerettet?

»Das lässt sich nicht so einfach sagen. Es sind wohl eher Dinge, von denen man mehr das Gefühl hat, sie zu brauchen, als dass man sie tatsächlich braucht. Denn was braucht man schon? Einen Käsehobel? Zahnbürste? Dieses ›Brauchen‹, ich weiß nicht. Es nervt mich allmählich.«

»Es war keine Absicht, …«

»Nein, ich verstehe schon. Es war auch nicht meine Absicht, missmutig zu klingen … Ich bin nur so frustriert, dass es so verzwickt und verzwackt und schmerzlich ist, über sein Zeug und was man braucht, zu reden. Einiges, was ich habe sanieren lassen, ist eigentlich nichts als Schnickschnack. Ich käme mir vor dir wie ein Idiot vor, würde ich erzählen, was es war. Manche Dinge haben einen Wert, den man nicht erklären kann …«

»Einen ideellen Wert?«

»Nein, nein. Ich mag diesen Begriff nicht. Er klingt so prätentiös. Sein Zuhause zu verlieren ist, als würde man das Privileg verlieren, einfach Dinge zu besitzen, die irgendwie nur einem selbst gehören.«

In Hasses Blick mischt sich Verwirrung, und mir wird klar, dass ich die Sache gerade verkompliziere.

»Es sind natürlich nur Dinge«, sage ich.

»Ja, aber für dich scheint es mehr zu sein, wenn ich das richtig verstehe.«

»Ich habe das nicht geglaubt, zumindest nicht, bevor sie zerstört wurden. Und ich weiß auch nicht, ob es die Dinge an sich sind, die ich vermisse. Es ist vielleicht eher … mein Zusammenhang. Meine Geschichte. Jede Wahl, die ich getroffen und in einer Tüte oder Schachtel nach Hause getragen habe. Gegenstände, die du noch in den Händen spürst, die deine Augen aber nicht mehr sehen. Es ist so fürchterlich anstrengend, das nicht mehr zu haben. Ich weiß nicht warum, aber es wäre vielleicht nicht ganz so mühsam, wenn ich wüsste, dass es sie noch gibt, auch wenn ich nicht mehr an ihnen teilhaben kann. Es ist so brutal, dass sie unbrauchbar und hässlich sind und ekelhaft riechen, nur weil ich nicht richtig aufgepasst habe.«

Der Himmel bezieht sich. Hasse und ich sitzen vor leeren Tassen und Tellern. Krümeln und Neigen. Das Gespräch ist in der Tischdecke versickert. Schweigend sehen wir einander ein Weilchen an.

»Entschuldige bitte, es ist vielleicht total verkehrt von mir, das jetzt zu sagen, aber du bist eine sehr schöne und attraktive Frau.«

»Oh!«

Mehr fällt mir dazu nicht ein. Oh. Ich begegne Hasses Blick, schaue aber schnell wieder weg. Auf meine Nägel, in die Tasche, auf die Uhr. Oh. Ist das nicht Joel, ein Schüler unserer Schule, der dort sitzt und amüsiert in unsere Richtung schaut?

»Entschuldige.« Hasse nimmt meine Hand und hält sie in der seinen. Er ist nervös, sein Griff ist nicht ganz ruhig. Ich habe das Gefühl, ihn wieder ansehen zu müssen. Um meinen Mund zuckt es, und ich habe große Lust zu weinen. Mit Licht und Lust und Wärme betrachtet zu werden! Nicht als jemand Schwarzzerfressenes, Schlimmes, Schuldiges. Ich bekomme einen trockenen Mund und lecke mir nervös die Lippen.

»Ich wollte das nur sagen. Damit du es weißt.«

Ich nicke, und wir stehen auf. Wickeln uns den Schal um den Hals und streifen uns Handschuhe über. Ich schlüpfe in meine Winterjacke und ziehe dann die Haare heraus, die dabei elektrisch knistern. Wir verlassen das Lokal mit einer Maskierung aus gewöhnlichem Tag und scheinbar alltäglichen Bewegungen. Doch ich habe das Gefühl, mit unter der Verkleidung verborgener, unerlaubter Ware wegzugehen. Mit Schmuggelgut oder Rauschgift.

Ich spüre Hasses Hand, als er hinter mir durch die Tür geht. Er hat sie mir auf die Hüfte gelegt, ziemlich weit unten, fast am Po.

»Ich muss noch mal in die Schule zurück«, verkündet er, als wir draußen stehen. »Ich habe meinen Computer vergessen.«

Ich nicke erleichtert. Auch ich will gehen, allein. Hervorholen, was ich mitgenommen habe und es ungestört unter die Lupe nehmen. Was ist das hier eigentlich? Ein Flirt? Peinlich? Lebensbejahend? Ich weiß es nicht genau. Ganz offensichtlich ist er eine Art Casanova, ein Verführer, der verwirrte, ausgehungerte Frauen wie mich anlockt, um sie zwischen den Fernsehserien anzufassen.

Und wenn? Was will ich eigentlich mehr?

In der U-Bahn nach Aspudden verpasse ich fast die Haltestelle, an der ich aussteigen muss. Am liebsten würde ich sitzen bleiben und mich immer tiefer in den Untergrund fahren lassen. Xavier ist für mich auf der anderen Seite eines Meeres oder eines großen Feldes, und ich winke, weil er so weit weg gelandet ist. Ich sehne mich nach ihm, aber ich weiß, dass ich ihn nicht erreichen kann, so sehr ich auch rufe und schreie. Und ich weiß, dass es meine eigene Schuld und Lust sind, die uns so weit voneinander entfernt haben.

Oder nicht? Ich sitze auf dem Bahnsteig und schließe die Augen. Mir brennen die Lider, und ich sehe Xavier vor mir. Er hat sich halb von mir abgewandt, ganz aus freien Stücken. Hat sich in seine eigene Welt begeben. Im Verhältnis zu ihm stehe ich noch in den Ruinen nach dem Brand, und möchte, dass er sich umdreht, mich ruft und bittet, ihn doch dorthin zu begleiten, wohin er unterwegs ist.

Oder bin ich es, die unterwegs ist?

Ich gehe zur Wohnung. Meine Gefühle sind verworren und drängend. Als ich den Schlüssel ins Schloss stecke, höre ich zu meiner Verwunderung ein bekanntes Schnaubgeräusch im Türspalt. Molly! Sie sind wieder zu Hause. So schnell ich kann, reiße ich die Tür auf und rausche beim Öffnen in Xavier, der auf der anderen Seite die Hand auf die Klinke gelegt hat.

»Was?! Ihr seid schon da! Ich dachte, du würdest erst morgen kommen.«

Er sagt nichts, sondern nimmt mich in die Arme und hält mich umfasst, fest und lange. Zuerst weiche ich zurück, als säße in seiner Jacke noch Brandgeruch, doch er riecht nur nach sich selbst, und ich entkrampfe mich und stehe einfach nur da. Xavier flüstert mir ins Ohr, dass er sich so sehr danach gesehnt habe, mich in den Armen zu halten. Ich bin ganz verwirrt, aber auch froh. Es ist, als würde er mich genau in dem Moment retten, in dem ich mir immer sicherer war, dass wir einander verloren haben.

»Ich habe sehr viel an dich gedacht«, murmelt mir Xavier ins Haar. »Du warst so weit weg.«

Vermutlich hat er von seiner Verliebtheit in Elena abgelassen und ist zurückgekehrt. Das muss es sein. Er hat eingesehen, dass es ein sentimentales Luftschloss war, das er in seinem neuen Leben als Pensionär brauchte. Die Trostfantasie eines gealterten Mannes. Zu viel Zeit, zu viel Bangen, vieles, was im Leben vorübergegangen ist, ohne dass man es richtig gesehen hätte.

»Du bist auch weggewesen«, sage ich an seiner Brust. Xavier reagiert nicht darauf, und ich bin unsicher, ob er es gehört hat. Stattdessen erzählt er, dass er am Vormittag aus Göteborg zurückgekommen sei. Und den Rest des Tages mit Hanna im Wald verbracht habe.

»Außerdem hatten wir noch Zeit, mit Astrid Kaffee zu trinken.«

»Ach ja? Können wir die Mädchen nicht herholen und uns alle miteinander zusammensetzen?«

Xavier umarmt mich zur Antwort. Wir gehen zum Bett, legen uns hin und halten einander umfasst. Die Sommerzeit hat die Uhr vorgestellt, und es ist noch hell, obwohl es schon Abendessenszeit ist. Hasse ist nur noch als eine wohlige Empfindung zugegen. Ich küsse ihn probeweise durch Xavier. Es ist nicht sonderbar, nur angenehm. Wie ein Schild gegen die Eifersucht, die irgendwo tief in meinem Innern faucht. Dank Hasse brauche ich nicht allein dazustehen und mir Xavier und die schöne Elena vorzustellen. Auch ich habe jemanden. Wir sind einander ebenbürtig, Xavier und ich.

»Ich habe so viel über dich und mich nachgedacht, als ich mit Eddy auf dem Spielplatz herumgelaufen bin«, erzählt Xavier. »Über unsere Jahre hier zu Hause. Es klingt blöd, zu sagen, es waren glückliche Jahre. Ich meine, wer läuft schon herum und ist immerzu glücklich? Aber wir hatten es gut. Das finde ich wirklich. Wir waren immer Freunde. Kameraden.«

»Wohl nicht nur das.«

»Nein, natürlich«, erwidert Xavier. »Ich meine nur, wir waren nie gemein zueinander, wie manche anderen Paare. Es ärgert mich, dass ich dir das nicht schon früher gesagt habe. Dass ich so froh bin über die Zeit, die wir zusammen hatten.«

»Aber wir haben sie doch noch. Wir sind doch jetzt hier. Zusammen. Die Zeit ist nicht verbrannt.«

»Nein, die Zeit ist nicht verbrannt.« Xavier küsst mich auf die Stirn und beide Wangen. So zärtlich und vorsichtig, wie nur er es kann. Von Hasse ist nichts mehr zu merken.

Als ich ein paar Stunden später neben Xavier im Bett liege und seine Atemzüge länger und gleichmäßiger werden, schaue ich zur Decke, denn ich will nicht einschlafen. Ich will wach und weiter in diesem Jetzt sein, an ebendiesem Abend. Es ist ein großes, sanftes Jetzt, die liebevolle, wiegende Ruhe eines Augenblicks, und ich weiß: Morgen früh werden wir mit anderen Dingen aufstehen, die auf unsere Anwesenheit drängen, und mit der Ruhe wird es vorbei sein. Nicht, dass dieser Abend pompös gewesen wäre oder das Tageslicht nicht vertragen würde. So ist es nicht. Aber es war ein Wendepunkt für uns, an dem wir einander aufs Neue gesehen haben. Nun können wir zu der Versicherung und dem Sanierungsunternehmen zurückkehren, zu aufgeblasenen Männern mit zusammengekniffenen Lippen, die sich angesichts unserer plötzlichen Misere wichtigmachen, und wir können auch im Hinblick auf die Kinder und ihrem ängstlichen Festklammern am alten Hausrat unseres Heims ausgelassen und sicher sein.

Wenn wir einander finden, können wir alles vollbringen.

Ich weiß nicht, was Xavier in Göteborg erlebt hat. Wie seine Gedanken sich bewegt haben. Aber er ist mit einem Blick zu mir zurückgekehrt, den er viele Jahre nicht hatte. Einem neu erwachten Bewusstsein, dass es mich tatsächlich gibt. Dass er mich nach wie vor anfassen will. Mit mir lachen. Den ganzen Abend haben wir über unsere Sachen geredet. Was in dem Heim war, das wir hatten. Wir sprachen voll Liebe davon. Zweimal fing ich zu weinen an, weil es so furchtbar ist, dass ich es zerstört habe. »Aber du hörst doch jetzt, wie wir darüber reden«, sagt er. »Es ist alles noch bei uns. Und die Zeit ist nicht verbrannt. Wie du gesagt hast. Die Zeit ist nicht verbrannt.«

* * *

ICH WASCHE MIR DIE HÄNDE, sie riechen nur nach Seife. Unmittelbar bevor ich am nächsten Tag von der Schule nach Hause fahren will. Ich wasche mir die Hände, und so sehr ich auch daran schnuppere, es ist nichts anderes daran zu entdecken als billiges, stechendes Parfüm. Es war ein guter Tag. Alles kann sich wenden. Obwohl meine Schuld sehr groß ist, kann alles gut werden mit der Zeit. Xavier und ich sind reife Liebende, wir können einander gegenüber großzügig sein und Nachsicht üben mit ausbrechenden Fantasien. Zweimal habe ich im Lauf des Tages Hasse gesehen und ihm ein breites Lächeln zugeworfen, einmal zwinkerte er mir mit einem Auge zu. Da lächelte ich noch mehr, und es war einfach nur leicht und vergnüglich, und ich dachte, viel mehr soll es wohl auch nicht sein.

Es ist schon später Nachmittag, und auf dem Heimweg kaufe ich Wein und im Lebensmittelgeschäft ein Fertiggericht. Ein paar gute Käse und Schokoladenpralinen. Dabei summe ich leise und denke, dass unsere kleine Bude in Aspudden, wenn man es sich genau überlegt, richtig gemütlich ist. Wir sollten uns vielleicht ein Sofa anschaffen, damit wir nicht andauernd im Bett liegen müssen.

Wozu brauchen wir noch ein Haus?

Und plötzlich ist es wieder da, das komische und etwas kribbelnde Gefühl, jung zu sein, von zu Hause ausgezogen zu sein, weniger Umstände zu haben, jedoch mehr Freiheit.

Weder Molly noch Xavier sind da, als ich mit meinen Tüten nach Hause komme. Ich lege meine Jacke ab und verstaue das Essen im Kühlschrank. Dann erst entdecke ich den Brief auf dem Küchentisch. Er ist in der Mitte gefaltet. »Agneta« steht darauf, und Xavier hat zudem noch ein Herz gezeichnet. Ein ziemlich schludriges Herz, als hätte er es eilig gehabt oder den Stift nicht ordentlich halten können. Ich setze mich und falte das Papier auseinander. Was erwarte ich? Einen Liebesbrief? Wir treffen uns im Restaurant an der Ecke? Ich bin bei den Mädchen, komm!

Die feierlichen Formulierungen lassen mich jedoch sofort Böses ahnen.

»Meine geliebte Agneta!«

So fängt er an. Und dann:

»Verzeih, dass ich mich so davonmache. Aber ich würde nie wegkommen, wenn du leibhaftig vor mir stehst. Da würde mich der Mut verlassen. Ich liebe dich und unsere Kinder. Wie ich gestern schon gesagt habe: Ich habe auch unser gemeinsames Leben geliebt. Aber ich muss nach Buenos Aires und Argentinien zurückkehren und mich meiner Vergangenheit stellen. Ich weiß, dass du oder ihr gern mitgekommen wärt. Aber ich muss das allein tun. Verzeih, dass ich so handle. Was kommt oder wie es später sein wird, weiß ich nicht. Ich bin jetzt ein alter Mann, dessen verbleibendes Leben immer kürzer wird. Aus diesen Jahren will ich etwas machen. Ich möchte nicht, dass sie einfach vergehen.

Liebe dich.

Xavier«

Er macht Witze. Ich lächle leise, nachdem ich den Brief gelesen habe, und sehe mich in der Küche um. Suche etwas mit dem Blick, wovon ich nicht recht weiß, was es sein könnte. Eine Überraschung: Hier sind unsere Tickets. UNSERE Tickets. Warte unten in der Eckkneipe auf dich. Was auch immer. Trotzdem zittert meine Hand mit dem Brief.

Ich rufe ihn an und höre sein Handy surren. Es liegt auf dem Tisch, neben dem Brief.

Da begreife ich, dass er fort ist.

Teil 3

* * *

Ich erinnere mich noch gut an die Zeit, als Astrid klein war und Asthma hatte. Wir waren oft in der Notaufnahme, wo sie sich einerseits an die Routinen gewöhnte, andererseits aber gegen manche Teile der Behandlung empfindlicher wurde. Sie konnte ruhig dasitzen und ihre Medizin einatmen, das Mundstück fest in der Kinderfaust. Doch sie wurde zunehmend rasend, wenn ihr jemand in den Finger stechen oder eine Spritze geben wollte. Sie hatte es satt. Und wie sie kämpfte!

Ich versuchte mir etwas auszudenken, was ihr die Sache erleichterte. Unter anderem zeichneten wir beide den vorausgegangenen Besuch als Serie, die wir dann ausschnitten und als kleines Magazin aufhoben. Abends schauten wir dann unsere Blätter an, immer und immer wieder. Manchmal zeichnete ich sie als rasenden Tiger, und als die Heldin, die sie ja auch war, in einem Heldinnendress, den sie selbst designen durfte.

Einmal beschloss ein Arzt, etwas tiefer in Astrids Luftröhre zu schauen. Da war sie vom Behandlungszentrum, in dem die Ärzte der Meinung waren, dass ihre Luftröhre auf alarmierende Weise pfiff, als Notfall eingeliefert worden. Im Krankenhaus wollten sie ihr irgendwelche Röhren oder Schläuche durch die Nase einführen, um zu sehen, wie ihre Luftwege funktionierten. Und ich musste sie mit aller mir zur Verfügung stehenden Kraft festhalten. Am Ende flossen auch bei mir die Tränen. Xavier war mit den anderen Kindern zu Hause, während Astrid um ihr Leben kämpfte. Ihr Gesicht und ihr Hals waren ganz rot, und sie wurde heiß wie ein Ofen, schrie und wehrte sich derart, dass sie für ein paar Sekunden ohnmächtig wurde.

Wieder zu Hause wollte Astrid diesen Besuch nicht mit Figuren zeichnen, die uns und das Pflegepersonal darstellten. Sie wollte nur mehrere Seiten mit schwarzen Feldern haben.

Das fällt mir ein, als ich auf einen Stuhl sinke, nachdem ich verstanden habe, dass Xaviers Brief ernst gemeint war. Ein schwarzes Feld. Anders lässt sich der Schmerz, den ich in diesem Moment empfinde, nicht ausdrücken. Schwarzes Feld. Keine Worte. Kein Bild. Schwarzes Feld.

Mit dem Brief in der Hand wanke ich zum Bett, und dann bleibe ich liegen. Ich weiß nicht, wie lange. Irgendwann wird es dunkel. Mein Handy piept mehrmals, aber ich kann mich nicht rühren. Kann nicht aufstehen, um es zu suchen. Kann nicht Hallo sagen, kann überhaupt nicht reden. Ich will mich nicht rühren. Damit der Schmerz an seinem Fleck bleibt, muss ich so reglos und still liegen, wie es nur geht. Nicht, dass ich einschlafen würde, aber ich falle in eine Art Dämmerzustand.

Xavier hat mich verlassen.

Er verlässt mich nicht. Häuser brennen nicht ab. Es gibt so vieles, was man nicht kapiert. Dass unser Heim und Xavier die Pfeiler in meinem Leben sind. Und natürlich die Kinder, aber die sind ausgezogen. Und die Arbeit. Man lebt in dem trotzigen Glauben, auf eigenen Füßen zu stehen. Begreift nicht, wie sehr man gestützt wird.

Mir brennen die Augen, aber ich weine nicht. Ich wage es nicht, dieses Weinen herauszulassen, wage es nicht zu hören, wie es klingt. Ganz still liege ich in dem Bett, das gestern

Nacht noch ein Ort der Ruhe und Geborgenheit war. Das ist der Wendepunkt. Nicht der, den ich mir eingebildet habe. Es war Xaviers feine, sentimentale Nachrede. Ich habe einen Nachruf bekommen, wie ich jetzt weiß.

In liebevoller Erinnerung.

Es tut so weh, wenn ich mich bewege. Zu weh. Ich verstehe es nicht. Was auch immer ich zeitweise befürchtet habe – dass es derart schmerzen würde, hätte ich mir niemals vorstellen können.

An der Tür klopft es wild, doch ich kümmere mich nicht darum. Ich höre den Briefkasten aufgehen und Astrids Stimme in der Klappe.

»Mama! Mama, bitte, mach auf!«

Und ich höre Molly winseln und wimmern und erhebe mich mit all meiner Kraft, gehe zur Tür, drehe den Knauf herum und schleiche zum Bett zurück. Astrid kommt mit einer wie durchgedreht an der Leine zerrenden Molly herein.

»Was machst du denn? Ist dir nicht klar, dass ich mir Sorgen mache? Papa hat Molly bei mir abgegeben und gesagt, du würdest sie am frühen Abend abholen. Dir ist doch hoffentlich klar, dass man sich da verdammt Sorgen macht!«

Astrid ist wütend.

»Und warum brennt hier nirgends Licht? Was ist denn los mit dir?«

Sie schaltet die Lampe ein, und als sie mich sieht, verstummt sie zunächst.

»Aber Mama, was ist denn passiert? Du siehst ja ganz verstört aus. Wo ist Papa?«

Ich hole Luft, um die Worte überhaupt formulieren zu können.

»Auf dem Weg nach Argentinien.«

»Was!?« Astrids Gesicht presst sich zusammen.

»Aber … er kann doch nicht. Das kann er doch nicht machen.«

Angesichts ihrer Sorge und Bestürzung setze ich mich auf und strecke ihr die Arme entgegen. Sie kommt zu mir und sinkt an meine Brust.

»Ich fasse es nicht! Woher weißt du, dass Papa in Argentinien ist?«

»Er hat einen Brief geschrieben.«

»Darf ich ihn lesen?«

Ich mache Anstalten, ihn hervorzuholen, aber irgendetwas hält mich zurück. Elena. Meine intuitiven, klugen Kinder würden verstehen, dass Xavier noch etwas anderes dazu verleitet, seine Familie zu verlassen, und das möchte ich für mich behalten. Astrid und Hanna brauchen es nicht zu erfahren.

Vielleicht ist es Scham oder eine Art Fürsorge für Xaviers und Astrids Verhältnis zueinander, was mich zögern lässt. Die Scham, verlassen zu werden, trifft mich in ihrer unbarmherzigen Intensität. Ich habe doch gewusst, dass es so kommen würde. In dem Schock nach allem, was passiert ist, bin ich herumgelaufen, habe meine rußigen Hände gerungen, wieder und wieder meine Schuld durchgekaut und mein strategisches Denken verloren. Ich hatte keinen rechten Plan und keine Idee.

»Nein, das ist eine Sache zwischen Papa und mir. Er hat jedenfalls geschrieben, dass er dorthin gefahren ist.«

»Und wann kommt er zurück?«

»Ich weiß nicht.«

»Aber … du musst ihn fragen. Du musst eine Antwort verlangen! Sonst mache ich das.«

»Ich glaube nicht, dass er es weiß. Er muss wohl etwas über sich selbst herausfinden.«

Da kommen die Tränen. Astrid und ich starren einander an, und uns schießen die Tränen in die Augen.

»Ich fand ihn irgendwie seltsam«, sagt Astrid und schluchzt. »Er war sozusagen so schrecklich ... nett. Sah mich ganz komisch an und sagte, ich sei fantastisch und so. Und dass er mir Molly bringe, denn er müsse zu irgendeinem ... Scheiße! Dass er dermaßen lügen konnte! Dieses Aas!«

»Er hat es nicht fertiggebracht, uns davon zu erzählen ...«

»Wissen Hanna und Maria auch nichts davon?«

In dem Moment dämmert es mir. Maria weiß es natürlich. Deswegen hat er sie in Göteborg besucht. Bei dem Gedanken wird mir schwindlig. Seine Vertraute Maria mit den gemeinsamen Wurzeln. Sie, die mit ihm das Fundament zu unserer Familie teilt. Ich wurde einst vor vielen Jahren hinzugewählt, aber den ursprünglichen Pakt haben immer schon die beiden gebildet. Die Erkenntnis schmeckt bitter.

Astrid hat ihr Handy am Ohr.

»Hanna?«

Astrid erzählt unter Schluchzen, dass Xavier sich nach Argentinien abgesetzt hat, beschreibt mich als Wrack, und dass niemand versteht, was hier eigentlich los ist. Dann ist sie eine Weile still, und ich höre eine aufgeregte Stimme an ihrem Ohr.

»Kannst du nicht herkommen?«

Astrid beendet das Gespräch und sagt, Hanna sei unterwegs. Wieder schwappt eine rote Woge der Scham über mich. Nun kümmern die Kinder sich schon um mich. Ihre Eltern, beide, richten Katastrophen und Elend an.

Astrid geht in die Küche, kocht Tee und deckt den Tisch.

Ich höre das Geräusch von Porzellan auf der Tischplatte und von zischendem, sprudelndem Wasser. Xaviers Brief stecke ich unter die Matratze und gehe mit schwankenden Schritten zu Astrid hinüber.

Nach einer halben Stunde kommt Hanna. Sie drückt lange und fest auf die Türklingel. Astrid läuft rasch zur Tür, um zu öffnen, und sie hat kaum aufgemacht, als Hanna auch schon herausschreit: »Ist es wahr, dass Papa einfach abgehauen ist?«

Hanna hat ihre gewohnte Sanftmut abgelegt und ist ebenso wütend und aufgebracht wie Astrid. Sie schreien um die Wette und einigen sich darauf, dass Xavier ein Schwein sei, weil er nichts gesagt hat, und wie er uns einfach so verlassen könne. Und besonders mich, die es doch ohnehin schon schwer genug habe.

Am allermerkwürdigsten ist, dass ich Xavier in Schutz nehmen möchte, als Hanna und Astrid immer weiter über ihn herziehen. Er konnte nicht anders handeln, möchte ich einwerfen. Ihr müsst verstehen, dass auch in der schrecklichen Art, auf die er meinte, uns verlassen zu müssen, viel Liebe liegt.

»Verurteilt ihn nicht zu streng, er kann nicht …«

Noch bevor ich den Satz beenden kann, sagt Astrid: »Sei still. Wenn du wüsstest, wie oft Hanna und ich uns schon darüber unterhalten haben! Wie verdammt feige du sein kannst, wenn es um Papa geht. Immer darf er den ganzen Raum einnehmen. Ständig! Er sollte zu Hause so was wie der König sein. Und du? Du hast ihn immer nur bewundert und gewähren lassen.«

»Aber so war das doch gar nicht?!«, stammle ich, ganz durcheinander.

»Doch, so war es«, bekräftigt Hanna. »Du hast immer nur zu ihm aufgesehen.«

»Genau so war es«, bekräftigt Astrid in bedeutend härterem Ton. »Immer war es Papa, auf den alle hören sollten. Du hast ihn nur bedient und ihm das Feld überlassen. Als wir klein waren, haben wir uns wahrscheinlich nicht viel dabei gedacht, aber später dann, als wir älter wurden.«

»Und wenn wir sauer waren auf ihn, hast du immer für ihn Partei ergriffen«, sagt Hanna. Und fährt in nachäffendem Ton fort: »Denkt daran, dass Papa jetzt ein bisschen müde ist. Zankt nicht so viel mit ihm. Er meint es nicht so. Ihr wisst, dass er es schwer hatte im Leben.«

»Aber er hatte es tatsächlich schwer. Ihr versteht nicht …«

»Ach, hör doch auf! Jetzt fängst du schon wieder damit an!«

Hanna sieht mich flehentlich und mit Tränen in den Augen an. Die Mädchen sind schier hysterisch, atmen um die Wette, fauchend, stoßweise, kurz.

»Er kann doch nicht alles bestimmen dürfen, nur weil er zu bedauern ist? Und du? Sollst du nichts zu bestimmen haben?«

Ich halte beide Hände in die Höhe, damit Astrid und Hanna ein Weilchen still sind. Schließe fest die Augen, muss zu mir kommen, um herauszufinden, was hier eigentlich vorgeht. Von wem sprechen die beiden? Von mir? Habe ich Xavier tatsächlich immer bestimmen lassen? Mich seinem Willen gebeugt? Kann ich das wirklich so stehen lassen?

»Das Leben ist kein ständiger Machtkampf. Euer Vater und ich haben eine Art zu agieren gefunden, die uns lag. Und ich war immer der Meinung, dass er euch ein recht guter Vater ist …«

»Darum geht es jetzt nicht«, fällt mir Astrid ins Wort. »Papa ist der goldigste und netteste Vater der Welt. Zumindest haben wir das geglaubt. Aber es muss immer nach ihm gehen, oder? Du hast dich nur so daran gewöhnt, Mama. Dir ist es wahrscheinlich nicht mal mehr aufgefallen.«

»Ich bin aber kein Feigling, falls ihr das meint. Ich traue mich sehr wohl, deutlich meine Meinung zu äußern.« Meine Stimme ist nicht ganz fest, als ich das sage. Ich möchte auf jeden Fall überzeugend klingen.

Hanna und Astrid sehen einander an, und Astrid zieht ironisch die Augenbrauen hoch. »Gut, Mama. Dann wissen wir ja jetzt Bescheid. Du bist kein Feigling, überhaupt nicht.«

Hanna hingegen schweigt. Sie sieht auch nicht ironisch aus, so wie Astrid. Die langen Haare fallen ihr wirr über die Schultern, ihre Wangen sind immer noch frisch gerötet, sie muss hierher gerannt sein.

Xaviers Waldschratmädchen.

Wie kann er die Mädchen so im Stich lassen?

»Wir machen uns Sorgen um dich, verstehst du?«, fährt Astrid fort.

»Das könnt ihr ruhig sein lassen«, sage ich. »Ist euch vielleicht schon mal der Gedanke gekommen, dass ich es womöglich angenehm fand, wenn zu Hause Ruhe und Frieden herrschten? Dass nicht alle nur den Mund aufreißen und brüllen und den eigenen Willen als den wichtigsten betrachten müssen! Auch ihr wart gut darin, Raum einzunehmen. Die ganze Familie war das. Ich habe keine Lust, mich deswegen einen Feigling heißen zu lassen.«

»Ich mache mir Sorgen um Papa«, wimmert Hanna plötzlich. »Er war so komisch gestern, als wir im Wald waren. Redete pausenlos über alles Mögliche. Normalerweise sind wir dort viel stiller. Sprechen wenig. Aber jetzt war er so … manisch. Was ist, wenn er allmählich überschnappt? Wenn er sich das Leben nimmt?‹

Ich schüttle den Kopf. Instinktiv weiß ich genau, was mit Xavier passiert ist. Er wollte das hier schon lange. War schließlich davon besessen. Und er konnte es nicht anders tun als so. Seine Verliebtheit hat ein unhandliches Ausmaß angenommen …

Ich hole tief Luft, denn dieser Gedanke tut grässlich weh.

Gleichzeitig hat es etwas schwer Entwaffnendes, einander lange zu kennen und zu lieben. Man gibt die Kämpfe auf, gibt nach. Oder liegt es daran, dass man älter wird? Dass man weiß, was für ein Kampf das Leben ist? Xavier und ich haben die Bemühungen des jeweils anderen lange Zeit mit angesehen.

Es erfordert Mut und Zuversicht, mit Verstand und Hoffnung intakt und lebendig zu altern. Wir haben einander so in- und auswendig kennengelernt, dass es nicht mehr von Interesse ist, über Entscheidungen, die einer trifft, oder Schritte, die einer unternimmt, zu urteilen oder auch nur eine Meinung dazu zu haben. In den letzten Jahren haben wir das Leben des anderen hauptsächlich betrachtet. Oder vielleicht nicht einmal das. Wir waren einfach da, an der Seite des anderen.

Früher dagegen wollten wir uns immer in das Leben des anderen einmischen. Auch ich bin schockiert und bestürzt darüber, dass er einfach so wegfährt. Aber er ist nicht verrückt. Er ist verliebt, und er möchte sein Leben vereinen. Seine Vergangenheit und Gegenwart.

Wir waren die Zwischenzeit. Wie sollen Astrid und Hanna das verstehen können?

Ich sehe ihn vor mir, wie er in diesem Augenblick mit einem Plastikbecher Rotwein und einer Tüte Salzmandeln im Flugzeug sitzt. Die Kerne auf die für ihn so typische Weise mümmelt, Mandel für Mandel knabbert er sie in sich hinein. Als ich dieses Bild vor mir sehe, etwas mehr von außen, packt mich der Zorn: Du verdammter Scheißkerl! Wer ist hier der Feigling? Wer sitzt mit einer Tüte Mandeln und einem Plastikglas im Flieger, während für seine Angehörigen die Welt zusammenbricht? Und vermutlich bist du auch noch weinerlich und sentimental über all die schönen Worte, die du hinterlassen hast!?

Wie hat er sich das Ganze eigentlich vorgestellt?

Dass ich warten werde, bis er weiß, wohin er gehört? Dass ich nach dem Brand alles in Ordnung bringen und mit Antworten und fertigen Entscheidungen aufwarten werde, wenn er erst mal zurück ist? Falls er denn zurückkommt.

»Mama hat einen Brief, den Papa dagelassen hat und den wir nicht lesen dürfen. Sie will nicht sagen, warum«, stößt Astrid hervor und zwirbelt mit harten, wütenden Fingern ihre gelben Strähnen.

»Das ist eine Sache zwischen uns«, entgegne ich bestimmt, noch immer wütend nach der Vorstellung, die ich mir von Xavier im Flugzeug gemacht habe.

Und dann überkommt mich wieder Trauer. Er hat mich verlassen. Das geht nicht. Das kann er nicht machen. Das sind doch wir.

Es ist das, was ich meinen Töchtern mitteilen will, es ist das, was sie verstehen sollen: So etwas macht man nicht. Es gibt keine Garantien, keine echte Gerechtigkeit, wir sagen so viel derartige Dinge über die Umstände dieses Lebens. Alles kann geschehen, nichts ist gerecht oder sicher. Und so ist es auch, ganz klar. Du kannst das tausendmal sagen und dabei klug dreinschauen. Aber psychisch kann man so nicht leben. Ist man wie Xavier und ich zusammengewachsen, darf es einfach nicht so kommen. Ich weiß, ich habe tausendmal gedacht, dass ich keinen Tag länger mit diesem Idioten leben will. Ich habe seine plötzliche Sentimentalität oder seine Art, ständig als derjenige dazustehen, der alles unter Kontrolle hat, dermaßen satt.

Einander zum Teufel zu wünschen, gehört dazu. Das ist bloß ein Impuls zwischen tausend anderen, die einem jeden Tag durch den Sinn jagen. Doch wenn Xavier mich nun verlassen hat, bricht er unseren Pakt. Unter allen Schichten von Befürchtungen und impulsiven Plänen war ich immer der felsenfesten Überzeugung, dass so etwas nicht passieren kann. Ich habe in der Gewissheit gelebt, dass es einfach nie passieren wird.

Steht sie, Elena, am Flughafen und holt ihn ab? Lächelt Xavier so, wie er lächelt, wenn er verliebt ist? Wie ich ihn bisher nur mir gegenüber habe lächeln sehen? Anfangs geht es vermutlich ein bisschen steif zu. Sie nehmen wahrscheinlich ein Taxi in die Stadt. Oder fährt sie? Xavier kann mit seinem Spanisch loslegen, womöglich geht es anfangs etwas schleppend? Elena lacht vielleicht über seine fehlende Übung. Du bist ja Schwede geworden! Aber Xaviers Worte werden bestimmt bald schneller und fließend. Schließlich ist er zu Hause.

Sie nehmen erst einmal einen Drink. Xavier sitzt mit einem Bier in einem Straßenlokal in der Sonne, er hat sich sicherlich eine Sonnenbrille gekauft. Mit einem Mal freue ich mich, dass die Brille, die ich ihm im vorigen Frühjahr gekauft habe, im Brand verschwunden ist.

Sie ist bestimmt gesprungen und geschmolzen, und zum ersten Mal verspüre ich Erleichterung darüber, dass etwas aus unserem gemeinsamen Heim zerstört ist. Dass er kein Hemd zum Anziehen hat, das ich gekauft habe, nicht einmal Strümpfe. Trägt er den Ehering noch am Finger? Das wird er doch wohl noch? Wie hat er von mir gesprochen? Von seiner schwedischen Frau. Schämt er sich meinetwegen? Dafür, dass er hier wieder geheiratet und noch zwei Kinder in die Welt gesetzt hat? Sicherlich redet er sich ein, dass das nicht nötig ist. Wenn er mit Elena darüber spricht, sagt sie wahrscheinlich das Gleiche. Ana hätte es verstanden.

Und Xavier lächelt wieder. Womöglich nimmt er ihre Hand und küsst sie, vor Erleichterung und Euphorie. Und er sieht sich um und redet über die Zeit, die war, die Zeit, die kam. Und das, was dort war, damals. Die Tragödien. Und Elena erzählt darüber, was aus dem Land geworden ist. Mein Gott, ihr Gespräch muss sich bis in die Unendlichkeit erstrecken.

Im Hintergrund höre ich Astrid mit jemandem am Handy reden, und mir wird klar, dass es Maria ist. Astrid klingt wütend. Hanna liegt neben mir auf dem Bett und schreibt etwas auf ihrem Handy. Sie bemerkt meinen Blick und sagt, sie habe Xavier eine Mail geschrieben und ihm mitgeteilt, was sie von seinem Gebaren halte. Wird er es lesen? Ich bezweifle es. Er kennt seine Familie, er weiß, dass seine Töchter ihre Gefühle nicht zurückhalten und sich auch nicht scheuen, sie auszudrücken. Er ist dort drüben in Deckung gegangen.

»Er hat Maria von der Reise erzählt.«

Astrid hat das Gespräch beendet, und ihr Gesicht ist rosa marmoriert vor Empörung.

»Sie meint, wir sollen ihn in Ruhe lassen, und er müsse diese Reise machen dürfen. Die hat gut reden! Immer ist sie es, die am meisten von Papa weiß! Sie ist ja auch sein Hätschelkind …«

Astrid ist so empört, dass sie durch die Wohnung tigert. Als sie im Flur Xaviers Winterstiefel sieht, tritt sie dagegen.

Ich hatte es im Gefühl. Trotzdem versetzt es mir einen Stich. Sie ist ja auch sein Hätschelkind. Und seine Vertraute. Seine nächste Angehörige. Die Rolle, die *ich* einnehmen sollte. Wie viele Jahre habe ich mich geschämt, weil ich ihnen ihr besonderes Verhältnis missgönnt habe. Weil ich eifersüchtig und paranoid war. Und dann begegne ich Astrids rasendem Blick und erfahre eine befreiende Bestätigung dessen, was ich erlebt habe, und Stolz über die selbstverständliche und direkte Art meiner Tochter, darauf zu reagieren.

Das Merkwürdige ist, dass ich eben deswegen vor allem erleichtert bin.

So ist es, so war es. Ich hatte nicht den allernächsten Platz inne. Oder habe ihn zumindest geteilt. Das war unser Leben. Das lässt sich nicht mehr ändern. Und mit einem Mal kommt einem alles Mögliche leicht und lebbar vor, nur weil man bestätigt bekommt, dass es tatsächlich so ist oder war.

Hanna hat Tränen in den Augen, doch sie weicht sowohl Astrids als auch meinem Blick aus. Sie starrt auf ihr Handy.

»Er hat doch stundenlang mit mir geredet«, sagt sie nach einer Weile. »Er hätte doch etwas sagen können.«

Ich strecke mich auf dem Bett aus und ziehe sie zu mir heran. Sie macht sich steif und dreht sich so, dass ich sie nicht so dicht bei mir halten kann, wie ich es gern tun würde.

»Die ganze Zeit ist er neben mir hergegangen und hat gequasselt, und dabei hatte er es Maria schon erzählt. Warum nur ihr? Ich verstehe das nicht. Wir hätten doch nichts dagegen gehabt? Alle haben das Recht, mal zu verreisen.«

»Das hätte ihm doch niemand verboten!«, bekräftigt Astrid. »Ich begreife nicht, dass er so ein Riesending daraus macht.«

Ich sage nichts dazu. Stattdessen erkläre ich, noch Eis kaufen zu müssen für den Nachtisch nach dem Abendessen, das ich eigentlich für Xavier und mich besorgt habe. Ich bin ruckzuck draußen und tue so, als hörte ich Astrids Kommentar nicht, dass sie und Hanna kein Eis wollen.

Unten auf dem Gehsteig peile ich in einiger Entfernung eine Bank an. Ich laufe schnell hin und hole die Zigaretten und ein Feuerzeug hervor. Sobald ich mir eine angesteckt habe, kommt der Schmerz wieder. Xavier, mein Mann. *Mein* Mann. Es ist nicht möglich.

Ich nehme einen tiefen Zug, und tatsächlich, das Nikotin hat irgendetwas, das dem Schmerz die Spitze nimmt und ihn erträglich macht. Astrid und Hanna, die Ärmsten. Die Geheimniskrämerei um Xaviers Abreise muss ihnen noch unbegreiflicher vorkommen als mir.

Sollte ich von Elena erzählen? Aber was weiß ich denn eigentlich? Ich ziehe so heftig an der Zigarette, dass der Stummel weich wird und zwischen den Fingern brennt. Elena. Ich sehe noch vor mir, wie Xavier und ich, kurz nach dem Brand, im Restaurant sitzen und Xavier von ihr erzählt. Wie habe ich eigentlich sofort verstanden, dass er verliebt ist? Ach was, ich wusste es einfach. Man weiß es einfach.

Ich zünde mir fast gleich nach der ersten noch eine Zigarette an. Jetzt kann ich ja rauchen, so viel ich will.

Der erste Kuss. Oder ist Xavier zu alt dafür? Wird man dafür zu alt? Nähert sich sein siebenundsechzigjähriger Mund Elenas zwanzig Jahre jüngerem? Findet sie es erregend und spannend? Rein mit der Zunge! Und kreisen lassen.

Mir wird schlecht bei dem Gedanken.

Schnell stehe ich auf und trete die Zigarette aus, obwohl ich sie nur zur Hälfte geraucht habe. Ich halte es nicht aus, mit meinen verqualmten, wiederkäuenden Gedanken dazusitzen. Mir Bilder vorzustellen, die ich gar nicht ertrage. Wenn er seinen alten Mund auf Elenas Mund drücken will, so steht es nicht in meiner Macht, das zu ändern.

Aber was zu verändern, steht denn überhaupt in meiner Macht?

Was wollte ich gleich noch mal tun? Eis. Ich gehe in den Supermarkt und weiß nicht recht, wie mir geschieht. Aber als ich mich im Eingang nach einem Korb strecke, geschieht es mit Erleichterung. Mit einem Mal gibt es in meinem Kopf nur eine Person, die ich um Rat frage, nämlich mich selbst. Ich starre in die Kühltruhe und denke, dass es nur darum geht, ein Eis zu nehmen. Schokolade und Vanille, das ist doch gut? Liegt Bitterkeit darin, dass ich jetzt mit solcher Einfachheit allein etwas aussuche?

Ich verlasse den Laden mit dem Eis in einer Plastiktüte, die mir um die Beine schlägt, und überlege. Alle Mitglieder meiner Familie sind mit ihrem Willen, mit ihrem Geschmack und ihren Ansichten bis in die Fingerspitzen mit meinem Körper verwachsen. Ich habe sie in mir aufgenommen, und darin liegt wohl das begründet, was meine Töchter jetzt Feigheit nennen. Was sie dabei übersehen, ist, dass ich in meinem Verhältnis zu ihnen dann ebenso feige bin. Aber irgendjemand muss doch koordinieren? Das war immer ich. Die Verbindungszentrale. Und wenn ich an diese Rolle denke, steckt darin ein Hauch von Bitterkeit. Zugleich so gebraucht und verachtet zu sein. Auch von mir selbst. Alle übrigen in der Familie und ihre laute und bestimmte Art. Sie verstehen nicht, dass sie irgendwie gelenkt und abgelenkt werden müssen. Oder habe ich das Bild missverstanden? Kann eine Familie funktionieren, ohne dass jemand die Rolle auf sich nimmt, die ich innehatte? Oder verstehe ich am Ende meine eigene Rolle und Bedeutung falsch? Male ich ein sentimentales Bild von mir als Königin unseres Heims, des Reichs der Familie? Bin ich nur noch eine staatenlose königliche Hoheit, die sich selbst und ihrer Umgebung verzweifelt einzureden versucht, dass es irgendwo auch für sie einen Platz gibt?

Xavier, mein geliebter Idiot.

Soll ich jetzt über meine neue Freiheit jubeln und mir sicher sein, dass ich auf jeden Fall glücklicher bin als vorher, und vor allem als du, der du nun mit Elena vor dir dasitzt? Völlig verwirrt, weil du weißt, dass du hier zu Hause eigentlich eine Familie hast, die dich liebt, und dass du eines Tages nicht verstehen wirst, wie du so dumm sein konntest, sie zu verlassen.

Was, denkst du, wird Elena dir geben? Den früheren, jungen Xavier? Den hast du in dir! Oder er ist für immer verschwunden. Das kommt darauf an, wie man es betrachtet. Aber er *werden* kannst du natürlich nie wieder.

Unmittelbar bevor ich die Haustür öffne, überlege ich, noch eine Zigarette zu rauchen und die Gedankenschleife fortzusetzen. Aber dann entscheide ich mich dagegen. Ich will nicht mehr an Xavier und Elena denken. Und so gehe ich mit meiner Tüte nach oben, um mit unseren Töchtern zu Abend zu essen.

* * *

Eine Woche vergeht, dann bekomme ich eine SMS. Sie ist von Maria. »Papa lässt grüßen, dass es ihm gut geht. Er ist sehr unglücklich darüber, dass er euch auf diese Weise verlassen hat.«

Ich bin in der Schule, als sie eintrifft. Die Mittagspause hat soeben begonnen, und ich sitze vor meiner Plastikdose mit übrig gebliebenem Salat vom Vorabend, den ich mir einverleiben will. Die Woche war von Versteinerung geprägt. Meistens lag ich im Bett, die Arme um den Bauch geschlagen. Am Handy habe ich nur Astrid oder Hanna geantwortet. Und über die Kuverts auf dem Flurteppich bin ich hinweggestiegen, ganz gleich, ob sie das Logo der Versicherung oder der Polizeibehörde trugen. Die einzigen Momente, in denen ich mich lebendig gefühlt habe, waren die mit meinen Schülerinnen und Schülern. In meiner Rolle als Lehrerin hat sich eine neue Wachheit und Klarheit eingestellt. Bei ihnen zu sein, verschafft mir einen Aufschub von meiner jetzigen Wirklichkeit. Ich kann in ihre Wirklichkeit eintreten und tue das mit einer zuvor nicht gekannten Unerschrockenheit und Neugier. Die Resonanz, die ich von ihnen erhalte, ist überwältigend.

Als ich Marias SMS lese, fängt meine Hand so stark zu zittern an, dass ich die Nachricht zunächst kein zweites Mal lesen kann, was aber nötig ist, um ihren Inhalt zu erfassen. Papa lässt grüßen, dass es ihm gut geht. Ach ja? Vielen Dank auch für diese Auskunft. Es geht ihm gut, aber er ist unglücklich, weil er uns auf diese Weise verlassen hat. Möchte er versichert bekommen, dass es nichts ausmacht? Dass wir froh sind, wenn er es auch ist?

Ich habe mich in der vergangenen Woche nicht bei Maria gemeldet. Hanna und Astrid sind verbittert über ihre Rolle als Xaviers Vertraute, das war mir eine Genugtuung. Wenn Xavier und Maria einen Pakt bilden, können wir das auch. Als ich die SMS aber mit immer weniger zitternden Händen zum vierten Mal lese, tut mir Maria leid, und ich denke mit zunehmender Zärtlichkeit an Eddy und sie. Trotz allem bin ich ihre lebende Mutterfigur. Ihr Vater hat es ihr überlassen, sich um seine Schuld zu kümmern, und sie dadurch aus einer Familie ausgeschlossen, die auch die ihre ist.

»Du kannst ihm ausrichten, dass …«

Wütend atme ich stoßweise und fauchend durch die Nase aus, und meine Finger sind eifrig dabei, etwas auf den Weg zu bringen, was nicht minder faucht. Doch sie zittern zu sehr, als dass ich die Tasten bedienen könnte, und ich habe auch keine Worte parat, die ich Xavier auf diese Weise zukommen lassen will.

Außerdem kann ich es mir aussuchen. Ich kann mich weigern, mit Xavier durch Maria zu kommunizieren. Er will mir, seiner Frau, durch seine Tochter seine Angst schicken. Er will mir die Angst in den Schoß legen, damit ich ihm das gesamte Angstpaket entschärft und weniger sperrig zurückschicke und ihm die Befreiung und Erleichterung verschaffe, nach der er sich sehnt.

Aber er kann seine Angst wirklich behalten und allein versuchen, sie abzubauen. Ich habe damit nichts zu schaffen.

Mir kommt eine Idee. Ich schreibe an Maria: »Können Astrid, Hanna und ich dich am Wochenende besuchen? Wir können ja alle zusammen in einem Hotel wohnen. Vermisse dich und Eddy.« Erst nachdem ich das geschrieben habe, wird mir klar, dass es wahr ist. Ich vermisse sie und Eddy. Sofort schicke ich ihr noch eine SMS: »Von nun an will ich von Xavier keine Grüße mehr bekommen. Wenn er etwas von mir will, soll er selbst zu mir Kontakt aufnehmen. Das ist alles, was du ihm von mir ausrichten kannst.«

Die Antwort kommt umgehend: »Okay, danke.«

Mehr nicht.

Von meinem Salat bekomme ich keinen Bissen hinunter und scharre ihn im Lehrerzimmer in einen Mülleimer.

»Willst du abnehmen?«

Hasse taucht hinter mir auf. Ich schüttle den Kopf und lächle blass. Während der vergangenen Woche bin ich ihm aus dem Weg gegangen. Zwischen den Unterrichtsstunden lief ich mit geballten Händen in den Taschen, verschlossenem Mund und hochgezogenen Achseln umher. In knappen Worten habe ich ihm erzählt, dass Xavier fort ist, und er ist erschrocken zurückgewichen, als er das hörte. Vielleicht weil ich so steif und verschlossen wirkte. Oder weil ich jetzt frei bin.

»Nein, keineswegs. Ich … es ist nur ein bisschen zu viel.«

Hasse fasst mich leicht am Arm und sagt, dass ich nichts zu erklären brauche. Ich nicke, würge an einem Kloß im Hals und denke, wenn ich ihm in meinem jetzigen Zustand in die Arme sinken würde, hätte ich Mühe, mich jemals wieder daraus zu lösen.

»Du weißt: Wenn du reden möchtest, bin ich da.«

Ich nicke. Nett, wirklich. Wie viele doch reden wollen. Wohin ich mich auch wende, sehe ich aufgesperrte Jungvogelschnäbel, die um meine Worte und meine Gefühle bitten.

»Ich möchte aber nicht reden«, sage ich.

Der Gedanke ans Reden erfüllt mich mit Grauen. Was soll ich sagen? Was wird jemand zu mir sagen? Nichts bringt mir das Haus zurück.

Hasse schaut einen kurzen Moment verblüfft drein, dann lächelt er vorsichtig. »Ja, ich verstehe. Klar. Solltest du dir es aber anders überlegen …«

»Das werde ich nicht tun.«

Hasse nickt und geht seine Jacke anziehen.

»Okay. Aber hör zu: Du weißt, wo du mich findest.« Er knöpft die Jacke zu. »Ich höre jetzt auf, aber du hast ja meine Nummer und …«

»Ich möchte nicht reden«, wiederhole ich. »Aber ich hätte gern, dass wir einander anfassen.«

Hasse starrt mich an, und seine Wangen werden immer röter, während ihm wohl langsam klar wird, was ich gesagt habe und meine.

»Vielleicht schon heute Abend?«

Jedenfalls zieht er schnell mit. Er schreibt seine Adresse auf ein Blatt Papier aus dem Kopierer und faltet es zu einem kleinen Kuvert. Gibt es mir in die Hand und geht. Als er die Tür hinter sich geschlossen hat, falte ich das Blatt auseinander. Darauf stehen eine Adresse, ein Türcode, eine Uhrzeit und ein Männchen mit fröhlicher Miene und einem Herzchen daneben. Ich falte das Blatt wieder zusammen, und es tut weh, wieder zu lächeln. Als wären mir die Wangen tatsächlich vor Trauer und Sehnsucht erstarrt.

Auf einmal piept mein Handy.

Maria hat noch eine SMS geschrieben: »Wir können uns am Wochenende ja vielleicht hier treffen? Vermisse euch auch.« Und dann hat sie einen Link zu einem Hotel mit Spa in Varberg hinzugefügt.

Ich habe ja Geld. Ein Konto mit dem Geld von der Versicherung. Und so dauert es nur wenige Sekunden, zu antworten, dass ich sofort versuchen werde, etwas für uns zu buchen. Und das klappt auch. Das Hotel bietet einen erschwinglichen Wochenendpreis, und obwohl einer von uns fehlt, gebe ich an, dass wir eine Familie sind. Buche drei Doppelzimmer, wobei ich ein eigenes Zimmer haben möchte, die Zwillinge eins bekommen sollen und Maria und Eddy eins. Ich kann mir sogar vorstellen, dass Eddy bei mir schläft, wenn er will.

* * *

Gott sei Dank hält einer der Nachbarn in Aspudden Molly für die netteste Gesellschaft, die er sich vorstellen kann. Ein Opa mit Mütze, der lacht, sobald er sie sieht. So ein feines Mädchen! So ein süßer Fratz! So ein reizendes Hundchen! Wenn er sie sieht, nimmt es gar kein Ende mit den Bezeichnungen, die sie in zärtlichen Worten beschreiben. Molly wedelt mit dem Schwanz und mag ihn ebenfalls. Wenn ich in der Schule bin, ist sie ein paar Stunden bei ihm, und jetzt, vor dem Wochenende, frage ich, ob sie so lange bei ihm bleiben könne. Es scheint ihn richtig froh zu machen.

»Wir leisten einander so gut Gesellschaft, sie und ich.«

»Kann ich sie vielleicht jetzt schon dalassen?«

»Aber ja, das geht in Ordnung.«

Ich gehe in die Wohnung zurück, und als ich Mollys Sachen zusammensuchen will, bin ich so verwirrt, dass ich mich ein Weilchen setzen und laut wiederholen muss, was ich denn eigentlich holen wollte. Wenn Molly bei dem Opa nebenan ist, bin da nur noch ich. Ein Ich, das gleich auf dem Weg zu Hasse sein wird. Kein Laptop im Bett und keine Fernsehserie. Kein Abendspaziergang mit Molly. Sondern ein Besuch bei einem Mann und keine Ahnung, wie es ablaufen wird.

Außerdem habe ich keine Ahnung mehr, wie das geht. Nie zuvor habe ich mich dafür geschämt, dass mein Körper gealtert ist. Irgendwann habe ich gesagt, und es auch wirklich so gemeint, wenn mit meinem alternden Körper jemand Probleme habe, dann nicht ich. Die Jahre hinterlassen ihre Spuren, wie sollte es anders sein?

Doch die Jahre haben etwas anderes bewirkt, oder es waren all die Jahre mit ein und demselben Mann. Mein Körper ist so privat geworden. Der Gedanke, dass ich mich vielleicht bald vor einem anderen Mann ausziehen werde, kommt mir so absurd vor, als sollte ich mich auf einem öffentlichen Platz ausziehen.

Halsband, Leine, eine Tüte mit Trockenfutter, eine Tüte mit Hundeleckerchen und schließlich die Kotbeutel. Nachdem ich unsinnig oft durch die kleine Wohnung gekreuzt bin, habe ich endlich alles beisammen. Und als ich dann hinter Molly, dem Nachbarn und den Sachen die Tür schließe, gehe ich mit einem massiven Gefühl von Unwirklichkeit wieder zu mir. Es ist so still und leer in der kleinen Wohnung. Xaviers große Winterstiefel liegen im staubigen Frühlingslicht als Erinnerung daran, dass neue Zeiten angebrochen sind. Ich strecke mich nach seinem Schal, der zuoberst auf der Hutablage liegt. Schlinge ihn mir um den Hals und sauge seinen Duft ein. Er riecht nach Xaviers Herrenparfüm, das mich so sehr an ihn erinnert. Natürlich wusste er, dass es dort wärmer sein würde als hier, und ließ seine Winterkleidung zurück.

Wie eine alte, dicke graue Hülle nach einer Häutung.

Sehne ich mich nach ihm?

Ich reibe die Wange an dem Schal und denke: Ja, ich sehne mich nach ihm. Trotz allem.

Gibt es uns, Xavier und mich, noch immer?

Und welches Wir, in diesem Fall?

Dieses Wir, nach dem ich mich immer sehnen werde, egal was jetzt kommt? Oder haben wir es unterwegs verloren, ohne zu merken, wann es passiert ist? Wir stehen hier, oder zumindest ich stehe hier, suche in allen möglichen Taschen und verstehe nicht, wo dieses Wir hingekommen sein kann.

Hallo, wo sind wir?

Wann geht eine Liebe zu Ende? Kann sie das überhaupt?

Man kehrt in Gedanken an Orte zurück, an denen man war, und versucht zu rekapitulieren, was geschehen ist. Vielleicht verschwand die Liebe hier? Oder dort? Wenn sie überhaupt verschwunden ist. Vielleicht ist sie hier ja noch irgendwo, vielleicht in einer alten Kiste oder Ecke versteckt?

Ich weiß es nicht.

In der Nacht, bevor Xavier fuhr, war ich durch und durch glücklich und sicher. Er hatte mich wieder gesehen. War zurück. Entstieg der Asche und dem Feuer und hielt mich endlich umfasst, als wäre ich jemand Kostbares, jemand, auf die er bedacht war. Traute ich mich da, mich so zerbrechlich zu machen, dass ich einfach zerbrach, als er mich am nächsten Tag fallen ließ?

Wie viel ist zerbrochen, was lässt sich reparieren?

Ich öffne meinen Kleiderschrank und gähne, während ich darin wühle. Liegt es an der Nervosität, dass ich so unvermittelt schläfrig werde? Schließlich entscheide ich mich für eine folkloristische Bluse mit blau-rotem Muster auf weißem Grund und gähne so sehr, dass ich Tränen in den Augen habe, als ich nach dem Überstreifen der Bluse mein Spiegelbild betrachte. Ein kurzes Brennen nur, dann sind es richtige Tränen. Doch ich wische sie mit der Hand weg, lege etwas mehr Lippenstift auf und mache mich auf den Weg.

Es ist Donnerstag. Ich weiß nicht, warum mir diese Feststellung so wichtig vorkommt, als ich in der U-Bahn sitze. Wahrscheinlich, weil ich am nächsten Tag, am Freitag, Astrid und Hanna im Auto verstauen und nach Varberg fahren werde. Und weil man deswegen ein wenig nervös sein kann, aber ganz und gar nicht so wie angesichts dessen, wohin ich jetzt unterwegs bin.

Hasse wirkt ebenfalls nervös, als er die Tür öffnet. Ich habe eine Flasche Wein mitgebracht, die ich an ihn presse, als versuchte ich, ihn mir vom Leib zu halten. Ein verkrampfter Griff um den Flaschenhals und um den Flaschenboden in Richtung Hasse. Wie eine Löwenbändigerin mit ihrem Stuhl. Doch trotz der angespannten Situation besitzt Hasse die bewundernswerte Fähigkeit, eine ansteckende Natürlichkeit an den Tag zu legen. Er wohnt gemütlich und hat ganz offensichtlich Spaß an kleinen ironischen Scherzartikeln und Möbeln aus den Fünfziger- oder Sechzigerjahren. Hasse schenkt uns kühlschrankkalten Weißwein ein und stellt Fragen zu meiner Klasse, in der auch er manchmal unterrichtet, und bald unterhalten wir uns entspannt wie die zwei Kollegen, die wir sind.

Vielleicht entkomme ich.

Das denke ich, obwohl ich weiß, dass ich dann enttäuscht sein würde, wenn ich erst mal von hier weg wäre. Wir essen eine gute Pasta, die Hasse gemacht hat, und als ich ihm den Tisch abräumen helfe, steht er mit einem Mal hinter mir und fasst mich an den Schultern. Er wühlt sich mit der Nase durch mein Haar, presst sie mir an den Hals und streicht mit den Händen gleichzeitig an meinen Armen entlang bis hinunter zur Taille. Ich drücke mich an ihn, und selbst der Versuch, alles zu beschreiben, was ich in diesem Moment erlebe, ist schwierig. Die Unbeirrtheit, mit der Hasse mich berührt, weckt mit der Geschwindigkeit und Härte eines Pistolenschusses meine Lust und mein Verlangen. Peng, sie sind einfach da, gefährlich direkt zieht es mir den Boden unter den Füßen weg. Ich drehe mich zu Hasse um, und es ist so verwirrend seltsam, ihn zu küssen, aber trotzdem so verlockend. Er nimmt mich an der Hand, führt mich in sein Schlafzimmer und beginnt, sich auszuziehen. Auch ich schlüpfe aus meinen Sachen, und wir schauen uns dabei in die Augen, und solange wir auf diese Weise den Blick aufeinander heften, gibt es keine störende Nacktheit. Sie ist über unseren Kontakt hinaus befreiend.

Es ist wirklich nicht Xaviers Körper, den ich streichle. Hasses Körper ist ganz anders. Er ist fast so groß wie ich, hat einen runden Bauch, überhaupt ist er weniger stattlich als mein großer, attraktiver Mann. In meinem Atem brütet die Sehnsucht nach Xavier und die Trauer darüber, dass nicht er es ist, den ich berühre. Doch meine Hände sind neugierig, und dieses Gefühl gewinnt schließlich die Oberhand. Das berauschende Abenteuer, eine Selbstständigkeitserklärung. Die Hände sind jetzt hier und nirgends, und ich starre sie wie verhext an, wie sie sich über Hasses Haut bewegen. Als wir einander näherkommen, Hasse und ich, schließe ich immer wieder die Augen, um die Befangenheit zurückzudrängen. Ich blinzle und sehe, wie Hasse das Band löst, mit dem er sein langes Haar zusammengefasst hat, das ihm nun über die Schultern fällt. Ich schließe die Augen, öffne sie wieder. Hasse hat eine Falte zwischen den Augenbrauen, sie drückt Konzentration und Gegenwärtigkeit aus, und ich verspüre ein Ziehen, denn die Gegenwart, die er sucht, gilt mir. Mit geschlossenen Augen spüre ich, wie er in mich eindringt, und während ich liege, setzt er sich auf, und ich schaue, beinahe heimlich blinzelnd, denn seine Konzentration ist unglaublich schön.

Eigentlich hatte ich erwartet, hinterher in Tränen auszubrechen und Trauer zu empfinden. Dass ich weit offen zurückbliebe, dass Xavier nahe wäre, dass ich Sehnsucht hätte und nur noch gehen wollte. Aber dem ist nicht so. Als wir zusammen ruhiger werden, Hasse und ich, bin ich einfach nur da, mit ihm. Ich schaffe einen Raum, wohin der Schmerz und die Sehnsucht nach Xavier nicht reichen. Möglicherweise warten sie aggressiver und vernichtender denn je vor Hasses Tür. Jetzt aber sehe ich in ein Paar neugierige und frohe Augen, und da werde auch ich froh.

»Mensch, dass es so gekommen ist.«

»Ja, stell dir vor.«

»Schön«, sagt Hasse und lächelt breit.

Beinahe hätte ich über mein Alter Witze gemacht, dass hier eine alte Schachtel liegt und sich bedient, oder etwas in der Art. Aber Gott sei Dank lasse ich es. Und tatsächlich sehe ich in Hasses Augen auch nicht mein Alter, sondern vielmehr Wertschätzung.

»Mmh«, erwidere ich und streichle über seinen Arm.

»Ein gewöhnlicher Donnerstagabend in der Großstadt.«

»Ein gewöhnlicher ungewöhnlicher Abend.«

»Hier bei mir.«

»Bei dir.«

»Fantastisch.«

»Mmh. Am Wochenende werde ich nach Varberg fahren und versuchen, meine Familie zusammenzubekommen.«

»Ist dein Mann zurückgekehrt?«

»Nein. Aber ich habe auch ohne ihn eine Familie, die ich zusammenbringen will.«

»Ja, natürlich. Deine Kinder. Wie haben sie das alles aufgenommen, was passiert ist?«

»Sie finden es wohl anstrengend, aber es funktioniert.«

Sobald ich von den Mädchen spreche, werde ich müde und gelangweilt. Hier drinnen soll es auch sie nicht geben.

»Ich möchte einen geheimen Raum mit dir zusammen haben, hier bei dir«, sage ich. »Nur wir und sonst niemand. Mir reicht schon, was ich draußen in der wirklichen Welt alles habe. Aber dir reicht es vielleicht nicht? Du willst womöglich mehr?«

Hasse schüttelt still den Kopf. Hat sein Lächeln etwas Erleichtertes an sich? »Es ist gut so, wie es ist, finde ich. Dass wir einfach nur manchmal hier sein können.«

Wir küssen einander, dann mache ich mich auf den Heimweg. Vor seiner Haustür bleibe ich stehen, mit etwas wackligen Beinen nach dem, was ich getan habe. Aber mich fällt kein Schatten Xaviers an. Ich versuche sogar, ein bisschen zu weinen, aber dabei kommt nur eine Grimasse heraus. Mir lauert keine Trauer auf. Im Gegenteil, ich fühle mich gestärkt und erstaunlich sorglos.

Bin ich in Hasse verliebt? Nein, ich glaube nicht. Der Gedanke ist eher albern. Das wäre nur anstrengend. Ich weiß, wie Verliebtheit mich trifft. Als ich an die erste Zeit mit Xavier denke, taste ich nach meinen Zigaretten und setze mich auf eine Bank in der Nähe der U-Bahn. Ich erinnere mich, dass ich damals kaum schlief und selten etwas aß. Dass ich im Bus saß und vor Ungeduld zitterte und kaum an mich halten konnte, bis wir einander wiedersehen konnten. Meine Verliebtheit kam fast einer Besessenheit gleich. Könnte ich mich wieder so verlieben?

Es kommt mir weit weg vor. Hasse ist nett und freundlich und auf ruhige und angenehme Art gut. Kein verzehrender Schatten, keine panische Angst, im Stich gelassen zu werden.

Wenn ich an die Hochphase meiner Verliebtheit in Xavier zurückdenke, dann mehr mit einem Gefühl der Trauer als der Freude. Es gab Momente, in denen Xavier mich glücklich machte, weil die in mir entbrannte Liebe so grenzenlos und magisch war. Vor allem aber erinnere ich mich an das Unglück, wenn sie sich von mir abkehrte. Welche Angst ich dann hatte! Wie ich mich vor allem danach sehnte, dass die Jahre mit ihm vergingen, dass die Kinder kämen, alles, damit die Verpflichtung immer größer würde und schließlich dazu führte, dass er mir nicht den Rücken kehren und mich verlassen könnte.

Glaubte ich.

Ich trete die Kippe aus und ziehe energisch den Fuß darüber, um sie zu zerbröseln und platt zu drücken. Wie sehr hat er mein Leben beherrscht? Wie sehr habe ich das zugelassen? Und warum?

* * *

Ich bitte Astrid und Hanna, vor meiner Haustür zu warten. Möchte nicht, dass sie in die Wohnung heraufkommen. Nach dem gestrigen Abend mit Hasse wächst mein Bedürfnis nach mehr Privatheit. Die schamlose Art meiner Kinder, jederzeit alles, was ich habe, unbekümmert zu befingern, ihre dreisten Blicke und freimütigen Fragen, die will ich gerade nicht haben. Was hätten sie gemerkt? Nichts. Aber trotzdem.

Bei der Versicherung werden sie allmählich ungeduldig. Sie wollen Bescheid haben. Was wollen wir machen? Außerdem melden sich die von dieser Stelle, wo unsere brand- und wassergeschädigten Sachen untergebracht sind. Die noch vorhandenen Dinge werden irgendwann schimmeln, wenn wir keine Entscheidung treffen und nichts damit unternehmen. Wenn ich ihren Anruf entgegennehme, sage ich jedes Mal, ich würde mit meinem Mann darüber reden. Und zurückrufen, sobald ich es getan hätte. Was wahr ist. Aber dass es vielleicht auf der anderen Seite der Ewigkeit geschehen wird, sage ich nicht. Ich kann doch nicht erzählen, dass Xavier einfach verschwunden ist und mich mit den Entscheidungen allein gelassen hat. Entscheidungen, die ich nicht treffen kann, weil wir die Dokumente, die diese Entscheidungen verlangen, beide unterschreiben müssen. Und ich überlege nicht mal eine halbe Sekunde, über Maria Kontakt mit ihm aufzunehmen. Aber wahrscheinlich erwartet er das.

Ich warte bereits am Auto, als ich die Mädchen kommen sehe. Sie haben beide eine große Tasche über der Schulter und bewegen den Mund. Ich höre sie lachen, verstehe aber kein Wort. In den Beeten drängen sich Osterglocken und ziehen buttergelbe Schnuten. Neue Zeit, andere Zeit, trompeten sie. Osterglocken sind die Blumen, die ich schon immer am wenigsten mochte. Sie sind so selbstsicher zweckmäßig. Hier stehen wir und buttern den Frühling.

Aber jetzt? Ich weiß nicht. Sie sehen neugierig aus, wie sie dort zusammen stehen.

Hört Molly uns vom Haus aus? Wedelt sie mit dem Schwanz und springt erwartungsvoll zur Tür? Lassen wir sie im Stich?

Ich schiebe den Gedanken beiseite. Sie hat es gut bei ihrem bewundernden neuen Freund. Ich umarme Hanna und Astrid und lächle darüber, wie sie sich darauf verständigen, wer vorn neben mir sitzen soll. Echos aus früheren Zeiten, als die Auseinandersetzungen um diesen Platz hart und manchmal auch physisch sein konnten. Jetzt aber haben sowohl Hanna als auch Astrid einen Führerschein, und ich sage entschieden, dass ich hinten sitzen will. Da können sie sich weiter unterhalten, und ich kann in Ruhe meinen Gedanken nachhängen. Sie wirken zuerst etwas verwirrt über die Neuordnung, sehen aber schnell ein, dass wir es tatsächlich auch so machen können.

Ich lümmle mich also auf die Rückbank und schaue aus dem Fenster. Denke daran, wie ich als Kind so gefahren bin, neben meinen älteren Brüdern. Wie wir in dem engen Peugeot der Familie mit den Beinen zutraten, gegeneinander und gegen die Vordersitze. Es ständig Geschrei und Zurechtweisungen gab. Habe ich mein ganzes langes Leben lang die Rolle eingenommen, großspurig zu sein und keine Antwort schuldig zu bleiben, während ich gleichzeitig bereit war, mich in der Hierarchie ganz unten einzuordnen? Habe ich das mit Xavier wiederholt? Meine Rolle gespielt, selbstständig und nicht auf den Mund gefallen zu sein? Während meine tatsächliche Rolle in der Familie darin bestand, für alle anderen da zu sein. Und wenn es wirklich darauf ankam? Der Verzweigungskontakt. Die Verbindungszentrale. Die Servicestation.

Ich kann mich dieses Gedankens nicht erwehren. So hässlich, so traditionell, so nörgelig. Ich will mein Leben nicht so sehen. Will nicht mit meinen Freunden dasitzen und zugeben müssen, dass ich genau das eingesehen habe. Auch ich.

Ich sehe das Haus vor mir. Xavier mit seinen Projekten im Garten. Kommt, ihr Schmetterlinge! Kommt, ihr Bienen! Er hatte so viel Leben in den Händen. Seine Finger waren Teil der Natur, dessen, was wuchs. Wir machten uns gern darüber lustig, die Mädchen und ich, dass er oft vor sich hin redete, wenn er dort zugange war. Immer auf Spanisch, manchmal aber mit eingestreuten schwedischen Brocken, biologischen Fachbegriffen oder auch etwas wie »kleine Larve« oder »meine kleine Honigbiene«.

Eines Tages, als wir wieder einmal darüber blödelten, protestierte Hanna: »Er spricht mit der Natur, Mama. Verstehst du das nicht? Hört auf zu lachen!«

Sie hatte recht, natürlich, und ich schämte mich. Ich wusste es, ich hatte Xavier verkauft, um die Mädchen dazu zu bringen, mit mir um die Wette zu kichern. Warum wollte ich das? Ich und die Mädchen. Ständig um Xavier kreisend, die Tonlage in Richtung Falsett, wenn es sich gegen ihn richtete. Jedenfalls was Hanna, Astrid und mich betraf. Maria hingegen hielt ihre dunkle, eigentümliche Stimme stets intakt und entschlossen.

Hannas und Astrids entschiedenem Urteil gemäß bin ich feige. Wartet nur! So jung und so trotzig. Ihr werdet natürlich nie so auftreten. Ihr traut euch so viel zu! Ich schaue wütend nach vorn und begegne Astrids Blick. Sie sitzt am Steuer, und auf dem Beifahrersitz singt Hanna ein Lied aus dem Radio mit.

»Wie geht's, Mama?«

»Gut!«, rufe ich. »Ich hänge einfach meinen Gedanken nach.«

Astrid wirft mir einen forschenden Blick zu.

»An Papa?«

Ich bewege abwehrend die Hand und sage, wir unterhalten uns später. Dann lächle ich sie an, um zu signalisieren, dass mit mir nichts Ernstes oder Trauriges los ist. Hanna hört auf zu singen und dreht sich zu mir um.

»Man darf durchaus wütend und traurig sein, Mama«, erklärt sie mit ihrer etwas altklugen Stimme.

»Ich bin nicht wütend und traurig«, erwidere ich laut, um sowohl den Automotor als auch die Musik aus dem Radio zu übertönen. Dann versuche ich, die beiden wieder anzulächeln, um zu zeigen, wie wenig wütend und traurig ich bin. Vielleicht gelingt es mir für eine Sekunde, denn ihre Aufmerksamkeit für mich lässt nach, und sie sagen etwas zueinander, was ich nicht verstehe. Ein wildes, großes Weinen sitzt mir plötzlich in der Kehle, und mit angespannten Nasenflügeln atme ich Beherrschung. Man darf durchaus wütend und traurig sein. Danke, liebe Kinder, für die Erlaubnis und die Großzügigkeit.

Warum bin ich so plötzlich auch auf die beiden wütend?

Weil ich nicht begriffen habe, was für ein Leben ich bisher gelebt habe? Weil sie den Finger darauf legen und mit einer

Überzeugtheit, wie nur Unerfahrene sie besitzen, der Ansicht sind, ich hätte mich nicht genügend durchgesetzt? Ich habe geliebt, möchte ich sagen. Ich liebe schon so lange. Ihr könnt unmöglich verstehen, was dabei vorgeht. Nicht mal ich weiß das. Aber ich habe morgens den Kopf an Xaviers Schulter gelegt und nicht gewusst, was ich getan hätte, wenn sie nicht da gewesen wäre. Oder wie in den ersten Jahren: Wenn er vor mir stand und wir einander ansahen, war mein Körper rastlos, wollte raus, wollte rein, wollte nur mit seinem Körper verschmelzen. Ich habe, so gut ich konnte, versucht, Alltag zu spielen, mit einem Innersten, das immer nur mehr wollte, das die Zeit fressen und sie gleichzeitig für immer behalten wollte, das unter konstantem Druck stand.

Übertreibe ich? Bin ich jetzt sentimental? War die Liebe wirklich so groß?

Ich wende das Gesicht so weit wie möglich ab, um meinen Kindern nicht die bittere Schwärze großer Trauer zu zeigen. War es eine glückliche Ehe? Ich weiß es nicht. Aber geliebt habe ich, weiß Gott! Das Riskanteste, was man sich vorstellen kann, direkt über einem Abgrund mit schwindelerregender Fallhöhe.

Feige?

Ich höre mich laut schnauben.

Das Auto wird langsamer und hält vor einem Café an der Straße.

»Mama, wir machen jetzt Kaffeepause.«

Ich fahre mir mit der Hand übers Gesicht und vermute, dass ich an Wangen und Hals flammend rot bin. Dann nicke ich und spüre, wie ich von all dem Unausgesprochenen in meinem Innern rot werde.

Gegen Nachmittag kommen wir in Varberg an. Maria und Eddy sind mit dem Zug hingefahren, und ich habe eine SMS erhalten, dass sie schon eingecheckt haben. Die Sonne scheint, als Hanna auf dem großen Platz vor dem Hotel parkt. Wir schälen uns aus dem Auto, strecken uns in den wärmenden Strahlen und lächeln einander an. Wir sind hier, und alles ist gut gegangen.

Dann sehen wir in Richtung Hotel, und ich merke, dass sowohl Astrid als auch Hanna ein wenig unruhig werden. Ich weiß nicht, wie viel Kontakt sie zu Maria hatten. Aber es ist offensichtlich, dass sie wütend und eifersüchtig sind auf deren Sonderstellung im Verhältnis zu Xavier. Sie wollen so gern vernünftig sein, doch Wut und Neid schwelen noch immer.

Mich macht die bevorstehende Begegnung mit Maria und Eddy ebenfalls nervös, aber ich empfinde nicht solche Wut wie Hanna und Astrid. Meine Nervosität gilt mehr der Nähe Marias zu Xavier. Was weiß sie? Hat er ihr von seiner wiederentdeckten Liebe berichtet? Davon, dass er endlich nach Hause, endlich zurückgefunden hat? Welche Antworten hat sie von ihm, die ich mir verbeten habe?

Wir sind drei ziemlich verbissene Personen, die da zum Einchecken gehen. Als die Rezeptionistin sagt, dass Maria und »der kleine Kerl« schon da seien, lächle ich steif und entgegne, das sei ja gut.

»Die beiden sind ein bisschen rausgegangen, kommen aber wohl bald zurück«, fährt die Rezeptionistin fort und gibt uns unsere Schlüssel. »Sie haben, wie gewünscht, drei Zimmer nebeneinander.«

»Prima.«

Es kommt mir als ein Flüstern über die Lippen. Ich bin

unsicher, ob die Rezeptionistin mich überhaupt verstanden hat.

Was ich vor allem »prima« finde, ist, dass die beiden ein bisschen rausgegangen sind. Ich will schleunigst auf mein Zimmer und Atem und Mut schöpfen, um die Leiterin dieser Expedition abgeben zu können. Instinktiv würde ich mich jetzt gern verkriechen, als hätte ich vergessen, warum wir überhaupt hier sind.

»Wir gehen auf unser Zimmer und chillen ein bisschen«, sagt Astrid, und ich nicke.

»Mama, wie geht's?«, fragt Hanna.

»Sehr gut«, antworte ich und versuche, forsch zu klingen. »Macht ihr nur!«

Die Zwillinge tauschen Blicke.

»Dann bis später«, sagt Astrid schließlich und zieht Hanna mit sich. Als die Tür hinter ihnen ins Schloss fällt, klingen ihre Stimmen aufgeregt.

Finden sie mich jetzt wieder feige? Oder ist es etwas anderes?

Ich schließe die Tür zu meinem Zimmer auf und gehe hinein. Es ist hell und schön, ich steige über meine Tasche, werfe mich der Länge nach aufs Bett und starre an die Decke. Reinigungsmittel und Bettzeug haben einen Hauch von Brandgeruch, doch ich weiß jetzt, dass er von einer Kombination aus Stress und Erinnerung herrührt. Heute fahre ich nicht mehr hoch und suche nach Ursachen, denn ich weiß, dass er nur in meinem Kopf existiert.

Ein SMS-Signal unterbricht meine Gedanken. Hasse schreibt: »Wünsche ein schönes Wochenende mit den Töchtern. Mein Gerede bleibt dir erspart. Aber mein Körper ist für dich da. Küsse und umarme dich, Hasse.«

»Schön zu wissen«, schreibe ich samt einem Emoji mit Herzaugen zurück. Und lächle. Ich habe kein Heim mehr, aber ich habe Verbindungen. Die Schüler, Hasse, die Kinder, die Freunde. Alles, was meinem Heim seine Tiefe gegeben und es auf Behaglichkeitstemperatur gebracht hat.

Auf dem Korridor höre ich jemanden näher kommen. Eddys piepsige Stimme ist nicht zu verkennen. Kurz darauf klopft es an meiner Tür, und als ich öffne, hopst er in Gummistiefeln, sandiger Jacke und mit roten Wangen herein.

»Oma Agneta, hallo!«

Er wirkt ein bisschen schüchtern, als ich aber die Arme ausstrecke, kommt er schnell her und lässt sich umarmen. Ich drücke meine Nase auf seinen Scheitel, und sein Geruch ist nicht nur vertraut, er ist auch ein Gruß von früher. Ein Gruß mit Duftspuren von schlafwarmen Kissen bei uns zu Hause, vom Aufwachen an einem Samstagmorgen. Von den Versuchen, Eddy dazu zu bewegen, noch mal ein bisschen zu schlafen, während er fröhlich über Pfannkuchen mit Marmelade weiterplappert. Xavier, Eddy und ich, die wir uns später im Bett drängeln. Xavier und ich rascheln mit der Zeitung, und ich höre, wie Eddy Molly heimlich mit Pfannkuchenhäppchen füttert. Ich sage nichts, denn Eddy ist so fürchterlich süß und ulkig, wenn er künstlich unschuldig dreinschaut. Xavier und ich tauschen einen Blick und lächeln, und einer von uns sagt schließlich, nun sei es aber erst mal genug mit dem Füttern.

»Oma Agneta, wo ist Opa?«

»Aber Eddy, ich habe dir doch erzählt, wo Opa ist. Du weißt doch, dass er nach Argentinien gefahren ist.«

Ich sehe hoch und schaue Maria ins Gesicht. Sie sieht ihren Sohn streng an und begegnet dann meinem Blick.

»Er quengelt immer über dieses …«

Eddy schaut beschämt drein.

»Ja, aber Oma Agneta weiß vielleicht noch nicht, dass …«, murmelt er.

»Doch, ich weiß …«, unterbreche ich ihn und beuge mich zu ihm hinunter.

Ich streichle ihm über den Kopf, und er schaut mich mit traurigem, forschendem Blick an. Als könnte ich ihm eine andere Auskunft geben als seine Mutter. Einen Koffer oder eine Schranktür öffnen und seinen geliebten Opa hervorzaubern.

Ich stehe auf und schaue Maria ins Gesicht. Sie sieht mich mit einer Scheu an, die sie vorher nicht an sich hatte.

»Hallo …«

Ich öffne auch für Maria die Arme, und sie umarmt mich ebenfalls. Dann denke ich an das, was Hasse gesagt hat. Wie viele Sekunden waren es noch gleich, die man sich umarmen soll, damit etwas geschieht? Zehn? Was auch immer dann geschehen soll.

Mit einem Mal spüre ich Maria in meinen Armen weich werden. Und wie vertraut sie doch ist. Wie sie so viel Raum bei mir einnimmt, dass sie mit dieser Umarmung ihre Bedeutung in meinem Leben wieder zurechtrückt. Mag ich auch noch so wütend auf sie gewesen sein.

»Wie schön, dass ihr euch gemeldet habt«, sagt sie, und von ihrer sonst so trotzigen Sprechweise ist nicht mehr viel übrig. »Ich habe es eigentlich kaum erwartet. Astrid und Hanna sind stinksauer auf mich.«

Eddy steht da und schaut zu uns hoch. Richtet den Blick mal auf Maria, mal auf mich, als versuchte er herauszubekommen, was da vor sich geht.

»Warum sind sie sauer?«, fragt er schließlich.

»Ach nichts, Kleiner.«

Maria und Eddy haben meine Tür einen kleinen Spalt offen gelassen, und plötzlich späht Astrid herein.

»Ach, hallo …«

Ich halte noch immer Maria im Arm und merke, wie sie sich leicht verkrampft, als Astrid und Hanna hereinkommen. Astrid nickt ihr kurz zu, während Hanna sie mit bedauernder Miene mustert. Als hinderten unerfreuliche äußere Umstände sie daran, ihre Schwester mit derselben Herzlichkeit wie sonst zu begrüßen. Beide wenden sich stattdessen Eddy zu und umarmen ihn, doch er ist ein wenig vorsichtig und durcheinander. Sie merken es und lassen ihn in Ruhe.

»Wir wollten vor dem Essen einen Spaziergang machen«, sagt Astrid und sieht dabei nur mich an. »Kommst du mit?«

Ich schüttle den Kopf. »Nein. Ich bleibe hier bei Maria und Eddy. Geht ihr nur. Unser Tisch unten im Restaurant ist für sieben Uhr bestellt.«

Ich wundere mich, dass niemand Maria oder Eddy fragt, ob sie mitkommen möchten, und es tut mir aufrichtig leid. Maria sieht den beiden nach, und als sie sich wieder zu mir umdreht, schimmern ihre Augen feucht.

»Wir sind ja gerade erst zurückgekommen«, murmelt sie. »Eddy und ich waren schon ziemlich lange draußen.«

Ich nicke und erkundige mich nach ihrem Zimmer.

Eddy wird eifrig, nimmt mich sofort bei der Hand und zieht mich mit, um es mir zu zeigen. Ihr Zimmer ähnelt dem meinen, doch hat Eddy ihm mit etlichen Dinosauriern und anderen Figuren, die im Bett und auf dem Boden verstreut liegen, seinen Stempel aufgedrückt. Marias Laptop liegt mittendrin.

»Wir haben mit Opa geredet«, erklärt Eddy, als er sieht, dass ich auf den Laptop schaue.

»Aha«, sage ich und fühle mich aufgeschmissen. Auf einmal ist Xavier mit im Raum. Es ist, als würde er dastehen und mich anstarren und fragen, was ich jetzt tun werde.

»Ich habe gesagt, du willst nicht, dass ich dir von ihm noch etwas ausrichte …«

Instinktiv halte ich schnell beide Hände hoch.

»Stopp! Ich will nichts hören!«

Maria gerät ins Schwimmen.

»Es ist nicht meine Schuld, dass …«

»Ich will nicht!«

»Ich finde auch, dass er fies ist, das habe ich kürzlich …«

»Könntest du bitte still sein!«

Ich weiß, dass es falsch ist, wie ich mich verhalte. Und vor Eddy, und vielleicht auch vor Maria, die Beherrschung verliere. Aber ich will von Maria wirklich keinen Mucks über oder von Xavier hören.

Eddy schlägt mir ans Bein. »*Du* kannst still sein«, schreit er. »Oma Agneta, du sollst still sein!«

Mir zittern die Hände, als ich nach Eddy greife, damit er aufhört, mich zu schlagen. Maria packt ihn von der anderen Seite. Unser wechselseitiger Versuch, ihn davon abzubringen, mich zu schlagen, bringt ihn nur noch mehr in Rage.

Er krümmt die Finger und versucht, mich zu kratzen, so fest er kann. Maria gelingt es, ihn mit reichlich unsanftem Griff wegzuziehen, und Eddy schreit mich an: »Du Blöde, Blöde, Blöde!« Er hat mir eine große rote Schramme auf der Hand verpasst, und es tut so weh, dass mir die Tränen in die Augen schießen. Ich stürze zur Tür und knalle sie hinter mir zu. Meine Hand zittert, als ich meinen Schlüssel ins Schloss stecken will. In meinem Zimmer sinke ich auf das Fußende des Bettes und schlage die Hände vors Gesicht. Ich schäme mich so sehr, dass ich mich so habe gehen lassen. Wen hat Maria? Sie ist ganz allein mit Eddy, der ziemlich anstrengend sein kann. Sie ist mutterlos, hat jahrelang die Schuld und Trauer ihres Vaters getragen, hat Schwestern, die nicht richtig ihre Schwestern sein durften, und sie hat mich, die ihr auch nicht richtig nahekommen durfte.

Aber am bedauernswertesten bin jetzt nicht ich.

Also gehe ich wieder hinaus auf den Korridor. Welches Zimmer hatten sie noch gleich? Ich erinnere mich, dass es auf derselben Seite war. Aber war es ein oder zwei Türen weiter? Rechts, links? Warum weiß ich das nicht mehr? Mein Kopf hat seinen Dienst eingestellt. Ein Stückchen entfernt geht eine Tür auf, und ich sehe, dass Eddy seine ganze Kraft darauf verwendet, sie aufzuschieben. Es gelingt ihm bis knapp zur Hälfte, als Maria auch schon bei ihm ist. Eddy schreit laut.

»Au! Au! Blöde Mama!«

Ich laufe hin und sehe, wie Maria, das Gesicht voller roter Flecken, Eddy am Arm festhält. Er dreht und windet sich und schreit noch lauter.

»Ich kann nicht mehr!«, brüllt Maria. »Ich kann wirklich nicht mehr.«

Mit aller Kraft hebe ich Eddy hoch und halte ihn über dem Brustkorb fest. Mein Gesicht wende ich ab, sodass er nicht heranreicht und mich kratzen kann. Er versetzt mir einen harten Tritt gegen das Schienbein.

»Geh baden«, rufe ich Maria zu. »Geh ins Bad. Ich kümmere mich um Eddy.«

Eddy entspannt sich etwas und hört für ein paar Sekunden auf zu schreien.

»Ich will auch baden!«, brüllt er dann.

»Das darfst du auch. Und zwar in meiner Badewanne.«

Eddy verstummt und entspannt sich noch etwas mehr in meinen Armen.

»Ich muss nur meine Dinos mitnehmen«, verkündet er und macht plötzlich eine Kehrtwendung.

»Im Ernst«, sage ich leise zu Maria. »Die haben hier eine Spa-Abteilung. Geh hin, nimm dir etwas Zeit für dich selbst. Ich kümmere mich um Eddy bis zum Abendessen.«

»Ich habe mit Papa gebro-ho-hochen«, bringt Maria schluchzend heraus. »Ich halte ihn nicht mehr aus.«

Ich betrachte sie und denke an Xavier. Ob ihm klar ist, was er angerichtet hat? Dass Maria so böse wird auf ihn, dürfte jedenfalls seine Wirkung nicht verfehlen. Mich scheint er beiseitelegen zu können, ebenso Hanna und Astrid, auch wenn es sicherlich schwer ist. Aber Maria? Kaum. Wenn überhaupt etwas, dann dürfte dies ihn nach Hause bringen.

Auf einmal wird mir klar, dass ich das nicht will. Ich sehe ihn vor mir, mit diesem besonderen Blick, den nur Maria hervorrufen kann. Die unruhigen Pupillen, die Aufgeregtheit, die Nervosität. Ich will ihn nicht hier haben. Ich will ihn nicht sehen.

»Ihr werdet das lösen«, sage ich zu Maria. »Du wirst sehen, er kommt bald wieder nach Hause, und dann werdet ihr wieder zueinanderfinden.«

»Ich will aber nicht«, sagt Maria.

Eddy kommt mit vier Dinos im Arm zu mir, bleibt stehen und sieht seine Mutter an. Er schaut ängstlich drein und wendet sich an mich.

»Ich will baden!«, ruft er.

»Komm, wir gehen«, sage ich. Und er nimmt meine Hand

und geht mit auf mein Zimmer. Wieder zittern mir die Hände. Ich lasse Wasser einlaufen und finde ein Fläschchen mit Schaumbad. Eddy ist ganz wild darauf, hineinzuhüpfen. Ich weiß, dass Maria zu Hause keine Badewanne hat, denn er hat auch schon bei uns, im alten Haus, liebend gern gebadet.

Eddy rutscht in der Wanne rauf und runter. Ich trockne mir die Hände ab, stelle mich in die Tür und sehe ihm zu. Er führt Selbstgespräche und wirft die Dinos um sich. Es spritzt und planscht. Ich hole mein Handy und schicke Maria eine SMS: »Liebe Maria. Ich möchte, dass du dich ausruhst. Eddy ist sicher bei mir. Er spielt und scheint okay zu sein.«

Eddy ist sicher bei mir.

Als ich diese Worte absende, wird mir klar, dass sie jetzt einen völlig anderen Klang haben als vor dem Brand. Und tatsächlich vergeht nur eine Sekunde, bis Marias Antwort kommt: »Halte dich einfach von Zündhölzern fern«, und das Emoji mit dem Herzkuss.

Mich überkommt ein berauschendes Glücksgefühl. Ich lache auf. Die scherzhafte Sorglosigkeit öffnet mir wieder einen Raum, in dem ich sehr lange nicht mehr war. Ich gehöre wieder dazu. Gehöre zum Rudel. Bin im Innern. Nicht mehr allein und schuldbeladen am Rand der Familiensphäre. Draußen, in den Randgebieten, ist alles schwer und ständig zweifelhaft und symbolgeladen. Und je weiter man ins Innere gelassen wird, umso weniger wiegt die Last, die man trägt.

Ich schreibe zurück: »Die hebe ich auf, bis Xavier zurückkommt«, und füge ein Emoji mit einem Drachen hinzu, der aus den Nasenlöchern dampft. Die Nachricht war schnell auf den Weg gebracht, aber war sie noch angemessen? Es dauert nicht lange, bis Maria ein Bild mit Daumen nach oben und ein Paar applaudierende Hände zurückschickt. Ich lache wieder, denke aber zugleich, dass ich über meine eigene Wut auf Xavier nun keine Scherze mehr machen werde.

Eddy und ich sind als Erste an unserem Tisch im Restaurant. Er ist ziemlich müde nach dem Bad und einem Spaziergang ans Wasser, zu dem ich ihn mit dem Versprechen überredet habe, dass wir dort vielleicht eine Qualle oder etwas anderes Spannendes sehen würden. Auch mich haben die viele frische Luft und all die starken Gefühle müde gemacht. Eddy kriecht auf seinem Stuhl in sich zusammen. Er stellt die Füße auf den Sitz, aber da er keine Schuhe anhat, lasse ich ihn gewähren. Ich streiche Butter auf ein Stück Brot und gebe es ihm, und er kaut darauf herum, während er mit seinen dunklen, dichten Wimpern schlägt.

»Ich sehne mich nach Opa«, sagt er auf einmal. »Du nicht?«

»Doch«, antworte ich. Es kommt spontan. »Schon. Ich würde wirklich gern mit ihm reden.«

Eddy wirkt ein wenig misstrauisch. Sicherlich ahnt er in meiner Stimme etwas, was nichts mit freundlich geöffneten Armen zu tun hat. Wut hat aber auch etwas Eigenartiges an sich. Sie kann nebenherlaufen, einziehen, toben, übernehmen, während sie in anderen Momenten vor allem zerstreut und schwer zu wecken ist und nicht herausfindet.

Dieses Gefühl habe ich im Moment. Und wiederum das Gefühl, wie sehr wir zusammengehören, Xavier und ich. All die Jahre, die wir geteilt haben. Zweifle ich an seiner Liebe? Nicht an der zu den Töchtern, wirklich nicht an der zu Astrid oder Hanna, auch wenn sie allen Grund haben, sein Verhalten ihnen gegenüber infrage zu stellen.

Und ich? Liebt er mich? Liebt er mich, nur mich, oder hat er immer ein fertiges Familienpaket geliebt, eine Art Sicherheit und Zusammengehörigkeit, sich selbst in meinem bewundernden Blick? Und wer bin ich jetzt für ihn?

Eine, die ziemlich leicht wiegt, das zumindest ist ganz deutlich.

Für einen kurzen Moment brennen die verflixten Tränen hinter meinen Lidern, doch als ich sehe, wie eingehend Eddy meinen Gesichtsausdruck studiert, reiße ich mich zusammen. Eddys Gefühle sind leicht abzulesen, und das bringt mich oft zum Lachen. Er besitzt eine Direktheit, die alles durchdringt.

»Du bist Opas Frau«, stellt Eddy entschieden fest.

»Ja. Doch.«

»Warum bist du dann nicht bei Opa?«

»Er möchte allein sein.«

»Warum?«

»Weil man das wohl manchmal braucht. Man weiß vielleicht nicht, was man will, und möchte ein Weilchen seine Ruhe haben und nachdenken.«

»Opa sehnt sich nach uns.«

Ich hole tief Luft und halte nach Maria, Astrid und Hanna Ausschau. Wo bleiben sie denn so lange? Sie sind zwar erst sieben Minuten zu spät, aber trotzdem. Da lade ich sie zum Abendessen ein und …

»Das hat er jedenfalls im Laptop gesagt. Er will wohl bald nach Hause kommen. Glaubst du nicht auch?«

Da sehe ich sie. Sie kommen alle drei gleichzeitig in den Speisesaal und sehen ziemlich schlapp aus. Die Spannung zwischen ihnen scheint nachgelassen zu haben. Ihre Haarspitzen sind leicht feucht.

»Wir haben uns oben in der Spa-Abteilung getroffen«, erklärt Astrid. »Da gibt es ein verdammt tolles Salzwasserbecken, wo man daliegen und durch ein großes Fenster aufs Meer schauen kann. Da war kaum ein Mensch außer uns.«

»Wie schön«, sage ich etwas verwirrt und sehe zu, wie sie sich setzen. Eddy bleibt bei mir, obwohl Maria uns gegenüber Platz nimmt. Er hat das Kinn in die Hände gestützt und schaut still von einer zur anderen.

»Wir haben dort bestimmt eine Stunde gelegen und uns unterhalten, ohne zu frieren«, erzählt Hanna. »Das Wasser ist angenehm warm. Es war einfach super.«

Ich sehe Maria an, die etwas verlegen, aber zufrieden wirkt.

Jede liest für sich die Speisekarte, und ich zähle Eddy laut die verschiedenen Kindergerichte auf.

»Maria hat Papa unmissverständlich mitgeteilt, dass er sich uns gegenüber wie ein Schwein verhält«, sagt Astrid. »Warum sollen wir auf sie böse sein, wenn wir eigentlich auf Papa böse sein müssen?«

»Genau. Sie kann ja schließlich nichts dafür, dass sie immer sein Hätschelkind war.«

»Aber doch nicht immer …«

»Doch!«, bricht es voller Überzeugung aus Astrid heraus, und Hanna nickt bekräftigend, wirft Maria, die rot angelaufen ist, aber zugleich einen entschuldigenden Blick zu.

»Doch, wirklich, Maria«, sagt Hanna. »Aber wie Astrid sagt: Du kannst ja nichts dafür.«

»Ich kann verstehen, dass ihr das so empfunden habt«, entgegnet Maria. »Aber ihr versteht nicht, wie es für *mich* war. Ich habe mich gewissermaßen um Papa kümmern dürfen. Das war nicht immer leicht. Er konnte so fürchterlich … depri sein. Ich war immer neidisch auf euch, weil ihr fröhlich und närrisch und frei sein durftet. Ihr hattet eine Mutter, die lebte, und ich sollte vor allem traurig sein, weil ich das nicht hatte. Ihr meint, ich und Papa hätten etwas Spezielles miteinander, und das stimmt auch. Wir sollten traurig sein und uns nach dem sehnen, was früher war. Nach etwas, woran ich mich kaum erinnere. Das Einzige, was ich aus der Zeit mit meiner Mutter noch in Erinnerung habe, ist, dass alles anders roch und anders klang, und dass sie freundliche Augen hatte. Aber das ist wie ein Traum, so als ob es das nicht wirklich gäbe. Papa hat irgendwie geglaubt, ich würde mich so erinnern wie er. Aber ich habe immer nur davon geträumt, ein normales Mädchen sein zu dürfen, so wie ihr.«

Wir werden vom Kellner unterbrochen, der unsere Bestellung aufnehmen möchte. Ich hole Luft, um rund um den Tisch zu fragen und allen bei ihrer Bestellung zu helfen. Doch genau in dem Moment, als ich mit meinen Nachfragen loslegen will, schließe ich den Mund wieder. Sie kommen allein klar, alle miteinander. Maria bestellt für Eddy Würstchen und Pommes, ohne ihn zu fragen. Und dann nimmt sie das Gleiche wie ihre Schwestern. Vegetarische Lasagne. Ich sage, dass auch ich das haben möchte. Und eine Flasche Wein für alle.

»Haben Sie Ökowein? Oder besser noch Naturwein?«, fragt Hanna.

Der Kellner geht, um sich in der Küche zu erkundigen. Astrid verdreht leicht die Augen, aber nicht ohne Humor.

»Die Gesundheitsfaschistin hat das Wort …«

»Ja, willst du denn massenhaft Chemikalien trinken?«, fragt Hanna in hitzigem Ton.

»Ich möchte lediglich einen guten Wein trinken, nicht so einen komischen Säuerling.«

»Naturwein ist doch nicht schlechter als anderer Wein«, ereifert sich Hanna.

»Doch, und ob! Als wir das letzte Mal aus waren, hast du irgend so einen Naturwein bestellt, der wie saure Galle schmeckte. Erinnerst du dich nicht? Wir haben ihn nicht mal ausgetrunken, und daran sieht man, dass etwas nicht stimmte damit!«

Der Kellner kommt zurück und weist auf drei verschiedene Weine in der Karte hin, die ökologisch seien.

»Gott sei Dank sind sie nur ökologisch und keine Naturweine«, murmelt Astrid, und Hanna schaut sie finster an.

»Du bist ja schon giftig genug«, gibt Hanna zurück, leise und schnell.

»Ich will jetzt nichts mehr über Weine hören«, gehe ich dazwischen, da ich es leid bin, mir Hannas und Astrids Genörgel anhören zu müssen.

»Außerdem war Maria dabei, etwas zu erzählen, was für uns alle wichtig ist. Könnt ihr also versuchen, euch anzuhören, was sie zu sagen hat?«

»Ah, da kommt ja unser unsauerer Wein«, sagt Astrid, als der Kellner die Flasche bringt.

»Warum bist du immer so süffisant? Warum musst du ständig so sein? Kannst du mir das bitte mal verraten?« Hanna ist böse und wird ausnahmsweise laut. Und da erst merke ich so richtig, wer hier abwesend ist.

Xavier.

Er hätte Astrid in dieser Situation zurechtgewiesen. Vielleicht hätte er etwas Hartes gesagt, und ich hätte ihm einen leicht vorwurfsvollen Blick zugeworfen. Aber jetzt sind nur wir da, und angesichts Astrids zunehmendem Spott macht sich Schweigen breit.

»Jetzt hör endlich auf!«, sage ich, und zwar richtig streng, und haue mit der flachen Hand leicht auf den Tisch. »Außerdem war Maria tatsächlich gerade dabei, etwas zu erzählen.«

Ich sehe Astrid scharf an, die verwundert dreinschaut und dann zu lachen beginnt.

»Gut so, Mama. Du kannst es ja!«

Maria und Hanna lachen jetzt ebenfalls. Eddy schaut zuerst verwundert drein, aber dann lacht auch er.

»Was ist denn so lustig? Mir tut Maria leid, die dasitzt und uns etwas zu erzählen versucht, woran zumindest ich so nicht gedacht habe, und ihr albert hier nur herum!«

Der Kellner trägt unsere Teller auf. Maria bittet sofort um Ketchup zu Eddys Essen. Als der Kellner damit ankommt, sagt er merklich verlegen, dass es gut wäre, auch an die anderen Gäste zu denken und unsere Unterhaltung in einer Lautstärke zu führen, bei der sich alle im Lokal wohlfühlen könnten.

Wir sind alle geplättet, außer Eddy, der sich mit der Ketchupflasche abmüht, die für seine kleinen Hände eigentlich zu groß ist. »Da kommt nichts raus«, murrt er, schafft es aber mit einem Klaps, dass eine Pfütze auf seinem Teller landet.

»Manno!«, schreit er so laut, dass sich wieder das ganze Lokal umdreht, und ich sehe, dass der Kellner uns einen strengen Blick zuwirft. Maria beugt sich vor und kratzt das überflüssige Ketchup ab. Eddy beruhigt sich und stochert nun in seinen Pommes herum, während ich ihm die Wurst in Stücke schneide.

Astrid und Hanna kichern, weil man sich über unser Auftreten beschwert hat, beruhigen sich aber, als ich sie mit solcher Wut anstarre, dass es wahrscheinlich dampft um mich herum.

»Wir haben bestimmt nicht mehr Lärm gemacht als irgendwelche besoffenen Kerle«, sagt Astrid. »Und die würde niemand zurechtweisen …«

»Besser fände ich es, wenn Maria hier mal zu Wort kommen könnte. Sie versucht, uns etwas Wichtiges zu erklären, wie es ihrer Meinung nach in unserer Familie war. Ich möchte lediglich, dass wir ihr zuhören. Immer drängt ihr euch vor. Außer euch kommt überhaupt niemand zu Wort.«

Hanna wendet sich schnell an Maria und bittet sie um Entschuldigung, und Astrid schließt sich an. Beide mustern ihre Schwester nun aufmerksam. Maria bläst auf die Lasagne auf ihrer Gabel.

»Die ist sauheiß.«

»Was wolltest du denn sagen?«, fragt Astrid.

»Ach, eigentlich nichts. Nur, dass es nicht immer so lustig war, Papas Hätschelkind zu sein, wie ihr es nennt.«

»Okay.« Astrid nickt. »Das kann ich verstehen. Aber kannst du uns auch verstehen? Papa haut ab, erzählt es nur dir und will nur mit dir reden. Das ist auch nicht so lustig.«

Das Wort »lustig« setzt Astrid mit Zeige- und Mittelfinger in Anführungszeichen.

»Nein, aber jetzt hat er mich hier zurückgelassen, und es sind drei gegen eine«, sagt Maria. »Und ihr seid jetzt auf *mich* sauer, weil *er* abgehauen ist.«

Maria bekommt glühend rote Wangen. Eddy wird wachsam und funkelt Astrid und Hanna böse an.

»Du hast uns nichts davon erzählt! Du und Papa, ihr habt Geheimnisse miteinander, als wärt ihr eine eigene Familie«, fährt Astrid fort.

»Ja, manchmal hat man wirklich das Gefühl, als ob du und Papa das Paar in der Familie wärt«, sagt Hanna.

Ihre Worte versetzen mir einen Stich. Du und Papa, ihr seid das Paar in der Familie. Wie oft habe ich mich für dieses Gefühl geschämt. Gespürt, dass ich eifersüchtig und neidisch war auf ihr Verhältnis, und gedacht, dass es an mir liegen würde, dass ich stattdessen großzügig sein und es einfach geschehen lassen sollte.

Als ich Maria ansehe, wendet sie den Blick ab. Ihre Wangen sind immer noch rot, sie beißt sich auf die Lippe, und ich merke, dass sie gegen die Tränen ankämpft.

»Ich kann doch nichts dafür!«, ruft sie Astrid und Hanna zu. »Er ist es doch, der sich so verhält. Ich tue ihm wohl leid, weil ich keine Mutter habe.«

»Uns hast du auch leidgetan, weil du keine Mutter hast. Alle sollten immer nur Mitleid haben mit dir. Man konnte dich ja kaum anfassen, so leid hast du einem getan …«

Maria blinzelt heftig, während Astrid spricht. Als müsste sie sich vor jedem Wort schützen.

»Du konntest einem ja tatsächlich leidtun«, lenkt Hanna ein. »Eigentlich ständig, oder wie man sagen soll. Nur, es hat eben den ganzen Raum eingenommen. Auf uns konnte man herumhacken, aber mit dir war es immer etwas Besonderes.«

»Du warst sozusagen die Prinzessin zu Hause.«

»Jetzt macht mal halblang!«, sage ich. Ich merke, dass Eddys Unterlippe mittlerweile zittert und er mit der Gabel in der Hand mitten in einer Bewegung innegehalten hat. Er sitzt schon eine ganze Weile mit einem aufgespießten Stück Wurst da, ohne es in den Mund zu stecken.

»Ihr könnt euch nicht vorstellen, wie allein ich mich gefühlt habe!«, bricht es nun aus Maria heraus. »Ihr durftet ganz normale Mädchen sein und hattet eine Mutter und einen Vater, der nicht gleich immer so verdammt traurig geguckt hat, sobald er euch gesehen hat. Ich dagegen war immer, immer allein!«

Maria weint, und ihre Schultern beben. Eddy dreht sich weinend zu mir, als würden ihn Marias Tränen zu sehr erschrecken, und Astrid und Hanna tauschen einen besorgten Blick.

»Wir wollten dich nicht traurig machen«, sagt Hanna. »Wir wollten nur erzählen, wie es für uns war.«

»Ja, wir waren doch alle Kinder«, sagt Astrid. »Eigentlich war es ja nicht unsere Schuld …«

Es wird still. Und plötzlich schauen alle auf mich.

»Es war nicht so leicht …«, setze ich an.

»Aber Mama, du warst doch sozusagen Teil des Ganzen«, sagt Astrid. »Dass du etwas unternehmen würdest, war doch ausgeschlossen! Du hast doch gewissermaßen darauf geachtet, dass wir Maria oder Papa nicht stören. Hast Papa nie widersprochen, er konnte einfach machen. Und jetzt ist es genauso. Er fährt auf die andere Seite des Globus und sagt zu niemandem einen Mucks außer zu Maria. Und was machst du, Mama? Nichts. Papa ist halt so, oder was? Du lässt ihn sein Ding machen, und wir warten ab, was passiert.«

»Ja, dieses Gefühl muss man leider haben«, sagt Hanna. »Und wer geigt Papa die Meinung, weil er sich uns gegenüber so benimmt? Ja, das darf Maria übernehmen. Sie ist diejenige, die den Konflikt mit ihm austrägt. Nicht du.«

Wieder ist es still.

Alle beugen sich über ihr Essen, das jetzt ordentlich abgekühlt ist. Werde ich mich je wieder aufrichten können? Wo ich doch so zufrieden war mit meiner Haltung gegenüber Xavier. Damit, seinen Versuch zurückzuweisen, über Maria Kontakt zu mir aufzunehmen. Er sollte mir nicht über seine

Tochter beikommen. Ich würde ihn aushungern, bis er zeigt, wie er zu mir steht.

»Ich dachte eben, er soll seinen Raum haben«, murmle ich. »Dass er nach Hause kommen würde, wenn er so weit wäre.«

Astrid wirft sich auf ihrem Stuhl nach hinten und macht mit einer Geste in aller Deutlichkeit klar, dass sie nicht ertragen kann, was ich sage.

»Entschuldige, aber du bist ein derartiger Feigling!«

Hanna nickt betrübt dazu. »In der Tat, Mama. Du musst uns, deine Kinder, verteidigen, wenn er sich so verhält.«

»Und du musst jetzt mal ein bisschen Power an den Tag legen, Mama!«, ergänzt Astrid. »Es ist so widerlich, zu sehen, wie du das einfach nur hinnimmst.«

Ich starre Astrid wütend an. »Ich kann Xavier doch nicht zwingen, zu Hause zu bleiben! Besonders dann nicht, wenn ich gar keine Ahnung davon hatte, dass er sich irgendwohin auf die Socken machen wollte. Er hat mir ja nichts davon erzählt!«

»Verzeih, Agneta«, schluchzt Maria. »Ich hätte es dir sagen sollen. Aber ich habe mich irgendwie nicht getraut. Papa war so fürchterlich entschlossen.«

Ich sehe Maria an, sie scheint wirklich verzweifelt zu sein. Aber sich nicht getraut haben? War das wirklich wahr? Sie war immer bereit, mit Xavier zu paktieren. Und ich war, zugegeben, bereit, mich entsprechend zu verhalten. Die beiden wollten das so, davon war ich überzeugt. Und angesichts ihres kompakten Einvernehmens habe ich aufgegeben und mir meinen Platz selbst erfunden. Mich davon überzeugt, dass es ihn dennoch gab. Dass ich seiner sicher sein konnte.

»Ich bin dir nicht böse«, sage ich zu Maria, frage mich aber zuinnerst, ob ich es im Grunde nicht doch bin. Wie oft habe ich nicht ihretwegen zurückstecken müssen. Wie viele Male habe ich nicht verstehen und akzeptieren und mich selbst dazu zwingen müssen, erwachsen und vernünftig zu handeln.

»Eigentlich müsstest *du* dich bei *Maria* entschuldigen«, stellt Astrid fest. »Du solltest doch hier die Erwachsene abgeben. Du hättest Papa schon längst sagen müssen, dass er sich zusammenreißen soll.«

Hanna nickt dazu, und Maria sieht nur noch verheulter und verwirrter aus.

Hätte mich jemand vor ein paar Tagen gefragt, ob ich meine Kinder jemals mit Hass angesehen habe, hätte ich das kategorisch zurückgewiesen. Niemals! Nicht eine Sekunde! Das wäre doch schrecklich!

Doch als ich Astrid und Hanna jetzt in all ihrer Selbstgefälligkeit forschend betrachte, streift mich ein Hauch eines derartigen Gefühls. Er schleicht sich ein wie die schwarze Pest. Ihr verwöhnten, selbstgerechten Gören. Mir erzählen wollen, ich solle erwachsen sein!

»Danke, nun weiß ich Bescheid. Danke für die Aufklärung, wie ich sein soll. Wenn ihr mich einen Augenblick entschuldigen würdet …«

Ich stehe vom Tisch auf und stoße dabei mit dem Bein dagegen. Die Tasche fest unter den Arm geklemmt, gehe ich zum Restaurantausgang, und sowie ich draußen bin, krame ich eine Zigarette hervor. Ich koche vor Wut auf Astrid und Hanna. Es ist, als hätten sie mich verraten. Wenn ich daran denke, wie ich all die Jahre für sie da war, bekomme ich einen dicken Hals. Haben sie mich immer nur für einen Feigling gehalten? Mich mit Verachtung betrachtet? Wie verdammt ungerecht!

Ich mache ein paar hastige Züge und nehme, als sich eine Träne des Selbstmitleids ankündigt, noch einen tiefen Zug. Man hat Selbstbilder, die man tief in seinem Innern bewahrt. Ähnlich einer gerahmten Fotografie nimmt man sie hin und wieder zur Hand, putzt den Rahmen und lächelt zufrieden. Nichts, woran man oft denken würde. Das Bild sitzt ganz tief im Innern. Und auf das Bild von mir als Mutter bin ich besonders stolz. Die mit dem Heim, mit der Sanftmut, der Toleranz, mit den Sympathien. Das war meine sichere Rolle. Um die Rolle als Ehefrau musste ich kämpfen, doch wenn alles ins Wanken geriet, stützte ich mich darauf, dass ich in unserem Familienzusammenhang eben die Mutter war. Diejenige, die immer da war. Die ich für unantastbar hielt. Bis meine Töchter nun den großen Vorschlaghammer hervorgeholt und drauflosgedroschen haben.

Was ist von all dem noch übrig?

Die Tür geht auf, und Maria kommt heraus. Sie schaudert in der Kälte und zieht ihre Jacke fester um die Schultern. Im Schein der Straßenlaterne sehe ich, wie schön sie ist. Das schwere dunkle Haar. Xaviers gebogene Nase, die großen Augen mit den dichten Wimpern.

»Darf ich mir eine nehmen?«

Sie streckt sich nach der Zigarettenpackung, die ich krampfhaft in der Hand halte.

»Aber du rauchst doch wohl nicht?«

»Erzähl Papa nichts davon.« Maria lächelt schwach.

Ich gebe ihr eine Zigarette, sie steckt sie an und bläst genau wie ich immer den Rauch direkt zum Himmel und zur Ewigkeit.

»Das kann ihm doch piepegal sein«, sage ich unnötig heftig. Ich fühle mich in die Enge getrieben. Mit dieser Reise wollte ich versuchen, uns ohne Xavier zusammenzubringen, und was passiert? Ich werde nur infrage gestellt und lächerlich gemacht.

»Agneta, ich muss dir etwas sagen.«

Ich erwidere nichts, sondern nicke kurz, um sie dazu zu ermuntern, fortzufahren.

»Ja, hm, wie soll ich anfangen …«

Meine Zigarette ist aufgeraucht, und ich verschränke die Arme, trete von einem Fuß auf den anderen, um mir die Kälte vom Leib zu halten.

»Als ich klein war … ich weiß einfach nicht, was ich getan hätte, wenn du nicht da gewesen wärst.«

Ich starre sie an. Was meint sie?

»Also, wärst du nicht gewesen … Es war so schwer, sich um Papa zu kümmern. Auch wenn ich nicht ganz davongekommen bin, so war ich doch sehr froh, als du gekommen bist. Ich erinnere mich noch daran. In der Schule habe ich so getan, als wärst du meine Mutter. Und gleichzeitig schämte ich mich sehr dafür. Als würde ich meine eigene Mutter verraten. Oder als wäre ich darauf aus, dich Astrid und Hanna zu stehlen. Und im Grunde wollte ich das ja auch. Du warst so viel fröhlicher als Papa. Bei dir musste ich nicht jemand sein, die ich nicht sein wollte.«

Es ist schwer zu fassen, was Maria sagt. Mein ganzes früheres Leben rauscht vor meinem inneren Auge vorbei, allerdings in einer Weise dargestellt, wie ich es vorher nie gesehen habe. In den neuen Bildern schrumpft Marias Größe auf die eines kleinen Kindes. Kein großer Schatten mehr oder dunkle Wolken.

Maria nimmt den letzten Zug an ihrer Zigarette und senkt den Blick, als sie sie austritt. Dann schaut sie wieder mich an.

»So, jetzt weißt du es.«

»Verzeih.«

Ich strecke die Arme nach ihr aus, und sie kommt mir entgegen. Wir umarmen einander bestimmt eine Minute, und dabei spüre ich, wie sich in meinem Herzen schnell Verästelungen ausbreiten. Zuwachs, stark und stabil.

Es wird trotz allem ein gutes Wochenende. Wir reden nicht mehr viel über Xavier oder unsere unterschiedlichen Rollen. Wie in einer stillen Übereinkunft lassen wir das Thema ruhen. Ich glaube, uns alle hat das, was wir gesagt und gehört haben, nervös gemacht. Wir unternehmen Strandspaziergänge und essen gut. Eddy schläft nachts bei mir. Die Mädchen gehen zusammen in den Pub, während Eddy auf meinem Arm liegt, fernsieht und allmählich einschläft. Astrid, Hanna und Maria sprechen wahrscheinlich sowohl über mich als auch über Xavier sowie über die Rolle, die sie im Verhältnis zueinander einnehmen. Bestimmt stehen ihr Vater und ich auf der von Astrid sogenannten »Schietliste«.

Aber dann ist das eben so. Sie finden sicherlich erneut zueinander, indem sie uns als diejenigen hinstellen, die es in ihrer Kindheit und Jugend an etwas haben mangeln lassen. Und das stimmt ja auch. Mich tröstet der Gedanke, dass sie eines Tages verstehen werden, dass das Leben und die Liebe ihren Tribut fordern und wir es wirklich versucht haben.

Ich weiß, dass zumindest ich das getan habe.

Das Verhältnis zwischen Maria und mir ist jedenfalls anders geworden. Wärmer und freier. Es ist eine Sache zwischen uns, ohne Xaviers Einmischung.

Und Astrid und Hanna sind besonders liebevoll zu mir. Vermutlich haben sie genug Dampf abgelassen.

Bevor wir zurückfahren, gibt mir Maria Xaviers neue Mailadresse. Ich wünschte, ich hätte sie darum gebeten, denn ich will nicht, dass sie die Verantwortung tragen muss. Aber ich muss mir auch selbst verzeihen, um weitergehen zu können. Ich lerne. Ich hoffe, dass ich lerne. Ich muss lernen.

Spät am selben Abend sitze ich in unserer geliehenen Wohnung in Aspudden auf dem Bett. Molly liegt neben mir auf dem Rücken und schläft tief. Ab und zu zucken ihre Pfoten und Schnurrhaare. Was sieht sie in ihren Träumen? Denkt sie manchmal an Xavier? Oder ist er völlig weg, wenn er fort ist? Hat sie überhaupt keine Sehnsucht?

Sein Bartäffchen. Hat er Sehnsucht?

Ich habe den Laptop auf dem Schoß und tippe Xaviers Mailadresse, doch dann ist erst mal Schluss. Hör auf, ein Feigling zu sein. Sag klipp und klar, was Sache ist.

Hinterhältig schwappt eine Welle der Sehnsucht über mich. Sag, dass es wieder werden kann, wie es einmal war. Vielleicht nicht wie in den vergangenen Jahren. Aber so wie früher.

Ich bin Astrids und Hannas Dreistigkeit immer noch leid und ärgere mich darüber. Haben Xavier und ich besonders Astrid diese Art Arroganz vermittelt? Oder gehört es vielleicht dazu, wenn man jung ist? Man weiß hundertprozentig sicher, wie Eltern sind und vor allem, wie sie sein sollten, und glaubt, man selbst werde niemals dort landen.

Gleichzeitig glaube ich nicht, dass ich so wütend geworden wäre, wenn nichts dran wäre an dem, was sie gesagt haben. Ich habe über Xavier gequengelt und geklagt, aber nie Forderungen oder ein Ultimatum gestellt.

Was wäre dann passiert?

Der Mensch, den ich in- und auswendig kennengelernt habe, der insgesamt sechsundzwanzig Jahre lang mein nächster Vertrauter war, ist mit einem Mal ein Fremder, von dem ich nicht weiß, wie ich ihn ansprechen soll. Mach es direkt und einfach, entscheide ich schließlich.

»Komm jetzt nach Hause. Wir müssen hier alles Praktische lösen. Du bist noch nicht so frei, wie du womöglich glaubst.«

Ist das zu hart? Doch dann fallen mir die unzähligen Stunden ein, in denen ich nur still im Bett gelegen und versucht habe, dem Schmerz zu entgehen, den er hinterlassen hat.

»Komm also sofort nach Hause und stell dich deiner Verantwortung.«

Das schicke ich ab. Dann sehe ich, dass Xavier und ich eine Mail an unsere gemeinsame Adresse bekommen haben, die wir benutzen, wenn es um Dinge geht, die das Haus oder uns gemeinsam betreffen. Sie ist vom Besitzer der Wohnung in Aspudden.

»Hallo!

Leider sinken die Preise für Dauerwohnrechte, sodass wir die Wohnung jetzt verkaufen müssen. Ihr könnt hoffentlich etwas anderes finden. Sagen wir, noch einen Monat?

Viele Grüße, Roger«

Ich schreibe Xavier noch eine Mail. »Jetzt fliegen wir außerdem in Aspudden raus.«

Die Fahrt von Varberg her war lang. Diesmal bin ich gefahren, und beide Mädchen saßen hinten. Der Abschied von Maria und Eddy am Bahnhof war ehrlicher und inniger als je zuvor. Alles hat mich sehr ermüdet. Ich sinke in einen Halbschlaf, bis ein »Pling« meines Laptops mich auffahren lässt.

»Geliebte Angelita,

kannst du mir verzeihen? Ich komme am Samstag nach Hause. Lande um 13:20 Uhr in Arlanda.

Kuss von deinem Mann.«

Ich lese die Mail dreimal, dann lege ich den Laptop beiseite und verkrieche mich ins Bett. Und schlafe fast unmittelbar ein.

* * *

Eine Werktagswoche, bis Xavier zurück ist. Was soll ich daraus machen? Ich treffe mich am Montag-, Dienstag-, Mittwoch- und Donnerstagabend mit Hasse. Wir sind sehr leidenschaftlich zusammen. Vielleicht, weil uns klar ist, dass mit unserer Geschichte Schluss ist, sobald Xavier nach Hause kommt. Wir sind ausgelassen und kicherig, als wären wir Teenager. Ich schwelge in Anspielungen, die ich mit Xavier nie teilen konnte. *Ferien auf der Kräheninsel.* Clogs und T-Shirts von *Blommor och Bin.* Ted Gärdestad und Eva Dahlgren. *Gul och Blå*-Jeans. Aber ganz einfach ist es auch mit Hasse nicht, da er merklich jünger ist und außerdem aus einem kleinen Ort in Småland stammt.

Weinend nehmen wir am Donnerstagabend voneinander Abschied.

»War schön zusammen«, sagt Hasse und schaut mich aus geröteten Augen an.

»Ja, schön war's«, stimme ich mit belegter Stimme zu.

Dann fahre ich nach Hause und weine mich in den Schlaf. Über Hasse, über mein abgebranntes Haus, über die harten Worte meiner Kinder, darüber, dass ich von Xavier verlassen wurde. Was immer er jetzt sagt, ich wurde von ihm verlassen. Und es ist etwas geschehen. Nichts kann mehr so werden wie früher.

Es ist Freitagnachmittag, und ich bin auf dem Heimweg von der Schule, wo Hasse und ich unser Bestes getan haben, einander aus dem Weg zu gehen. Soll ich das Gleiche tun wie an dem Freitag, an dem Xavier verschwunden ist? Blumen, Essen und Wein kaufen? Den Kühlschrank auffüllen, damit alles da ist, wenn er am Samstag nach Hause kommt? Ob er hierherkommt? Vielleicht fährt er ja gleich zu Maria nach Göteborg. Oder bittet Astrid oder Hanna um Unterschlupf. Womöglich halte ich es hier gar nicht aus mit ihm.

Ich kaufe für mich selbst etwas zu essen und Wein. Einen fertigen Garnelensalat, eine Flasche Weißwein und einen Becher Luxus-Eis. Sowohl zu Maria als auch zu Hanna und Astrid habe ich – nicht ohne Stolz – gesagt, dass ich Xavier aufgefordert habe, nach Hause zu kommen, und dass er jetzt kommt. Dass ich ihn aber allein empfangen möchte. Nur ich. Nicht mal Molly darf mitkommen. Astrid kommt am Freitag gegen sieben und holt sie. Als sie mich fragt, wie das mit Molly und Xavier wird, wann wir uns alle sehen werden und wann wir den Hund wieder abholen, werde ich ungeduldig, denn woher soll ich das wissen?

»Meine liebe Astrid, kannst du dich nicht einfach nur um Molly kümmern, und alles Weitere wird sich herausstellen?«

Astrid bemerkt meine Nervosität, umarmt mich und sagt: »Es wird schon alles gut werden, Mama.«

Es wird schon alles gut werden.

Was ist »alles«? Ich esse den Salat und das Eis und trinke fast die ganze Flasche Wein, während ich im Bett sitze und so intensiv nachdenke, dass ich glaube, zwischendurch mit mir selbst zu reden. Ich bin ganz allein, und die Decke liegt um mich herum, als säße ich in einem Vogelnest. Da bin jetzt nur ich. Bald auch hier kein Zuhause mehr. Bald nur ein paar Kartons mit Sachen. Ich bin mir bewusst, dass ich mit dem Geld von der Versicherung ein neues Heim aufbauen kann.

Deshalb sind weder ich noch Xavier bedauernswert. Die Heimatlosigkeit ist vorübergehend, wird mir klar. Zumindest die äußere.

Als ich am nächsten Morgen aufwache, habe ich einen schweren Kopf und fühle mich höchst lustlos. Es ist neun Uhr, und ich muss kurz nach zwölf hier losfahren, um rechtzeitig da zu sein. Ich tappe ans Fenster und öffne es. Es ist kühl und frisch draußen. Der Himmel ist blau und ohne eine einzige Wolke. Lange stehe ich im Sonnenlicht. Überlege mir, eine Zigarette zu rauchen, bin aber nicht dazu imstande. Aus der hitzigen Gedankenschärfe, zu der das Nikotin sonst beiträgt, wird also diesmal nichts. Ich bin zu nervös zum Denken, zu müde, viel zu verwirrt.

Um Xavier zu begegnen? Dem Menschen, der mir so viele Jahre lang am nächsten gestanden hat? Es ist seltsam. Wegen meiner Beziehung zu Hasse habe ich nicht eine Sekunde ein schlechtes Gewissen. Ich hatte wirklich jedes Recht dazu, verglichen mit dem, was Xavier getrieben hat. Doch jetzt, wo wir uns bald Auge in Auge gegenüberstehen werden?

Kann eine Beziehung auf einem Gleichgewicht dieser Art errichtet werden: schuldig oder nicht schuldig, verurteilt oder freigesprochen? Geht es mir besser dadurch, dass ich die Balance hergestellt habe, dass auch ich unseren Pakt verraten habe?

Vielleicht. Doch für mich ist Hasse keine Rache an Xavier, sondern etwas, was ich haben wollte, ganz für mich allein. Ich wollte mich unterscheiden.

Hasse und ich, das war eine Begegnung. Der geheime Pakt zweier Menschen mit jener Innigkeit und Kompaktheit, die nur diese Art von zufälliger Begegnung haben kann.

Als ich schließlich in Arlanda in der Ankunftshalle stehe, bin ich zu keinerlei Empfindung imstande. Weder zu Erwartung noch zu Nervosität. Ich sehe, dass das Flugzeug aus Argentinien gelandet ist, und sacke in mich zusammen, bin nur noch leer. Wieder dieses merkwürdige Erlebnis, dass da nur ich bin. Nur ich vor Xavier. Kein Zuhause, nichts.

Da entdecke ich ihn. Ein zerknitterter beiger Baumwollanzug, den ich noch nie an ihm gesehen habe. Die Silberlocken nach hinten gekämmt. Die breiten Knöchel auf dem Griff des Wagens, auf dem ein neuer Koffer und eine unbekannte Reisetasche liegen. Mein Mann und sein unbekanntes Gepäck. Jetzt ist er zurück, und ich habe keine Ahnung, was er von seiner Reise mitbringt.

In dem Augenblick, in dem Xavier mich entdeckt, erstrahlt er in einem breiten Lächeln. Ich weiß wirklich nicht, was ich mache. Vielleicht hebe ich eine Hand zu einem leidlichen Winken, aber ich glaube nicht, dass ich lächle. Xavier lässt den Wagen los, kommt zu mir und drückt mich fest an sich. Sein Herz schlägt heftig und schnell, er wirkt insgesamt zittrig. Meine Arme hängen schlaff herunter, doch ich schließe die Augen und atme seinen wohlbekannten Geruch ein, der mit etwas anderem vermischt ist.

Als Xavier mich schließlich loslässt, schaut er mir tief in die Augen.

In den seinen liegt Furcht.

»Verzeih, Agneta.«

Sein Mund zuckt, und Schweißtropfen stehen ihm auf der Stirn. Verzeih. Was soll ich darauf erwidern? Verzeih? Was ist das für ein kleines, lächerliches Wort?

»Komm. Das Auto steht draußen.«

Ich gehe voraus. Ganz schwach in den Knien. In Xaviers

Reisetasche klirrt etwas. Ich frage, ob er fahren möchte, doch er entgegnet, dass er im Flugzeug etwas getrunken habe. Ich setze mich ans Steuer und merke, wie Xavier mich ansieht.

»Du darfst mich nicht ansehen, wenn ich fahre«, sage ich. »Da landen wir im Graben.«

Also schaut Xavier während der Autofahrt Richtung Süden geradeaus durch die Windschutzscheibe. Er erzählt von der Reise, wie anstrengend sie war, von einem schreienden Baby, von jemandem, der vor Flugangst heulte, von dem Weinglas, das er auf seinem Schoß verschüttet hat. Ein Detail nach dem anderen. Als sie auserzählt sind, redet er davon, wie schön es sei, nach Schweden heimzukommen. Dass er trotz allem hier zu Hause sei.

»Du hast kein Zuhause mehr«, sage ich. »Hast du das vergessen?«

»Wie meinst du das?«

»Na ja, es ist abgebrannt. Erinnerst du dich?«

»Ach so, das meinst du. Ja, das weiß ich natürlich.«

Wir schweigen eine Weile.

»Ich meine natürlich im Großen und Ganzen. Dass ich *hier* zu Hause bin.«

Eben war ich noch matt von den vielen Gedanken und Gefühlen, da fängt die Wut in mir zu schwelen an. Einfach so aufzukreuzen und zu behaupten, zu Hause zu sein?

»Ich habe jedenfalls nicht vor, dieses blöde Haus wiederaufzubauen«, sage ich. »Das muss dir klar sein. Das können sie abreißen und damit machen, was sie wollen.«

Xavier schaut mich kurz verstohlen an, traut sich aber weder richtig herzusehen noch viel zu sagen. Er hat wohl wirklich Angst, dass ich von der Straße abkomme.

»Okay«, sagt er nur. »In Ordnung, ist auch recht.«

Er seufzt schwer.

»Ich weiß, dass ich …«, setzt er an, aber ich sage, er soll still sein.

»Ich möchte beim Fahren nicht reden. Und außerdem möchte ich keine solchen bedauernden, sinnfreien Entschuldigungen haben. Sie bedeuten mir nichts. Wenn man getan hat, was du mir angetan hast, sollte man schon einen verdammt guten Grund haben. Da muss man sich anstrengen und sein Innerstes nach außen kehren und erklären. Muss sich der Situation aussetzen, verstehst du? Da muss man den Mumm haben, selbst etwas zu riskieren!«

Xavier starrt aus dem Fenster und fingert an seinem Ring. Mein Ehering liegt vermutlich für alle Ewigkeit irgendwo zwischen den abgerissenen Resten unseres Hauses. Es spielt keine Rolle. Die Trauer um alles Verlorene hat ihre Quote erfüllt. Es ist alles verloren. Und wir bewegen uns jetzt weg von diesem Punkt.

Mittlerweile sind wir in Aspudden angekommen. Xavier steigt zögernd aus und kümmert sich um sein Gepäck.

»Es ist nichts zu essen da«, sage ich.

»Na ja. Das macht nichts. Ich habe im Flieger gegessen.«

Meine Wut wird immer größer. Kaum in der Wohnung, bekomme ich klaustrophobische Gefühle, als hätte die Wut dort keinen Platz. Ich habe den Impuls zu rauchen, unterdrücke ihn aber. Es kommt mir blöd vor, mich hinzustellen und zu paffen und die Rage verpuffen zu lassen.

Xavier kramt in seiner Tasche und zieht ein kleines Päckchen hervor.

»Hier. Ein bisschen Parfüm für dich.«

Ich nehme das Päckchen nicht entgegen, sondern stelle mich in den Flur, ohne meine Jacke abzulegen.

»Ich bin mehr als stinksauer auf dich!«

»Ja, das habe ich schon begriffen. Und ich kann es auch verstehen, es war wirklich völlig idiotisch …«

»Hast du dieses ganze Spektakel nur inszeniert, um jetzt mit einem Hundeblick dazustehen und darüber zu jammern, wie blöd alles gelaufen ist? Diese Reise musst du doch mehr als alles andere gewollt haben! Sonst verhält man sich seiner Familie gegenüber nicht so!«

Xavier legt das Päckchen auf die Kommode im Flur und sinkt auf einen Stuhl, der dort steht.

»Ich weiß nicht«, sagt er. »Auf einmal hat man das Gefühl, etwas tun zu müssen. Kannst du das verstehen? Ich musste unbedingt zurückfahren, sonst hätte ich keinen Frieden gefunden.«

Ich ziehe die Jacke aus und nicke Xavier zu, mitzukommen, damit wir uns aufs Bett setzen. Einen anderen Platz gibt es nicht.

»Das ist die feinere Variante«, sage ich. »Die etwas empfindlichere ist die, dass du in Anas Schwester Elena verliebt warst oder bist. Wovor sollte sie dich retten? Oder hat sie es schon getan?«

»Wann bist du so hart geworden, Agneta?«

»Ich bin hart? Im Vergleich zu dir etwa? Ich bin ja auch so weich gelandet, nachdem du einfach verschwunden bist. Oder nachdem das Haus abgebrannt ist. Du warst wirklich eine Stütze und so präsent. Ich bin hart? Nur weil ich nicht rührselig und sentimental bin, wenn ich dir das Messer in den Leib ramme?«

Mit jedem Wort, das ich aus mir herausschleudere, scheint Xavier mehr in sich zusammenzusacken. Schließlich legt er sich aufs Bett und schlägt die Hände vors Gesicht.

»Du hast recht«, sagt er. »Ich war verliebt.«

Seine Schultern beben, und für einen kurzen Augenblick habe ich Mitleid mit ihm. Will fast schon die Arme ausstrecken, um ihn zu umarmen. Aber dann erinnere ich mich wieder an seine Sentimentalität, bevor er gefahren ist. Ist das jetzt wieder so? Vielleicht hat er dort nicht bekommen, was er sich erhofft hat. Will er sich jetzt bei mir ausweinen?

Es ist so erniedrigend.

»Das ist mir schon klar.«

»Ich bin ein alter, verirrter Idiot.«

»Versuch es erst gar nicht. Ich sage dir, hör auf, dich zu bemitleiden. Steh auf, steh ein für dich und für das, was du getan hast. Ich bin nicht hier, um dich zu trösten. Ich bin hier, um dir zuzuhören.«

Xavier setzt sich auf und sieht mich an. Auch in seinen Augen ist nun ein zorniger Funke aufgeblitzt.

»Ich weiß, dass ich mich gegenüber euch allen wie ein Schwein benommen habe. Mach mit meiner Entschuldigung, was du willst, aber es tut mir wirklich aufrichtig leid, dass …«

»Wollen wir ständig wieder an diesem Punkt landen?«

Ich stoße Xavier hart an der Schulter. Er starrt mich so böse an, dass ich aus dem Konzept gerate und mich stattdessen neben ihn aufs Bett setze. Unsere einzige weiche Stelle, unsere einzige dürftige und höchst zufällige Insel im Hier und Jetzt.

»Und wir haben nicht mal mehr ein stinknormales Sofa!«, schreie ich.

»Wenn ich aufhören soll, mich dafür zu bemitleiden, dass ich gefahren bin, dann hör du damit auf, dich dafür zu bemitleiden, dass du das Haus abgefackelt hast. Du konntest gar nicht mehr aufhören, dir deswegen selbst leidzutun! Einen nicht mal ansehen, ohne einem deine Schuld in den Schoß zu legen. Unser Haus wurde zerstört, und dann soll man sich einzig und allein um dich und deine Angst kümmern …«

»Wie kannst du so verdammt hart sein und nicht begreifen …«

»Warum sind wir beide so hart zueinander? Wir machen idiotische Sachen, weil Menschen das nun mal tun! Ständig, auf der ganzen Welt, Tag und Nacht! Werd allmählich erwachsen, Mensch!«

»Ach ja, jetzt kann man plötzlich mit allem Möglichen davonkommen, nur weil Menschen ganz allgemein idiotische Sachen machen …«

Xavier verlässt das Bett. Er steht auf und sieht mich an.

»Das führt zu nichts.«

»Nein. Ich kann verstehen, dass du meinst …«

»Wo ist Molly?«

»Bei Astrid.«

Xavier streckt mir die Hand entgegen: »Können wir nicht ein bisschen rausgehen?«

Ich erwidere nichts, gehe aber in den Flur und ziehe mich an. Xavier ist vorher fertig, steht still da und sieht mich an.

»Agneta …«

Er sagt meinen Namen, einfach so ins Blaue hinein. Ich weiß nicht, was er damit erreichen will. In seiner Stimme liegt Zärtlichkeit. Ich reagiere nicht, aber seine Stimme berührt mich. Draußen auf der Straße wechsle ich das Thema und bitte ihn zu erzählen, wie es war, in sein Heimatland zurückzukommen. Und er erzählt, während wir einfach hingehen, wohin uns die Füße tragen. Er erzählt von seinem

Schock darüber, dass sich in den Jahren, in denen er von dort weg war, so viel verändert hat. Anderes aber, wie sich mit der Zeit immer mehr herausstellte, beim Alten geblieben ist. Gerüche, Farbskalen, Geräusche. Die Musik. Und er erzählt von Elena. Dass es ihn zuerst sehr aufgewühlt habe, sie zu treffen. Dass seine Verliebtheit heftig gewesen sei und mindestens eine Woche angehalten habe. Er sei wie berauscht gewesen, seine Sprache sprechen zu dürfen, lachen und laut reden zu können, ohne dass sich jemand darum schert. All die Verwandten, die so alt und fett geworden, aber immer noch so nahe erschienen seien.

Es tut so weh, als er von Elena erzählt. Auch als er von seiner alten Verwandtschaft spricht. Dass ich nicht dabei sein durfte. Dass er und ich hätten zusammen sein müssen.

»Aber ich wurde es bald leid«, sagt Xavier. »Ich sehnte mich allmählich nach zu Hause, hierher. Nach der Ruhe, der Stille. Dem Wald, der Kühle, den Seen. Elena wurde immer anstrengender. Und weißt du, da war etwas, was mich an die schwierigen Seiten erinnerte, die auch Ana haben konnte. Durch Elena kam sie zurück, in einer ehrlicheren Ganzheit. Ich begriff, dass ich sie zu einem Engel gemacht habe. Ich liebte sie, und es war schrecklich, was ihr zugestoßen ist. Aber sie war kein Engel, wie gesagt.«

Vor gut zwanzig Jahren wäre ich überglücklich gewesen, das zu hören. Jetzt aber macht es mich vor allem traurig und wütend. Mein vergeblicher Kampf, zu meinem Recht zu kommen. Alles, womit ich mich herumgeschlagen habe. Jahraus, jahrein. Wie hätte ich einen Engel und ihren gemeinsamen Nachwuchs ausstechen können?

Jetzt, wo Xavier mich bestätigt, empfinde ich nur Trauer darüber, dass so viel Leben und Kraft vergeudet wurde.

»Die Kinder halten mich im Verhältnis zu dir für einen Feigling. Das sei ich immer schon gewesen. Hätte dich schalten und walten lassen. Ich wurde stinksauer, als sie das sagten, aber wahrscheinlich vor allem deshalb, weil sie recht haben.«

Ich erzähle Xavier von der Fahrt nach Varberg. Von der Wut der Kinder sowohl auf ihn als auch auf mich. Von Eddy und seinen Dinos. Ich kann mir ein paar Anekdoten über ihn nicht verkneifen und dass er gesagt hat, er sehne sich nach seinem Opa. Als Xavier das hört, bekommt er feuchte Augen und wiederholt, er sei ein alter, verirrter Idiot gewesen.

»Ich weiß nicht, was ich mit Maria angestellt habe. Oder besser, ich fange an, es zu begreifen. Dass ich erwartet habe, sie würde wie Ana. Oder so. Sie ist so böse auf mich, Agneta. So verdammt zornig. Und ich kann es auch verstehen.«

Wir setzen uns auf eine Bank in der Sonne und ruhen uns aus. Die Hände im Schoß, sitzen wir still da. Lange Zeit schweigen wir.

»Denk nur, du sagst etwas, worauf ich mein ganzes Leben lang gewartet habe«, sage ich. »Und jetzt bin ich nur traurig. Als wäre es zu spät.«

»Zu spät wofür?«

»Ich weiß nicht. Um froh zu sein. Ich habe das Gefühl, als ob unser Heim in jeder Hinsicht abgebrannt wäre. Dass es spät ist. Zu spät.«

»Ich liebe dich, Agneta.«

»Ich war mit einem anderen Mann zusammen.«

Xavier lässt die Schultern ein wenig sinken, wie er da auf der Bank sitzt.

»Da habe ich eins aufs Maul zurückgekriegt«, stellt er nach einer Weile fest. Er hebt die Hand, um sich durchs Haar zu streichen, und ich sehe, dass sie leicht zittert.

»Es hatte nichts mit dir zu tun«, sage ich. »Nur mit mir. Es fing schon vor dem Brand an.«

»Und jetzt?«

Ich zucke die Schultern. »Ich glaube, es ist vorbei.«

Und dann erzähle ich von Hasse. Es kommt mir ganz unwirklich vor, während ich davon erzähle, weil es eine so leidenschaftliche Geschichte ist. Nicht dass ich auf intime Details eingehe oder mich damit aufhalte, wie lebendig und zufrieden ich körperlich war. Aber ich glaube, Xavier versteht es auch so.

»Alles ist zerstört, Agneta. Wir haben alles zerstört, was wir hatten.«

»Ja, das haben wir wohl.«

Wir sehen einander an, und uns steigen Tränen in die Augen. Ende der Fahnenstange. Hier, bis hierher. Ich weiß nicht, wer zuerst lacht. Womöglich bin ich es. Vielleicht, weil die gesamte Szene so schicksalsschwer und ernst ist. Ich kann irgendwie nicht mehr. Auch Xavier lacht. Dann lachen wir beide, und danach weinen wir und halten einander umschlungen. Stehen von der Bank auf und halten einander fest umschlungen.

»Wohin gehen wir jetzt?«, frage ich nach einer Weile. »Was macht man, wenn so etwas passiert?«

»Wir fahren zu Astrid und holen Molly«, sagt Xavier.

»Dann rufen wir die Versicherung an und teilen ihnen mit, dass wir kein neues Haus haben wollen.«

»Kein neues Haus«, wiederholt Xavier. »Aber vielleicht irgendwo anders ein kleines.«

»Mal sehen. Oder zwei kleine.«

»Eins hier und eins in Argentinien«, sagt Xavier. »Wir ziehen ein bisschen hin und her.«

»Mal sehen. Ich bin immer noch böse auf dich.«

»Das verstehe ich.«

»Und dann weiß man ja überhaupt nichts. Dieses Gefühl habe ich.«

»Ja. Aber jetzt beginnt etwas anderes, das wissen wir.«

»Etwas ganz anderes beginnt jetzt.«

* * *